D1695984

KNAUR

Im Knaur Taschenbuch Verlag sind bereits folgende Bücher der Autorin erschienen:
Machtlos
Die Marionette
Dein totes Mädchen

Über die Autorin:
Alex Berg hat viele Jahre als freie Journalistin gearbeitet, bevor sie ihre ersten Spannungsromane verfasste. Ihre bisher veröffentlichten Thriller haben die Leser im Sturm erobert; die Auslandslizenzen diverser Romane wurden nach Frankreich und in die Niederlande verkauft.
Mehr Informationen unter www.alex-berg.com

ALEX BERG

TOCHTER DER ANGST

ROMAN

Besuchen Sie uns im Internet:
www.knaur.de

Originalausgabe April 2015
Knaur Taschenbuch

Umschlaggestaltung: ZERO Werbeagentur, München
Umschlagabbildung: GettyImages / Purvi Joshi; FinePic®, München
Satz: Adobe InDesign im Verlag
Druck und Bindung: CPI books GmbH, Leck
ISBN 978-3-426-51319-4

2 4 5 3 1

Iphigenie. *Kann uns zum Vaterland die Fremde werden?*
Arkas. *Und dir ist fremd das Vaterland geworden.*

Johann Wolfgang von Goethe

1.

Wassertropfen perlten von dem Fenster, während die Maschine der Air France auf der Landebahn ausrollte und ihre Parkposition ansteuerte. Der Regenschleier war so dicht, dass die Terminals und die dort angedockten Flugzeuge dahinter verschwammen. Marion Sanders' Finger schlossen sich fester um die Umhängetasche auf ihrem Schoß. Eine Stunde und fünfzehn Minuten, länger hatte der Flug von Hamburg nach Paris nicht gedauert, und ihr war, als hätte sie sich gerade erst von Paul verabschiedet, als könne sie noch den Druck seiner Finger auf ihrem Arm spüren, seine letzte Berührung durch den Stoff ihres Mantels hindurch.

Paul hatte es sich nicht nehmen lassen, sie zum Flughafen zu bringen, während der Fahrt hatten sie jedoch kein Wort miteinander gewechselt. Sie hatten verlernt, über das Alltägliche hinaus miteinander zu kommunizieren, verlernt, auf jene Zwischentöne zu achten, die oftmals zu flüchtig waren, um ausgesprochen zu werden, und doch die Essenz einer Beziehung zwischen zwei Menschen ausmachten. Das Nichtausgesprochene stand wie eine Wand zwischen ihnen und trennte sie voneinander.

Ein Rest Unsicherheit war geblieben – was nach so vielen Jahren auch zu erwarten war –, und bis zuletzt hatte sich Marion gefragt, ob sie die richtige Entscheidung getroffen

hatte, ob sie tatsächlich bereit war, die Konsequenzen zu tragen.
Als sie an der Sicherheitskontrolle die Bordkarte aus ihrer Handtasche gezogen hatte, hatte sie sich noch einmal umgewandt, um Pauls Blick zu suchen. Er hatte noch immer dort gestanden, wo sie sich verabschiedet hatten, und ihr flüchtiges Winken mit einem kurzen Nicken erwidert. Dann hatte eine Gruppe junger Reisender die Sicht auf ihn verdeckt. Sekunden später war der Platz, an dem Paul gestanden hatte, leer gewesen.
Die Stimme der Stewardess, die sie in Paris willkommen hieß, riss Marion aus ihren Gedanken. Das Flugzeug hielt, und die Passagiere standen von ihren Plätzen auf. Gepäckfächer wurden geöffnet und Mobiltelefone eingeschaltet. In einer der hinteren Reihen begann ein Baby zu weinen. Marion versuchte, ihre ambivalenten Gefühle zu ignorieren, die seit ihrem misslungenen, wortkargen Abschied erneut in ihr aufgestiegen waren. Schau nach vorn, hatte ihr Vater ihr geraten. Schau nach vorn und prüfe, wie es sich anfühlt. Sie nahm ihren Mantel aus dem Gepäckfach, klemmte sich ihre Tasche unter den Arm und reihte sich in die Schlange der Wartenden im Mittelgang ein.
Ihr Vater hatte sie bestärkt in ihrem Entschluss, hatte ihr gut zugeredet. Wann, wenn nicht jetzt, hatte er sie gefragt. Noch bist du jung genug, ein neues Leben anzufangen.
Jung genug. Sie war achtundvierzig. Gefühlt hatte sie bereits ein Leben hinter sich, vielleicht gelang es ihr gerade deshalb, das Unverständnis ihrer erwachsenen Töchter und ihres Mannes ebenso zu ignorieren wie den Neid ihrer Kollegen. Wer konnte es sich schon leisten, eine unbefristete, gutbezahlte Anstellung als Oberärztin in einem Krankenhaus aufzugeben, um für ein Taschengeld in einem Krisengebiet zu

arbeiten? Woher nehmen Sie nur den Mut?, hatte eine jüngere Kollegin ungläubig gefragt.
Die Flugzeugtüren wurden geöffnet, und in die Schlange der Wartenden kam Bewegung. Mut konnte auch aus Verzweiflung geboren werden oder mangels einer Alternative. Sie war zumindest noch nicht alt genug, um zu resignieren.
Marion folgte dem Pulk der Fluggäste zur Gepäckausgabe ihrer Maschine und wartete geduldig in der zweiten Reihe, bis ihr Koffer auf dem Band erschien. Augenblicke später trat sie aus dem Flughafengebäude und steuerte die wartenden Taxis an.
Der Regen ließ den Asphalt glänzen, und der Fahrer des ersten Taxis, ein junger Mann, seinem Äußeren nach vermutlich Spross einer Einwandererfamilie aus Algerien, kam mit aufgestelltem Jackenkragen und hochgezogenen Schultern auf sie zu. Er nahm ihr den schweren Rollkoffer ab und wuchtete ihn in den Kofferraum, während Marion sich in den Fond des Wagens setzte. »Rue Guynemer, Saint-Germain-des-Prés«, wies sie den Fahrer an, als er seinen Platz hinter dem Lenkrad eingenommen hatte. Ihre Blicke begegneten sich im Rückspiegel. »Am Jardin du Luxembourg?«, fragte er.
Marion nickte. »Genau dort.«
Er lenkte den Wagen auf die Straße und suchte erneut ihren Blick im Rückspiegel. »Sind Sie das erste Mal in Paris, Madame?«
Der weiche französische Singsang klang wohltuend in ihren Ohren. Marion liebte die Sprache, auch wenn sie sie nicht perfekt beherrschte. »Nein, ich war schon oft hier«, entgegnete sie mit einem Lächeln und dachte an ihren letzten Besuch in der französischen Hauptstadt zusammen mit ihrem Vater vor einigen Jahren. Die straffe Agenda des Ärztekongresses hatte ihnen damals kaum Zeit für Privates gelassen.

Sie hatten die wenigen freien Stunden für einen Bummel durch Saint-Germain-des-Prés, ein gemeinsames Abendessen und ein wenig Sonne im Jardin du Luxembourg genutzt. Auf der Rückreise ihres letzten gemeinsamen Sommerurlaubs mit ihrem Mann hatte sie vergeblich versucht, Paul zu einem zweitägigen Aufenthalt in Paris zu überreden. Er hatte dringende Termine vorgeschoben, aber ihrer Meinung nach lag der Grund in seiner für sie unerklärlichen Abneigung gegen die französische Hauptstadt. Sie hatten daraufhin gestritten, es war ein lächerlicher, kleinkarierter Streit, der plötzlich so eskaliert war, dass sie etwa fünfzig Kilometer nördlich von Paris aus dem Auto gestiegen war, um mit der Bahn nach Hause zu fahren. In der Mittagshitze war sie eine Stunde lang die staubige Straße entlangmarschiert, bis Paul mit dem Wagen neben ihr aufgetaucht war und ihr durch das Fenster eine Flasche Wasser gereicht hatte. Damals hatten sie noch darüber lachen können. Heute konnten sie das nicht mehr.
Sie runzelte die Stirn. Sie war schon wieder in Gedanken bei Paul.
Irritiert blickte sie aus dem Fenster, gegen das der Regen prasselte. Der Fahrer bog von Norden auf die Stadtautobahn ein. Zwischen einer Gruppe Hochhäuser hindurch entdeckte sie zu ihrer Linken den Montmartre mit Sacré Cœur auf seinem Gipfel. Der Verkehr floss zügig an diesem frühen Nachmittag, und keine zehn Minuten später fuhren sie auf der Avenue de la Grande-Armée direkt auf den Arc de Triomphe zu. Marion hielt für einen Moment den Atem an, als das monumentale Gebäude vor ihr in den Himmel wuchs.
»Halten Sie«, wies sie den Taxifahrer spontan an.
»Sind Sie sicher?«, fragte er überrascht.
»Ja«, entgegnete sie knapp.

Gleich darauf stand sie auf dem Gehsteig und starrte auf den Triumphbogen, dessen schiere Größe sie jedes Mal wieder überwältigte. Der Regen durchnässte ihr Haar und tropfte in ihren Nacken, ohne dass sie sich dessen bewusst wurde. Erst die Stimme des Taxifahrers riss sie aus ihrer Versunkenheit.
»Madame!«
Sie drehte sich um und erblickte im Wagenfenster ihr verschwommenes Spiegelbild. Was sie sah, war nicht besonders schmeichelhaft: Ihr dunkler, halblanger Mantel hing wie ein nasser Sack von ihren Schultern hinunter, und ihr kinnlanges Haar klebte an ihrem Kopf. Mit klammen Fingern strich sie sich eine Strähne aus dem Gesicht und zog fröstelnd die Schultern hoch, während sie die Tür öffnete und lächelte. Sie war in Paris. Die Belohnung für einen Schritt, den sie schon vor drei Jahren im Sommer auf einer staubigen Landstraße hätte wagen sollen. Und in der kommenden Woche würde ihr neben dem Vorbereitungsseminar auf ihren Auslandseinsatz genug Zeit bleiben, Paris aufs Neue zu erkunden. Ein Gefühl von Freiheit streifte sie, und alles andere verlor angesichts dessen für einen kurzen Moment an Bedeutung.
Gleich würde sie bei den Bonniers sein, sich ihrer nassen Sachen entledigen und Tee trinken. Mit nahezu kindlicher Freude malte sie sich die Szene aus, dachte an die hohen, mit Stuck verzierten Decken der Altbauwohnung und den malerischen Blick über den Jardin du Luxembourg, an Louises fröhliches Gezwitscher und den Hauch von Orangenblüten, der die zierliche Französin immer umgab. Sie spürte bereits Gregs herzliche Umarmung und hörte seine gutmütig brummende Stimme, die über all die Jahre, die er nun schon in Frankreich lebte, nicht ihren schwerfälligen amerikanischen Akzent verloren hatte.

Sie ahnte nicht, dass ihre Freude schon bald getrübt sein würde, dass jetzt schon ein Schatten über dem Haus lag, dem sie entgegenstrebte. Und in nur wenigen Tagen der Gedanke an Paris für sie nie wieder so unbeschwert sein würde wie früher.

2.

Claude Baptiste stellte seine leere Kaffeetasse auf den Tresen des Cafés und suchte in der Tasche seines Jacketts nach Kleingeld. Vier Euro fünfzig für einen Café Noir in einem Arrondissement abseits aller touristischen Attraktionen – das war Paris, wie er es noch nie gemocht hatte. Er warf einen Blick hinaus auf die Straße. Über den Dächern der Hochhäuser wölbte sich ein dunkelgrauer Himmel, und der Asphalt schillerte vor Nässe. Es regnete noch immer, und von dem Mitarbeiter, der ihm vom französischen Inlandsnachrichtendienst, der *Direction Centrale du Renseignement Intérieur (DCRI),* zugeteilt worden war, fehlte jede Spur. Baptiste hätte gerne auf dessen Unterstützung verzichtet, hatte sich aber wegen des Kompetenzgerangels zwischen Verteidigungs- und Innenministerium bewusst zurückgehalten. Der illegale Handel mit Flüchtlingen war nahezu explodiert, und sie würden das Problem nur unter Kontrolle bringen, wenn alle Nachrichtendienste an einem Strang zogen.
Baptistes Blick wanderte zu der Uhr über der Bar, dann zog er sein Smartphone aus der Tasche. Er ließ es klingeln, bis die Mailbox anging.
Der Kellner grinste ihn von der Seite an. »Na, hat die hübsche junge Frau, auf die Sie warten, Sie versetzt?«
Trotz seiner Gereiztheit musste Baptiste lächeln. »Wenn es

wenigstens eine hübsche junge Frau wäre. Ihr könnte ich einiges verzeihen.«
Er schlug den Kragen seines Jacketts hoch und trat mit hochgezogenen Schultern hinaus unter die aufgespannte Markise. Ein Windstoß blies um die Ecke. Die kalte Märzluft ließ Baptiste schaudern. An den Bäumen zeigte sich das erste Grün, doch das Thermometer hatte sich seit Tagen auf der Zehn-Grad-Celsius-Marke festgesetzt. So viel zum Klimawandel. Baptiste seufzte und betrachtete sein Konterfei in der Fensterscheibe des Cafés. Typisch französisch, war eine Beschreibung, die er oft hörte, wenn über ihn gesprochen wurde. Sein dunkles Haar, das zu störrischen Locken neigte, wenn er es zu lang wachsen ließ, war das Erbe seiner südfranzösischen Mutter. Sie war in der Provence aufgewachsen, im milden Klima des Mittelmeers, und besaß noch heute das Temperament ihrer Ahnen. Gute Freunde behaupteten gern, dass sie ihm nicht nur die Locken vererbt hatte. Seine hochgewachsene Gestalt, das kantige Gesicht und das Rauhe, das ihn umgab, hatte ihm wiederum sein bretonischer Vater mitgegeben. Baptiste wischte sich mit dem Finger die Regentropfen von der Stirn, die der Wind von der Markise heruntergeweht hatte. Wann hatte er seine Eltern das letzte Mal besucht? War es wirklich mehr als ein Jahr her? Er sollte wieder einmal hinfahren, und sei es nur, um Austern zu essen. Fischen zu gehen. Eine Weile alles zu vergessen.
An der Ecke tauchte ein Regenschirm auf, darunter ein paar moderne, spitze Schuhe, perfekt abgestimmt auf die dunkelgraue Stoffhose. Ein kurzer, modischer Mantel. Manikürte Finger, die eine teure Aktenmappe umklammert hielten. Baptiste seufzte erneut. Wie lange hatte Marcel Leroux vor dem Spiegel verbracht, um seine dünnen, blonden Haare in

diese exakte Welle zu legen, die er jetzt nervös zurückstrich, als er den genervten Blick Baptistes sah?
»Ich warte seit einer halben Stunde«, bemerkte dieser knapp.
»Ich …«, begann Leroux, doch Baptiste unterbrach ihn mit einer abwehrenden Handbewegung. »Ich will es nicht hören.«
Marcel Leroux kniff pikiert die Lippen zusammen.
»Haben Sie alle Unterlagen dabei?«, wollte Baptiste wissen.
Leroux nickte.
»Dann gehen wir jetzt.«
Leroux' Blick blieb sehnsüchtig an der Tür des Cafés hängen.
»Hatten Sie noch keinen Kaffee heute Morgen?«, fragte Baptiste. Es war bereits nach elf Uhr.
Leroux fiel auf seinen mitfühlenden Tonfall herein. Seine Augen leuchteten kurz auf. »Meinen Sie, wir könnten noch eben …?«
»Nein«, entgegnete Baptiste kühl, »ich hatte schon meinen Kaffee, während ich auf Sie gewartet habe, mein Freund«, und damit trat er hinaus in den Regen.

Nur wenige hundert Meter entfernt befanden sich, etwas zurückgesetzt von der Straße, die drei Hochhaustürme. Zwischen ihnen eine große gepflasterte Fläche, auf der eine Handvoll Platanen ums Überleben kämpfte. Zwanzig Stockwerke, schätzte Baptiste, in jedem Stockwerk wenigstens fünf Wohnungen, in vielen der Wohnungen mehr als sechs Personen. Zu sehen war von den rund zweitausend Menschen, die nach dieser Rechnung in den Türmen wohnten, fast niemand, besonders nicht bei solch einem Wetter.
Leroux steuerte auf den mittleren der drei Wohnblocks zu, starrte mit gerunzelter Stirn auf das Klingeltableau und

drückte schließlich einen der Knöpfe im oberen Drittel. Die Gegensprechanlage schnarrte, und eine weibliche Stimme fragte auf Arabisch, wer da sei. Zu Baptistes Erstaunen antwortete Leroux fließend und nahezu akzentfrei in derselben Sprache. Der Summer ertönte, und die verdreckte graue Tür sprang auf.

Im Flur des Erdgeschosses umgab sie nackter, unverputzter Beton. Leroux schüttelte seinen Regenschirm aus. »Fünfzehnter Stock«, sagte er. »Hoffentlich ist der Fahrstuhl nicht kaputt.«

Der Aufzug funktionierte, sie hörten das Ächzen und Stöhnen der Stahlseile lange, bevor sich die Türen öffneten. »Vielleicht sollten wir doch lieber die Treppe nehmen«, bemerkte Baptiste mit zweifelndem Blick. Wenn möglich, vermied er enge Räume und Fahrstühle. Leroux, der Baptistes Bemerkung als Spaß auffasste, lachte. Wie die meisten seiner Kollegen wusste er kaum etwas über den wortkargen Mann des militärischen Auslandsnachrichtendienstes, der *Direction Générale de la Sécurité Extérieure (DGSE).*

Die fünfzehnte Etage unterschied sich optisch vom Erdgeschoss lediglich dadurch, dass die Flurbeleuchtung kaputt war. Es dauerte einen Moment, bis sich ihre Augen an das schwache Licht gewöhnt hatten, das durch die zwei schmalen, vergitterten Fenster am Ende des Ganges fiel, und sie die beiden Jungen im Kindergartenalter bemerkten, die in einer halbgeöffneten Tür zu ihrer Rechten lauerten. In ihren Gesichtern lag eine Mischung aus Neugier und Fluchtbereitschaft. Als Leroux die beiden auf Arabisch ansprach, verschwanden sie sofort in der Wohnung, Baptiste konnte gerade noch einen Fuß in die Tür stellen, bevor sie zufiel.

Die Wohnung bestand aus drei Räumen, in denen zwei Familien lebten. So stand es in der Akte. Als sie den Flur betraten, sahen sie, wie zwei Frauen die Tür eines der Zimmer hinter sich zuzogen, dann kam ihnen auch schon ein untersetzter Syrer mittleren Alters entgegen. Zahit Ayan und Leroux begrüßten einander wie alte Bekannte. Baptiste hielt sich im Hintergrund. Das war das Revier von Leroux. Er war nur Beobachter, auch wenn ihm diese Rolle nicht zusagte.

Aus der Küche drang der Geruch nach gebratenem Fleisch und orientalischen Gewürzen. Ayan führte sie in einen Raum, dessen Einrichtung aus schweren, handgewebten Teppichen und großen Sitzkissen bestand. Der Essensduft und der gutturale arabische Singsang lösten eine Flut dunkler Erinnerungen in Baptiste aus. *Sie hatten beim traditionellen Hammelessen zusammengesessen, als die Rakete mit infernalischem Krachen ins Nachbarhaus eingeschlagen war. Glasscheiben waren durch die Detonation gesplittert. Der Geruch und der Geschmack des Fleisches waren für Baptiste seither untrennbar verbunden mit den Todes- und Schmerzensschreien der Verletzten, Verstümmelten und eines hilflos durch die Luft fliegenden Körpers – ein entsetzlicher Anblick, den nur der Staub, der sich von dem zusammenstürzenden Gebäude wie eine Wolke aus Vulkanasche verbreitete, für einen kurzen, gnadenvollen Moment verhüllt hatte. Ungeachtet der Gefahr waren sie hinausgestürzt, hatten die Überlebenden geborgen, das eigene Entsetzen ignorierend. Mit bloßen Fingern hatte er zusammen mit den anderen Bewohnern der umliegenden Gebäude im Schutt gewühlt, Männern, Frauen und Halbwüchsigen. Und als er aufgesehen hatte, hatte sein Blick den eines Kindes getroffen, das schockstarr in einem Hauseingang stand und die Szenerie aus angstgeweiteten, dunklen Augen verfolgte, während das*

Blut, das aus seinen Ohren lief, unwirklich in der Sonne leuchtete. Baptiste roch wieder den Staub, sein Herz schlug schneller, und der Schweiß brach ihm aus. Es passierte immer noch, immer wieder und meistens völlig unerwartet. Ein Kontrollverlust, der ihn zugleich verstörte und verärgerte. Er zwang sich zurück in die Gegenwart, in diese Sozialwohnung in Paris, und musterte die Jungen, die schüchtern hinter ihrem Vater hervorlugten. Mit ihren ausgeleierten Jogginghosen, T-Shirts und Turnschuhen waren sie genauso gekleidet wie jenes Kind in Aleppo, doch ihnen würden solche Erlebnisse erspart bleiben. Sie würden in Sicherheit aufwachsen. Ob sie deshalb glücklicher sein und sich ihnen mehr Chancen im Leben bieten würden, wagte Baptiste dennoch zu bezweifeln. Ihre Kultur wurde weder in Frankreich noch im übrigen Europa akzeptiert, und einmal hier aufgewachsen, würden sie auch in ihrer eigentlichen Heimat Außenseiter sein, denen die Traditionen ihres Volkes fremd geworden waren.

Mit gekreuzten Beinen nahmen sie Platz auf den Kissen. Baptistes Finger glitten über die dichte Wolle des Teppichs, und er betrachtete nachdenklich das Muster aus Mitternachtsblau und Bordeauxrot. Es gehörte nicht zu seinen Aufgaben, Asylanten aufzusuchen und Befragungen durchzuführen, aber in diesem speziellen Fall hatte er seine Gründe. Leroux stellte ihn vor. Kein Wort über Baptistes tatsächliche Arbeit. Stattdessen fiel das Stichwort Einwanderungsbehörde, das erfahrungsgemäß die Kooperationsbereitschaft erhöhte. Ayan lächelte höflich, zurückhaltend und bot ihnen Zigaretten an. Baptiste lehnte ebenso höflich in fließendem Arabisch ab und hatte die Genugtuung, die Mundwinkel des Mannes unter dem kurzen Schnurrbart zucken zu sehen.

Er zog eine Fotografie aus der Innentasche seines Jacketts. »Ich nehme an, Sie kennen diesen Mann.«
Die Gesichtszüge des Syrers wurden undurchdringlich, als sein Blick auf das Konterfei des Europäers fiel. Baptiste beobachtete ihn gespannt. Nicht wegen der Antwort, die er erwartete. Er wusste, dass Ayan den Europäer kannte. Sie waren Geschäftspartner, wenn nicht sogar mehr. Aber wie nahm Ayan es auf, dass ihnen diese Verbindung bekannt war?
Baptiste vermied es, Leroux anzusehen, dessen Anspannung durch den Raum hindurch greifbar schien. Der Syrer zog an seiner Zigarette, blies den Rauch langsam aus. Würde er kooperieren? Viel, sehr viel hing davon ab, ob er mit ihnen zusammenarbeitete oder nicht.

3.

Ach, du meine Güte«, rief Louise Bonnier entsetzt, als sie die Tür öffnete und Marion erblickte. »Was ist mit dir passiert, meine Liebe? Du bist tropfnass! Komm schnell herein!« Dunkle, grau durchzogene Locken umrahmten das Gesicht der zierlichen Frau, die ein Erscheinungsbild von ausgesuchter Eleganz bot. Sie zog Marion in die Wohnung und küsste sie auf beide Wangen. »Es ist wohl das Beste, wenn du dich eben umziehst, bevor wir Tee trinken. Ich habe dir dein altes Zimmer hergerichtet.« Sie nahm Marion den nassen Mantel ab, während sie munter weiterplauderte. »Greg müsste auch jeden Moment zurück sein. Er holt Kuchen in der Rue Vavin. Ich weiß, dass du die Pâtisserie am Odéon bevorzugst, aber bei diesem Wetter kann ich meinem lieben Mann den Weg dorthin nicht zumuten …«
Ihre Worte plätscherten an Marion vorbei wie ein kleiner Bach. Schon als Kind hatte sie sich von Louises Plauderei einlullen lassen, und auch jetzt wurde sie erst wieder aufmerksam, als die Französin aus dem kleinen Raum, der als Garderobe diente, zurück in den Flur trat und einen Blick auf ihre Armbanduhr warf. »Wir erwarten heute übrigens noch meinen Neffen Jean.«
Marion runzelte die Stirn. »Jean?«
»Jean Morel, erinnerst du dich nicht an ihn? Er ist zwei oder

drei Jahre älter als du, der Sohn meiner Schwester. Ihr habt früher zusammen auf dem Spielplatz im Jardin du Luxembourg gespielt, wenn Marie mich besucht hat.«
Marion zuckte hilflos mit den Schultern.
»Gut, du warst damals noch sehr klein, nicht älter als vier oder fünf. Zu jener Zeit hast du deinen Vater häufig nach Paris begleitet und bei uns gewohnt.«
Daran wiederum konnte Marion sich gut erinnern, denn Louise war für Marion die Mutter gewesen, die sie nie gehabt hatte. Ihre eigene Mutter war gestorben, als sie noch nicht einmal vier Jahre alt war, und sie hatte so gut wie keine Erinnerung an sie. Louise hatte viel mit ihr zusammen unternommen, und durch kleine Spiele, Lieder und Reime hatte Louise den Grundstein für Marions Liebe zur französischen Sprache gelegt.
»Ich habe Jean erzählt, dass du vor deinem Auslandseinsatz bei uns wohnen wirst, und im Gegensatz zu dir wusste er genau, von wem ich spreche«, fügte Louise mit einem Augenzwinkern hinzu. »Aber jetzt geh, und zieh dich um, bevor du dich noch erkältest.«
Marion lächelte unwillkürlich über die Bemutterung, die ihr zuteilwurde. Es tat gut, sich so von Louise vereinnahmen zu lassen. Gerade jetzt. Hamburg, das Krankenhaus, Paul – alles, was sie seit Wochen, ja, Monaten belastete, verlor sich in diesem Gefühl von Wärme und Geborgenheit, das sich in ihr ausbreitete.

Doch der Moment währte nur kurz. Als sie im Gästezimmer an den bis auf den Boden reichenden Fenstern stand und durch den Regen auf das erste zaghafte Grün der Bäume im Park hinausblickte, konnte sie nicht verhindern, dass ihre Gedanken wieder zurückwanderten: zu einer drohenden

Silberhochzeit mit einem Mann, zu dessen bevorzugten Gesprächsthemen neuerdings sein Golf-Handicap und der Zustand seines Sportwagens gehörten. Was war aus ihren abendfüllenden Diskussionen über Politik geworden? Über Kunst und Musik? Glaubst du, in einem afrikanischen Flüchtlingslager wirst du jemanden finden, der mit dir über die Musik von Wagner oder Britten philosophiert?, hatte er gespottet, als sie versuchte, zu erklären, warum sie den Entschluss gefasst hatte, ihre Arbeitskraft für ein Jahr *Ärzte ohne Grenzen* zur Verfügung zu stellen. Seine Worte hatten sie verletzt und ihr aufs Neue gezeigt, wie tief die Kluft zwischen ihnen geworden war. Egal, wohin du gehst, dein Problem nimmst du mit, war sein abschließendes Statement gewesen. Dabei hatte er auf der Couch gesessen, lässig zurückgelehnt, die Beine in seiner hellbraunen Cordhose übereinandergeschlagen, die Ärmel seines weißen Hemdes hochgekrempelt. Sie konnte es nicht ertragen, wenn er sich so selbstgefällig gab, so gönnerhaft. Die Wut, die sein Verhalten bei ihr auslöste, ließ sie sogar hier in Paris, so viele Kilometer von ihm entfernt, die Fäuste ballen. Wobei sich ihr Zorn nicht nur gegen Paul richtete, sondern vor allem gegen die Hilflosigkeit, die sie erlebte. Sie konnte, wollte nicht akzeptieren, dass sich eine Beziehung zwangsläufig abnutzte im Laufe der Jahrzehnte. Sie wollte sich nicht zufriedengeben mit dem erreichten wirtschaftlichen und gesellschaftlichen Status. Warum gelang es ihr nicht, den *Geist* wiederzubeleben, der sie und Paul einmal getragen hatte, warum verspürte sie stattdessen nur noch Müdigkeit in den fruchtlosen Diskussionen mit ihm? Vielleicht hätte sie es besser aushalten oder gar ignorieren können, wenn sie wenigstens Befriedigung in ihrem Beruf gefunden hätte. Sie liebte ihre Arbeit und war, wie ihr Vater einmal stolz behauptet hatte, eine Vollblutmedizinerin. Doch gerade deshalb hatte sie sich in den vergangenen Jahren an Krankenhausreformen und Verwaltungsstrukturen und einem in ihren Augen starren und verkrusteten Gesundheitssystem, das zu wenig auf den Menschen hinter der Krankheit schaute, aufgerieben. Sie wollte zurück zu den Wurzeln ihrer Profession, zu denen, die wirklich ihre Hilfe brauchten. Ihre Bewerbung bei *Ärzte ohne Grenzen* war ein Befreiungsschlag gewesen.

Sie zog einen Stapel Unterlagen aus dem Seitenfach ihres Koffers, ließ die Seiten kurz durch ihre Finger gleiten, bevor sie sie auf dem Schreibtisch neben dem Fenster ablegte, und verlor sich in ihren Gedanken. Das passierte ihr oft, seit sie die Nachricht für ihren Einsatz in der Zentralafrikanischen Republik erhalten hatte.

»Das sieht nach Schmutz, Hitze und Elend aus«, hatte ihre älteste Tochter in der vergangenen Woche die beigefügten Bilder kommentiert. »Meinst du, das hältst du aus in deinem Alter? Es ist nicht nur die Arbeit, du musst dort auch leben.«

»Es wird kein Spaziergang werden, das ist mir klar, aber ich denke schon, dass ich in der Lage bin, mich darauf einzustellen«, hatte sie geantwortet. »Es ist schließlich nicht mein erster Besuch auf dem afrikanischen Kontinent.« Vor anderthalb Jahren erst hatte sie im Rahmen eines medizinischen Austauschprojekts für etwa sechs Wochen in einem Krankenhaus im Kongo gearbeitet. Sie wusste, worauf sie sich einließ, wenn auch die Zustände in der Zentralafrikanischen Republik mit fast einer halben Million Vertriebener sicher noch einmal anders zu bewerten waren.

»Ich habe keine spontane Entscheidung getroffen«, hatte sie ihrer Tochter versichert. »Ich habe über alles sehr lange nachgedacht, bevor ich mich für diesen Einsatz gemeldet habe.« Und nicht nur das. Sie hatte einen Gesundheitscheck absolviert, um sich selbst zu bestätigen, dass sie den Anforderungen gewachsen war. Hatte Impfungen über sich ergehen lassen, und immer wieder war es ihr Vater gewesen, der sie bestärkt hatte, wenn sie zweifelte. »Wenn ich jünger wäre, würde ich dich begleiten.« Mit Besorgnis hatte sie bei diesen Worten die Abenteuerlust in seinen Augen funkeln sehen. Er war einundachtzig und trug seit drei Jahren einen Herzschrittmacher. Dass ihm während ihrer Abwesenheit etwas zustoßen könnte, war ihre größte Sorge.

Mit einem unterdrückten Seufzen verdrängte sie den Gedanken und griff nach dem Handtuch, das auf ihrem Bett lag. Es tat gut, das weiche Frottee auf ihrer Haut zu spüren und sich die regennassen Haare trocken zu rubbeln. Sie zog ihre feuchten Schuhe aus und tauschte den formellen Hosenanzug, den sie für die Reise gewählt hatte, gegen eine Jeans und einen leichten Pullover. Als sie ihren Koffer weiter auspackte, fielen ihr die beiden gerahmten Fotografien in die Hände, die sie mitgenommen hatte: ein Bild von Paul, das sie auf den Schreibtisch stellte, und ein Bild von ihrem Vater und ihren beiden Töchtern. Es zeigte einen Hünen von einem Mann mit einem vollen Schopf schlohweißen Haars und einem strahlenden Lachen, mit dem er zeitlebens die Menschen für sich eingenommen hatte. Er hatte seine Arme um Marions schon erwachsene Töchter gelegt, die eine so verblüffende Ähnlichkeit mit ihr hatten, dass Marion immer wieder erstaunt war. Zu ihrem Bedauern hatten weder ihre Töchter noch sie die geringste Ähnlichkeit mit ihrem Vater. Meine Gene vererben sich nun einmal rezessiv, mein Kind, vielleicht hast du irgendwann Enkelkinder, die mir gleichen, hatte er sie getröstet.

Paul war die enge Bindung zwischen ihr und ihrem Vater immer ein Dorn im Auge gewesen. Er war eifersüchtig auf ihre gemeinsamen Reisen zu Kongressen ebenso wie auf das Abendessen, zu dem sie sich einmal wöchentlich trafen – ein Ritual, das aus der Zeit stammte, in der sie noch gemeinsam im selben Krankenhaus gearbeitet und sich in diesem Rhythmus zu Dienstbesprechungen getroffen hatten. Dass ihr Vater ihren Entschluss unterstützte, hatte das sowieso schon angespannte Verhältnis zwischen ihm und Paul nicht gerade positiv befördert. Marion seufzte. Besser nicht daran denken. Sie stellte die Fotografien nebeneinander. Sie konnte nicht alles haben. Nun war sie erst einmal hier, fern von all den Eifersüchteleien und Streitereien. Dankbar glitt ihr Blick über die hellgelbe Seidentapete mit den feinen chinesischen Mustern, über die geschmackvolle antike Möblierung des Zimmers, die die großbürgerliche Zeit zu Anfang des letzten Jahrhunderts wieder lebendig werden ließ. Und dann hörte sie Louise rufen: »Marion! Bist du fertig?«
Sie trat in den Flur mit dem langen, schmalen Läufer, der eigens für diese Wohnung geknüpft worden war. »Ich komme schon, Louise!«
Und wie zu Kinderzeiten vermied sie es, auf die ineinander verschlungenen Fabelwesen zu treten, die den Teppich auf seiner ganzen Länge säumten.

4.

Jean Morel blickte auf das kleine Mädchen an seiner Seite. Während es versuchte, auf kurzen Kinderbeinen mit ihm in den endlosen Tunneln der Metrostation unter dem Montparnasse Schritt zu halten, wippten seine dunkelbraunen Locken keck auf und ab. Wer sie von weitem betrachtete, mochte sie für Vater und Tochter halten. Wer jedoch genauer hinsah, entdeckte die erschreckende Teilnahmslosigkeit im Blick des Kindes, die das lockere Auf und Ab seiner Locken Lügen strafte. Jeans Finger schlossen sich intuitiv fester um die kleine, schweißige Hand des Mädchens, und er meinte, genau diese Teilnahmslosigkeit auch in der Berührung zu spüren.

Als er die Kleine abgeholt hatte in der völlig überfüllten Flüchtlingsunterkunft im Süden von Paris, hatte sie in einer Ecke des ärmlichen Zimmers gesessen, wo er sie zunächst nicht wahrgenommen hatte.

»Sie isst nicht mehr«, waren die Worte, mit denen ihn die Mutter der Familie, mit der das Mädchen aus dem zerstörten Aleppo hergekommen war, begrüßt hatte. Die Frau wirkte müde und gereizt. Zahra war nicht ihre Tochter, und sie war ihr lästig, das hörte Jean an ihrem Tonfall. Die Familie hatte genug mit sich selbst zu tun. Sie brauchte keine fremden Kinder in diesem fremden Land, um die sie sich zusätzlich

kümmern musste. Vor allem dann nicht, wenn sie Ärger machten.
»Ich nehme sie mit«, hatte Jean entgegnet.
Die Frau hatte seine Ankündigung mit einem Schulterzucken quittiert, ihm nicht widersprochen und keine Fragen gestellt. Sie hatte Geld dafür bekommen, Zahra als ihre Tochter auszugeben und nach Frankreich mitzunehmen. Sie hatte ihren Teil der Abmachung erfüllt, mehr interessierte sie nicht.
Jean war langsam auf das fünfjährige Mädchen zugegangen. Eine unsichtbare Grenze schien es von den anderen zu trennen, die in der Mitte des Raums auf einem Haufen hockten und Karten spielten. Es reagierte nicht, auch nicht, als er es auf Arabisch ansprach.
»Sie spricht auch nicht«, hatte die Frau bemerkt. »Es hat keinen Sinn, es zu probieren.«
Jean war versucht gewesen, die Frau zu fragen, was Zahra erlebt, was sie gesehen hatte, wollte ergründen, warum sie jeden Kontakt und auch die Nahrung verweigerte, aber ein Blick in die harten, abweisenden Augen der Frau hatte genügt, um zu erkennen, dass er keine Antwort bekommen würde.
Sie hatte ihm eine zerknitterte Plastiktüte mit den Habseligkeiten des Mädchens gereicht. Außer Kleidung und einem ausgetretenen Paar Schuhe war nichts Persönliches dabei. Kein Spielzeug, kein Stofftier, kein Foto.
Jean hatte sich daraufhin vor Zahra auf den Boden gehockt und ihr seine Hand entgegengestreckt. »Taʿāl maʿ ī!«, forderte er sie auf Arabisch auf, mit ihm zu kommen.
Unerwartet hatte sie aufgesehen, und er hatte unwillkürlich geschluckt. Zahra besaß die Augen ihrer Mutter, wunderschöne, fast schwarze Augen, verstörend in ihrer Tiefe.

Schmerzvolle Erinnerungen hatten ihn bei ihrem Anblick übermannt. Ein Hauch von Élaines leichtem Parfüm war plötzlich im Raum gewesen, und seine Haut hatte sich an die Berührung ihrer Hände und Lippen erinnert.
Auch jetzt, bei dem Gedanken an jenen nicht einmal eine halbe Stunde zurückliegenden Moment, durchzuckte ihn erneut der Schmerz. Wo mochte sich Zahras Mutter inzwischen aufhalten? Er konnte nicht einmal sicher sein, dass sie noch am Leben war. Nichts war mehr sicher in Syrien.

Die Metro fuhr ein, und wie schon bei ihrer ersten Fahrt schreckte Zahra zurück. Jean wartete, bis sich das Gedränge gelegt hatte, dann stieg er mit ihr in den Zug und spürte ihr Zögern, als sie das Abteil betrat. Sie vertraute ihm ebenso wenig wie der Familie, mit der sie nach Paris gekommen war und nach der sie sich nicht ein einziges Mal umgedreht hatte, als sie gegangen waren. Er fragte sich erneut, was sie erlebt haben mochte.
Seine ganze Hoffnung ruhte auf Louise. Seine Tante hatte ein Händchen für Kinder. Louise würde Zahra zum Sprechen bringen, würde ihren zusammengekniffenen Lippen die Geheimnisse entlocken, die das Mädchen so sorgsam hütete.
Die Türen der Bahn schlossen sich, und mit einem Rucken fuhr der Zug an. Zahra wurde gegen ihn gedrückt und klammerte sich an ihm fest. Jean hätte sie gerne auf den Arm genommen, heraus aus dem Dschungel von Beinen, der sie umgab, aber er hatte keine Vorstellung, wie sie reagieren, ob sie nicht vielleicht schreien und sich wehren würde. Er konnte es sich nicht leisten, Aufsehen zu erregen.
Um sich abzulenken, ließ er nach alter Gewohnheit seinen Blick über die Menschen in dem vollbesetzten Abteil gleiten

und betrachtete ihre Gesichter: Schüler, Hausfrauen, Rentner, einige Geschäftsleute und eine Gruppe asiatischer Touristen. Die meisten wirkten genervt aufgrund der Enge. Wer nicht auf seinem Handy herumdrückte, starrte vor sich hin. Ob sich einer von ihnen in diesem Moment bewusst machte, welch privilegiertes Leben er führte? Jean war erst seit einigen Tagen wieder in Frankreich, und wie jedes Mal bei seiner Rückkehr verstimmte ihn der selbstverständliche Wohlstand, dem er auf Schritt und Tritt begegnete.

Zwei Stationen später stiegen sie aus. Seinen Ressentiments gegenüber der westlichen Welt im Allgemeinen und Frankreich im Besonderen wie zum Trotz, schätzte er dennoch das Gefühl, heimzukehren. Verlässlich umfing es ihn bei jeder Rückkehr, und so auch jetzt, als er vom geschäftigen Boulevard Raspail in die helle, von gepflegten Altbauten gesäumte Rue de Fleurus einbog.
Den Straßenlärm und das Gedränge ließen sie hinter sich, nur das Geräusch ihrer Schritte hallte von den Häusern wider. Zahra entspannte sich merklich und umrundete selbstvergessen die Pfützen, die der Regen hinterlassen hatte. Von den Bäumen tröpfelte es noch, doch der Himmel riss nach einem trüben, grauen Tag endlich auf. Jean nahm es als Sinnbild. Ebenso wie Zahras plötzliche Unbeschwertheit.
Sein Blick wanderte von dem Mädchen an seiner Seite zu den Fassaden der Häuser, zu kleinen vertrauten Details in Form einer steinernen Ranke oder einer mit Arabesken verzierten Eingangstür. Wegmarken in einer Straße, von denen aus er als Kind die Anzahl der Schritte bis zu Louises Wohnung genau gekannt hatte. Als kleiner Junge war er mit seiner Mutter so oft zu Gast bei Louise und Greg gewesen, dass ihm die Wohnung ein zweites Zuhause geworden war, in

dem er die Ruhe und Ordnung gefunden hatte, die seinem Leben damals wie heute fehlte. Jahre später hatte er während seines Studiums bei ihnen gewohnt, hatte die Nähe zur Sorbonne und dem lebhaften Saint-Germain-des-Prés geliebt, wenn auch das großbürgerliche Ambiente auf dieser Seite des Jardin du Luxembourg seiner damals stark vom französischen Sozialismus geprägten Einstellung widersprochen hatte.

Als sie das Eckhaus erreichten, blieb Jean kurz stehen. Von der anderen Straßenseite hallte Vogelgezwitscher aus den Kronen der alten Bäume in der regenfeuchten Luft zu ihnen herüber. Nur in seltenen Momenten wünschte er sich in diese sorglose Zeit seiner Kindheit zurück. Heute war so ein Tag. Er seufzte unwillkürlich, wandte sich der massiven, dunklen Holztür zu und drückte einen der sechs Klingelknöpfe.

Es war eine ganze Weile her, dass er seine Tante das letzte Mal besucht hatte, aber als sie sich gegenüberstanden, war es, als wäre es gestern erst gewesen. Und natürlich enttäuschte Louise ihn nicht. Mit einem kleinen Aufschrei des Entzückens ging sie vor Zahra in die Hocke. »Hallo, meine Kleine! Ich habe mich schon so auf dich gefreut!«

Zahra regte sich zunächst nicht und betrachtete die zarte alte Dame mit großen Augen, doch schließlich trat sie verhalten einen Schritt vor und ergriff die Hand, die Louise ihr entgegenstreckte, während Louise weiter auf das kleine Mädchen einsprach. Jean ließ langsam den Atem entweichen, von dem er nicht einmal gemerkt hatte, dass er ihn angehalten hatte. Dann erst bemerkte er, dass sie nicht allein waren. Die schlanke Silhouette einer Frau löste sich aus den Schatten des Flurs. Sie trat ins Licht, und Jean erstarrte.

»Jean, Marion … ihr kennt euch«, hörte er Louises Stimme

wie von fern. Er blickte von Marion zu seiner Tante. Ein fast unmerkliches Kopfschütteln begleitete ihre Worte, gefolgt von einem harten, keinen Widerspruch duldenden Blick. Sichtlich verwirrt bemühte sich Jean um ein unverfängliches Lächeln, reichte Marion die Hand und hauchte ihr einen Kuss auf jede Wange. »Freut mich, dich wiederzusehen, Marion. Unsere letzte Begegnung liegt schon ein paar Jahrzehnte zurück.«

Sie antwortete ihm auf Französisch mit jenem harten Akzent, den die Deutschen seiner Sprache zumuteten. Doch er nahm nicht wahr, was sie sagte, zu sehr erinnerte sie ihn an jemanden, der ihm noch immer nahestand. Gab es solche Zufälle? Und was wusste seine Tante darüber? Sie war ihm, verdammt noch einmal, eine Erklärung schuldig.

5.

Zahit Ayan erwies sich nicht als die ergiebige Quelle, die sich Claude Baptiste erhofft hatte. Der Syrer war ohne Zweifel kooperativ gewesen, hatte dabei aber so viel Distanz gewahrt und Stolz durchblicken lassen, dass jeder Gedanke an Heuchelei im Keim erstickt wurde. Dennoch war das, was er ihnen erzählt hatte, ebenso wie die Namen, die er preisgab, nichts Neues gewesen. Die Informationen, derentwegen sie ihn aufgesucht hatten, hatte er ihnen geschickt vorenthalten.

Und nun war Zahit Ayan tot. Am Morgen hatten Bahnarbeiter seine Leiche an den Gleisen in Höhe der Bibliothèque Nationale gefunden. Was für ein trister Ort zum Sterben, war Baptistes erster Gedanke gewesen. Doch sowohl Mitarbeiter der Spurensicherung als auch der diensthabende Rechtsmediziner hatten ihm und Leroux versichert, dass Ayans Fundort nicht identisch mit dem Tatort war. »Seine Leiche ist an den Gleisen nur abgeladen worden«, eröffnete ihnen der hagere Mann, dem die Beschäftigung mit dem Tod anhaftete wie ein schlechter Geruch oder ein körperlicher Makel. So zumindest erschien es Baptiste, der selten mit Rechtsmedizinern zu tun hatte.

Drei Einschusslöcher wies der Körper des Syrers auf, der mit einer kleinkalibrigen Waffe aus nächster Nähe in das linke Knie, den Bauch und zuletzt in den Kopf getroffen worden war. Die Kugeln waren im Körper steckengeblieben, weshalb es kaum Blut und Spuren gab. Auf den ersten Blick war der Tote nicht einmal als Mordopfer zu erkennen gewesen. »Wir haben zuerst gedacht, da würde einer seinen Rausch ausschlafen«, hatte einer der Gleisarbeiter zu Protokoll gegeben. Sie hatten nicht zugegeben, dass sie auf ihn eingetreten hatten, obwohl der Tote eindeutig im Bereich des Bauchs und des unteren Rückens postmortale Verletzungen aufwies. Erst als die Arbeiter Ayan umgedreht hatten, hatten sie das Blut an seinem Hinterkopf entdeckt.

»Der finale Kopfschuss ist deutlich später als die anderen Schüsse abgefeuert worden«, konstatierte der Rechtsmediziner, und auch ohne dass der Mann diesen Aspekt näher ausführte, wusste Baptiste, was er ihnen damit sagen wollte: Zahit Ayan war gefoltert worden. Welche Geheimnisse hatte der Syrer unter dieser Folter preisgegeben, bis sie ihn erlöst hatten?

Baptistes Gedanken kreisten noch immer um diese Frage, als er längst zurück in dem kleinen Büro im Gebäude des Inlandsnachrichtendienstes war, in das er für die Zeit der Ermittlungen zusammen mit Leroux eingezogen war. Nachdenklich rollte er einen Fetzen Papier zwischen seinen Fingern zu einer Kugel und warf sie schließlich in Richtung des Abfallkorbs. Sie prallte gegen die dahinterliegende Wand und landete von dort gerade noch so im Ziel. Baptiste knüllte einen weiteren Papierfetzen zwischen seinen Fingern zusammen.

»Gibt es einen Zusammenhang zwischen Ihrer Treffsicherheit und der Lösungsfindung für ein Problem?«, fragte Marcel Leroux, der ihn von seinem eigenen Schreibtisch aus schweigend beobachtet hatte.

Baptiste sah auf. »Es hilft beim Denken«, entgegnete er lediglich.
»Fühlen Sie sich verantwortlich für Ayans Tod?«, hakte Leroux nach.
Baptiste ließ die letzte Kugel über seinen Schreibtisch rollen. »Ein Mann wird ermordet, kurz nachdem Sie ihn aufgesucht und ihm ein paar sehr heikle Fragen gestellt haben, wie fühlen Sie sich dann?«
»Sein Tod muss nicht mit unserem Besuch zusammenhängen«, wehrte Leroux ab. Die Situation berührte ihn mehr, als er zugeben mochte, das spürte Baptiste. Leroux hatte zum ersten Mal einen Informanten verloren. Und Ayan war eine Persönlichkeit gewesen.
»Vielleicht«, gab Baptiste daher einsilbig zurück und rief sich ins Gedächtnis, was er über den Syrer wusste: Er hatte eine Schlüsselposition im Flüchtlingsgeschäft besetzt, sich aber geschickt im Hintergrund gehalten und aus seinen Verbindungen und seinem Wissen Profit geschlagen. Er hatte in dem Ruf gestanden, verlässlich und bescheiden zu sein, und wenn er sein Wort gegeben hatte, war unbedingt Verlass darauf gewesen. Wer brachte einen solchen Mann um? Baptiste dachte an Ayans Frau und seine Söhne, erinnerte sich an die scheue Neugier der beiden Jungen, an ihre ausgebeulten Jogginghosen, ihre abgetragenen Sportschuhe und zu weiten T-Shirts. Er sah sie heran- und hineinwachsen in jenes Heer von Einwandererkindern der Banlieues, in die ihre Mutter schon aufgrund der unbezahlbaren Mieten in Paris gezwungen sein würde zu ziehen, sobald sie die Flüchtlingsunterkunft verlassen mussten. Zahit Ayan hatte gewusst, dass er sich und seine Familie mit seinem Tun trotz aller Zurückhaltung und Bescheidenheit in Gefahr brachte. Was hatte ihn veranlasst, sich dennoch darauf einzulassen? Seine Frau hat-

te in einem ersten Gespräch beteuert, nichts von den Unternehmungen ihres Mannes gewusst zu haben, aber Baptiste glaubte ihr nicht. Die Trauer um Ayan war überschattet gewesen von Angst, als sie mit verweinten Augen vor ihm gesessen hatte, den jüngeren ihrer beiden Söhne auf dem Schoß so fest umklammert, dass die Knöchel ihrer Finger weiß unter der Haut hervorgetreten waren.
»Veranlassen Sie, dass Ayans Frau observiert wird«, sagte er zu Leroux, während sein Blick zu der Fotografie des Europäers wanderte, die sie dem Syrer gezeigt hatten. Und ohne dass er es selbst bemerkte, begann die Papierkugel unter seinen Fingern erneut zu rollen. »Wir brauchen einen Grund, diesen Mann für eine Vernehmung vorzuladen.« Er wies auf das Foto, das zwischen ihnen an der Wand hing.
Leroux zog eine Augenbraue hoch, was seinen leicht femininen Gesichtszügen etwas Sardonisches verlieh. Sein junger Kollege gab den Namen des Europäers in seinen Computer ein und betrachtete die Ergebnisse, während Baptiste sich weiter in seinen Zielversuchen erging. Schließlich stand Leroux auf, drehte den Bildschirm zu Baptiste und trat neben ihn.
Baptiste griff nach seiner Lesebrille.
Leroux scrollte mit der Maus über die gefundenen Daten. »Sein Name taucht immer wieder auf, aber es gibt keine konkreten Hinweise. Entweder hat er wirklich nichts auf dem Kerbholz oder …«
»Oder er ist verdammt gerissen«, fiel Baptiste seinem Kollegen ins Wort. »Wir beobachten den Mann schon seit über einem Jahr. Er scheint jeden und alles zu kennen im Nahen Osten. Er ist seit fast zwei Jahrzehnten in der Region, und seine Arbeit für die *Non-governmental Organization,* die er vertritt, lässt ihm Spielraum.«

»Wie sind Sie auf ihn aufmerksam geworden?«, wollte Leroux wissen.
»Ein Zufall zu viel«, erwiderte Baptiste unüberlegt.
Leroux' Blick blieb abwartend an ihm hängen, und Baptiste spürte auch bei ihm, der nicht einmal ein Mitarbeiter seiner eigenen Firma war, plötzlich die unterschwellige Neugier, ja, fast schon Sensationslust, und ärgerte sich, so spontan auf die Frage geantwortet zu haben. Er hasste diesen Legendenstatus, der ihm besonders von den jüngeren Kollegen angedichtet wurde. Es gab nichts, worauf er stolz sein konnte, nichts, was diese stumme Ehrerbietung rechtfertigte. Es gab dunkle Gedanken, Erinnerungen, die schmerzten. Das war alles, was geblieben war. Er war kein Held, egal, was die Kollegen erzählten.
Er wandte sich wieder dem Monitor zu und ignorierte die Enttäuschung Leroux', als er lediglich auf einen Eintrag zeigte und sagte: »Hier gibt es vielleicht einen Ansatzpunkt.«

6.

Marion schlug die Augen auf und blickte auf die klar umrissenen Konturen des Fensterkreuzes, die das Licht der Straßenbeleuchtung gegen Wand und Decke warf. Entgegen Louises Ermahnung hatte sie die hohen Läden nicht geschlossen, als sie ins Bett gegangen war, allein der Gedanke, derart abgeschottet zu schlafen, nahm ihr den Atem. Und jetzt war sie froh um das weiche, gelbe Licht. Wenn sie den Kopf zum Fenster wandte, konnte sie dahinter schemenhaft die Umrisse der alten Bäume des Parks erkennen. Es war still in der Wohnung, kein Geräusch drang von der Straße herauf. Kaum zu glauben, dass sie sich mitten in einer Großstadt befand. Sie tastete nach ihrem Telefon auf dem kleinen Nachttischchen neben ihrem Bett und schaltete das Display ein. Fast drei Uhr.

Mit einem Seufzen ließ sie das Telefon auf die Bettdecke sinken. Die Schlaflosigkeit war nichts Neues für sie. In ihrem Gepäck hatte sie Schlaftabletten, zu denen sie in Hamburg in der letzten Zeit immer häufiger gegriffen hatte. Aber der Gedanke an den unnatürlichen, durch sie erzwungenen Schlaf und die Schwere am nächsten Morgen stieß sie genauso ab wie die Vorstellung, sich die nächsten Stunden bis zum Morgengrauen ruhelos im Bett hin und her zu wälzen.

Im Licht, das von draußen hereinschien, stand sie auf, streifte ihren Schlafanzug ab und zog sich Jeans und Pullover über. Dann öffnete sie leise ihre Zimmertür und schlich auf Zehenspitzen zur Küche. Louise hatte einen leichten Schlaf, und sie wollte sie unter keinen Umständen wecken. Erst als sie die Küchentür hinter sich ins Schloss gezogen hatte, machte sie Licht.

Im Gegensatz zum musealen Charakter der übrigen Wohnung hatten Greg und Louise ihre Küche funktional und modern eingerichtet. Marion füllte Wasser in den Wasserkocher und zog die Schublade auf, in der Louise ihren Tee aufbewahrte. Seit Marion sie kannte, zelebrierte Louise die Teestunde am Nachmittag wie eine Messe, und entsprechend groß war die Auswahl an Teesorten in Dosen, auf die Marion jetzt blickte.

»Darf ich behilflich sein?«

Marion zuckte zusammen und hätte fast die Teedose fallen lassen, die sie soeben in die Hand genommen hatte.

Jean Morel lächelte entschuldigend, und seine ebenmäßigen Zähne blitzten in dem wettergegerbten Gesicht weiß auf. »Ich wollte dich nicht erschrecken.« Seine schlanke, sehnige Hand lag noch auf der Türklinke.

Marion atmete tief durch. »Ich habe dich nicht hereinkommen hören«, erwiderte sie auf Französisch.

»Nun, nachts um drei in der Küche erwartet man auch kaum Gesellschaft, oder?«

Marion räusperte sich zurückhaltend. »Ich hoffe, ich habe dich nicht geweckt.«

Er schüttelte den Kopf, während er näher trat. »Ich habe noch gearbeitet.« Er betrachtete sie von der Seite. »Und du?«

Seine Nähe irritierte sie. Sie wurde sich plötzlich bewusst, dass sie gerade aus dem Bett gestiegen war, ungekämmt und

ungeschminkt. Sie trug nicht einmal einen BH unter dem Pullover. »Ich … konnte nicht schlafen«, antwortete sie zögernd und öffnete die Dose, um den Tee in die bereitgestellte Kanne zu füllen.
Jean warf einen Blick auf das Etikett. »Wenn du den nimmst, musst du das Wasser noch ein wenig abkühlen lassen, bevor du es einfüllst. Grüner Tee wird bitter, wenn er zu heiß aufgebrüht wird.«
»Ach, tatsächlich … Ich habe damit keine Erfahrung. Ich trinke sonst nur Tee aus Teebeuteln.«
Jean lachte auf. »Lass das nicht meine Tante hören. Ihrer Meinung nach sind Teebeutel eine entsetzliche Erfindung der Engländer und gleichzusetzen mit dem Untergang des Abendlandes.«
Marion versuchte, ihr schwelendes Misstrauen zu ignorieren, doch schon als Louise sie einander am Nachmittag vorgestellt hatte, war Jean ihr so familiär und freundschaftlich begegnet, als hätten sie sich Wochen und nicht Jahrzehnte zuvor das letzte Mal gesehen. Louise hatte Marions Zurückhaltung wohl bemerkt und etwas von der Unvereinbarkeit der norddeutschen Kühle mit dem französischen Temperament gemurmelt – zu leise für Jean, aber deutlich genug für Marion. Vielleicht gab sie sich deshalb einen Ruck, jetzt mitten in der Nacht, und schenkte Jean ein freundliches Lächeln. »Möchtest du auch eine Tasse Tee?«
»Lieber einen Becher«, entgegnete er. »Du auch?«
Sie nickte und beobachtete ihn, während er einen der Schränke öffnete, um zwei Becher herauszunehmen. Er war von großer Statur, größer als die meisten Franzosen, die sie kannte, und schlank beinahe bis zur Askese – ein Mann, dem anzusehen war, dass er gelebt und etwas erlebt hatte und des-

sen Erfahrungshorizont sie vermutlich niemals erreichen konnte. Vielleicht war es genau das, was sie so zurückhaltend auf ihn reagieren ließ.
»Trinkst du nachts oft Tee, anstatt zu schlafen?«, fragte er, als sie ihm den Becher füllte.
»Eher selten«, erwiderte sie ausweichend. »Normalerweise schlafe ich nachts.« Sie hatte nicht vor, Jean Einblick in ihr Seelenleben zu gewähren. »Und du?«
Er zuckte mit den Schultern. »Wie es die Umstände erfordern. Ich hatte noch Arbeit zu erledigen, die keinen Aufschub duldet.« Eine gewisse Anspannung lag in seinen Worten, die sie aufhorchen ließ.
»Du reist morgen wieder ab?«, fragte sie.
»Jaja, ich bin nur gekommen, um Zahra zu bringen.«
»Ich hoffe, sie schläft jetzt«, sagte Marion nachdenklich. Louise hatte dem Mädchen ein eigenes Zimmer eingerichtet. Es lag gleich gegenüber ihrem und besaß einen heimeligen Ausblick auf den baumbestandenen Innenhof. Durch ihre geöffnete Tür hatte Marion beobachtet, wie Zahra es an Louises Hand scheu betreten hatte. Auf dem Kinderbett mit dem zartrosa Bettbezug saßen eine altmodische Puppe und ein großer, zerliebter Stoffhase. »Diese beiden werden heute Nacht auf dich aufpassen«, hatte Louise Zahra erklärt. »Sie haben schon auf viele Kinder aufgepasst, die heute erwachsene Menschen sind. Sie können das sehr gut.« Marion hatte unwillkürlich gelächelt bei diesen Worten. Sie kannte die beiden noch aus ihrer eigenen Kindheit. Sie hatten Namen gehabt, die ihr jedoch nicht mehr einfielen. Sie wandte sich wieder Jean zu. »Zahra ist sehr scheu. Was wird mit ihr geschehen?«
»Das ist eine der Aufgaben, an denen ich gerade arbeite«, gestand Jean. »Ich versuche, eine Aufenthaltserlaubnis für

sie zu bekommen. Wir können unter keinen Umständen zulassen, dass sie zurück nach Syrien geschickt wird.«
»Kennst du Zahras Familie?«
Er fuhr mit einem Finger langsam den Rand des Bechers nach. »Der Bürgerkrieg in Syrien ist schrecklich, wir können uns das hier gar nicht vorstellen«, sagte er schließlich. »Familien werden auseinandergerissen, Kinder von ihren Eltern getrennt. Zahra hat Glück gehabt, dass sie von einer anderen Familie aufgenommen wurde.«
»Aber was wird hier mit ihr geschehen?«
»Ich hoffe, dass sie bei Louise bleiben kann.«
»Hier?«
Jean schien Marions Überraschung nicht zu verstehen. »Louise hat in den vergangenen Jahren schon des Öfteren verwaiste Flüchtlingskinder bei sich aufgenommen, bis wir ihre Familien oder ein neues Zuhause für sie gefunden haben.«
»Tatsächlich? Das wusste ich nicht.«
»Du warst schon lange nicht mehr zu Besuch, nicht wahr?« Es lag kein Vorwurf in seiner Stimme.
»Meine Arbeit hat mich sehr in Anspruch genommen in den letzten Jahren, und meine Töchter haben ihre Schulabschlüsse gemacht«, verteidigte sich Marion dennoch.
»Und jetzt hast du die Reißleine gezogen«, stellte er fest.
Erneut zögerte Marion. »Nun ja, ich dachte, der Zeitpunkt ist günstig, sich für ein Jahr zu engagieren. Ich werde in die Zentralafrikanische Republik gehen.«
»Wirklich aus reinem Altruismus?«, hakte Jean nach. Der leicht überhebliche Unterton in seiner Stimme ärgerte sie.
»Empfindest du das als problematisch?«, entgegnete sie schärfer als beabsichtigt.
Jean hob abwehrend die Hand. »Ich wollte dir nicht zu nahe treten. Ich fürchte, ich schleppe ein Berufstrauma mit mir

herum. Du glaubst nicht, wie viele unqualifizierte Menschen sich in die Entwicklungshilfe einmischen und dabei nur Schaden anrichten.«
»Schon okay, ich verstehe das«, lenkte Marion ein. »Wie hast du in dem Beruf angefangen?«
»Ich habe Ingenieure beim Brunnenbau angeleitet.«
»Himmel«, entfuhr es ihr. »Damit erfüllst du wirklich jedes Klischee.«
Er grinste. »Das wird nur noch getoppt von den Ärzten, die Impfreihen durchführen. Aber das war vor fünfundzwanzig Jahren. Inzwischen …« Wieder zuckte er mit den Schultern.
»Inzwischen was?«, fragte Marion und nippte an ihrem Tee.
»Bin ich raus aus diesem Geschäft. Ich arbeite längst nicht mehr an der Basis.«
»Das heißt?«
Er sah sie an. »Du hast im Krankenhaus gearbeitet, oder?«
Sie nickte.
»Dann weißt du doch, wie es ist. Je mehr Erfahrung du hast und je höher du in der Hierarchie steigst, desto mehr nimmt dich die Administration gefangen. Seit mehr als fünf Jahren reise ich von einem Flüchtlingscamp zum nächsten im Nahen Osten, in Afrika, überall dort, wo es brennt, und informiere mich über die Zustände, mache Vorschläge zur Verbesserung und strukturiere die Zusammenarbeit dort, wo verschiedene Organisationen aufeinandertreffen und es Interessenkonflikte geben könnte.«
»Da ist vermutlich viel Diplomatie vonnöten«, stellte Marion fest. »Ich nehme an, unterm Strich geht es um eine Menge Geld.«
»Wie überall«, bestätigte Jean.
»Für wen arbeitest du?«
»Wer meine Expertise und Erfahrung braucht, engagiert

mich. Zuletzt habe ich in Syrien für die französische Regierung gearbeitet.«
»Und von dort hast du Zahra mitgebracht.« Sie dachte daran, wie sie zusammen mit Louise vor dem Zubettgehen noch einmal nach dem kleinen Mädchen geschaut hatte. Zwischen der Puppe und dem Hasen hatte es in seinem Bett gelegen, und der Anblick der dunklen Locken, die ihm dabei in sein Gesicht gefallen waren, und der zu kleinen Fäusten geballten Hände hatten Marion an etwas erinnert, aber sie hatte nicht herausfinden können, woran. Auch als sie später selbst im Bett gelegen hatte, hatte sie das Bild noch vor Augen gehabt.
»Du erinnerst mich daran, dass ich meine Arbeit noch nicht abgeschlossen habe.« Jean stellte seinen Teebecher ab und wandte sich zur Tür. »Du bist mir nicht böse, wenn ich dich allein lasse? Vielleicht findest du noch ein paar Stunden Schlaf.«
»Das wäre schön, ich habe einen langen Tag vor mir.« Marion gähnte. »Sehen wir uns noch?«
»Das kommt darauf an, wann du aufstehst. Ich verlasse gegen halb acht das Haus.«
Marion blickte auf die Uhr über der Tür. »Das ist in weniger als vier Stunden, da wünsche ich dir sicherheitshalber schon einmal eine gute Reise, wohin auch immer es geht.«
Er lächelte flüchtig. »Auf Wiedersehen, Marion. Ich wünsche dir noch eine gute Zeit in Paris.«
Erst als er die Tür hinter sich ins Schloss gezogen hatte, begriff sie, dass er ihr auf die Frage, ob er Zahras Familie kannte, keine Antwort gegeben hatte. Er war nicht einmal darauf eingegangen.

7.

Die Stadt war bereits zum Leben erwacht, als Jean das Haus verließ. Als er in die Rue Vavin einbog, erreichte ihn der Geruch von frisch gebackenem Baguette, noch bevor er die Boulangerie betrat, in der er morgens seinen Kaffee trank, wenn er bei Louise und Greg wohnte. Um ihn herum strömten Kinder und Jugendliche unter munterem Palaver dem Unterricht entgegen oder knatterten auf ihren Vespas an ihm vorbei. Während Jean seine Zigarette zu Ende rauchte, beobachtete er Frankreichs kommende Elite, denn wer hier zur Schule ging, war privilegiert. Das Viertel beherbergte neben einigen öffentlichen Schulen das katholische Collège Stanislas, eine der größten und angesehensten Privatschulen Frankreichs. Beinahe hätte auch er hier seine Ausbildung erhalten. Louise hatte damals versucht, seine Mutter davon zu überzeugen, und wäre sogar für sein Schulgeld aufgekommen, doch seine Mutter war glücklicherweise zu stolz gewesen, um Almosen, wie sie es immer genannt hatte, anzunehmen. Damals war er bitter enttäuscht gewesen. Rückblickend sah er die Dinge anders. Sicher hätte sein Leben durch den Besuch des Collège einen anderen Schwerpunkt erhalten, hätten sich ihm unbezahlbare Chancen eröffnet, allein durch die Beziehungen, die er schon während der Schulzeit hätte knüpfen können. Doch er hätte sich aus der Abhängigkeit, in die er sich damit begeben hätte, auch in späteren Jahren nicht lösen können. Louise war eine besitzergreifende Frau, die ihre Ansprüche ganz subtil hinter einer charmanten, liebevoll besorgten Fassade verbarg. Es war nicht ihre Art zu fordern. Man gab ihr freiwillig. So hätte er ein Leben gelebt, das sie für ihn bestimmt hätte, und das hatte seine Mutter verhindern wollen. Mit einem letzten Blick auf eine Gruppe von Jungen im Teenageralter, die ihm mit salopp umgehängten Taschen und modisch aufgetürmtem Haar entgegenkamen, schnippte er den Rest seiner Zigarette in den Rinnstein und betrat die Boulangerie.

»Ah, guten Morgen, Jean. Café Noir, wie immer?«, begrüßte ihn Véronique, eine zierliche Frau mit streichholzkurzem, dunklem Haar, und strich sich das Mehl von den Fingern. Sie hatte gerade frisches Baguette in die Körbe gefüllt.

»Bonjour, Véronique«, entgegnete Jean. »Heute nehme ich ein Complet. Ich bin den ganzen Tag unterwegs. Ich weiß nicht, wann ich wieder etwas zu essen bekomme.«

Sie lächelte. »Eine exzellente Entscheidung. Die Croissants sind heute besonders gut.«

Er nahm in einer Ecke der Boulangerie Platz, griff sich die Zeitung vom Nachbartisch und überflog die Schlagzeilen, während Véronique ihm sein Frühstück brachte. Über den Rand des Blattes fing sie seinen Blick auf. »Du wirkst angespannt. Probleme?«

»Nicht mehr als sonst«, erwiderte er, bemüht, seiner Stimme einen unverfänglichen Tonfall zu geben und sich ein Lächeln abzuringen. Aber Véronique ließ nicht locker. »Seit wann bist du zurück?«

»Seit gestern.«

»Und bleibst du?«

»Nicht länger als nötig.«

»Wie immer also.« Sie sagte es leichthin, doch ihm entging nicht ihre Enttäuschung. Vor einigen Jahren hatten sie eine flüchtige Affäre gehabt. Er hatte nie ganz verstanden, was Véronique dazu getrieben hatte, ihren Mann zu betrügen, der just in diesem Moment aus der Backstube auftauchte und herüberwinkte. Jean winkte zurück. Er hatte kein schlechtes Gewissen ihm gegenüber. Vermutlich hatte er ihre Ehe gerettet, indem er Véronique die Genugtuung verschafft hatte, ihrem Leben für ein paar verrückte Stunden zu entfliehen, aber er würde diese Liaison nicht wieder aufwärmen.
Er legte die Zeitung beiseite, trank genüsslich seinen Kaffee und spürte, wie dieser seine Sinne belebte nach der durchwachten Nacht. Seine Gedanken wanderten ungewollt zu Marion zurück. Ob sie schon aufgestanden war? Nachdem sie sich in der Küche getrennt hatten, hatte er wenig später gehört, wie sie wieder in ihr Zimmer gegangen war. Danach war Stille gewesen. Ihr unerwartetes Zusammentreffen war ihr sichtlich unangenehm gewesen. Fast hätte er mitgezählt, wie oft sie unbewusst ihr vom Schlaf durcheinandergebrachtes Haar versucht hatte zu glätten, und es war ihm auch nicht entgangen, wie peinlich es ihr war, dass sie nichts unter ihrem Pullover getragen hatte. Warum? Er hatte nie begriffen, wieso die Deutschen so entsetzlich verklemmt waren. Und gerade Marion hatte es nicht nötig. Sie war eine attraktive Frau, zumindest wenn sie ihre Verbissenheit ablegte und sich ein Lächeln entlocken ließ. Wie war sie als Kind gewesen? Nur der vage Eindruck eines kleinen, zurückhaltenden Mädchens, das sich weigerte, ihn zu verstehen, wenn er es ansprach, war geblieben.
Er fragte sich, ob sein Interesse an ihr, und er kannte sich gut genug, um zu wissen, dass sie ihn weiter beschäftigen würde, tatsächlich mit ihr zu tun hatte oder mit dem Umstand, dass

sie ihn an Élaine erinnerte. Dabei ging es nicht um die äußere Ähnlichkeit, mehr noch waren es kleine Gesten und Bewegungen, die ihm schon am Nachmittag besonders aufgefallen waren. Die Art, wie sie eine Locke ihres dunklen Haars zurückstrich oder wie sie den Kopf hielt, wenn sie Greg lauschte und dabei mit den Ringen an ihren Fingern spielte. Er musste mit Louise reden, am liebsten hätte er es sofort heute Morgen getan, doch weder seine Tante noch ihr Mann gehörten zu den Frühaufstehern. Er würde sie von unterwegs anrufen.
Zahra, das wusste er, würde sich nicht aus ihrem Bett bewegen, bevor Louise kam, um sie zu holen. Bei dem Gedanken an das Mädchen überfiel ihn Wehmut. Es widerstrebte ihm, es zurückzulassen. Aber es gab keine andere Möglichkeit. Er konnte Zahra nicht mitnehmen. Nicht in den kommenden Tagen. Nicht nach Marseille. Und er wusste, dass das Kind bei Louise in guten Händen war. Immerhin war es ihr gelungen, mit ein paar syrischen Süßigkeiten, die sie zum Tee serviert hatte, das Eis zu brechen. Zurückhaltend hatte Zahra probiert, und auch die Suppe, die Louise für den Abend vorbereitet hatte, hatte sie nicht abgelehnt. Jean hatte sich dabei ertappt, dass er bei den vertrauten orientalischen Gerüchen, die so unerwartet durch die französische Wohnung gezogen waren, dankbar die Augen geschlossen und für den Moment ausgeblendet hatte, wo er war, und vor allem, warum.
Aber es war mehr als das, was zu Zahras Entspannung beitrug, wenn sie auch nach wie vor kein Wort von sich gab. Élaine hatte ihre Tochter Französisch gelehrt, und die Menschen, die das Kind jetzt umgaben, lebten in einer Welt, die Zahra vertraut war. Die Gepflogenheiten der Familie, mit der sie nach Frankreich gekommen war, die gesellschaftliche Schicht und der damit verbundene Umgangston waren dem

Mädchen völlig fremd gewesen. Dazu die schmerzhafte Trennung von ihrer Mutter. Jeans Finger fuhren unruhig über den Rand seiner Tasse, als er daran dachte, wie Élaine ihm das mit Schlafmitteln betäubte Mädchen in die Arme gedrückt hatte. Er versuchte, nicht an das Versprechen zu denken, das er ihr gegeben hatte, aber genauso gut hätte er versuchen können zu vergessen, wie er hieß.
Angst macht dich wach und hält dich am Leben, hatte ein guter syrischer Freund vor vielen Jahren zu ihm gesagt. Wenn du die Angst nicht mehr spürst, bist du in Gefahr. Also nimm sie an, wenn sie dich überfällt, und verbünde dich mit ihr!
Jean atmete tief durch. Für einen Augenblick ließ seine Angst das weiche Morgenlicht gleißender erscheinen und ihn außer den Geruch von frischem Brot und Kaffee noch einen leichten Hauch von Zigarettenqualm wahrnehmen. Eine schwache Note sinnlichen Parfüms kündigte die Frau an, die gleich darauf die Boulangerie betrat, bevor Jean sie sehen konnte. Eine mondäne, langbeinige Erscheinung. Es gelang ihm jedoch nicht, sich im Anblick ihrer Rundungen unter dem engen Kleid zu verlieren, sosehr er sich auch bemühte. Seine Anspannung wich nicht.
Verbünde dich mit deiner Angst, indem du die plötzliche Schärfe deiner Sinne nutzt! Jean unterdrückte ein bitteres Lachen. Zahit Ayan war ein kluger Mann gewesen, aber was hatte ihm seine Weisheit letztlich genutzt? Hatte sie ihn vor dem Tod bewahrt? Vor der Folter?
Jean hatte es nicht über sich gebracht, die kurze Nachricht zu löschen, die ihm Zahit unmittelbar nach seiner Ankunft in Paris auf die Mailbox gesprochen hatte. Vier Worte ohne jede Grußformel: *Nimm dich in Acht!* Intuitiv hatte er nicht darauf geantwortet. Die Nachricht über Zahits Ermordung

hatte ihn in den frühen Morgenstunden über einen Kontakt im Libanon erreicht, kurz nachdem er sich von Marion in der Küche verabschiedet hatte. Zu diesem Zeitpunkt war Zahit schon fast vierundzwanzig Stunden tot gewesen.
Er sah auf, als ein Polizeifahrzeug durch die schmale Gasse der Rue Vavin fuhr. Wann würden die Behörden ihn vorladen? Er war mit dem Syrer verabredet gewesen, und eines der Themen, über das sie hatten sprechen wollen, war Élaine gewesen. Dieser Umstand ängstigte Jean noch mehr als Zahits Tod.

8.

Zahit Ayan hat eine Nachricht auf einer Mailbox hinterlassen«, konstatierte Claude Baptiste. »Etwa drei Stunden vor seinem mutmaßlichen Todeszeitpunkt. Haben Sie inzwischen herausgefunden, wer der Empfänger ist?« Er hörte, wie abgehackt seine Worte klangen, ein sicheres Zeichen seiner Gereiztheit.

Leroux wollte sich davon nicht beeindrucken lassen. »Die Kollegen haben soeben die Auswertung geschickt«, entgegnete er betont gelassen und drehte einen seiner Bildschirme, so dass Baptiste die Ergebnisliste einsehen konnte. Baptiste kniff die Augen zusammen. »Die Nummer gehört zu einer Prepaidkarte. Warum wundert mich das nicht?« Er tastete nach dem Brillenetui, das er immer in der Innentasche seines Jacketts trug, aber seine Finger griffen ins Leere.

»Inhaber der Karte ist ein Eric Henri aus Orléans«, half Leroux, der Baptistes Geste verfolgt hatte.

»Haben wir etwas über ihn?«

»Ich arbeite daran.«

Baptiste stand auf und widerstand dem Bedürfnis, sich zu recken, während Leroux auf seiner Tastatur klapperte. Er hatte schlecht geschlafen in der vergangenen Nacht. Träume hatten ihn verfolgt wie schon lange nicht mehr, und schließlich war er aufgestanden und hatte in seinem Hotelzimmer bis in die frühen Morgenstunden gelesen, ohne sich wirklich auf die Inhalte konzentrieren zu können. Er fragte sich, wann, nein, ob es jemals aufhören würde. Nach allem, was vorgefallen war, grenzte es an ein Wunder, dass er überhaupt noch aktiv im Dienst war. Im Verteidigungsministerium, der vorgesetzten Behörde seines Dienstes, hatte es deswegen Diskussionen auf höchster Ebene gegeben. Aber trotz aller Unterstützung, die er von dort erhalten hatte, verdankte er es letztlich nur seiner Ausbildung und seiner langjährigen Erfahrung, dass er die wochenlang andauernden Tests und Befragungen von Spezialisten des Auslandsnachrichtendienstes bewältigt hatte. Das war nun über ein Jahr her, und bisweilen fragte er sich, ob er die richtige Entscheidung getroffen hatte, ob es nicht besser gewesen wäre, in einem Drittstaat vergessen und ausgemustert eine Pension zu beziehen. Schließlich war er jahrelang nicht in Frankreich gewesen und hatte nichts vermisst. Sein Blick wanderte bei diesen Gedanken wie von selbst zum Fenster hinaus auf die verglaste Fassade des Gebäudes gegenüber, in der sich die Zentrale des französischen Inlandsnachrichtendienstes in Levallois-Perret, einem nordwestlichen Vorort von Paris, widerspiegelte. Nur wenige Straßenzüge weiter südlich befand sich der Bois de Boulogne, und für einen Moment gestattete sich Baptiste, tief vergrabene Erinnerungen an sonntägliche Radtouren rund um die Seen und Picknicks am Wasser hervorzuholen. Es waren Bilder aus einem anderen Leben.

»Eric Henri ist verheiratet und hat zwei Kinder im Alter von neun und dreizehn Jahren«, holte ihn Leroux' Stimme in die Gegenwart zurück. »Er ist Lehrer an einer weiterführenden Schule in Orléans, seine Frau ist Apothekerin.«

Bevor Baptiste etwas dazu sagen konnte, fuhr Leroux fort: »Klingt auf den ersten Blick nach einer Sackgasse, aber Henri hat im vergangenen Herbst fünfzehn Prepaidkarten gekauft und auf seinen Namen angemeldet. Die angerufene Nummer ist eine davon.«

»Hm«, murmelte Baptiste und fuhr sich mit der Hand über das glattrasierte Kinn. »Dafür kann es eine plausible Erklärung geben, aber ich würde Monsieur Henri gern in die Augen schauen, wenn er sie uns gibt.« Er warf einen Blick auf seine Armbanduhr. »Es ist noch nicht einmal elf. In knapp zwei Stunden können wir in Orléans sein. Fahren wir hin, und fragen wir ihn persönlich nach diesen Karten.«

»Meinen Sie nicht, es genügt, wenn wir einen Kommissar vor Ort …«, wandte Leroux zweifelnd ein, doch unter Baptistes Blick verstummte er, schaltete seinen Rechner aus und griff nach seinem Mantel. »Ich kümmere mich um ein Fahrzeug.«

Baptiste sah dem jungen Mann nach, als er den Flur hinuntereilte. Es gab nicht viele Kollegen, die ein Gespür dafür hatten, wann sie handeln und nicht diskutieren mussten.

Wenig später lehnte sich Baptiste auf dem Beifahrersitz des dunkelblauen Citroëns zurück. Obwohl es draußen nach wie vor zu kühl für die Jahreszeit war, hatte die Sonne das Wageninnere angenehm aufgeheizt. Müdigkeit überfiel Baptiste, sobald er im Auto saß. Die durchwachte Nacht forderte ihren Zoll. »Wecken Sie mich zwanzig Kilometer vor Orléans«, wies er Leroux an und schloss die Augen. Sie waren noch nicht auf dem Périphérique angekommen, da schlief er bereits tief und traumlos.

»Monsieur Baptiste!«

Baptiste schreckte hoch. Für einen kurzen Moment wusste er nicht, wo er war, und blinzelte orientierungslos auf die

Straße vor ihnen. Er hatte ein pelziges Gefühl im Mund, ihm war warm, und sein Kopf schmerzte.
»Wir sind gleich in Orléans. Ich sollte Sie wecken.«
Baptiste schob sich in seinem Sitz nach oben und massierte sich den Nacken.
Aus dem Augenwinkel sah er, wie Leroux ihn beobachtete.
»Falls Sie Durst haben«, sagte er und wies auf die Ablage zwischen den Sitzen.
Dankbar griff Baptiste nach der Wasserflasche und trank in großen Zügen, dann warf er einen Blick auf das Navigationsgerät. »Wie lange fahren wir noch?«
»Etwa zehn Minuten.«
Zeit genug, um gänzlich zu sich zu kommen. »Es ist vermutlich besser, wenn Sie die Fragen stellen und ich mich im Hintergrund halte«, sagte er. »Wir sollten die Gastfreundschaft Ihrer Behörde nicht überstrapazieren.«
»Wie Sie wünschen«, erwiderte Leroux. »Aber ich glaube nicht, dass sich irgendjemand daran stoßen würde.«
»Solange wir Erfolg haben mit dem, was wir tun, sicher nicht«, bemerkte Baptiste trocken.

Wenige Minuten später bog Leroux in die Straße ein, in der das Haus der Henris lag.
»Verdammt!«, entfuhr es Baptiste. »Was ist hier los?«
Zahlreiche Polizeifahrzeuge versperrten die Zufahrt zu dem Gebäude, Blaulicht blitzte in der hellen Mittagssonne, und ein weißer Krankenwagen leuchtete unter den Platanen hervor, die die Straße säumten.
Leroux' Gesicht unter dem sorgfältig frisierten blonden Schopf wurde kalkweiß. Kaum dass er den Wagen am Straßenrand abgestellt hatte, war er auch schon auf dem Weg in den Vorgarten, in dem ein Pulk von Polizisten und Sanitä-

tern Passanten die Sicht versperrte, die neugierig auf der Straße standen, um einen Blick auf das Geschehen zu erhaschen. Als Baptiste sah, wie Leroux seinen Dienstausweis zückte, konnte er gerade noch rechtzeitig den Impuls unterdrücken, ihn zurückzuhalten. Sie ermittelten ganz offiziell. Nichts musste im Verborgenen bleiben. Der leitende Beamte der Untersuchung, ein junger, schlaksiger Lieutenant der örtlichen Kriminalpolizei, begegnete ihnen mit höflicher Distanz. Wie überall auf der Welt wehrten sich die lokalen Behörden gegen Einmischung von nationaler Ebene. Baptiste entging nicht der Blick, mit dem der Lieutenant Leroux' Frisur, seinen kurzen Mantel und seine Schuhe musterte. Sogar für Pariser Verhältnisse galt Leroux als modischer Pfau, aber seine Motivation, sich so zu kleiden, schien Baptiste mittlerweile mehr Mittel zum Zweck als Verspieltheit zu sein. Niemand vermutete hinter dieser Fassade den messerscharfen Verstand, den er zweifellos mitbrachte.

»Eric Henri ist vor seinem Haus niedergeschossen worden«, erklärte der junge Lieutenant, während er in seinen Notizen blätterte. »Er ist Lehrer und mit einer Apothekerin verheiratet.«

»Wir sind mit der Vita Henris bereits vertraut«, fiel Leroux dem Beamten ins Wort. »Was uns interessiert, ist der genaue Tatverlauf.«

»Die Täter haben auf der gegenüberliegenden Straßenseite in einem Auto gewartet, bis er aus der Schule nach Hause gekommen ist.«

»*Die* Täter?«, fragte Leroux nach. »Woher wissen Sie, dass es mehrere waren?«

»Eine ältere Dame hat den Vorfall zufällig von ihrem Schlafzimmerfenster aus beobachtet.« Der Lieutenant wies auf ein altes zweistöckiges Haus ein Stück die Straße hin-

auf. »Demnach handelte es sich um zwei Personen in einer grauen Limousine. Das Fabrikat des Wagens konnte sie uns nicht nennen.«
Anhand der Informationen, die der Kriminalbeamte ihnen gab, rekonstruierte Baptiste für sich das Geschehen. Er sah Eric Henri auf seinem Fahrrad die Straße herunterfahren, vor dem Haus absteigen und das Fahrrad zur Garage schieben. Auf der anderen Straßenseite öffnete ein Mann die Beifahrertür einer grauen Limousine und stieg aus. Kein Ausländer, unauffällig gekleidet. Er kam über die Straße auf Eric Henri zu und sprach ihn an. Henri drehte sich um, der Mann zog eine Waffe, schoss ihn nieder und ging ohne Hast zum Wagen zurück, der daraufhin davonfuhr, so hatte es die Zeugin ausgesagt.
»Haben wir das Kennzeichen?«, hörte er Leroux fragen.
Der Lieutenant schüttelte bedauernd den Kopf. »Die alte Dame stand unter Schock. Sie konnte sich nicht einmal einen Teil des Kennzeichens merken.«
»Wer hat die Polizei alarmiert?«, mischte sich Baptiste ein.
»Der Nachbar der Henris hier zur Linken. Er hat die Schüsse gehört.«
»Ist Henris Frau schon verständigt?«
»Die Kollegen haben sie in der Apotheke abgeholt. Sie ist mit den Kindern zusammen im Haus und wird psychologisch betreut.«
»Ist sie vernehmungsfähig?«
»Das müssen Sie mit dem Psychologen besprechen.«
Leroux machte ihm ein Zeichen, dass er das übernehmen würde. Baptiste beobachtete, wie der Krankenwagen abfuhr. Als er die nächste Kreuzung erreichte, heulte die Sirene auf. Eric Henri lebte. Das war die gute Nachricht. Aber sein Leben hing an einem seidenen Faden. Er hatte einen Bauch-

schuss, seine Leber war gerissen, und er drohte innerlich zu verbluten. Doch auch wenn er überlebte, würden sie weder in den nächsten Tagen noch Wochen mit ihm sprechen können. Das war die schlechte Nachricht.

Baptiste betrachtete den Blutfleck auf den Steinplatten vor der Garage, die Reste des Verbandsmaterials und die leere Hülle einer Spritze, die dort noch lagen. Mehr noch als die Polizeifahrzeuge, das Absperrband und der Krankenwagen sprachen diese Überbleibsel von dem Drama, das in dieser beschaulichen Wohngegend stattgefunden hatte, in der es an diesem sonnigen Mittag so unschuldig nach Obstblüten und frisch gewaschener Wäsche roch.

9.

Die Sektion würde Marion nach Jordanien schicken, nicht nach Zentralafrika, wie man ihr ursprünglich angekündigt hatte. In eine Klinik in der Hauptstadt Amman, als Ablösung für eine Ärztin, die ihren Vertrag aus persönlichen Gründen vorzeitig beenden musste. Das war das Erste, was Marion erfuhr, als sie den Seminarraum in der Nähe des Gare du Lyon am nördlichen Seineufer betrat, in dem ihr Vorbereitungskurs für ihren Einsatz für *Ärzte ohne Grenzen* stattfand.

»Es tut uns leid, dass wir Sie so kurzfristig mit einem neuen Einsatzort konfrontieren«, hatte sich der Programm-Koordinator bei ihr entschuldigt. »Normalerweise versuchen wir, unseren neuen Mitarbeitern möglichst frühzeitig mitzuteilen, wohin es gehen soll, damit sie sich in Ruhe darauf einstellen können, aber ...« Er hatte hilflos mit den Schultern gezuckt und ihr erklärt, dass man aufgrund der Erfahrung, die sie als leitende Ärztin aus einem Krankenhaus mitbrachte, umdisponiert hatte. »Wir brauchen jemanden, der über das medizinische Fachwissen hinaus in der Lage ist, Abläufe und Strukturen zu organisieren«, fuhr er fort. »Wir vergeben solche Positionen eigentlich nur an Mitarbeiter, die bereits mehrfach für uns im Einsatz waren. Wir würden Sie gerne in den kommenden drei Wochen auf Ihre

Stelle vorbereiten, soweit es von hier aus möglich ist. Sind Sie einverstanden?«
Sie hatte die Frage rhetorisch aufgefasst und lediglich genickt. Ihre Vorstellungen waren andere gewesen. Sie hatte gehofft, als Ärztin an der Basis arbeiten zu können, aber letztlich war sie nicht hier, um *ihre* Bedürfnisse zu befriedigen. Sie hatte ihre Arbeitskraft einer Organisation zur Verfügung gestellt, die sie dort einsetzen würde, wo ihre speziellen Fähigkeiten am besten zum Tragen kamen.
Unwohlsein bereitete ihr der Gedanke an Pauls Reaktion, wenn er davon erfuhr. Du willst für achthundert Euro im Monat einen Job machen, der dich mindestens zwölf Stunden am Tag fordert und für den du in Hamburg nahezu das Zehnfache verdienen würdest? Was ist bloß los mit dir? Das würde er ihr an den Kopf werfen, spöttisch, mit einer in Falten gezogenen Stirn und einem knappen, abwertenden Kopfschütteln. Es war gut, dass mehr als eintausend Kilometer zwischen ihnen lagen. Gleichzeitig schmerzte es sie.
Sie schüttelte die Gedanken an Paul ab und konzentrierte sich wieder auf die Stimme des Schulungsleiters, der ihr und den neun anderen Ärzten im Raum die Strukturen ihrer Organisation und die Problematiken im Rahmen der Einsätze vor Ort schilderte. Immer wieder schweiften ihre Gedanken ab. Die Agenda des fünftägigen Vorbereitungskurses war zwar anspruchsvoll, aber vieles davon hatte Marion sich in den vergangenen Wochen anhand der ihr zugesandten Unterlagen bereits angelesen. An diesem ersten Tag ging es vor allem um administrative Belange. Die Luft war abgestanden in dem kleinen Seminarraum, die Jalousien gegen die Sonne zur Hälfte heruntergelassen, und ein Blick auf die übrigen Teilnehmer zeigte ihr, dass auch sie sich nach dem Ende sehnten. Die junge französische Ärztin zu ihrer Rechten

tippte gelangweilt mit ihrem Kugelschreiber auf ihrem Block herum, der Italiener auf ihrer anderen Seite verschickte und empfing seit bestimmt einer Stunde unter dem Tisch Kurznachrichten über sein Smartphone, die ihn deutlich mehr fesselten als die Stimme des Vortragenden. Und Marion sehnte sich nach einem Kaffee.

Als eine Dreiviertelstunde später endlich die Tür des Seminarraums hinter ihr zufiel, atmete sie erleichtert auf. Doch anstatt sich im Feierabendverkehr in ein überfülltes U-Bahn-Abteil zu stellen, setzte sie sich in ein Café an der Rue du Faubourg Saint-Antoine in der Nähe der Metrostation. Die Sonne schien, und sie lehnte sich auf ihrem Stuhl zurück und genoss die Wärme auf ihrer Haut ebenso wie den kleinen Flirt des Kellners, als er ihr einen Café Creme brachte.

»Marion, was für eine Überraschung!«
Erstaunt sah sie auf. Jean Morel stand vor ihr, neben sich einen kleinen, schwarzen Rollkoffer und in der Hand eine Tasse Kaffee. Aus dem Augenwinkel bemerkte sie, wie die beiden Frauen am Nebentisch Jean mit einer Mischung aus Neugier und Bewunderung musterten. Er schien sie nicht wahrzunehmen und hatte – und das war ihr fast unangenehm – nur Augen für sie.
»Ist der Platz frei?« Er wies auf den leeren Stuhl an ihrem Tisch.
»Ja, sicher«, entgegnete Marion und nahm ihre Handtasche zu sich. »Was für ein Zufall, dass wir uns hier treffen. Wolltest du nicht verreisen?«
»Ich hatte noch eine Besprechung und bin jetzt auf dem Weg zum Bahnhof.« Er warf einen Blick auf seine Armbanduhr.

»Mein Zug geht in einer knappen Stunde vom Gare du Lyon – gerade noch Zeit für einen Kaffee.« Er setzte sich und zog ein Päckchen Zigaretten aus der Innentasche seines Jacketts. »Möchtest du auch eine?«
Sie wollte ablehnen, entschied sich nach kurzem Zögern aber anders.
»Du rauchst nicht regelmäßig, oder?«, stellte er fest, während er ihr Feuer gab.
»Merkt man das?«
Er grinste. »Einem Kettenraucher wie mir fällt es schon auf.«
»Ich rauche nur an besonders guten oder besonders schlechten Tagen«, gab sie zu.
»Und?«
Sie lächelte. »Heute ist ein besonders guter Tag.«
Die Intensität, mit der Jean ihr Lächeln erwiderte, machte sie nervös. Hastig nahm sie einen weiteren Zug von der Zigarette und hätte sich fast verschluckt. »Wo geht die Reise denn hin?«, fragte sie, ohne ihn anzusehen. Das Nikotin zeigte bereits Wirkung.
»Marseille. In drei Tagen bin ich wieder zurück. Darf ich dich dann zum Essen einladen, oder bist du dann schon in den Abreisevorbereitungen?«
Sie schüttelte den Kopf. »Meine Pläne haben sich geändert. Ich werde noch fast einen Monat in Paris sein.«
»Oh, was ist passiert?«
Sie erzählte ihm von ihrem neuen Einsatzgebiet in Jordanien.
Jean hörte schweigend zu. »Marion, ich glaube, das ist die bessere Lösung«, sagte er schließlich. »Du bist das erste Mal in einem solchen Einsatz. Seit du mir letzte Nacht erzählt hast, dass du in die Zentralafrikanische Republik gehen wirst, habe ich mir Sorgen gemacht. Die Lage dort ist ver-

dammt unsicher, und die Gefahr ist auch für die humanitären Helfer nicht zu unterschätzen. In der vergangenen Woche sind wieder zwei Ausländer erschossen worden.«
»Ja, ich weiß, ich habe davon gelesen. Aber die Arbeit wäre schon eine Herausforderung gewesen.«
Jean schüttelte den Kopf. »Glaub mir, auch in einem Krankenhaus in Amman wirst du an deine Grenzen kommen. Das ist in keiner Weise mit den Standards in Europa zu vergleichen.« Er trank seinen Kaffee aus. »Wie hast du dich entschieden? Gehst du am Donnerstagabend mit mir essen?«
Da war es wieder, dieses Zwinkern in seinen Augen. Marion kam es vor, als ob die beiden Frauen am Nebentisch gespannt den Atem anhielten.
»Gern, danke«, entgegnete sie ein wenig gegen ihre Überzeugung, aber immer noch getragen von der Leichtigkeit dieses Tages und des Nikotins.
Er stand auf. »Ich muss leider los. Tatsächlich wäre ich lieber hiergeblieben, um noch ein wenig zu plaudern«, gestand er, während er Geld auch für ihren Kaffee auf den Tisch legte.
»Bis Donnerstag«, vertröstete sie ihn.
»Mach's gut, Marion.«
»Du auch, Jean.«
Sie blickte ihm nach, als er die Straße hinunterging. Bevor er um die Ecke verschwand, drehte er sich noch einmal um und winkte.

Sie hatte noch keine Lust, nach Hause zu fahren, deshalb schlenderte sie weiter Richtung Marais bis zum Place des Vosges. Eine Schulklasse saß unter den Arkaden und lauschte den Ausführungen ihres Lehrers. Der Anblick der jungen Schüler, die, so schätzte sie, kurz vor ihrem Schulabschluss standen, ließ sie an Laura, ihre jüngere Tochter denken. Lau-

ra hatte im vergangenen Jahr Abitur gemacht, um dann für ein Jahr nach Australien zu gehen. Marion vermisste sie sehr, und jedes Mal, wenn sie miteinander skypten, meinte sie zu spüren, wie Laura sich weiter von ihr entfernte, auch wenn sie ihre Mutter an allem teilhaben ließ, was ihr widerfuhr.
Claudia, die drei Jahre älter war, beneidete ihre jüngere Schwester um ihren Mut, den sie, wie sie offen zugab, nie aufbringen würde. Sie war vor kurzem in Hamburg mit ihrem Freund zusammengezogen – beide studierten im fünften Semester Architektur, sehr zur Freude ihres Vaters, der Claudias Fortkommen äußerst großzügig förderte. Sie war schon immer sein Augapfel gewesen, und ihre Launen und Forderungen hatte er besser ertragen als Marion. Unwillkürlich seufzte sie und fragte sich nicht zum ersten Mal, ob nicht mit Claudias Geburt die Harmonie ihrer Ehe den ersten Einbruch erlebt hatte.
Sie schlenderte weiter und blickte über die baumbestandene Rasenfläche des Platzes zu dem Reiterstandbild Ludwigs XIII., unter dem sie als Kind oft mit Louise gesessen und davon geträumt hatte, wie es zu Zeiten des Königs hier gewesen sein musste. Schon damals hatte sie die prächtigen doppelgeschossigen Fassaden der Gebäude aus ihrem hellen Naturstein und den roten Ziegeln bewundert. Sie hatte Louise mit ihren Fragen so lange gelöchert, bis diese mit ihr ins nahegelegene Musée Carnavalet gegangen war, das die Pariser Stadtgeschichte mit Modellen, Möbeln und zahllosen Bildern dokumentierte. Beim Blättern in ihrem alten Stadtführer hatte Marion ein Faltblatt des Museums gefunden, das sie als Kind dort hineingelegt hatte. Ob es in dem alten Gebäude noch genauso verstaubt war wie damals? Sie warf einen Blick auf ihre Armbanduhr. Es war erst halb sechs. Zeit genug, ein paar Erinnerungen aufzufrischen.

Im Marais war immer Hochsaison für Touristen, auch jetzt drängten sie durch die engen, mittelalterlichen Gassen, doch sobald Marion das jüdische Viertel hinter sich ließ, wurde es ruhiger, und schon bald fand sie sich im Innenhof des alten Stadtpalastes wieder.
»Der Eintritt in die Dauerausstellung ist frei«, erklärte ihr die ältere Dame am Ticketschalter. »Sie müssen nur zahlen, wenn Sie die Ausstellung *Ewiges Ziel Paris, Flucht und Immigration* sehen wollen.«
Marion warf einen Blick auf das Ausstellungsplakat neben dem Schalter. Es war eine Fotomontage, die Menschen auf einem Flüchtlingstreck des Zweiten Weltkriegs einer Gruppe afrikanischer Bootsflüchtlinge gegenüberstellte.
»Die Fotoausstellung läuft diese Woche aus«, fuhr die Frau fort. »Wir hatten einen sehr großen Andrang, vor allem junge Menschen haben sich für das Thema interessiert.«
Marion zögerte. Sie hatte diesen Tag ihrer eigenen Vergangenheit gewidmet, hatte im Museum alte Erinnerungen auffrischen wollen, doch das Thema der Ausstellung reizte sie schon allein im Hinblick auf die Arbeit, die sie demnächst beginnen würde, und so bezahlte sie die fünf Euro und nahm das Ticket entgegen.
»Sie werden es nicht bereuen, Madame«, versprach die Museumsmitarbeiterin.
Marion lächelte. »Na, das hoffe ich.«

Sie hatte noch anderthalb Stunden bis zum Ende der Öffnungszeit. Die Ausstellung zur Stadtgeschichte würde sie in den nächsten Wochen noch besuchen können, daher betrat sie gleich die Räume im Erdgeschoss, die der Sonderausstellung gewidmet waren. Ein junges Pärchen stand Arm in Arm vor einer der Stellwände, die vor Betreten der Ausstel-

lungsräume über Inhalte und Ziele informierte. Großformatige Fotografien untermalten die Aussagen der Texte. Marion runzelte die Stirn, als sie vergeblich nach einer englischen Übersetzung suchte. Doch die Intensität der Bilder, die sie gleich mit Betreten des ersten Ausstellungsraums gefangen nahm, ließ sie ihren Ärger schnell vergessen. Sie blickte in Gesichter von Kindern wie Zahra, die hinter Stacheldraht saßen, auf junge afrikanische Männer, durchnässt und erschöpft an einem Strand, und auf den nur notdürftig verhüllten Leichnam einer schwangeren Frau zu Füßen von ratlos und überfordert dreinblickenden Grenzpolizisten. Sie ließ sich mitreißen von der Geschichte der Immigranten, die nicht chronologisch, sondern in einem ständigen Austausch längst vergangener und hochaktueller Schicksale dargestellt wurde. Ihre Augen flogen hin und her zwischen den erschütternden Dokumenten aktuellen menschlichen Leids und den Fotos von Flüchtlingen aus dem Zweiten Weltkrieg. Die Ähnlichkeit der abgebildeten Szenen erschütterte sie. Nichts hatte sich verändert, außer dem Datum unter den Bildern und der Hautfarbe der Menschen. Der Ausdruck ihrer Gesichter und das Licht in ihren Augen erzählten vom gleichen Leid, der gleichen Angst, der gleichen verzweifelten Hoffnung. Erschrocken zuckte Marion zusammen, als unerwartet ein Scheinwerfer in ihr Gesicht strahlte, sie blendete, und eine unpersönliche Stimme sie aufforderte, den Anweisungen des Bahnpersonals Folge zu leisten. Stimmengewirr ertönte um sie herum, ängstliche Rufe, das Weinen von Kindern. Das Geräusch eines einfahrenden Zugs. Hastig trat sie einen Schritt zur Seite, aber es war nicht möglich, sich dem Geschehen zu entziehen, jede Distanz löste sich auf, und ihr Herz schlug ungewollt schneller.
Als sie weiterging, wurde sie verfolgt von Wellenrauschen,

leisem Gesang, dem Geräusch von ins Wasser schlagenden Schüssen. Warnrufen in Sprachen, die sie nicht verstand. Sie spürte die Beklemmung, die von der Enge in einem Flüchtlingslager ausging, sie hatte den sauren Geruch von zu vielen Menschen auf zu engem Raum in der Nase und widerstand dem drängenden Wunsch, hinaus an die frische Luft zu stürmen, um sich zu vergewissern, dass ihre Welt nicht mit Stacheldraht abgegrenzt war.
Aufgewühlt betrat sie schließlich den letzten Raum der Ausstellung. Stille umfing sie. Zwielicht. Marion wollte erleichtert aufatmen, als aus einem Lautsprecher eine Frauenstimme erklang. Mit stockenden Worten erzählte sie, wie sie auf der Flucht von ihren Kindern getrennt wurde, und noch während sie sprach, hellte sich der Raum auf, und Marion sah sich einer Wand voller Aufrufe von Menschen gegenüber, die ihre Verwandten suchten; daneben eine Bildergalerie tränenreicher Abschiede auf Häfen, Bahnhöfen und Flughäfen, bittere Zeugnisse von Schmerz und Leid, die Marion unter die Haut gingen. Und während ihr Blick von einem zum anderen wanderte, stach aus all den Gesichtern und Menschen plötzlich ein Bild hervor. Das gesamte Licht des Raums schien sich darauf zu fokussieren. Marion blieb die Luft weg. Ungläubig starrte sie auf das Porträt der Frau mit den dunklen Locken und meinte, den Boden unter ihren Füßen zu verlieren. Mit zitternden Knien trat sie einen Schritt vor und strich mit ihren Fingern über das kalte Glas, das die Fotografie schützte. Die Frau löste sich nicht auf unter ihrer Berührung. Wieder und immer wieder flogen ihre Augen über die Konturen des Gesichts, den Schwung der Haare. Und es war, als blicke Marion in einen Spiegel.

10.

Der Mann, der Eric Henri lebensgefährlich verletzt hat, ist aus dem Wagen gestiegen, hat ihn angesprochen und sofort kaltblütig geschossen«, sagte Baptiste und betrachtete den bunten Strauß Frühlingsblumen, der auf dem Wohnzimmertisch der Henris stand. Einige Blütenblätter waren bereits abgefallen. Der Anblick löste in Baptiste dieselben Gefühle von Tod und Vergänglichkeit aus wie die Überreste des Verbandmaterials und die leere Verpackung der Spritze draußen vor der Garage. »Es ging nicht darum, Informationen von Henri zu bekommen, es ging darum, ihn zu töten.«

»Ich habe veranlasst, dass sein Krankenzimmer bewacht und niemand ohne vorherige Rücksprache mit uns zu ihm gelassen wird, sobald er aus dem Operationssaal kommt«, erklärte Leroux.

»Gut gemeint, aber ich bezweifle, dass die Maßnahme greift.«

»Sie glauben …«

»Ich glaube nicht nur, ich weiß, dass wir es hier mit Profis zu tun haben, die sich von einem Polizeibeamten vor der Zimmertür nicht abschrecken lassen.«

Leroux sah ihn ratlos an. »Und? Was sollten wir Ihrer Meinung nach tun?«

»Finden Sie heraus, ob Henri nach der Notoperation transportfähig ist. Wir müssen ihn nach Paris bringen.«
Henris Frau wollte ihren Mann in ihrer Nähe behalten, bei ihm sein. Sie saß zum Aufbruch bereit am Wohnzimmertisch und wartete nur darauf, endlich ins Krankenhaus fahren zu dürfen.
»Wir schlagen eine solche Maßnahme nicht aus Lust und Laune vor«, betonte Baptiste, während sie die herabgefallenen Blütenblätter zwischen ihren Fingern zerdrückte. »Wir können Ihren Mann in Paris besser schützen.« Er sah sie aufmerksam an. »Können Sie mir erklären, warum Ihr Mann im vergangenen Herbst an einem Tag fünfzehn Mobilfunk-Prepaidkarten gekauft hat?« Ihm gegenüber verzog Leroux angestrengt das Gesicht. Der Psychologe, der die Akutbetreuung der Familie übernommen hatte, hatte von ebensolchen Fragen abgeraten. Zumindest so kurz nach der Tat. Aber er war nicht im Raum.
Sylvie Henris Miene verschloss sich zunächst noch mehr, doch dann brach es plötzlich aus ihr heraus: »Wollen Sie meinem Mann unterstellen, er habe damit etwas Unrechtes getan?« Sie sprang so heftig auf, dass ihr Stuhl umfiel. »Mein Mann liegt im Sterben, und Sie zwingen mich, auf Ihre kranken Fragen zu antworten, statt mich zu ihm zu bringen!«
Baptiste ließ sich von ihrem Gefühlsausbruch nicht beeindrucken. »Madame, beruhigen Sie sich. Niemand will Ihrem Mann etwas unterstellen. Es ist nicht verboten, Mobilfunkkarten zu kaufen, selbst in größeren Mengen. Es ist nur, sagen wir es so – ungewöhnlich. Ich hatte gehofft, dass Sie vielleicht eine Erklärung für uns haben.«
In dem vergeblichen Versuch, ihre Tränen zu unterdrücken, presste sie ihre Lippen zusammen. »Es war für Lucs

Geburtstag«, stieß sie schließlich hervor. »Eric hat sie für dieses Spiel gekauft …« Ungehalten wischte sie sich die Augen.
»Welches Spiel?«, wollte Baptiste wissen.
»Geo … irgendwas.«
»Geocaching«, mischte Leroux sich ein.
Sylvie nickte kurz.
Die Schatzsuche via GPS und Mobiltelefon. Das erklärte vielleicht, warum Henri die Prepaidkarten gekauft hatte, aber noch nicht, wie sie in Umlauf gekommen waren. »Warum setzen Sie sich nicht wieder, Madame? Wir sind gleich fertig.« Baptiste reichte ihr ein Papiertaschentuch, das sie unbenutzt in ihrer Hand zerknüllte. Leroux hob den umgefallenen Stuhl auf, und sie setzte sich wieder.
»Wie alt waren die Jungs, die zu dem Geburtstag Ihres Sohnes eingeladen waren?«, fragte Baptiste.
Sylvie Henri sah ihn verständnislos an. »Mein Mann stirbt, und ich bin nicht bei ihm.« Schluchzend ließ sie ihren Kopf in ihre Hände fallen. »Oh, mein Gott, ich halte das nicht aus!«
»Bitte, Madame, Sie müssen uns helfen. Wie alt waren die Jungs?«
Sylvie wischte sich mit dem Papiertaschentuch die Augen. »Ich weiß es nicht.«
Es war nicht einfach, von der aufgelösten Frau Informationen zu bekommen, aber letztlich erfuhren sie bruchstückweise, dass die Jungs zwischen acht und zehn Jahre alt gewesen waren und Eric Henri ihnen auch die Telefone zur Verfügung gestellt hatte, einfache Modelle, die die Kinder nach der Feier an ihn zurückgegeben hatten.
»Können Sie sich erinnern, was Ihr Mann mit den Geräten und Karten gemacht hat?«

Sie schüttelte ihren Kopf. »Lassen Sie mich zu ihm!«, flehte sie.
»Madame Henri, bitte konzentrieren Sie sich, desto schneller sind wir fertig. Was hat Ihr Mann mit den Telefonen und Karten gemacht?«
»Ich weiß es nicht … vielleicht …« Sie schneuzte sich die Nase. »Er bewahrt solche Dinge meistens in seinem Hobbyraum auf.«
»Das wäre wo?«
Sie machte eine vage Geste in Richtung Garage.
In diesem Moment betrat der Psychologe den Raum, der sofort die Situation erfasste. »Habe ich Ihnen nicht gesagt …«, fuhr er Baptiste an, der ihn jedoch mit einem einzigen kurzen Blick zum Schweigen brachte.

Der Hobbyraum lag in einem Nebengebäude des Hauses gleich hinter der Garage. Sie öffneten die Tür, und der Geruch von Holz und Farbe strömte ihnen entgegen.
»Wie ich sehe, ist Ihr Mann passionierter Modellflugzeugbauer«, stellte Baptiste mit Blick auf die Modelle in den Regalen und einem zur Hälfte lackierten Flugzeug auf der Werkbank fest.
Sylvie Henri hatte die Arme um ihren Körper geschlungen, als wäre ihr kalt, und nickte lediglich in Richtung eines Schranks, der mit einem Vorhängeschloss gesichert war. »Wenn die Telefone hier sind, dann in diesem Schrank.«
»Wo ist der Schlüssel?«, fragte Baptiste.
»In der Schublade unter der Werkbank.«
Sie wandte sich um und ging zurück zur Tür.
»Ich danke Ihnen, Madame.«
Sie antwortete nicht.
Leroux zog die Schublade auf und fand den Schlüssel zwi-

schen abgebrochenen Schrauben und zerschlissenem Schleifpapier. Die Telefone waren im obersten Bord des Schranks in einem Schuhkarton verstaut. »Diese Smartphones bekommen Sie bei eBay schon für wenige Euro, alles alte Modelle«, erklärte Leroux mit einem fachmännischen Blick, entfernte das Gehäuse eines der Telefone und stutzte.
»Was ist?«, wollte Baptiste wissen.
Leroux hielt ihm das geöffnete Telefon hin. »Keine Karte.« Er öffnete auch die übrigen vierzehn Geräte. Alle waren leer. »Was, zum Teufel, hat er mit den SIM-Karten gemacht?«
»Verkauft«, mutmaßte Baptiste.
Leroux sah ihn zweifelnd an. »Der Mann ist Lehrer.«
Baptiste zuckte mit den Schultern. »Die Handys nehmen wir mit. Vielleicht können die Kollegen in der Technik etwas aus ihnen herauslesen, das für uns von Interesse ist.«

Sie verzichteten darauf, Sylvie Henri nach dem Verbleib der Karten zu fragen. Als sie sich verabschiedeten, sagte sie kaum etwas, sah sie nicht einmal an, doch sobald sie auf der Straße waren, hörten sie das schnelle Klappern ihrer Absätze hinter sich. »Monsieur Baptiste!« Baptiste drehte sich um. Sie hatte sich tatsächlich seinen Namen gemerkt.
Ihre Wangen waren gerötet, und in ihren Augen lag ein solcher Zorn, dass Leroux unwillkürlich zurückwich. »Warum?«, stieß sie hervor. »Warum hat dieser Mann Eric niedergeschossen? Er hat ihm doch nichts getan!«
Baptiste hatte auf diese Frage gewartet. Er wusste, es kostete Mut, sie zu stellen. Mut, sich dem zu stellen, was eine Antwort vielleicht offenbarte. »Eine der Rufnummern von den Prepaidkarten, die Ihr Mann für den Geburtstag Ihres Sohnes gekauft hat, wurde im Rahmen eines Verbrechens kontaktiert«, sagte er ruhig und ignorierte Leroux' entsetzten Blick.

Sie fixierte ihn aus ihren dunklen, fast schwarzen Augen, während ihr Gehirn die Information verarbeitete, und mit dem einsetzenden Verständnis sah er den Widerspruch in ihrem Blick aufkeimen, noch bevor sie ihn äußerte.
»Madame«, kam er ihr zuvor, »das sind die Fakten. Wir arbeiten daran, sie zu verstehen.«
Sie schluckte. »Sie wissen mehr.«
»Natürlich weiß ich mehr«, entgegnete Baptiste. »Dafür bezahlt mich unser Staat. Dafür ebenso wie für mein Schweigen.«
Einen Moment noch starrte sie ihn an, als könne sie ihn so zum Reden bewegen, dann wandte sie sich ohne ein weiteres Wort ab und ging zurück zum Haus.
Leroux ließ langsam die Luft entweichen, die er die ganze Zeit über angehalten hatte. »Meinen Sie, das war klug?«
»Nein«, gab Baptiste zu. »Aber mal ehrlich, mein Freund, was ist schon klug in einer solchen Situation?«
»Nichts zu sagen.« Der bissige Unterton in Leroux' Stimme ließ keinen Zweifel daran, was er dachte.
»Und diese Frau im Ungewissen zu lassen über die Rechtschaffenheit ihres Mannes?«
»Aber die Vorschriften …«
»Die haben Sie noch nie gebrochen?«, unterbrach ihn Baptiste gereizt.
Leroux senkte den Blick und zuckte mit den Schultern. Er war nicht überzeugt, das konnte Baptiste erkennen, aber damit war das Thema für beide beendet. Es gab Wichtigeres. Sie mussten den Empfänger von Zahit Ayans Nachricht finden, damit ihn nicht das gleiche Schicksal ereilte wie Eric Henri.

11.

Marion war wie paralysiert. Der Schweiß brach ihr aus. Wie konnte das sein? Sie blickte auf ihr eigenes Konterfei. Das Foto zeigte *ihr* Gesicht. Zum x-ten Mal las sie das Datum in der Ecke: 3.6.1966. Drei Monate nach ihrer Geburt! Wer war diese Frau? Sie schien nicht zu merken, dass sie fotografiert wurde. Sie war in sich gekehrt, und ihr Blick war fixiert auf etwas, das links hinter dem Betrachter lag. Starre und Atemlosigkeit sprachen aus ihrer Haltung, in ihren Augen standen Tränen, ihr Mund war zusammengepresst. Marion schluckte. Genauso hatte sie sich selbst vor wenigen Tagen erst im Spiegel gesehen. Nach ihrer letzten Auseinandersetzung mit Paul. Langsam, wie in Trance sank sie auf die Bank nieder, die hinter ihr stand. Ungeschickt rieb sie ihre schweißnassen Finger an ihrer Hose trocken. Ihre Knie zitterten noch immer, und das Blut rauschte in ihren Ohren. Sie schloss die Augen und atmete tief durch. Atmete und atmete.

»Madame? Entschuldigen Sie, wir schließen gleich.«
Marion riss die Augen auf. Vor ihr stand die ältere Dame vom Informationsschalter. Eine dünne Strickjacke lag über ihren schmalen Schultern, die sie fröstelnd hochgezogen hatte. »Es ist gleich neunzehn Uhr«, fügte sie erklärend hinzu.

Marion nickte. »Ja, natürlich. Ich komme schon.« Ihre Stimme klang unnatürlich rauh.
»Ist Ihnen nicht gut, Madame?«, fragte die Museumsmitarbeiterin besorgt.
»Nein, nein, es ist alles in Ordnung.« Als sie aufstand, fiel ihr Blick erneut auf die Fotografie. »Bitte, warten Sie«, bat sie die Frau, die sich bereits wieder abgewandt hatte.
Marions Knie waren noch immer zittrig. »Das Foto hier«, sie wies auf das Bild, »wie kann ich herausfinden, wer diese Frau ist?«
Der Blick der älteren Dame flog zwischen der Fotografie und Marion hin und her. »Oh, Madame, diese Frau sieht Ihnen sehr ähnlich, sie ist nur jünger«, bemerkte sie überrascht.
Marion wusste nicht, warum ihre Feststellung sie erleichterte. »Ich kann Ihnen leider nicht weiterhelfen, da müssen Sie mit meiner Chefin sprechen. Sie ist morgen gegen zehn Uhr wieder im Haus.«
»Ich würde das Bild gern fotografieren, bevor ich gehe.«
»Das sollte kein Problem sein.«
Marion suchte in ihrer Umhängetasche nach ihrem Handy.
»Danke, Madame, ich komme sofort.«

Als sie wenig später in der Metro saß, erschien ihr das eben Erlebte völlig irreal. Sie betrachtete die anderen Fahrgäste im Abteil, versuchte, Übereinstimmungen im Äußeren zu entdecken, Eigentümlichkeiten. Ihr Blick blieb an einer Mutter und ihrem halbwüchsigen Sohn hängen, die eine leise geführte Auseinandersetzung hatten und deren Verwandtschaft trotz des Geschlechterunterschiedes schon allein aufgrund der Mimik und der Gestik unverkennbar war. Sie zog ihr Telefon aus der Tasche und betrachtete das Foto, und erneut lief ihr ein kalter Schauer über den Rücken.

»Mein Kind, was ist mit dir?«, fragte Louise, als sie in die Wohnung in der Rue Guynemer kam. »Du siehst aus, als hättest du einen Geist gesehen.«
Einen Geist. Marion starrte ihre mütterliche Freundin an. Das traf es in der Tat ziemlich genau.
»Was ist passiert?«
Marion zeigte Louise das Foto auf ihrem Handy.
»Woher hast du das?«, wollte die zierliche Französin wissen. Ihre Stimme klang beherrscht, aber unterschwellig war mehr herauszuhören, was Marion aufgrund ihrer eigenen Anspannung jedoch in diesem Moment nicht wahrnahm.
»Im Musée Carnavalet wird eine Fotoausstellung zum Thema Flüchtlinge gezeigt.«
»Und dort ist diese Fotografie zu sehen?« Louise nahm ihr das Telefon aus der Hand. »Die Ähnlichkeit mit dir ist bemerkenswert. Von wann ist das Foto?«
»3. Juni 1966«, entgegnete Marion einsilbig.
»Und wo ist es entstanden?«
»Ich weiß es nicht.« Mit einer entschlossenen Geste nahm Marion das Handy wieder an sich und schaltete es ab. »Aber ich werde es herausfinden.«

»Das ist wirklich interessant«, sagte wenig später auch Greg, als sie beim Abendessen zusammensaßen. Sein tiefer Bass dröhnte durch das Zimmer, und Zahra, die Marion gegenübersaß, zuckte zusammen. »Man stößt schließlich nicht jeden Tag auf seinen Doppelgänger.«
Marion stocherte in ihrem Gemüse herum. »Ich empfinde es eher als beklemmend«, gestand sie offen.
Greg sah sie über den aufwendig gedeckten Tisch hinweg erstaunt an. »Beklemmend? Tatsächlich?«
Sie nickte lediglich. Louises Essen war wie immer köstlich,

aber Marion hatte keinen Appetit. Sie betrachtete Zahra, die schweigend aß. »Sie scheint sich jetzt doch wohl zu fühlen«, sagte sie, um das Thema zu wechseln. Plötzlich wollte sie nicht einmal mehr an das Foto denken.
»Ach, Zahra ist ein kleiner Sonnenschein«, erwiderte Louise lächelnd und strich dem kleinen Mädchen über die dunklen Locken, die sie in zwei kurzen Zöpfen gebändigt hatte. »Nicht wahr, meine Kleine?«
Zahra sah von ihrem Teller auf.
»Schmeckt es dir, Zahra?«, fragte Marion.
Dunkle, leicht mandelförmige Augen wandten sich ihr zu, und das kleine Mädchen bedachte sie mit einem Blick, der ihr vertraut erschien. Für einen kurzen Moment kräuselten sich Zahras Mundwinkel. War das ein Lächeln? Doch der Augenblick war so schnell vorbei, dass sich Marion nicht sicher sein konnte. Schweigend senkte das Mädchen den Kopf und aß weiter.
»Sie spricht nicht. Überhaupt nicht«, gestand Louise mit einem Seufzen. »Ich habe heute öfters versucht, sie aus der Reserve zu locken.«
»Du darfst sie nicht drängen«, mischte sich Greg ein. Zahra schien sich beim Klang der tiefen Stimme am liebsten verkriechen zu wollen. Marion fragte sich, was dahinterstecken mochte. »Dieses kleine Mädchen braucht Zeit«, fügte Greg hinzu. »Sie isst ja inzwischen auch. Irgendwann wird sie auch sprechen.«
»Wenn sie dann noch hier ist«, entgegnete Louise unerwartet schmallippig.
Marion betrachtete das ältere Ehepaar überrascht. »Habe ich etwas nicht mitbekommen?«
Louise besaß eine scharfe Zunge, vor der niemand sicher war – außer Greg.

»Was ist passiert?«, hakte Marion nach.
Greg räusperte sich. »Jean hat uns, kurz bevor du nach Hause gekommen bist, angerufen«, sagte er dann. »Er plant, Zahra nach seiner Rückkehr aus Marseille bei Freunden unterzubringen, Syrern oder Libanesen …«
»Es ist vielleicht besser, wenn wir später darüber sprechen«, unterbrach ihn Louise.
»Ich habe Jean heute am späten Nachmittag zufällig getroffen«, erzählte Marion in der Hoffnung, Spannung aus der Situation herauszunehmen.
Greg ging dankbar darauf ein. »Ach, ja? Wo?«
»In der Nähe meines Seminars. Er war nach einer Besprechung auf dem Weg zum Gare de Lyon.«
Louise nahm ihre Serviette von ihrem Schoß auf und warf sie ungehalten neben ihren Teller. »Es ist unverantwortlich, wie er sich verhält«, sagte sie und warf Greg einen wütenden Blick zu. »Und du unterstützt ihn auch noch.« Ohne ein weiteres Wort stand sie auf und ging zur Tür.
»Louise, bitte setz dich wieder und lass uns zu Ende essen!«, rief Greg ihr nach.
»Danke, ich habe keinen Hunger mehr.«
Zahra legte ihre Gabel aus der Hand, schob ihren Stuhl zurück und folgte Louise aus dem Zimmer.
Greg hob hilflos die Schultern und wandte sich wieder Marion zu. »Louise hat ein Händchen für Kinder, obwohl sie nie eigene wollte.«
»Warum ist sie so wütend auf dich?«
»*Ich* habe Jeans Anruf entgegengenommen und seinem Plan spontan zugestimmt.«
Marion verzog das Gesicht. »Taktisch nicht klug.«
»Nein, es war voreilig, aber ich hatte meine Gründe. Ich mache mir Sorgen um Louise.«

»Was ist mit ihr?«, erkundigte sich Marion.
»Sie ist gesundheitlich angeschlagen. Sie ist oft sehr müde, kann aber nicht richtig schlafen. Vor zwei Wochen hatte sie einen Schwächeanfall und musste zwei Tage im Krankenhaus liegen. Sie gibt sich alle Mühe, es zu verbergen, aber ich merke es natürlich.«
»Ist das der Grund für Jeans Suche nach einer anderen Unterbringung für Zahra?«
Greg schüttelte den Kopf. »Er weiß nichts davon. Er verfolgt wie immer seine eigenen Ziele.« Der Unterton in seiner Stimme ließ Marion aufhorchen.
»Entschuldige, wenn ich so direkt frage«, warf sie ein, »aber du magst ihn nicht besonders, oder? Mir ist gestern Abend schon eine gewisse Distanz zwischen euch aufgefallen.«
»Kein Problem«, entgegnete Greg lächelnd. »Meine Zurückhaltung gegenüber Jean ist einer der ganz wenigen Streitpunkte zwischen Louise und mir. Sie ist eine unglaublich vernünftige Frau, aber Jean ist ihre Achillesferse.«
»Und das weiß er und nutzt es aus, und das wiederum ärgert dich«, folgerte Marion.
»So kann man es kurz und knapp auf den Punkt bringen.«
»Kann ich Louise in irgendeiner Form unterstützen?«
»Das Beste wäre vermutlich wirklich, wenn Zahra anderweitig untergebracht werden könnte, aber das Mädchen bedeutet Louise sehr viel.« Nachdenklich schob er sein Weinglas über die weiße Damastdecke. »Wenn es deine Vorbereitung zulässt, wäre es sicher eine Erleichterung für Louise, wenn du dich abends ein wenig um Zahra kümmern könntest, sie ins Bett bringen, zum Beispiel. Dann ist Louise einfach zu erschöpft.« Er nahm einen Schluck von seinem Wein. »Ich würde es ja übernehmen, aber …«
»Zahra hat Angst vor dir«, fiel Marion ihm ins Wort.

»Ich bin ihr suspekt, warum auch immer.«
»Ich werde Louise meine Hilfe direkt anbieten, das ist vermutlich der beste Weg. Kann ich ihr von unserem Gespräch erzählen?«
»Selbstverständlich«, stimmte Greg zu. »Ich denke, sie ahnt schon, worüber wir beide jetzt reden.«
Sie räumten den Tisch ab, doch bevor sie das Geschirr in die Küche tragen konnten, klingelte es an der Tür.
»Würdest du bitte öffnen?«, fragte Greg, der einen Stapel Teller aufgenommen hatte.
Marion drückte auf den Lautsprecher der Gegensprechanlage, doch niemand antwortete. Es klingelte noch einmal, und sie erkannte, dass der Besucher bereits vor der Wohnungstür stand. Sie öffnete und sah sich einem Mann mit kantigem Gesicht und unvorstellbar blauen Augen gegenüber.
Er sah sie überrascht an. »Sie sind nicht Madame Bonnier«, bemerkte er mit einer Stimme wie ein Reibeisen. »Mit wem habe ich die Ehre?«
Marion schluckte. »Marion Sanders«, antwortete sie widerwillig. »Madame Bonnier ist …«
Mit einem flüchtigen Lächeln zückte der Mann seinen Dienstausweis. »Claude Baptiste«, unterbrach er sie. »Ich möchte zu Jean Morel. Er ist hier gemeldet.«

12.

Jean blickte aus dem Fenster, und das Tempo, mit dem der TGV durch die Felder der Provence raste, schien ihm wie ein Sinnbild für seine eigene Situation. Schon bald würden sie Marseille erreichen, ein weiterer atemloser Zwischenhalt. Bei allen Überraschungen und unverhofften Wendungen, denen er sich in der Vergangenheit immer wieder gegenübergesehen hatte, hatte sein Leben doch eine Struktur besessen und war einem Plan gefolgt. Seinem Plan. Doch jetzt überkam ihn das erste Mal das beunruhigende Gefühl, dass nicht mehr er sein Leben bestimmte, sondern ein anderer. Und er, Jean Morel, sehr weit davon entfernt war, den Plan dieses anderen zu verstehen. Er hatte nicht den blassesten Schimmer, was mit ihm geschah, und er war ehrlich genug, sich einzugestehen, dass ihm dieser Umstand große Angst einjagte.

Sein bisheriger Erfolg generierte sich vor allem aus seiner Fähigkeit, sich spontan auf neue Verhältnisse, Umgebungen und Anforderungen einzustellen. Der Entschluss, nach Marseille zu fahren, war eine solche impulsive Entscheidung gewesen, nachdem er von Zahits Tod erfahren hatte. Er hatte Kontakte in der Hafenstadt, alte Geschäftsfreunde, von denen er sich Hilfe erhoffte. Die Frage war weniger, ob sie es tun, als was sie dafür fordern würden.

Das Mobiltelefon in seiner Tasche vibrierte und riss ihn aus seinen düsteren Gedanken. Er nahm es heraus und erkannte auf dem Display die Nummer seiner Tante. Es war ihr dritter Versuch, ihn zu erreichen, nachdem er die beiden vorherigen bewusst ignoriert hatte. Louise war enttäuscht und verärgert, weil er Zahra fortbringen wollte, aber das Mädchen war bei ihr, jetzt nach Zahits Tod, nicht mehr sicher. Es war allgemein bekannt, dass er mit den Bonniers verwandt war und bei ihnen ein und aus ging. Er war sogar dort gemeldet, seit er seine Pariser Wohnung nach der letzten Mietpreiserhöhung gekündigt hatte.

Das Telefon vibrierte noch immer in seiner Hand. Nach einem weiteren Moment des Zögerns nahm er das Gespräch schließlich an.

Zu seiner Überraschung verlor seine Tante kein Wort über Zahra. »Ein Commendant des Militärs hat nach dir gefragt«, teilte sie ihm lediglich mit.

Ein Commendant des Militärs. Jean runzelte die Stirn. Das konnte alles und nichts bedeuten. »Hat er seinen Namen genannt?«

»Claude Baptiste.«

Jean besaß ein außerordentlich gutes Namensgedächtnis, doch dieser Name brachte nichts zum Klingen.

»Er hatte eine Vorladung dabei. Du sollst als Zeuge gehört werden«, fuhr Louise in dem ihr eigenen kurz angebundenen Ton fort, den sie anschlug, wenn sie verärgert war.

»Als Zeuge«, wiederholte Jean mit gedämpfter Stimme, während er seinen Blick über seine Mitreisenden gleiten ließ. Er saß am Ende des Abteils, und in Hörweite befanden sich nur eine ältere Dame, die in ein Magazin vertieft war, und zwei Geschäftsleute, die leise miteinander sprachen. »Hat er gesagt, in welchem Zusammenhang?«

»Nein.«
»Hast du …«
»Ich habe ihm gesagt, dass ich dich über seinen Besuch informieren werde«, unterbrach sie ihn. »Mehr nicht.«
Jean versuchte, sein wachsendes Unbehagen zu ignorieren. Ein Angehöriger des Militärs, der ihn als Zeuge hören wollte. Wegen einer Lappalie hätte kaum ein Commendant persönlich vorgesprochen.
Louise nannte ihm die Nummer, unter der er den Mann erreichen konnte, und er gab sie in sein Handy ein. Sie beendete das Gespräch genauso unpersönlich und knapp, wie sie sich ihm gegenüber während der gesamten kurzen Unterhaltung gegeben hatte.
Jean wog das Telefon nachdenklich in seiner Hand, während der TGV durch die ersten Vororte von Marseille rauschte. Der Besuch Baptistes konnte nur mit Zahits Tod zusammenhängen. Eine andere Erklärung war nicht denkbar. Er musste mit dem Mann reden, um zu erfahren, was geschehen war. Rana, Zahits Witwe, hätte ihm vermutlich auch einiges dazu sagen können, aber er hatte nicht den Mut gehabt, sie danach zu fragen. In der Nacht noch hatte sie ihn von einem öffentlichen Telefon aus angerufen und angefleht, ihr zu helfen, Paris zu verlassen und in den Libanon zurückzukehren. »Da habe ich Verwandte, die mich aufnehmen«, hatte sie ihm unter Tränen mitgeteilt. Natürlich war das eine Lüge. Wie alles andere auch. Zahit hatte sein Vermögen im Libanon deponiert, und von Paris aus hatte Rana keinen Zugriff darauf. Unter einem Vorwand hatte er ihre Bitte abgelehnt und war nach Marseille geflohen – etwas anderes als eine Flucht war diese spontane Reise schließlich nicht –, anstatt sich der Verantwortung zu stellen, die er gegenüber Zahits Witwe besaß. Seit fast einem Dreivierteljahr lebte Ayans Familie in der

schäbigen, kleinen Wohnung im Pariser Osten zusammen mit einem Cousin und dessen Familie. Sie waren alle untergetaucht in einem Meer von Immigranten, weil Zahit das Pflaster in seiner Heimat zu heiß geworden war. Doch das Versteckspiel war umsonst gewesen. Zahit war tot. Wirklich begreifen konnte Jean seinen Tod trotz allem immer noch nicht. Seit er die Nachricht erhalten hatte, musste er immer wieder an ihre erste Begegnung denken in jenem staubigen Camp im Sudan, wo der Syrer eines Tages unangemeldet in der Öffnung seines Zeltes gestanden und sich mit den Worten: Ich bin der Ingenieur aus Damaskus, vorgestellt hatte. Ein junger, spitzbübisch dreinblickender Mann mit einem wilden Schopf tiefschwarzen Haars. Dieses Bild stand so klar und deutlich vor ihm, dass er sich kaum vorstellen konnte, dass dieses erste Zusammentreffen bereits zwanzig Jahre zurücklag. Es war Jeans erstes eigenverantwortliches Projekt gewesen. Die Organisation, für die er zu jener Zeit gearbeitet hatte, hatte ihre Helfer weltweit rekrutiert, entsprechend international war das Team besetzt gewesen. Es hatte sich schnell herausgestellt, dass Zahit ein schlechter Ingenieur war, der nicht die geringste Ahnung vom Brunnenbau besaß, dafür aber jedes Ersatzteil für ihren Fuhrpark organisieren konnte, der anpackte, wo es nötig war, und mit der Mentalität eines Basarhändlers einen ganz besonderen Draht zur Bevölkerung des jeweiligen Landes aufbauen konnte. Waren, Gefälligkeiten, Loyalitäten – es gab kaum etwas, womit er nicht handelte. Jean dagegen bewegte sich sicher auf dem diplomatischen Parkett, fand schnell Zugang in die Politik, zur Wirtschaft und dem Militär. Beide hatten sehr schnell erkannt, welcher Profit sich daraus ziehen ließ, wenn sie ihre Fähigkeiten gemeinsam nutzten. Mit der Zunahme der Bürgerkriege und Hungersnöte in Schwarzafrika

und der Instabilität des Nahen Ostens durch den arabischen Frühling war die Zahl derer, die nach Europa strebten, explodiert, und mit ihnen auch die Zahl derer, die davon profitierten.
Viele Jahre hatten sie es sich gut bezahlen lassen, politisch Verfolgte und Gefangene außer Landes zu bringen, um im Westen für sie Aufenthaltsgenehmigungen zu erwirken. Heikel wurde es für sie und jene, die nebenbei ein paar Fäden zogen und Verbindungen spielenließen, erst, als das Geschäft mit den Flüchtlingen in die Hände straff organisierter Banden gelangte. Immer wieder hatte es Streitigkeiten und Drohungen gegeben, aber Jean konnte einfach nicht glauben, dass diese ihren letzten Höhepunkt in der Hinrichtung seines alten Weggefährten gefunden haben sollten. Es musste mehr hinter Zahits Tod stecken.
Der TGV verlangsamte seine Fahrt und lief in den Bahnhof von Marseille ein. Erneut wog Jean das Telefon in seiner Hand, dann rief er kurzentschlossen die Nummer auf, die Louise ihm gegeben hatte. Sein Finger verharrte über dem Symbol, das die Verbindung herstellte, während seine Mitreisenden bereits aufstanden und nach ihrem Gepäck griffen. Der Zug hielt, und die Türen wurden geöffnet. Wärme zog in das klimatisierte Abteil, gefolgt von einer Kakophonie aus Durchsagen und den Geräuschen der ein- und abfahrenden Züge. Jean stellte die Verbindung her.
»Ja?«, meldete sich Augenblicke später eine rauhe Stimme.
»Spreche ich mit Claude Baptiste?«
»Ja.«
»Jean Morel.«
Das Schweigen, das am anderen Ende der Leitung auf die Nennung seines Namens folgte, dauerte etwas zu lang. »Monsieur Morel«, sagte Baptiste dann gedehnt, als müsse

er Zeit gewinnen für seine nächsten Worte. »Ich fürchte, Ihr Leben ist in Gefahr.«
»Wie bitte?«, entfuhr es Jean.
Baptiste räusperte sich. »Wir sollten darüber nicht am Telefon sprechen.«
»Ich bin …«, begann Jean.
»Ich weiß, wo Sie sind«, unterbrach Baptiste ihn. »Die Gendarmerie vor Ort ist bereits informiert. Die Beamten werden Sie in Schutzhaft nehmen und zu mir bringen.«
Jean glaubte nicht richtig zu hören. »Das ist nicht Ihr Ernst. Wie rechtfertigen Sie ein solches Vorgehen?«
»Mit der Sorge um Ihre Sicherheit«, entgegnete Baptiste knapp.
In diesem Moment bemerkte Jean auf dem Bahnsteig eine Gruppe Uniformierter, die aufmerksam durch die Menge schritten. Waren das die Beamten, von denen Baptiste gerade gesprochen hatte?
»Bleiben Sie bitte, wo Sie sind«, wies ihn der Mann am anderen Ende der Leitung an. »Die Gendarmen sind in Zivil, um kein Aufsehen zu erregen. Wir haben soeben Ihren Standort geortet.«
Wirf dein Telefon weg und verschwinde, schoss es Jean durch den Kopf, während er spürte, wie ihm der Schweiß ausbrach. Warum diese Sicherheitsmaßnahmen? Wer war hinter ihm her? Und – konnte Baptiste ihm wirklich den Schutz gewähren, den er versprach? Jean hatte plötzlich ein verdammt schlechtes Gefühl wie noch nie in seinem Leben.

13.

Wir haben ihn verloren.« Die fast teilnahmslose Stimme des Polizeibeamten stand in deutlichem Gegensatz zu dem brisanten Inhalt der Nachricht, die er ihnen übermittelte.

Claude Baptiste beobachtete, wie Leroux, der über Lautsprecher mithörte, mit entsetzter Miene den Kopf in die Hände sinken ließ. Es war kurz nach zweiundzwanzig Uhr, draußen war es längst dunkel. Bis eben hatten sie auf die Rückmeldung aus Marseille gewartet. Der Beamte am anderen Ende der Leitung erging sich in Entschuldigungen und Erklärungen, aber Baptiste hörte nicht mehr zu. Erst als der Mann fragte: »Sollen wir eine Fahndung einleiten?«, kam wieder Leben in ihn.

»Zum jetzigen Zeitpunkt erscheint uns das nicht sinnvoll«, entgegnete er und zwang eine Gelassenheit in seine Stimme, die er keineswegs verspürte. »Wir kontaktieren Sie, wenn wir weitere Unterstützung brauchen.« Er lehnte sich auf seinem Schreibtischstuhl zurück und starrte in die Dunkelheit jenseits des Fensters.

»Wovor hat Morel Angst?«, fragte Leroux nach einer Weile. »Doch nicht vor uns?«

»Kaum. Aber vielleicht vertraut er uns nicht oder unseren Fähigkeiten, ihn zu schützen. Er hat jahrelang in Afrika und

im Nahen Osten gelebt und gearbeitet. Da verliert man schon mal den Glauben an die Integrität der Behörden.«
»Vielleicht hätten Sie ihm nicht sagen sollen, dass er sich in Gefahr befindet«, platzte es aus Leroux heraus.
Baptiste musterte seinen jüngeren Kollegen scharf, und heftige Röte zog Leroux' Hals herauf und brachte sein Gesicht zum Glühen. Bereits das zweite Mal innerhalb kürzester Zeit kritisierte Leroux ihn unverblümt.
»Jean Morel hat, wie jeder andere auch in einer solchen Situation, ein Recht zu erfahren, wenn sein Leben auf dem Spiel steht«, entgegnete Baptiste in einem Ton, der jeden weiteren Kommentar seitens seines jüngeren Kollegen im Keim erstickte. »Aber ich denke, wir sind an einem Punkt angelangt, an dem wir grundsätzlich überlegen müssen, wie wir weiter vorgehen und wen wir noch in unsere Arbeit einbeziehen dürfen.« Er riss das oberste, vollbeschriebene Blatt seiner Schreibtischunterlage herunter und knüllte es zusammen.
Leroux beobachtete sein Tun schweigend, aber Baptiste entging nicht, wie schwer ihm ebendieses Schweigen fiel.
»Meinen Sie tatsächlich, dass jemand aus unserem Dienst diese Ermittlungsergebnisse weiterleitet?«, fragte Leroux schließlich skeptisch.
»Ausschließen möchte ich das nicht. Jeder ist käuflich. Es ist nur eine Frage des Preises. Aber für die Durchführung einer solchen Aktion sind neben Geld vor allem auch die nötigen Beziehungen und der entsprechende Einfluss nötig. Das kann nur eine perfekt vernetzte Organisation leisten. Und das wiederum bringt mich zu der Frage: Was hat Morel getan, um eine solche Organisation gegen sich aufzubringen?«
»Wenn wir seine Vita und sein Charakterbild zugrunde legen, scheint es plausibel, dass Morel zufällig über etwas ge-

stolpert ist, das er sich zunutze machte, ohne die tatsächlichen Folgen zu überblicken.«
»Daran habe ich auch schon gedacht«, stimmte Baptiste Leroux zu. »Bei seiner Kontenprüfung haben wir festgestellt, dass der Mann in den vergangenen Jahren mehr Geld zur Seite gelegt hat, als er mit seinen Beraterhonoraren verdient. Ebenso wie Ayan lebt er gut vom Handel mit Informationen und Gefälligkeiten – ein Schlepper für die besser Betuchten, wenn Sie so wollen. Es ist doch letztlich wie überall sonst auch: Man kennt sich innerhalb der Branche, und über die Jahre und Jahrzehnte etabliert sich ein Netzwerk, das der eine mehr und der andere weniger für sich nutzt. Morel hat unzählige Verbindungen und Kontakte aufgebaut, wer weiß, was ihm dabei in den Schoß gefallen ist, das ihm nun droht das Genick zu brechen.«
Leroux nickte nachdenklich.
»Egal wie wir es drehen oder wenden«, fuhr Baptiste fort, »alles steht und fällt damit, dass wir die Spur von Morel wieder aufnehmen, und zwar ohne dass wir die gesamte Polizei Frankreichs auf ihn ansetzen. Ich fürchte, dann hätten wir in kürzester Zeit den nächsten Toten.«
»Wir sind also in diesen Ermittlungen auf uns gestellt und müssen auf jegliche Unterstützung verzichten«, stellte Leroux fest. Die Tatsache gefiel ihm nicht. Das war ihm anzusehen.
»Ein Geheimnis ist nur so lange ein Geheimnis, wie man es nicht teilt, nicht wahr, mein Freund?«, entgegnete Baptiste ungerührt. Er griff nach einem Stift und malte zwei Kreise in die Mitte des leeren Blattes auf seiner Schreibtischunterlage. In den einen schrieb er Ayan, in den anderen Morel. »In der Verbindung dieser beiden Männer liegt mehr, als wir bislang angenommen haben. Was haben wir übersehen?«

Leroux zögerte beim Anblick der Kreise auf dem Papier, eine altmodische Vorgehensweise, die nicht unbedingt seine Zustimmung fand, doch letztlich zog er seinen Stuhl heran, und schon bald waren die beiden Männer so in ihre Arbeit vertieft, dass keiner von ihnen merkte, wie die Zeit verrann. Sie werteten ihre bislang erarbeiteten Ergebnisse erneut aus, verglichen sie mit älteren Dossiers über Morel und Ayan und sahen sich zum wiederholten Mal die Aufzeichnung der Vernehmung von Ayans Witwe an. In dem gegenüberliegenden Gebäude verloschen die letzten Lichter, und auch in ihrer eigenen Dienststelle wurde es dunkel. Lediglich der Nachtwächter schaute auf seinen Runden bei ihnen herein, grüßte kurz und verschwand wieder, ohne dass sie ihn wirklich wahrnahmen. Rund um die Namen von Morel und Ayan war Baptistes Schreibtischunterlage vollgeschrieben mit Notizen, Namen und Diagrammen, aber gefühlt waren sie keinen entscheidenden Schritt weitergekommen. In den frühen Morgenstunden vor Anbruch der Dämmerung setzte Baptiste schließlich seine Lesebrille ab und rieb sich die brennenden Augen. »Ohne Morel treten wir auf der Stelle«, sagte er resigniert. »Immerhin haben wir nun ein paar Anhaltspunkte, wo wir in Marseille nach ihm suchen können.«
Leroux reckte sich müde. »Wenn er nicht schon tot im Hafenbecken schwimmt.«
»Wenn dem so wäre, hätten wir es erfahren«, bemerkte Baptiste trocken und warf einen Blick auf seine Uhr. »Gehen Sie jetzt nach Hause, und schlafen Sie ein paar Stunden, bevor wir nach Marseille aufbrechen.«
»Und was machen Sie?«, wollte Leroux wissen, der mannhaft ein Gähnen unterdrückte.
Baptiste überging den Übermut seines jüngeren Kollegen, der wieder einmal alle Rangunterschiede zwischen ihnen

außer Acht ließ. »Ich werde heute Vormittag noch einmal mit Rana Ayan sprechen«, entgegnete er ruhig. »Sie hat uns bei weitem nicht alles erzählt. Es gibt ein paar Punkte in unseren Unterlagen und die eine oder andere Stelle in der Aufzeichnung der Vernehmung, die mir nicht aus dem Kopf gehen.«

14.

Seit dem Besuch von Claude Baptiste war Louise sehr still geworden. Wortlos räumte sie die beiden Bücher, die Jean auf dem Couchtisch im Wohnzimmer hatte liegen lassen, in sein Zimmer und hängte die helle Sommerjacke in seinen Kleiderschrank, die noch an einem der Garderobenhaken auf seine Rückkehr wartete. Dann schloss sie seine Tür ab und verstaute den Schlüssel in einer Schublade ihres alten Sekretärs, einem mächtigen polierten Möbelstück aus dem 17. Jahrhundert, an dem sie jeden Tag ihre Post sichtete und beantwortete. So fortschrittlich sie auch sein mochte, sie bestand darauf, ihre Kommunikation mit Freunden und Bekannten, die sie nicht telefonisch erledigte, handschriftlich zu bearbeiten. Sie erwartete von niemandem, ihr auf dieselbe Weise zu antworten, und doch taten es ihre Adressaten, weil sich jeder insgeheim in eine vergessene, nostalgisch anmutende Welt zurückversetzt fühlte, wenn er ihre auf dünnem Papier geschriebenen und dezent nach Orangenblütenparfüm duftenden Nachrichten erhielt. Marion hatte vor einigen Jahren eigens für diese Briefe ein Kästchen gekauft, und manchmal öffnete sie es, nur um mit dem Finger über die Umschläge mit der akkuraten Handschrift zu streichen und den Duft einzuatmen, der ihnen anhaftete.

Als sie an diesem Nachmittag nach Hause kam, dachte sie

zunächst, sie wäre allein, so still war es in der Wohnung. Doch auf dem Weg in ihr eigenes Zimmer sah sie Louise an ihrem Sekretär sitzen, und neben ihr auf dem Boden auf einem der dicken Teppiche spielte Zahra mit einer Puppe, der sie hingebungsvoll die langen Haare kämmte. Weiches Licht hüllte die Szene ein und verlieh ihr eine so friedliche Unwirklichkeit, dass Marion nicht wagte zu stören. Aber Louise hatte sie bereits gehört und wandte sich zu ihr um. Die Müdigkeit, die in ihren Zügen lag, erschreckte Marion. Drei Tage waren vergangen, seit Jean nach Marseille abgereist war und Louise das letzte Mal mit ihm gesprochen hatte. Seither, so schien es Marion, hatte sich Louises Gesundheitszustand täglich verschlechtert.
»Hallo Marion, wie war dein Tag?«, begrüßte Louise sie. Sie versuchte, in die wenigen Worte den lebendigen Unterton zu legen, der sie sonst auszeichnete, aber es gelang ihr nicht wirklich.
»Danke, gut«, erwiderte Marion. »Das Einführungsseminar ist jetzt beendet, worüber ich ganz froh bin. Bis zu meiner Abreise werde ich ein weiteres Training absolvieren müssen. Der Termin steht allerdings noch nicht fest.«
Zahra sah beim Klang ihrer Stimme kurz auf und wandte sich dann ohne eine weitere Reaktion wieder ihrer Puppe zu.
»Und wie war es bei euch? Wie geht es dir, Louise?« Marion trat zu der alten Dame und legte ihr eine Hand auf die Schulter. »Du siehst müde aus.«
Louise faltete ihre schlanken Finger in ihrem Schoß. »Ich bin auch etwas müde. Vielleicht sollte ich mich vor dem Abendessen noch ein wenig hinlegen. Greg hat mich sowieso aus der Küche verbannt.«
Marion zog erstaunt eine Augenbraue hoch. Zeit ihres Lebens hatten Greg und Louise immer gemeinsam gekocht.

Vor allem Louise konnte sich in der Arbeit hinter dem Herd völlig verlieren, wenn man sie nur ließ, was Marion, die selbst eine nur sehr mäßige Köchin war, immer fasziniert hatte. Dass sich Louise diese Freude aus der Hand nehmen ließ, war ein ebenso sicheres Zeichen für ihre mentale wie körperliche Erschöpfung wie ihre ungewohnte Schweigsamkeit.

»Ich halte es für eine gute Idee, wenn du dich ein wenig ausruhst«, stimmte Marion deshalb zu. »Was hältst du davon, wenn ich mit Zahra bis zum Essen in den Park gehe?«

Bei der Nennung seines Namens blickte das Mädchen erneut auf, und Marion nutzte die Gelegenheit, es direkt anzusprechen. »Wie ist es, Zahra, wollen wir zusammen auf den Spielplatz gehen?«

Zahra warf Louise einen fragenden Blick zu.

»Geh ruhig mit Marion, mein Kind. Ein wenig frische Luft wird dir guttun«, ermunterte diese sie, dann wandte sie sich zu Marion: »Zieh Zahra bitte den Mantel an, den ich ihr gekauft habe, es ist noch zu kühl draußen, um nur einen Pullover zu tragen.«

Marion drückte kurz die zierlichen Schultern der alten Dame. »Mach dir keine Sorgen, Louise. Zahra und ich werden auf uns aufpassen.« Sie zwinkerte dem Mädchen zu. »Nicht wahr, Kleines?«

Ein Lächeln huschte über Zahras Gesicht und brachte ihre Augen zum Leuchten. Irgendwo tief in Marion brachte dieser Anblick eine Saite zum Klingen, und sie fühlte sich so sehr an Laura erinnert, dass sie fast meinte, Zahra müsse eine jüngere Schwester ihrer eigenen Töchter sein.

Auf dem Weg hinaus begegneten sie Greg, der vom Einkaufen zurückkam. In der linken Hand hielt er eine Plastiktüte, und über seinem rechten Arm hing ein Korb voller Gemüse,

was bei einem Mann seiner Körpergröße und des entsprechenden Volumens ein seltsames Bild bot. Auch er wirkte angespannt und müde. Er ahnte, dass Louise Informationen über Jean besaß, die sie aus unerklärlichen Gründen nicht mit ihm teilte, und nachdem Louise ins Bett gegangen war, hatte er Marion am vorangegangenen Abend in seine Sorgen eingeweiht. Bis spät in die Nacht hatten sie gesessen und geredet. Als er sie jetzt begrüßte, dröhnte sein rumpelnder Bass durch das Treppenhaus, und Zahra verschwand schutzsuchend hinter Marion und klammerte sich an ihr Bein, wobei ihr das Spielzeug für den Sandkasten aus der Hand fiel.
»Das ist bloß Greg, Kleines. Du brauchst keine Angst zu haben.« Marion hob Eimer und Schaufel auf und strich dem Mädchen über das dunkle Haar, und der Griff um ihr Bein wurde ein wenig lockerer, jedoch nur, um sofort wieder zuzupacken, sobald Greg weitersprach. Als er merkte, wie sehr er das Mädchen verängstigte, schwieg er abrupt und hielt sich die Hand, mit der er die Plastiktüte trug, vor den Mund.
»I am so sorry«, flüsterte er zwischen seinen Fingern und dem Rascheln der Tüte hindurch.
Nicht das erste Mal fragte sich Marion, was dem Mädchen widerfahren sein mochte, und versuchte, die Beklemmung zu vertreiben, die der Gedanke in ihr auslöste.

Trotz ihrer Zurückhaltung und der konsequenten Weigerung zu sprechen, wusste Zahra ihre Bedürfnisse und Wünsche deutlich zu machen. Als sie gemeinsam das Haus verließen, ergriff Zahra Marions Hand und zog sie in Richtung des großen Spielplatzes auf dieser Seite des Jardin du Luxembourg. Wie ein Wiesel kletterte das Mädchen die Leiter der langen Rutsche hinauf und sauste Augenblicke später durch die Röhren und um die Kurven, nur um jedes Mal zum Ab-

schluss mit einem überraschten Aufschrei im Sand zu landen. Sie waren schon öfter zusammen hier gewesen, und Marion wusste, wenn sie sich ans Ende der Rutsche stellte, würde Zahra ihr in die Arme fliegen und sich einen flüchtigen Augenblick lachend an sie drücken, bevor ihre Befangenheit erneut die Oberhand gewann und sie sich mit nervöser Hast aus Marions Umarmung löste.
Marion empfand in diesen Momenten ebenso viel Zärtlichkeit für das zerbrechliche kleine Mädchen wie für ihre eigenen Töchter. Intuitiv ging sie dann selbst auf Distanz, verunsichert durch ihre Gefühle. Dennoch wuchs die Nähe zwischen ihnen von Tag zu Tag. Marion war sich nicht sicher, ob sie glücklich darüber sein sollte. Sie würde bald fortgehen, und es war unwahrscheinlich, dass sie Zahra wiedersehen würde, auch wenn sie längst begriffen hatte, dass es sich bei dem Mädchen nicht um ein gewöhnliches Flüchtlingskind handelte. Es gab eine tiefergehende Beziehung zwischen ihr und den Bonniers – speziell zu Louise. Marion hatte versucht, mit der alten Dame darüber zu sprechen, und sich dabei eine unerwartet harsche Abfuhr geholt. Sie seufzte bei der Erinnerung daran, und Zahra, die eben von der Rutsche gekommen war und sich zu ihr auf die Bank setzte, sah überrascht zu ihr auf.
»Alles gut, Zahra«, beruhigte Marion sie instinktiv und reichte dem Mädchen Schaufel und Eimer. »Backst du mir einen Kuchen?«
Zahra schüttelte den Kopf und wies stattdessen auf die Schaukel.
Marion wagte einen Versuch. »Ich verstehe nicht, Zahra«, sagte sie so beiläufig wie möglich. »Was möchtest du?«
Zahra sah sie schweigend an, dann wies sie mit ausgestrecktem Arm erneut auf die Schaukel.

»Ich verstehe dich nicht«, wiederholte Marion. »Bitte sag mir, was du möchtest.«
Zahra runzelte die Stirn, griff sich Eimer und Schaufel und ging zum Sandkasten. Und während Marion beobachtete, wie das Mädchen den hellen Sand in den Eimer schaufelte, trug ein Windstoß seine kleine Stimme zu ihr herüber. »Ich will schaukeln«, sang Zahra nach der Melodie eines französischen Kinderlieds leise vor sich hin. »Ich will schaukeln, schaukeln …«

15.

Dunkelheit umfing Jean, und sein Kopf schmerzte so sehr, dass er nicht in der Lage war, zu denken. Seine Kehle war rauh und ausgedörrt, seine Zunge lag wie ein totes Stück Fleisch in seinem Mund.
Bildfetzen zogen an seinem inneren Auge vorbei: eine ältere Frau, die in einem Magazin blätterte, uniformierte Beamte auf einem Bahngleis, ein Mobiltelefon in seiner Hand. Eindrücke wie aus einem Traum, die keinen Sinn ergaben, sosehr er sich auch mühte. Die Hitze machte alle Anstrengung zunichte. Die Hitze und der Durst.
Himmel, wo war er? Was war passiert?
Verzweifelt versuchte er, einen klaren Gedanken zu fassen, stattdessen wurde er überwältigt von Übelkeit. Sein Körper krampfte sich zusammen. Stöhnend fiel er vornüber und erbrach sich.

16.

Als Marion sich mit Zahra auf den Heimweg machte, schlug die Kirchturmuhr von Saint-Sulpice siebenmal. Marion war unschlüssig, ob sie Louise erzählen sollte, was im Park vorgefallen war. Es hatte sie zutiefst berührt, das kleine Mädchen singen zu hören, und sie wusste, wie sehr Louise sich über diese Nachricht freuen würde, gleichzeitig aber fürchtete sie, dass die alte Dame das Mädchen bedrängen würde.

Zahras kleine Hand lag vertrauensvoll in der ihren, und Marion hatte das sichere Gefühl, dass sich das Mädchen ihr gegenüber schon bald öffnen würde, wenn sie die Gelegenheit hätte, häufiger mit ihm zusammen zu sein. Aber wann? Die vergangenen Tage hatten sie, gemessen an Marions spärlicher Freizeit, viele Stunden miteinander verbracht, wobei Marion sich eingestehen musste, dass Zahra die perfekte Entschuldigung gewesen war, sich nicht um ihre eigenen Belange zu kümmern. Nur einmal hatte sie sich die Zeit genommen, ins Museum zurückzukehren, um sich nach der Herkunft der Fotografie zu erkundigen. Die Kuratorin war hilfsbereit und professionell gewesen, doch diese Professionalität hatte nicht ihre Neugier überspielen können. Marion war nicht die Erste, die an ihre Tür klopfte und nach weitergehenden Informationen suchte.

»Nach dem Erfolg der Ausstellung und den zahlreichen Rückmeldungen, die wir bekommen haben, überlegen wir, eine weitere folgen zu lassen, in der wir die Geschichten schildern, die inzwischen an uns herangetragen wurden«, erzählte ihr die schlanke Dame in den Fünfzigern mit unverhohlener Begeisterung und sah sie erwartungsvoll an. Marion musste sie enttäuschen. Sie hatte keine Geschichte zu erzählen, und selbst wenn, wäre sie vermutlich nicht bereit gewesen, sie preiszugeben. Die Ausbreitung von Privatem in der Öffentlichkeit war ihr zuwider, sogar in ihrem Freundes- und Bekanntenkreis pflegte sie diese Zurückhaltung, was ihr nicht immer Sympathien einbrachte.
Den Unterlagen des Museums zufolge handelte es sich bei der Fotografie um ein Zeitungsbild.
»Erschienen ist es damals bei *Le Monde*«, informierte die Dame sie. »Die Zeitung verfügt im Süden der Stadt über ein phantastisches Archiv.« Sie griff nach dem Telefon auf ihrem Schreibtisch. »Wenn Sie möchten, kann ich den Kontakt für Sie herstellen.«
»Vielen Dank, das ist nicht nötig«, beeilte sich Marion zu erwidern. »Ich werde zu gegebener Zeit selbst dort vorsprechen.« Sie war sich nicht sicher gewesen, ob sie die Spur weiterverfolgen sollte. Ob sie nicht ihre Zeit verschwendete an eine zufällige Ähnlichkeit, die weiter nichts mit ihrem Leben zu tun hatte. Doch so leicht konnte sie sich nicht lösen. Die Fotografie verfolgte sie bis in ihre Träume.
Dennoch ließ sie die Tage verstreichen, ohne Licht ins Dunkel zu bringen. Sie schob tausend Gründe vor, warum sie sich nicht darum kümmern konnte, nur den einen wirklichen, den gab sie nicht zu: Sie hatte Angst, die Büchse der Pandora zu öffnen, sie fürchtete sich vor dem, was sie darin

finden könnte. Erst jetzt, da ihr die Zeit unter den Fingern davonlief, ein Zustand den sie nur zu gut aus Hamburg und ihrem bisherigen Arbeitsleben kannte, spürte sie Unruhe in sich aufkeimen. Heute war der letzte Tag ihres Vorbereitungsseminars gewesen. Wenn sie sich auch vor ihrer Abreise nach Jordanien noch bereit erklärt hatte, an einem weiteren Kurs für eine administrative Einweisung teilzunehmen, sollte sie trotz allem wohl noch Gelegenheit finden, die Nachforschungen endlich aufzunehmen. Vielleicht sollte sie Zahra einfach mitnehmen?
Langsam schlenderte sie mit dem Mädchen an der Hand um die Straßenecke und blieb abrupt stehen, als sie vor dem Eingang des Hauses einen großen, dunkelhaarigen Mann in ihrem Alter erblickte, der darauf wartete, eingelassen zu werden.
»Monsieur Baptiste«, begrüßte sie ihn erstaunt. »Wollen Sie zu uns?«
Er war ebenso verblüfft wie sie. »Ah, Madame! Was für eine angenehme Überraschung.« Ein Lächeln brach die kantige Strenge seines Gesichts auf und verlieh dem Blick seiner blauen Augen eine ungeahnte Wirkung.
Marion spürte, wie eine leichte Röte in ihre Wangen zog. Sie hatte sich bislang jenseits des Alters gemeint, in dem ein Mann sie mit einer schlichten Begrüßung verwirren konnte.
Im Lautsprecher der Gegensprechanlage ertönte Gregs fragende Stimme. Baptiste nannte seinen Namen, und als der Türöffner summte, hielt er ihnen die schwere Holztür auf und ging dann geradewegs zur Treppe.
»Madame, Mademoiselle«, nickte er ihnen noch einmal zu, »wir sehen uns gleich.«
Zahra sah ihm misstrauisch nach, als sie mit Marion vor dem Fahrstuhl wartete. Sie hatte Marions Hand fest umschlossen

gehalten, solange Baptiste in ihrer Nähe war. Als er jetzt die Stufen hinaufeilte, lockerte sich ihr Griff.

Baptiste war zu Marions Überraschung zum Abendessen eingeladen. Sie war irritiert, dass sie darüber nicht informiert worden war, und da der Tisch bereits gedeckt und alles andere ebenfalls vorbereitet war, blieb nicht viel mehr zu tun, als sich und Zahra die Hände zu waschen und das Mädchen für das Abendessen umzuziehen. Danach zog sie sich in ihr eigenes Zimmer zurück, um sich ebenfalls umzuziehen, und ertappte sich dabei, dass sie mehr Zeit als nötig unschlüssig vor ihrem Schrank verbrachte bei der Auswahl eines passenden Kleidungsstücks. Zurück im Wohnzimmer, fand sie Greg und Baptiste bei einem Aperitif, den sie im Stehen vor dem großen Bücherschrank einnahmen. Baptiste hörte Greg zu, der über die Lage in Syrien monologisierte, beobachtete dabei aber Zahra, die bereits am Tisch saß und mit ihrer Serviette spielte. Louise saß am Fenster in ihrem Sessel, den Männern halb den Rücken zugewandt, und Marion meinte ihren Unmut über die Situation fast physisch zu spüren.
Baptiste wandte sich um, als Marion den Raum betrat, und sein Blick streifte flüchtig das knielange Kleid, das sie gewählt hatte. Dann trafen sich ihre Augen, und es folgte einer jener kurzen und gleichzeitig völlig zeitlosen Momente von irrationaler Intensität, der erst von Gregs plötzlichem Schweigen aufgelöst wurde, als er Baptiste in Erwartung einer Antwort fragend ansah. Marion konnte sich ein Lächeln nicht verkneifen, während sie verfolgte, wie Baptiste versuchte, den Faden des Gesprächs wieder aufzunehmen.
Warum war er überhaupt zum Essen eingeladen worden? Trotz ihrer Leidenschaft für das Kulinarische hatten Greg

und Louise nur selten Gäste, für die sie kochten. Als Marion wenig später Greg in der Küche half, sprach sie ihn darauf an.

»Baptiste hat heute Nachmittag angerufen und um einen Termin gebeten«, erzählte er ihr daraufhin. »Angesichts Louises angeschlagenem Gesundheitszustand habe ich ihn gebeten, sich die Zeit zu nehmen, mit uns zu essen, um dem Ganzen, na, wie soll ich sagen, eine etwas informellere Note zu geben.«

»Und er ist darauf eingegangen?«, fragte Marion und verbarg ihre Verwunderung darüber nicht.

»Nicht gleich«, gestand Greg. »Er hat sich zunächst gesträubt.«

»Wie konntest du ihn überzeugen?«

»Louises Familie hat seit Generationen Beziehungen in die französische Politik.«

»Und die hast du aktiviert?«, fragte Marion mit hochgezogener Augenbraue. Natürlich wusste sie von diesen Beziehungen, Louise pflegte sie ebenso wie Greg seine Verbindungen aus seiner Karriere als Diplomat in Diensten der US-Regierung.

Greg schien ihre versteckte Kritik nicht zu bemerken. »Das war nicht nötig. Es hat gereicht, sie zur Sprache zu bringen«, entgegnete er lächelnd, warf einen Blick in den Flur und schob die Küchentür zu, bevor er weitersprach. »Ich habe bereits nach Baptistes erstem Besuch versucht, mich über ihn zu informieren. Man war nicht bereit, mir etwas zu erzählen, nicht einmal in welcher Abteilung des Verteidigungsministeriums er beschäftigt ist, aber er scheint von meiner Nachfrage erfahren zu haben.« Greg machte keinen Hehl aus seiner Zufriedenheit.

Marion verkniff sich einen Kommentar. Sie mochte diese

Art der Fremdbestimmung nicht, vielleicht auch deshalb, weil sie selbst ausreichend Erfahrungen in dieser Hinsicht gesammelt hatte. Unter Medizinern wurden alte Seilschaften gern und intensiv gelebt.

Wie schon in den vergangenen Tagen war Louise zunächst schweigsam und sprach, wenn überhaupt, vor allem mit Zahra. Doch Baptiste, der während des gesamten Essens nicht einmal auf den Grund seines Besuchs zu sprechen kam, gelang es, ihre Reserviertheit aufzubrechen. Er besaß eine unbeschwerte und charmante Art, Konversation zu betreiben, und es gab kaum ein Thema, bei dem er nicht mitreden konnte. Erst als sie beim Kaffee saßen und sich die Sorgenfalte zwischen Louises Augenbrauen geglättet hatte, griff Baptiste den eigentlichen Grund seines Kommens auf: »Madame, ich weiß, die Situation ist schwierig für Sie, aber ich brauche Ihre Hilfe und einige Informationen über Ihren Neffen Jean Morel.«
Louise begegnete seinem Blick einen Moment schweigend, und nach den Erfahrungen der vergangenen Tage erwartete Marion fast, dass sie aufstehen und wortlos das Zimmer verlassen würde, aber nichts dergleichen geschah.
»Ich mache mir große Sorgen um meinen Neffen«, erwiderte Louise stattdessen gefasst und blickte dem Mann aus dem Verteidigungsministerium in die Augen. »Ich fürchte, es ist ihm etwas zugestoßen.«
Marion zog innerlich den Hut. Louise konnte trotz aller Höflichkeit und Etikette, auf die sie immer pochte, ohne weiteres auch einen Mann wie Baptiste vor den Kopf stoßen, wenn es ihr in den Sinn kam, aber dank seiner geduldigen, ruhigen Art hatte er sich zumindest an diesem Abend ihr Vertrauen erarbeitet.

»Wenn ich ehrlich sein darf, Madame, fürchten wir auch, dass ihm etwas passiert sein könnte«, gab Baptiste zu. »Unsere gesamten Ermittlungen lassen darauf schließen, dass sein Leben unmittelbar bedroht ist.«

Marion horchte auf. Baptistes Worte erinnerten sie an ihr nächtliches Gespräch mit Jean in der Küche und die Ruhelosigkeit, die sie bei ihm beobachtet hatte. Ob er zu diesem Zeitpunkt schon um die Gefahr gewusst hatte, in der er sich befand?

»Wann haben Sie das letzte Mal zu Ihrem Neffen Kontakt gehabt?«, fragte Baptiste.

»Vor vier Tagen«, antwortete Louise gefasst, auch wenn sie bei seinen Worten blass geworden war und den Kontakt zu Greg suchte, der ihre Finger mit seiner Bärenpranke fest umschloss. Sie warf einen Blick auf die verschnörkelte Renaissance-Uhr, die zwischen den hohen Fenstern hing. »Etwa um diese Zeit haben wir telefoniert. Ich habe ihm von Ihrem Besuch berichtet und ihn gebeten, sich mit Ihnen in Verbindung zu setzen.«

Baptiste nickte. »Das hat er auch getan. Wir haben ihm angeboten, ihn unter Personenschutz zu stellen, sofern er sich bereit erklärt, nach Paris zurückzukommen.«

»Und?«

»Als unsere Beamten vor Ort eintrafen, war er verschwunden.«

Louise schüttelte müde den Kopf. »Ich verstehe das alles nicht. Was hat er nur getan, um in eine solche Situation zu kommen?«

Baptistes Blick streifte Marion.

»Es ist vielleicht besser, wenn ich euch allein lasse«, sagte sie darauf zu Louise und Greg gewandt und schob ihren Stuhl zurück. Sie hielt Zahra eine Hand hin. »Komm, Kleines, wir holen uns in der Küche noch ein Stück Schokolade, und dann bringe ich dich ins Bett.«

Zahra, die den Abend über still am Tisch gesessen und in einem Bilderbuch geblättert hatte, sah auf und schüttelte mit eigensinnigem Gesichtsausdruck den Kopf.

Bevor Marion noch etwas sagen konnte, mischte sich Baptiste ein: »Wir haben keine Geheimnisse, Madame. Auch wenn Sie das gerade vielleicht so empfunden haben.« Er lächelte entschuldigend. »Verzeihen Sie meinen Blick, und bleiben Sie. Und die junge Dame auch, wenn sie meint, dass es noch zu früh zum Schlafen ist.«

Während er sprach, betrachtete Zahra ihn aufmerksam aus ihren dunklen Mandelaugen, die manchmal viel zu groß für ihr zartes Gesicht schienen, und bevor sie sich wieder in ihr Buch versenkte, bedachte sie ihn mit einem flüchtigen, aber umso bezaubernderen Lächeln.

»Mein liebes Kind, wenn du uns doch nur zu diesem entzückenden Lächeln deine bestimmt ebenso entzückende Stimme schenken würdest«, bemerkte Greg trocken.

Zahra tat, als ob sie ihn nicht hörte, und Baptistes Lächeln vertiefte sich für einen Moment, doch er wurde schnell wieder ernst. »Tatsächlich kann und darf ich mit Ihnen nicht über die laufenden Ermittlungen sprechen. Ich bin hier, weil ich hoffe, dass Sie mir etwas über Monsieur Morel erzählen können. Das Bild, das wir aus der Aktenlage heraus von ihm zeichnen können, ist zu unvollständig, um seinen Charakter oder seine Persönlichkeit gänzlich zu verstehen und daraus ein mögliches Handeln seinerseits abzuleiten.«

»Ich fürchte, da muss ich Sie enttäuschen«, entgegnete Louise. »Jeans Handeln vorhersagen zu wollen, ist beinahe ebenso unmöglich, wie das Wetter zu bestimmen.« Dennoch kam sie Baptistes Wunsch nach und erzählte über die Verhältnis-

se, in denen er aufgewachsen war, über die gleichzeitige Nähe und Distanz zu seiner Mutter, von der er sein sprunghaftes Wesen geerbt hatte. »Wenn er bei uns war, ist er zur Ruhe gekommen«, endete sie, »gleichzeitig aber hat er das Konservative und Etablierte unseres Lebens verabscheut.«
»Er war verheiratet«, warf Baptiste ein. »Wissen Sie, wo seine Ex-Frau lebt?«
Louise hob entschuldigend die Hände. »Das war eine kurze Episode.« Sie blickte fragend zu ihrem Mann. »Nicht mehr als zwei oder drei Jahre, oder?«
Greg nickte. »Wir haben die Frau nie kennengelernt.«
Baptiste nickte ebenfalls. Er hatte sich bislang keine Notizen gemacht und verzichtete auch im weiteren Verlauf des Gesprächs darauf. Es war ihm nicht anzumerken, wie sehr ihn die Fruchtlosigkeit seines Besuchs desillusionierte, aber Marion ahnte seine Enttäuschung. Er hatte einen ganzen Abend aufgewendet und würde diese Wohnung nicht mit anderen Erkenntnissen verlassen, als er mitgebracht hatte.
»Ich bedanke mich für Ihre Geduld und Ihre Mühe«, verabschiedete er sich schließlich und stand auf. »Und natürlich für das Essen. Es war köstlich.« Sein Blick fiel scheinbar zufällig auf Zahra, die sich mit ihrem Bilderbuch schon vor einer ganzen Weile auf die Couch zurückgezogen hatte. Nachdem sie über den offenen Seiten eingeschlafen war, hatte Marion eine Decke über sie gelegt. »Ein ganz reizendes Mädchen«, bemerkte er, zu Louise gewandt. »Ihre Enkelin?«
Marion hatte sehr genau beobachtet, wie nachdenklich Baptiste das Mädchen im Verlauf des Abends immer wieder betrachtet hatte, und war durchaus fasziniert von dieser nebenbei hingeworfenen Bemerkung.
Louise schien sein Manöver nicht sofort zu durchschauen.

»Nein, wir haben keine eigenen Kinder«, entgegnete sie zunächst arglos. »Zahra ist bei uns nur zu Besuch.«
»Aber sie ist keine Französin, oder?«
»Sie kommt aus Syrien.«
»Interessant. Warum spricht sie nicht? Ich meine, ein Mädchen ihres Alters sollte längst so weit sein.«
»Zahra muss sich erst eingewöhnen«, erwiderte Louise, »sie ist erst seit ein paar Tagen bei uns.«
»Ich erinnere mich, dass Ihr Neffe auch gerade aus Syrien zurückgekehrt ist. Er hat das Mädchen nicht zufällig mitgebracht?«
Erst jetzt erkannte Louise die Absicht des Commendant. Ihr Mund wurde schmal, ihre Haltung sehr gerade. »Monsieur Baptiste, es ist bereits nach Mitternacht, und ich bin sehr müde. Vielleicht setzen wir unsere Unterhaltung ein anderes Mal fort.«
»Sicher, Madame«, antwortete er höflich. Auch wenn Louise ihm eine Antwort schuldig geblieben war, so hatte er seine Informationen doch erhalten, und Marion ahnte, dass das Thema Zahra für ihn nicht abgeschlossen war.
Sie brachte ihn zur Tür.
»Ich danke Ihnen für die reizende Gesellschaft heute Abend«, verabschiedete er sich. »Was Sie über die Problematik der medizinischen Versorgung in den ländlichen Regionen Deutschlands berichtet haben, fand ich äußerst interessant.«
Marion warf ihm einen spöttischen Blick zu. »Tatsächlich«, entgegnete sie trocken. »Ich hätte nicht gedacht, dass Sie das Thema fesselt.«
»Sie glauben gar nicht, was mich alles begeistern kann«, bemerkte er mit einem Unterton, der alles und nichts bedeuten konnte.

»Zum Beispiel die Salzgewinnung in der Bretagne«, konterte sie. Diesmal würde es ihm nicht gelingen, sie aus der Fassung zu bringen.

Er lachte auf. »Durchaus faszinierend, was man sich im Laufe eines Abends so erzählt.«

»Äußerst aufschlussreich«, stimmte sie ihm zu.

Sie spürte sein Zögern. »Haben Sie noch etwas auf dem Herzen?«

»Sie haben zu der ganzen Diskussion um Jean Morel nichts beigetragen«, sagte er geradeheraus. Wenn er etwas wissen wollte, schien er nicht viel Umschweife zu machen.

»Ich kenne ihn kaum.«

»Deswegen haben Sie trotzdem einen ersten Eindruck.«

Warum ist ausgerechnet mein erster Eindruck wichtig, die Bemerkung lag ihr auf der Zunge, aber sie schwieg. Baptiste würde seine Gründe haben. »Er wirkte unruhig und gehetzt«, erwiderte sie nach einem Moment des Überlegens. »Er hat nicht geschlafen in der einen Nacht, in der er hier war.«

Baptiste nickte nachdenklich.

Marion wartete, aber er fragte nicht weiter, auch nicht nach Zahra, was sie fast erwartet hatte.

»Ich wünsche Ihnen eine gute Nacht, Madame«, sagte er lediglich.

Sie sah ihm nach, bis er hinter dem ersten Absatz der Treppe verschwunden war.

17.

Es war der Gestank, der ihn weckte, ein unangenehm saurer Geruch. Mühsam schlug Jean die Augen auf. Helles Licht traf seine Netzhaut, und Schmerz durchzuckte ihn. Hastig schloss er die Lider wieder. Wartete. Der Schmerz ebbte ab, zurück blieb ein dumpfes Brummen in seinem Schädel wie nach einem Besäufnis.
Himmel, was war geschehen?
Unsicher fuhr er sich mit der Hand über die Stirn und stellte angeekelt fest, dass seine Finger schmutzig und verklebt waren. Der Gestank war sein eigener. Er lag in seinem eigenen Erbrochenen. Beinahe hätte er sich daraufhin noch einmal übergeben. Doch es gelang ihm, gegen die erneute Übelkeit anzuatmen und sich nicht von der Panik überwältigen zu lassen, die im Hintergrund lauerte.
Ruhig bleiben. Denken.
Was war geschehen?
Zum Teufel, er konnte sich an nichts erinnern. Nicht einmal daran, wo er war. Er tastete um sich. Schmerz durchzuckte jedes seiner Glieder bei der kleinsten Bewegung. Der Untergrund war hart, uneben, und etwas drückte in der Höhe seiner linken Niere in seinen Rücken. Er spürte eine unverputzte Wand hinter sich. Langsam, sehr langsam richtete er sich daran auf, bis er sich in einer sitzenden Position befand.

Die Anstrengung ließ sein Herz rasen, und wieder drohte ihn Übelkeit zu übermannen. Mit geschlossenen Augen atmete er auch diesmal dagegen an, wartete, bis Magen und Kreislauf sich stabilisiert hatten, und lauschte.
Er hörte das Geräusch von vorbeifahrenden Fahrzeugen. Das entfernte Rumpeln eines Zuges. Das Plätschern von Wasser. Ein Luftzug streifte sein Gesicht.
Noch einmal versuchte er, seine Augen zu öffnen, hielt dem Schmerz stand, der ihn erneut durchzuckte. In dem Licht formten sich Konturen. Ein dunkler Bogen, dahinter einzelne schlanke Silhouetten, die sich fast unmerklich bewegten. Zwischen ihnen ein gleißendes Band.
Wasser. Ein Fluss. Bäume. Er befand sich unter einer Brücke. Er vermied es, an sich hinunterzusehen, zu riechen, was auf ihm klebte, als er sich an der massiven Wand behutsam weiter aufrichtete, bis er schließlich stand. Anfangs hatte er Mühe, das Gleichgewicht zu halten. Er machte einen Schritt, dann einen zweiten aus dem Schutz der Brücke hinaus ins Licht.
Die Sonne schien von einem wolkenlosen Himmel, und ihre Strahlen brachen sich glitzernd in dem flachen Fluss. In dem klaren Wasser konnte er den Sand auf dem Grund sehen, Steine und einige sich eilig zwischen ihnen hindurchwindenden kleinen Fische.
Jean zögerte nicht lange und zog seine Schuhe, seine Strümpfe und sein völlig verdrecktes Jackett aus und stieg die flache Uferböschung hinunter.
Das Wasser war kälter, als er erwartet hatte, und er schnappte nach Luft, als er bis zur Brust darin eintauchte. Doch die Kälte brachte ihn zur Besinnung und klärte sein vernebeltes Hirn. Kurzentschlossen tauchte er schnaubend unter, ignorierte den Schmerz, der in wilden Blitzen erneut durch sei-

nen Kopf zuckte, und rieb sich den Schmutz von Körper und Kleidung.
Wenig später ließ er sich tropfnass zwischen die langen Halme des noch frühjahrsgrünen Grases fallen, zog sich aus und legte seine Kleidung neben sich zum Trocknen. Um ihn herum waren nur Felder, dahinter sah er Autos auf einer Straße vorbeisausen. Während die Sonne seinen nackten Körper langsam trocknete und wärmte, hörte er aus weiter Ferne erneut das Rumpeln eines Zuges. Er hatte weder eine Ahnung, wo er war, noch eine Vorstellung davon, wie er hierhergekommen war. Und der schwarze Fleck in seinem Hirn, der diese Informationen überdeckte, wurde umso undurchdringlicher, je mehr er darüber nachdachte.
Sein Kopfschmerz hatte nachgelassen, dafür weckte das Geräusch des leise plätschernden Wassers seinen Durst. Jean tastete nach seinem Jackett und suchte in der Innentasche nach seinem Portemonnaie und seinen Papieren. Doch seine Finger griffen ins Leere.
Man hatte ihn ausgeraubt!
Mit klopfendem Herzen richtete er sich auf und wühlte das Jackett ein zweites Mal durch. Nichts. Auch sein Mobiltelefon war fort. Er griff nach seinen feuchten Hosen. Er musste die nächste Polizeidienststelle finden und –
Nein.
Sein Verstand sagte ihm, dass das keine gute Idee war. Dass ein Besuch bei der Gendarmerie seine Probleme nur vergrößern würde, solange er nicht wusste, was ihm zugestoßen war. Er starrte auf das langsam dahinfließende Gewässer, und sein Durst wurde plötzlich so unbändig, dass er für eine ganze Weile an nichts anderes denken konnte. Er hatte nicht einmal Geld, sich etwas zu trinken zu kaufen. Was sollte er nun tun? *Was konnte er tun?*

Er war ein Flüchtling in seinem eigenen Land, und gegen seinen Willen musste er an jene denken, die tagtäglich gegen Europas Küsten brandeten und den Auffanglagern entkamen und dem entwürdigenden Rücktransport. Männer und Frauen, die sich wie Diebe in der Nacht auf versteckten Pfaden durch Europa bewegten, heimatlos, rechtlos und gejagt. Ohne Papiere, ohne Geld und der Möglichkeit beraubt, Unterstützung von den Behörden zu erhalten. Jean fühlte sich ausgerechnet ihnen nahe, an deren Schicksal er zumindest in einigen Fällen gut verdient hatte. Er war ebenso ohnmächtig, ebenso ausgeliefert und fern seiner Heimat. Die Ironie seines Schicksals hätte ihn sicher erheitert, denn er besaß diesen feinen Sinn für Humor, wäre nicht irgendwo in seinem Hinterkopf jener Funken gewesen, der den Anflug von Spott schon im Keim erstickte. Dort lauerte eine Beklemmung, die weit über das hinausging, was er in seiner Situation gedanklich greifen konnte. Jean hatte Angst, und das Schlimme war, dass er nicht wusste, wovor.

Das Letzte, woran er sich erinnern konnte, war seine Abreise aus Paris mit dem TGV nach Marseille. Er konnte sich winkende Menschen auf dem Gare du Lyon ins Gedächtnis rufen und das Anfahren des Zuges. Das Gefühl der Polster unter ihm und den leichten Luftzug der Klimaanlage, der ihn streifte. Aber mehr nicht.

War er jemals in Marseille angekommen?

Dem Klima und der Landschaft nach zu urteilen, musste er sich im Süden Frankreichs befinden. Der Geruch von Oleander und wildem Anis lag in der Luft, und es war deutlich wärmer als in Paris. Er reckte sich und versuchte, mehr zu erkennen als nur die nähere Umgebung, doch das Land senkte sich zu dem Gewässer hin ab und versperrte ihm den Blick.

Er betrachtete seine Kleidung im Gras und kämpfte gegen das Grauen an, das er beim Anblick seines verdreckten Jacketts empfand. Er würde eine Erklärung finden für das, was geschehen war. Er musste nur ruhig bleiben. Nachdenken. Es gab immer eine Lösung.
Er reckte sich und blickte zur Straße hinüber, auf der gerade eine Kolonne Pkws hinter einem mit Containern beladenen Lkw vorbeifuhren. Sah er dort Schilder? Wegweiser?
Sein Oberhemd war fast trocken. Es waren ein paar schwache Flecken darauf zurückgeblieben, aber den Geruch von Erbrochenem hatte er nahezu rückstandslos herauswaschen können. Ebenso aus seiner Hose, die noch feucht war, aber durch die Körperwärme und den Wind würde sie vermutlich schneller trocknen, als wenn sie hier im Gras lag. Das Jackett würde er zurücklassen. Es war sowieso zu warm dafür.
Zumindest jetzt, am Tag. Für die Nacht musste er sich etwas einfallen lassen. Die Nacht. Bei dem Gedanken an die Dunkelheit begann sein Herz unkontrolliert zu rasen, und er sackte ins Gras zurück. Atme, Jean, atme ganz ruhig. Denke nur an das, was direkt vor dir liegt. Anziehen. Zur Straße gehen. Etwas zu trinken finden. Sehnsüchtig blickte er bei dem letzten Gedanken auf das Gewässer vor sich. Nein, so groß war sein Durst noch nicht, dass er Flusswasser trinken würde. Nicht im Süden Frankreichs. Er durfte nicht riskieren, seinen Körper ausgerechnet jetzt mit einer Infektion zu schwächen.
Wenig später wanderte er zwischen zwei Feldern hindurch in Richtung Straße, eine Route nationale, wie sich herausstellte. Einen Moment stand er unschlüssig am Straßenrand und betrachtete den Verkehr, der an ihm vorbeidonnerte. Unrasiert und zerknittert, wie er war, bot er keinen vertrauenerweckenden Anblick, dennoch hielt zu seiner Überra-

schung im selben Augenblick ein Pkw auf dem Standstreifen neben ihm. Der hellblaue, von Rost zerfressene Renault war ebenso älterer Bauart wie der Mann, der hinter dem Steuer saß und ihn aus einem verwitterten Gesicht mit wachen Augen neugierig betrachtete. »Monsieur, das ist keine Gegend für einen Spaziergang. Brauchen Sie Hilfe?«

Jean war so überrascht, dass er nicht gleich antworten konnte. »Ja, sicher«, stieß er hervor. »Ich …« Er wusste nicht einmal, wohin die Straße führte, an der er stand. In einer hilflosen Geste hob er die Hände.

»Ich fahre nach Marseille. Wenn Sie möchten, kann ich Sie mitnehmen«, schlug der Mann vor und half Jean aus seiner Erklärungsnot.

»Das ist großartig, danke«, entgegnete er noch immer verblüfft und stieg ein.

Das Wageninnere roch nach Zigarettenrauch und Schweiß. Es gab keine Klimaanlage, und die Hitze staute sich hinter der Windschutzscheibe. Jean brach der Schweiß aus, sobald er sich auf den Beifahrersitz gesetzt hatte, aber all das interessierte ihn nicht. Er war dankbar und überrascht von der unerwarteten Hilfsbereitschaft des Alten.

»Hatten Sie einen Unfall?«, fragte dieser besorgt, als er sein Fahrzeug wieder in den Verkehr einfädelte. »Sie sehen etwas mitgenommen aus.«

»Nein, ich hatte Streit mit meiner Frau«, erwiderte Jean zerknirscht, der spontan Marions Geschichte adaptierte, die sie am Esstisch der Bonniers zum Besten gegeben hatte. »Ich musste heute Nacht hier draußen schlafen.«

Der Mann musterte ihn erneut. »Sie sind nicht von hier.«

»Nein, meine Frau und ich sind aus Paris. Wir wollten hier ein paar Tage Urlaub machen.« Er sah den Mann an und zuckte entschuldigend mit den Schultern. »Jetzt ist sie mit dem Wagen und allem auf und davon. Ich habe nur das, was ich am Leib trage, kein Geld, keine Papiere, kein Telefon – nichts.«

Der Alte lachte auf. »Frauen! Man sollte sich nicht mit ihnen anlegen.«

»Ja, Marion ist sehr impulsiv.«

»Ich mache Ihnen einen Vorschlag«, sagte der Alte. »Ich nehme Sie mit zu meiner Schwester, sie hat ein kleines Restaurant in Marseille, nichts Besonderes, aber sie kocht gutes, solides Essen und serviert einen hervorragenden Wein aus der Umgebung. Ich bin heute Abend bei ihr eingeladen. Sie hat nichts dagegen, wenn ich Sie mitbringe. Und sie verfügt auch über zwei kleine Gästezimmer. Wenn wir ihr Ihre Situation schildern, wird sie Ihnen sicher ein Bett für die Nacht geben.«

»Monsieur, das kann ich nicht annehmen«, lehnte Jean höflich ab, während er innerlich vor Erleichterung aufatmete.

»Tsss«, rief der Alte empört und reagierte, wie Jean erwartet hatte. »Zieren Sie sich nicht. Jeder von uns kann einmal in eine Notsituation geraten.« Er kicherte in sich hinein. »Und wenn es um Frauen geht, müssen wir Männer zusammenhalten. Lassen Sie Ihre Madame zurückfahren und sich abkühlen, und machen Sie sich hier so lange eine gute Zeit.«

Sie erreichten ihr Ziel nach einer guten Dreiviertelstunde, von der sie sich die Hälfte der Zeit durch den dichten Verkehr Marseilles bis in die Innenstadt gekämpft hatten. Auf der digitalen Anzeige einer Apotheke leuchtete Jean das aktuelle Datum entgegen. Er musste dreimal hinschauen, um zu begreifen, was die Ziffern bedeuteten: Er hatte nicht nur einen Blackout von wenigen Stunden gehabt, sondern von *vier Tagen!*

Vier Tage, an die er nicht den Funken einer Erinnerung besaß. Das war nicht normal. Trotz der Hitze lief ihm ein kalter Schauer über den Rücken und verursachte ihm am ganzen Körper eine Gänsehaut.
»Ist Ihnen nicht gut?«, fragte der Alte, der Jeans Unbehagen zu spüren schien.
»Nein, nein, alles in Ordnung«, beeilte sich Jean zu versichern und versuchte, seines Grauens Herr zu werden. Nichts war in Ordnung. Überhaupt nichts. Aber er durfte in seiner Panik nicht den Kopf verlieren. Er durfte sich nicht überwältigen lassen. Und wieder einmal kamen ihm Zahits Worte in den Kopf. *Angst macht dich wach und hält dich am Leben. Wenn du die Angst nicht mehr spürst, bist du in Gefahr. Also nimm sie an, wenn sie dich überfällt, und verbünde dich mit ihr.*
Er lebte! Aber wie lange noch?

Das Restaurant der Schwester lag in einer heruntergekommenen Straße in Noailles, einem der älteren Viertel der Innenstadt von Marseille. Von dem Haus selbst bröckelte der Putz von der Fassade, und die Fenster im obersten Stockwerk waren mit Holz zugenagelt.
Madame Tournier war eine vertrocknete, grauhaarige Frau, die Jean im Gegensatz zu ihrem Bruder zunächst reserviert begegnete. Der Gastraum ihres Restaurants war mit Plastikstühlen und Tischen bestückt. Der Tresen bestand im Wesentlichen aus einer glasgeschützten gekühlten Büffetauslage, bestückt mit Fisch und Gemüse. An der Decke drehte sich träge ein Ventilator. In einer Ecke hing der obligatorische Flachbildschirm an der Wand, in einer anderen brummte ein Kühlschrank mit kalten Getränken vor sich hin.

Die beiden Geschwister begrüßten sich herzlich und tauschten sich in ihrem südfranzösischen Dialekt mit einer Schnelligkeit aus, dass Jean ihrem Wortwechsel nur schwer folgen konnte. Aber an dem weicher werdenden Blick der alten Frau erkannte er, was sein Reisebegleiter erzählte.
»Setzen Sie sich, Monsieur«, sagte sie schließlich, »herzlich willkommen, und seien Sie mein Gast.« Ohne zu fragen, stellte sie eine Flasche Wasser und eine Karaffe Wein auf den Tisch. Jean musste sich zwingen, das Wasser in kleinen, kontrollierten Schlucken zu trinken.
Sie bekamen Brot und Oliven, und mit Rücksicht auf seinen Magen, von dem er nicht sicher war, wie er reagieren würde, aß Jean zunächst nur zurückhaltend.
»Greifen Sie nur zu«, nötigte die alte Frau ihn, als sie wenig später eine große Terrine mit Bouillabaisse auf den Tisch stellte, »so jung kommen Sie nicht wieder zu einem guten Essen.« Sie setzte sich zu ihnen, und Jean musste zugeben, dass die Fischsuppe erheblich besser war, als das Ambiente erwarten ließ.
Während der Mahlzeit plätscherte das Gespräch vor sich hin, man sprach über Alltägliches wie das Wetter und einige regionale Vorkommnisse, über die sich die beiden Geschwister austauschten. Am Rand von Jeans Wahrnehmung flimmerte der Fernseher, und Bruchstücke der Berichterstattung flossen automatisch in ihre Unterhaltung mit ein.
»Ah«, merkte der Alte auf, der mit einem Seitenblick die Nachrichtenzeile unter den Bildern mitgelesen hatte, »es gibt etwas Neues zu dem gestrigen Attentat.«
Seine Schwester ließ ihren Löffel sinken und wandte sich auf ihrem Platz um, um besser sehen zu können.
»Ein Attentat?«, fragte Jean erstaunt.
Der Mann nickte und spuckte eine Gräte aus. »Auf unse-

ren Innenminister. An der Grenze in der Nähe von Ventimiglia.«

»Mein Gott!«, entfuhr es Jean, als er die Bilder auf dem Fernsehschirm verfolgte. Vor Aufregung stieß er fast sein Weinglas um. Aber es war nicht seine Betroffenheit über das Attentat, die ihn bewegte. Es war das Entsetzen über die Erinnerung, die die Fernsehbilder in ihm auslösten. Er wusste schlagartig wieder, wo er die letzten vier Tage verbracht hatte. Was geschehen war. Der Schweiß brach ihm aus, und sein Herz klopfte ihm wie wild bis zum Hals, als er begriff, was das bedeutete.

18.

Baptiste schaltete den Fernseher aus und trat an das Fenster seines Hotelzimmers. Hinter den Altbauten auf der anderen Straßenseite blickte er auf das Metallgerippe des Eiffelturms, das sich in einen wolkenlosen Frühlingsmorgen reckte. Baptiste hatte in seinem Leben schon viel Zeit in Hotels verbracht, und es hatte Phasen gegeben, in denen er sich eher mit der Anonymität eines solchen Zimmers als mit der Leere der eigenen Wohnung hatte identifizieren können.
Seit seiner Rückkehr spielte er jedoch mit dem Gedanken, seine Möbel und Habseligkeiten abzuholen, die er bei Freunden untergestellt hatte, und sich eine Wohnung einzurichten. Irgendwo am Meer. Weitab vom Trubel. Noch vor wenigen Jahren hätte er nie gedacht, dass es ihn nach Ruhe verlangen und er seines Berufs überdrüssig werden könnte. Nicht er, Claude Baptiste, der Mann, der immer dort ins Feuer ging, wo andere zurückzuckten.
»Du bist geradezu süchtig«, hatte ihm eine Kollegin einmal vorgeworfen, mit der er eine kurze, intensive Affäre hatte. Sie hätte gern mehr daraus gemacht, aber er war damals nicht bereit gewesen, sich zu binden. Er wollte im Einsatz nicht daran denken, was es für andere bedeutete, wenn er starb oder als vermisst galt.
Und nun scheute er das Feuer. Es war ihm erneut bewusst

geworden, als er die Bilder vom Attentat auf den Innenminister gesehen hatte. Seitdem war er nicht mehr in der Dienststelle gewesen. Er ahnte, nein, er wusste, wie das Ministerium jetzt auf allen Ebenen rotierte, insbesondere die Abteilung des Inlandsnachrichtendienstes in Levallois-Perret. Drei Menschen waren bei dem Attentat an der französisch-italienischen Grenze gestorben, unbeteiligte Zuschauer, und es gab ungezählte Verletzte. Der Minister hatte schwerverletzt überlebt und wurde in einem von der Öffentlichkeit abgeschotteten Krankenhaus in Nizza behandelt, nachdem in seiner unmittelbaren Nähe eine Autobombe explodiert war. Er hatte vor den anstehenden Kommunalwahlen Flagge zeigen wollen für seine Partei, in einer Region, in der es viel Unmut gab in der Bevölkerung, verursacht durch den unkontrollierten illegalen Zustrom von Flüchtlingen. Auch vierundzwanzig Stunden nach der Tat gab es weder Erkenntnisse darüber, ob es sich um einen Einzeltäter oder eine Tätergruppe, noch ob es sich um ein politisches Motiv handelte. Sie hatten keine einzige heiße Spur.
Baptiste hatte sich gezwungen, die Bilder, die seit dem Anschlag unablässig über alle Fernsehsender ausgestrahlt wurden, wieder und wieder anzusehen. Dabei hatte er gemerkt, wie er an seine Grenzen gekommen war, wie schwer es ihm fiel, sachlich zu analysieren und sich nicht von seinen Emotionen leiten zu lassen. Er wusste, dass er traumatisiert war. Nicht nur ein Psychologe hatte es ihm auf den Kopf zugesagt in dem Jahr, in dem er verzweifelt daran gearbeitet hatte, wieder auf die Beine zu kommen.
Dennoch hatte er alle Tests und Untersuchungen, die seitens des Ministeriums in solchen Fällen gemacht wurden, bestanden. Als Agent des Auslandsnachrichtendienstes war er darauf trainiert, solche Prüfungen fehlerfrei zu absolvieren. Er

war darauf trainiert, zu funktionieren, auch unter härtesten Bedingungen. Aber wollte er das noch?
Mit Anfang fünfzig war es noch zu früh für eine Pensionierung, doch im Ministerium hatte man ihm kürzlich erst wieder zu verstehen gegeben, dass er trotz der positiv verlaufenen Tests früher aus dem Dienst ausscheiden könne.
Wie würde sein Leben dann aussehen? Seit er vor zweieinhalb Jahrzehnten zu seinem ersten Auslandseinsatz entsandt worden war, hatte er sein ganzes Dasein seinem Beruf unterworfen. Einen großen Teil seines Agentenlebens hatte er in den ehemaligen französischen Protektoraten und Kolonien im Nahen Osten und auf dem afrikanischen Kontinent verbracht, selbst in der Karibik hatte er einige Zeit gelebt. Seine Stärke lag darin, schnell mit Land und Leuten vertraut zu werden. Seine Aufgabe war es gewesen, in der jeweiligen Gesellschaft Fuß zu fassen, ihren Puls zu spüren, Strömungen zu erkennen und gleichzeitig die Operationen seines Dienstes vor Ort *undercover* vorzubereiten. Er war in seinem Berufsleben in eine Vielzahl von Identitäten geschlüpft – würde er jetzt die eines passionierten Anglers und Kochs an der französischen Atlantikküste annehmen und damit seine Karriere beenden?
Das Klingeln seines Mobiltelefons riss ihn aus seinen Gedanken. Es war Leroux. »Können Sie ins Büro kommen?«, fragte der junge Mann vom Inlandsnachrichtendienst ohne Einleitung, aber mit so drängender Stimme, dass Baptiste darüber hinwegsah. »Ich brauche dringend Ihre Unterstützung, bitte!«
Baptiste war nach seiner emotionalen Berg-und-Tal-Fahrt eher nach einer Kiste Wein zumute als nach Leroux' Gesellschaft, geschweige denn einem Besuch im Dienstgebäude des DCRI, aber das ging niemanden etwas an. Wieder schos-

sen ihm die Bilder des Unglücksschauplatzes durch den Kopf: blutüberströmte Menschen mit Panik im Blick, einige der Verwundeten waren Kinder gewesen, überforderte Rettungssanitäter, hilflose Gendarme, eine notdürftig abgedeckte Leiche. Früher hatte es solche Bilder im Fernsehen nicht gegeben. Doch ein Ehrenkodex existierte längst nicht mehr für die Berichterstattung. Gezeigt wurde alles, und die Menschen ließen sich bereitwillig instrumentalisieren, präsentierten ihre Wunden und ihr Entsetzen vor laufender Kamera – und die TV-Anstalten sendeten. Und dann wurden die Bilder überlagert von seinen eigenen Erinnerungen. Damals war es auch eine Autobombe gewesen. Sie sollte zur Ablenkung dienen. Nur zur Ablenkung, aber wie viele Menschen waren gestorben und verstümmelt worden?
»Monsieur Baptiste?«
Baptiste seufzte. »Ich bin in einer halben Stunde bei Ihnen, Leroux.«
»Soll ich einen Wagen schicken?«
»Nicht nötig, ich nehme die Metro. Die Haltestelle ist hier gleich vor dem Hotel.« Er fragte nicht, wofür Leroux seine Hilfe brauchte. Er wollte seine Gedanken nicht schon auf dem Weg nach Levallois-Perret damit belasten.

Baptistes Vermutungen bestätigten sich, als er das Gebäude des Inlandsnachrichtendienstes betrat. Wie erwartet, herrschte eine nervös-hektische Stimmung im ganzen Haus. Einer der großen Konferenzsäle diente als Einsatz- und Lagezentrum, das an diesem Morgen vor Aktivität brummte wie ein aufgeregter Bienenstock. Baptiste blieb in der Tür stehen und beobachtete die Mitarbeiter vor ihren Computerbildschirmen und an den Telefonen, eine Gruppe wertete vor einem der großen Flachbildschirme die Neuigkeiten aus,

die unentwegt hereinspülten, sowohl über die öffentlichen Nachrichtensender als auch über interne Netzwerke. Auf eine von allen Seiten einsehbaren Glaswand waren Tatabläufe skizziert, es gab Satellitenbilder und holografisch projizierte Fotos der Opfer sowie den Kreis möglicher Verdächtiger mitsamt Vita, möglichen Motiven und Hintermännern. Täter-Opfer-Beziehungen wurden hergestellt und untersucht, selbst die abstrusesten Wege in diesem Stadium der Ermittlungen nicht mehr ignoriert. Die technischen Möglichkeiten waren gewaltig, dennoch war die angewandte Methodik so alt wie die Polizeiarbeit selbst. Neben allen modernen Hilfsmitteln war noch immer der Scharfsinn eines Kriminalisten vonnöten, der es verstand, Fakten zu bewerten und Schlüsse daraus zu ziehen.
Eine Berührung an seiner Schulter ließ Baptiste zusammenzucken. Er mochte es nicht, angefasst zu werden, und wandte sich mit gerunzelter Stirn um.
»Entschuldigen Sie, aber ich habe Sie zweimal angesprochen, und Sie haben nicht reagiert.« Leroux war blass und schien seit längerem nicht geschlafen zu haben. Er wirkte für seine Verhältnisse geradezu derangiert. Seine Haare waren aus der Form, und unter den Achseln seines fliederfarbenen Hemdes bemerkte Baptiste mit Erstaunen angetrocknete Schweißränder. Bei einem Mann wie Leroux, der so viel Wert auf sein Äußeres legte, hätte er eine Auswahl an Ersatzkleidung im Büroschrank vermutet. Vielleicht hatte Leroux sie sogar, war jedoch noch nicht dazu gekommen, sich umzuziehen. Baptiste konnte sich nicht vorstellen, dass sein jüngerer Kollege im Laufe seiner Dienstzeit schon einmal eine solche Aufregung in seiner Behörde erlebt hatte. Natürlich waren die jungen Mitarbeiter besonders unter Druck, denn ein solcher Fall war die beste Möglichkeit, sich zu profilieren und der

Karriere einen Schub zu verpassen. Marcel Leroux war ein heller und fähiger Kopf, und genau in diesem Moment, als sie sich hier in der Tür des Einsatzzentrums gegenüberstanden und er ihn mit großen Augen anblickte, beschloss Baptiste, dass er ihm nicht nur die Chance gönnte, sondern ihn auch aktiv dabei unterstützen würde, sie zu nutzen.
»Sie sehen müde aus, Leroux«, sagte er deshalb mitfühlend. »Wie kann ich Ihnen helfen?«
Ein erschöpftes Lächeln huschte über Leroux' Gesichtszüge, der Baptiste sofort verstand. »Ich habe die für uns relevanten Unterlagen in meinem Büro«, erwiderte er. »Da haben wir ein wenig mehr Ruhe als hier.«
»Natürlich«, stimmte Baptiste zu. Auch wenn im Moment nichts dafürsprach, hoffte er, dass die Hintergründe des Attentats innerhalb der nächsten vierundzwanzig Stunden aufgeklärt wurden, so dass er an seine eigentliche Arbeit zurückkehren konnte. Jede Stunde, die ungenutzt verstrich, ließ die Wahrscheinlichkeit sinken, die Täter zu finden, die für den Mord an Zahit Ayan und den Mordversuch an Eric Henri verantwortlich waren. Seine einzige Spur, sein Lockvogel sozusagen, war Jean Morel gewesen. Er musste den Mann wiederfinden und ihn zum Reden bringen.
In diesem Zusammenhang streiften seine Gedanken den vorangegangenen Abend, und er musste sich eingestehen, dass er neben allem anderen Louise Bonnier gern etwas Positives berichten würde. Die alte Dame besaß eine Art, die dazu verführte, ihr gefallen zu wollen. Er hatte die Einladung zum Essen bei den Bonniers ursprünglich ablehnen wollen, im Nachhinein betrachtet, erwies es sich jedoch als hilfreich, Morels familiäres Umfeld besser zu kennen. Und dann war da das Mädchen. Baptiste hatte es während des Essens beobachtet. Das kleine syrische Mädchen hatte eine westliche Er-

ziehung genossen und verinnerlicht. Er ahnte, dass an dem Kind eine Geschichte hing, der mehr Bedeutung anhaftete, als ihn die Bonniers glauben lassen wollten. Und er war sich sicher, dass es in dieser Geschichte eine Verbindung zu Morel gab. Er war versucht gewesen, die deutsche Ärztin danach zu fragen, als sie ihn zur Tür begleitet hatte, aber dann hatte er sich an die Blicke erinnert, die sie dem Mädchen im Laufe des Abends zugeworfen hatte. Vermutlich wusste sie nicht mehr als er. Und selbst wenn, hätte sie es ihm erzählt?

Sie erreichten das Büro. Leroux hielt ihm die Tür auf, und sobald er dieselbe hinter ihnen geschlossen und sich zudem noch einmal vergewissert hatte, dass sich niemand davor auf dem Flur befand, überfiel er Baptiste mit den Worten: »Ein alter Bekannter von uns war am Tatort.«

19.

Obwohl Marion schon so oft in Paris gewesen war, hatte sie bei ihren Besuchen nicht einmal die Nationalbibliothek am Ufer der Seine besucht. Als sie jetzt über die eigens gebaute Brücke auf das Areal zuging, bereute sie diesen Umstand. Wie aufgeschlagene Bücher rahmten die vier Türme der Bibliothek einen Platz ein, in dessen abgesenkter Mitte ein kleiner Kiefernwald lag. Studenten eilten an gemächlich schlendernden Touristen vorbei, und zahlreiche Künstler nutzten den warmen, sonnigen Frühlingsmorgen, um ihre Werke auszustellen. Das Leben pulsierte, und von der Aufregung um das Attentat auf den Innenminister an der südfranzösischen Küste, von dem alle Fernsehsender in einer Dauerschleife zu berichten schienen, war in der Hauptstadt nichts zu bemerken.

Marion beobachtete das bunte Treiben um sie herum, während sie mit gemischten Gefühlen vor dem Haupteingang des Gebäudes stehen blieb. Sie war gleich nach dem Frühstück aufgebrochen, fest entschlossen, das Geheimnis der Fotografie aus dem Museum endlich zu lüften, doch jetzt verließ sie erneut der Mut. War es richtig, was sie tat? Wäre es nicht besser, alles einfach zu vergessen? In der Nacht hatte sie wieder von der fremden Frau geträumt. Sie hatte sich mit ihr auf einem überfüllten Bahnhof getroffen, und Marion hatte versucht, mit ihr zu sprechen, aber das Geräusch der an- und abfahrenden Züge hatte die Kommunikation fast unmöglich gemacht. Und die Menschen, die hin und her hasteten, hatten die Frau von ihr getrennt und immer weiter fortgetragen, bis Marion sie in der Menge nicht mehr ausmachen konnte. Schweißgebadet war sie aufgewacht, hatte in der vom Licht der Straßenlaternen aufgebrochenen Dunkelheit an die stuckverzierte Decke ihres Zimmers gestarrt und ihrem klopfenden Herz gelauscht. Sie hatte versucht, den verstörenden Traum auf das späte Abendessen zu schieben, das aufgrund des Besuchs von Claude Baptiste deutlich üppiger ausgefallen war als sonst, aber wenn sie ehrlich mit sich war, wusste sie, dass das nur eine Ausrede war. In zwei Wochen würde sie in Jordanien sitzen und noch immer darüber nachgrübeln, ohne dann jedoch die Möglichkeit zu besitzen, herauszufinden, was es damit auf sich hatte. Entschlossen öffnete sie die schwere Eingangstür.

Die Bibliothèque Nationale war für ihre eigenwillige Architektur über die Grenzen der Stadt hinaus bekannt, doch Marion hatte in diesem Moment keinen Blick dafür. Suchend hielt sie nach der Information Ausschau.

Der Schalter war besetzt mit einer altjüngferlich wirkenden Frau mittleren Alters, die sie über den Rand ihrer Brille anblickte, als besäße das Französisch, das Marion sprach, etwas Unanständiges.

Nichtsdestotrotz saß Marion wenig später vor einem Mikrofiche-Lesegerät in einer ruhigen Ecke in einem der Lesesäle und suchte nach der entsprechenden Ausgabe der Zeitung. Die Kuratorin des Museums hatte ihr die Daten aufgeschrieben und ihr ans Herz gelegt, damit direkt ins Verlagshaus von *Le Monde* zu gehen. Zusätzlich hatte sie zwei Kontakte genannt, Journalisten aus dem Feuilleton, mit denen das Museum ab und an zusammenarbeitete, aber Marion hatte die Aufmerksamkeit gescheut, die sie damit vielleicht provoziert hätte. Sie wollte keine Fragen beantworten, keine Geschichte erzählen und nichts über erstaunliche Ähnlichkeiten hören. Sie wollte allein herausfinden, was es mit der Fotografie auf sich hatte, und dann entscheiden, was sie daraus machte.

Sie durchsuchte die gesamte Ausgabe der Zeitung vom 3. Juni 1966, fand aber nichts. Irritiert blieb sie vor dem Lesegerät sitzen und verglich das Datum der Ausgabe noch einmal mit ihren eigenen Unterlagen. Sie hatte alles richtig übernommen. Hatte sie etwas übersehen? Zur Sicherheit ging sie die Ausgabe noch einmal durch. Nichts!

Marion lehnte sich in ihrem Stuhl zurück und starrte unschlüssig auf den Bildschirm vor sich. Die Kuratorin des Museums hatte ihr ihre Nummer aufgeschrieben für den Fall, dass sich noch Rückfragen ergaben. Kurzerhand nahm Marion ihr Handy aus der Tasche und verließ den Lesesaal. Als sie auf dem Gang die Nummer wählte, dauerte es eine Weile, bis die Verbindung zustande kam. Zu ihrer Enttäuschung teilte ihr eine freundliche weibliche Stimme mit: »Ah, das tut mir leid, Madame. Madame Corve ist diese Woche nicht im Haus, und die Ausstellung befindet sich bereits im Abbau.«

Gut, es sollte nicht sein.

In einem Anflug von Erleichterung ging Marion zu ihrem Platz zurück und schob ihre Unterlagen zusammen. Dabei kam der Zettel mit dem Datum zuoberst zu liegen, und ihr Blick saugte sich ungewollt erneut an den Zahlen fest.

Was war verkehrt? Es konnte nur das Datum falsch übernommen worden sein. Sie öffnete den Ordner mit der Fotografie auf ihrem Handy, suchte nach der Quellenangabe, die

rechts unten in der Ecke stand, und verglich das Datum mit dem, das auf dem Zettel stand. Sie waren identisch.
Was sollte sie nun tun? Der 3. Juni 1966 war ein Freitag gewesen. Nach kurzem Überlegen nahm sie sich die Ausgabe des dreißigsten Juni vor. Als sie auch dort nichts fand, ging sie erfolglos alle Zeitungsausgaben vom ersten bis zum zehnten Juni des Jahres durch, und fügte schließlich die Freitagsausgaben des siebzehnten und des vierundzwanzigsten und die Ausgaben des dreizehnten und dreiundzwanzigsten hinzu. Sie fand nichts.
Frustriert lehnte sie sich in ihrem Stuhl zurück und rieb sich die Augen, die von dem langen Stieren auf den Schirm brannten. Ihr Magen knurrte, und ihre rechte Schulter schmerzte wegen des angespannten Sitzens und des Hin- und Herfahrens des Mikrofiches auf dem Lesegerät. Kein Wunder, als sie auf ihre Uhr blickte, musste sie feststellen, dass sie fast drei Stunden ununterbrochen vor dem Lesegerät gesessen hatte, ohne wahrzunehmen, wie die Zeit verging. Drei Stunden, die sie völlig ergebnislos auf der Suche nach einem Phantom verbracht hatte.
Resolut schob sie ihren Stuhl zurück, stand auf und reckte sich. Sie hatte alles versucht und doch nichts erreicht. Damit musste sie sich zufriedengeben und die Sache ad acta legen.
3. 6. 1966.
Die Zahlen tanzten vor ihren Augen, als sie die Fotografie in ihrem Smartphone löschte und den Zettel, der auf dem Tisch lag, zusammenknüllte. Sie wog den Papierball in ihrer Hand. Es bestand immer noch die Möglichkeit, die Journalisten der Zeitung einzubeziehen.
Nein, sie hatte genug Zeit verschwendet.
Sie warf die Papierkugel in den nächstgelegenen Abfalleimer, griff nach ihrer Handtasche und durchquerte den langgezo-

genen Raum Richtung Ausgang. An einem der Tische saß eine junge Frau, eine Studentin vermutlich, umgeben von aufgeschlagenen Büchern. Sie blätterte in einem der Folianten und kaute dabei auf dem Ende ihres Bleistifts herum. Marion erinnerte sich bei dem Anblick sofort an den Geschmack von zerkautem Holz und Bleistiftmine und daran, wie sie selbst während ihrer Studienzeit Stunden und Stunden in der Bibliothek der medizinischen Fakultät zugebracht hatte. Sie hatte die ruhige Atmosphäre ebenso geschätzt wie den Geruch der alten Bücher, das Schaben der Stifte auf dem Papier und das leise Knistern der umgeschlagenen Seiten. In dieser Atmosphäre hatte sie besser arbeiten können als zu Hause, und entsprechend viel Zeit hatte sie in der Universitätsbibliothek zugebracht. Als ihre ältere Tochter Claudia vor zweieinhalb Jahren ihr Studium aufgenommen hatte, hatte sie mit gemischten Gefühlen beobachtet, wie die Ausbreitung der elektronischen Medien in alle Bereiche des täglichen Lebens auch das Lernverhalten der Studenten verändert hatte. Die Wege waren kürzer und Informationen greifbarer als zu ihrer eigenen Studienzeit geworden, und doch hatte sie Claudia bisweilen im Stillen bedauert, nicht diese intensive Ruhe und Vertiefung in eine Arbeit erfahren zu haben, wie es damals noch möglich war. Sie hatte nur einmal davon gesprochen, ausgerechnet bei einem Essen mit beiden Töchtern. Laura hatte sie als altmodisch ausgelacht, Claudia als sentimental, und Marion hatte gespürt, dass es ihr nicht möglich war, die Essenz ihrer Empfindungen zu transportieren. Es war noch nie ihre Stärke gewesen, und sie wusste um dieses Defizit, aber an jenem Abend hatte der Wein ihre Zunge gelockert, und die Scham darüber hatte sie noch lange verfolgt.

Die Studentin sah auf und strich sich eine dunkle Haarsträhne aus dem Gesicht, die sich aus ihrem Pferdeschwanz gelöst hatte. Ihre Blicke trafen sich, und ein kurzes Lächeln des Verständnisses flackerte zwischen den beiden Frauen auf, das Marion für das Unverständnis ihrer Töchter entschädigte.

Als sie gleich darauf aus dem Gebäude der Nationalbibliothek trat, wehte ihr Kaffeegeruch entgegen. Nicht weit von ihr entfernt stand am Brückengeländer ein Pärchen, das abwechselnd aus einem Plastikkaffeebecher trank. Marion atmete tief durch. Genau das brauchte sie jetzt: einen Kaffee. Sie sah sich um und entdeckte einen Kiosk, an dem auch Zeitungen und Postkarten verkauft wurden. Ihr Blick blieb am Schriftzug von *Le Monde* hängen.
3. 6. 1966.
Plötzlich waren die Zahlen wieder da. Und schlagartig wusste sie die Lösung. Ihr Kaffeedurst war vergessen. Sie machte auf dem Absatz kehrt und rannte zurück in die Bibliothek. Beide Lesegeräte waren besetzt, und sie konnte ihre Ungeduld kaum zügeln, während sie wartete, dass die Reihe an sie kam. Genauso ungeduldig wartete sie darauf, den Mikrofiche mit den Ausgaben von *Le Monde* vom März 1966 zu bekommen, und dann endlich erschien auf dem Schirm die Wochenendausgabe des 5./6. 3. 1966. Warum war sie nicht gleich darauf gekommen? Die Kleidung der Frau hätte ihr Hinweis genug sein müssen. Sie trug einen dicken Mantel und einen Schal, das war selbst auf der Porträtfotografie erkennbar. Niemand trug Winterkleidung im Juni in Paris!
Und tatsächlich – da war es!
Doch der Blick in das Antlitz der Frau dämpfte ihre Begeisterung über ihren Jagderfolg sofort wieder, stattdessen lief ihr angesichts der erschreckenden Ähnlichkeit erneut eine

Gänsehaut über den Rücken, und eine unangenehme Beklemmung ergriff von ihr Besitz, als sie sah, dass das Porträt im Museum nur der Ausschnitt aus einem größeren Motiv gewesen war, auf dem die Frau im Vordergrund vor einer Absperrung stand. Ihre Hände waren in einem kleinen Pelzmuff versteckt. Marion las die Bildunterschrift: *Der Flughafen Orly ist unser Tor zur Welt, und für diese junge Frau die Tür in ein neues Leben in Buenos Aires.* Sie war eine Auswanderin. Das Foto war in der Wochenendbeilage der Zeitung erschienen für eine Reportage über die Anziehungskraft, die der südamerikanische Kontinent selbst zwanzig Jahre nach Ende des Zweiten Weltkriegs noch immer auf Europäer ausübte. Natürlich. Warum sonst wäre die Fotografie in der Ausstellung im Musée Carnavalet zu sehen gewesen?

Auswanderer, Fremde, Menschen, mit denen sie nichts zu tun hatte. Eine zufällige Ähnlichkeit. Sie fand keinen Namen, und ihre innere Stimme sagte ihr, es wäre besser, jetzt zu gehen, mehr Informationen würde es nicht geben. Und obwohl es genau das war, was sie in ihrem Herzen wollte, konnte sie sich doch nicht lösen.

Die Frau wirkte seltsam schutzlos und allein. Hatte sie Angst vor der Zukunft, die sie erwartete, oder was lag in ihren Augen? Zum ersten Mal meinte Marion neben der Trauer auch Müdigkeit darin zu erkennen. Und vielleicht Sehnsucht?

Lange starrte sie die Frau an, als könne sie beim Blick in ihr Gesicht ergründen, was sie bewegte. Aber jede noch so intensive Betrachtung gab nicht das Geheimnis der Ähnlichkeit preis. Die Frau blieb namenlos, sowohl in der Bildunterschrift als auch in der Reportage. Ganz allmählich kam Marion zu dem Schluss, dass es sich bei dem Foto um einen

Schnappschuss handeln musste, der den Zeitungstext ohne weiteren Bezug lediglich illustrierte und der nicht weiter dokumentiert war.
Geh jetzt!, meldete sich ihre innere Stimme erneut zu Wort. Doch sie konnte nicht. Wie von selbst wanderte ihr Blick weiter über die Fotografie und fand im Hintergrund eine Anzeigentafel. Sie vergrößerte den Ausschnitt: eine Uhrzeit- und Datumsanzeige. Nachdenklich starrte sie darauf. Das Foto war am 04.03.66 geschossen worden um 10.25 Uhr. Genau drei Tage nach ihrer Geburt.
Sie entdeckte eine Silhouette im Hintergrund. Sie zoomte die Person heran, die zwischen anderen hinter der Absperrung zu sehen war. Etwas in ihrer Haltung war ihr seltsam vertraut. Es war ein Mann, der ein in Decken gewickeltes Baby auf seinem Arm hielt. Marion stockte der Atem. Sie kannte diesen Mann. Sie besaß zu Hause in Hamburg eine Fotografie von ihm mit genau diesem Mantel, den er hier auf dem Bild trug, und genau diesem Baby. Ihr wurde heiß und kalt. Dieser Mann war ihr Vater und das Baby niemand anders als sie selbst.

20.

Jean wachte in dem kleinen Zimmer über der Schankstube auf und hielt sich den schmerzenden Kopf. Das helle Licht, das sich durch die Fensterläden hereinstahl, brannte in seinen Augen und verursachte einen pochenden Schmerz gleich hinter seiner Stirn. Er fühlte sich kaum besser als am Vortag, als er wie ein Obdachloser unter der Brücke zu sich gekommen war. Der Unterschied bestand lediglich darin, dass er diesmal nicht in seinem Erbrochenen lag und sehr wohl wusste, was am Abend zuvor geschehen war.
Sie waren nach dem Essen und dem Wein zum Pastis übergegangen, und Hugo und er hatten eine Flasche zusammen geleert. Durch die dünnen Wände hindurch konnte er den Alten im Nebenzimmer noch schnarchen hören. Alles hatte damit begonnen, dass Jean von seiner Arbeit erzählt hatte, von den Zuständen in Nordafrika und dem Nahen Osten nach dem Arabischen Frühling. Die Brücke in ihr eigenes Land war schnell geschlagen, und bis spät in die Nacht hatten sie über die französischen Zustände und die der restlichen Welt schwadroniert. Es war weit nach Mitternacht gewesen, als Hugo schließlich mit glasigem Blick verkündete, sich der Fremdenlegion anschließen zu wollen, und seine Schwester ihn nach oben in eines ihrer Gästezimmer verfrachtet hatte. Mit vom Alkohol schwimmendem Kopf war

Jean ihnen die schmale Stiege hinaufgefolgt und in seinem eigenen Zimmer, das ihm nicht größer als ein Schrank schien, auf das schmale Bett gefallen, wo er sofort eingeschlafen war. Er hatte sich völlig idiotisch verhalten, der Alkohol war ihm viel schneller als gewöhnlich zu Kopf gestiegen, aber sich zu betrinken, war die einzige Möglichkeit gewesen, das Entsetzen zu verdrängen, das ihn beim Anblick der Fernsehbilder und der wiedereinsetzenden Erinnerung überfallen hatte. Jetzt, nach einer Nacht Schlaf in einem, wenn auch durchgelegenen, Bett und nach Mottenpulver riechender Bettwäsche, hatte er zumindest ein wenig Abstand gewonnen. Das Entsetzen war nach wie vor da, aber es lähmte ihn nicht mehr. Er war wieder in der Lage zu denken.
Von der Straße drang Verkehrslärm herauf. Ein Lkw quälte sich durch die schmale Gasse, untermalt von dem Geräusch scheppernder Mülltonnen. Jean setzte sich seufzend auf, als das Fahrzeug näher kam und der Geruch nach Dieselqualm und Abfall in sein Zimmer wehte, und versuchte vergeblich, die Bilder zu verdrängen, die dadurch in ihm aufstiegen. Die Erinnerung an die schwitzenden Leiber der Menschen, viel zu dicht aneinandergepresst in einem kleinen Kahn, und die verzweifelten Versuche der Küstenwache, die zu retten, die über Bord gingen.
Er war als Beobachter im Auftrag einer internationalen Flüchtlingshilfeorganisation auf dem Boot der Küstenwache gewesen und hatte auf die leblosen Körper gestarrt, die auf den Wellen tanzten, verschwanden und wieder auftauchten und für die es keine Rettung mehr gab. Und dann hatte er, getragen vom Wasser, die Schreie einer Frau gehört, die an der Reling des Flüchtlingskahns stand mit einem Baby auf dem Arm. Er hatte in ihre weit aufgerissenen Augen geschaut und plötzlich gewusst, was geschehen

würde, und noch bevor er den Gedanken zu Ende gedacht hatte, geschah es. Die Frau holte aus und warf ihr Kind über Bord, hinüber auf das sich längsseits positionierende Boot der Küstenwache. Sie hatte ihr Baby in einen Baumwollschal gewickelt, der sich im Flug löste und wie ein rotgoldener Schweif im Meer versank, und für einen Moment, so war es Jean damals erschienen, hatte die Welt den Atem angehalten. Nicht einmal das Kind hatte geschrien. Es flog über das Wasser genau auf ihn zu, und Entsetzen packte ihn, als sich die Flugbahn des Babys viel zu früh zu senken schien. Doch das Schiff, auf dem er stand, schlingerte vorwärts, und das Baby stürzte nicht in die grauen, schäumenden Wellen, sondern in seine ausgebreiteten Arme. Sein kleiner Kopf prallte gegen Jeans Brust, Jean griff zu und hielt den nackten, kleinen Körper an sich gepresst. Einen bangen Moment lang wusste er nicht, ob das Kind lebte oder tot war, doch dann dehnte sich der kleine Brustkorb, das Baby sog gierig die Luft ein und begann zu schreien. Jean zog schützend seine Jacke über das Kind und drückte es an sich, als wäre es sein eigenes, während sein Blick auf dem Flüchtlingskahn vergeblich nach der Mutter suchte. Der Platz an der Reling, an dem sie eben noch gestanden hatte, war besetzt von anderen Flüchtlingen, die riefen und auf die Wellen zeigten, und dann sah er sie im Wasser zwischen den Schiffen auftauchen und wieder verschwinden. Und genauso, wie er gewusst hatte, dass sie das Kind zu ihm werfen würde, wusste er nun, dass sie nicht überleben würde. Ihre Leiche wurde mit den anderen, die nicht aus dem Wasser geborgen werden konnten, Tage später an einem Strand der Insel Lampedusa angespült, aber das Kind, das sie an Deck des überfüllten Flüchtlingsbootes entbunden hatte, lebte, und die Behörden stritten, ob es in Italien

bleiben durfte, in dessen Hoheitsgewässern es geboren worden war.
Er hatte Élaine von seiner Reise und diesen Bildern erzählt, als sie vor ihm gestanden und ihn angeschrien hatte, er möge ihr und Zahra einen Platz auf einem solchen Boot verschaffen. In ihrer Verzweiflung hatte sie ihn mit Fäusten bearbeitet, war auf die Knie gefallen und hatte seine Beine umklammert mit all der Theatralik und Dramatik, die sie in den langen Jahren im Vorderen Orient angenommen hatte. »Was muss ich tun, damit du mir hilfst?«, hatte sie ihn angefleht. »Du musst uns hier herausholen!« Sie war zermürbt vom Krieg im Land, den Kämpfen um die Stadt seit nunmehr fast zweieinhalb Jahren und der permanenten Angst vor Entführung, Folter und Tod.
»Dein Mann ist einer der einflussreichsten Männer Syriens«, hatte er ihr mit einem Blick auf eine Fotografie geantwortet, die Élaine und Zahra mit Yamir Massoud zeigte, einem gutaussehenden Syrer, dessen kantige Schärfe auch seinen Bewegungen zu eigen war, wie Jean während eines offiziellen Zusammentreffens vor nicht allzu langer Zeit erfahren hatte. »Warum hilft er dir nicht, das Land zu verlassen?«
»Weil er davon überzeugt ist, dass wir hier im Westteil der Stadt unter dem Schutz von Assads Truppen sicher sind.«
Jean musste zugeben, dass Yamir Massoud damit vielleicht nicht unrecht hatte. Aleppo war eine zweigeteilte Stadt, und im von Regierungstruppen beherrschten Westen mit den Wohnvierteln der Begüterten und den Hauptquartieren der Militärs und der Geheimdienste lebten noch immer mehr als zwei Millionen Menschen – zehnmal so viel wie im entvölkerten Osten, auf den die Regierenden täglich ihre Bomben warfen. Jean war dort gewesen, war durch die verlassenen Straßen gegangen und hatte die Menschen beob-

achtet, die nicht einmal mehr aufsahen, wenn irgendwo etwas explodierte, nur Allah dankten, dass sie verschont geblieben waren.

»Dein Mann will also nicht, dass du mit deiner Tochter nach Europa oder in die USA gehst?«

»Yamir wird uns niemals gehen lassen«, erwiderte sie verbittert. »Eher sieht er zu, wie wir sterben.«

Wieder wanderte Jeans Blick zu der Fotografie. Trotz der enormen Macht, die Yamir Massoud besaß, war sein Gesicht den meisten Menschen weitgehend unbekannt, denn er mied die Öffentlichkeit, wo es nur ging. Jean wusste von Élaine nicht viel über ihre Ehe, lediglich, dass sie ihren Mann während ihres Jurastudiums in den USA kennengelernt hatte und auf sein Bestreben hin mit ihm nach ihrem Abschluss nach Syrien gezogen war, wo er ihr im Familienimperium eine Anstellung als Beraterin für internationales Recht verschafft hatte, in der sie auch nach ihrer Eheschließung weiter arbeitete. Aber der Ausbruch des Krieges und die Geburt ihrer Tochter hatten ihr bislang tolerantes Verhältnis verändert.

Jean hatte Élaine in der französischen Botschaft in Damaskus das erste Mal wiedergetroffen, nachdem sie sich vor vielen Jahren das letzte Mal in Paris bei Louise gesehen hatten. Seither verband sie eine aufregende Affäre, in der es zumindest zu Beginn mehr um Sex als um alles andere gegangen war, weshalb er sich bisweilen gefragt hatte, ob Élaine aus reiner Rache an Yamir mit ihm schlief. Doch jetzt war alles anders. Ihre letzte schicksalhafte Begegnung hatte ihre Leben unwiderruflich verändert, wenn nicht sogar zerstört. Vor seinem inneren Auge sah er sie wieder, wie sie vor ihm stand, so schön, so kühl, so unberechenbar: *»Ich habe etwas, das weit mehr wert ist als Geld«, hatte sie zu ihm gesagt.*

»Schau hier.« Sie klappte ihren Laptop auf. »Wenn du uns nach Frankreich bringst, beteilige ich dich.«
Die Bestimmtheit, die in ihrer Stimme lag, hatte ihn überrascht, da sie in völligem Gegensatz zu ihrem dramatischen Auftritt stand. Aber das trat in den Hintergrund, als er einen Blick auf die Unterlagen und Namenslisten geworfen hatte. Sie dokumentierten die wirtschaftlichen Beziehungen, die Yamirs Firmenkomplex mit dem Ausland pflegte, und die Verletzungen von Embargos seitens dieser Länder. Das war an sich nichts Ungewöhnliches und passierte immer wieder, aber hier gab es handfeste schriftliche Beweise, dass hohe Regierungsbeamte involviert waren. Die Brisanz dieser Unterlagen hatte ihm den Atem genommen.
»Ist dir klar, was das bedeutet?«, hatte er sie fassungslos gefragt. »Damit kannst du Regierungen zum Rücktritt zwingen.«
»Ich weiß«, hatte sie lediglich geantwortet und so zufrieden gelächelt, dass ihm ein Schauer über den Rücken lief. Wer war diese Frau? War sie wirklich so mutig und kaltblütig, wie sie sich gab, oder war sie eine grandiose Schauspielerin?
»Wie bist du an diese Dokumente gekommen?«
»Glück«, hatte sie leichthin geantwortet.
Er schüttelte den Kopf. »Dazu gehört mehr als Glück.«
»Ich bin ungewollt Zeuge eines Gesprächs zwischen Yamir und seinem engsten Vertrauten geworden«, hatte sie ihm daraufhin gestanden. »Mit Hilfe eines guten Freundes in der IT-Abteilung habe ich dann versucht zu verifizieren, was ich gehört habe.«
»Und ihr seid tatsächlich fündig geworden.«
»Wie du siehst.«, sagte sie abschließend und stellte ihre Forderungen: »Du bringst zuerst Zahra nach Frankreich, und dann holst du mich. Yamir darf unter keinen Umständen er-

fahren, wo wir sind. Er würde nicht zögern, mich töten zu lassen.« Sie hatte ihn herausfordernd angesehen. »Und dich ebenfalls.«

»Er wird dich finden. Seine Macht reicht weit.«

Sie hatte sich nicht beirren lassen. »Ich kenne ihn besser als jeder andere. Wenn es uns gelingt, lange genug unterzutauchen, wird sein Zorn verrauchen, und er verliert das Interesse an uns. Ich weiß, du kannst das für uns arrangieren.«

Er hätte damals ablehnen sollen, aber er war überwältigt, zu fassungslos gewesen, um vernünftig zu reagieren. Fasziniert und korrumpiert von der Macht, die plötzlich in seinen Händen gelegen hatte.

Er versuchte, die Erinnerungen an die Ereignisse zu verdrängen, die ihn letztlich in dieses schäbige Zimmer gebracht hatten, aber es wollte ihm nicht gelingen. Schließlich stand er auf, trat an das Fenster und öffnete die Holzläden, von denen die Farbe in großen Placken abblätterte. Der Müllaster war längst weitergefahren, nur noch in der Ferne war das Scheppern der Tonnen zu hören. Die schmale Gasse unter ihm lag verlassen da, bis auf eine alte schwarzgekleidete Frau, die aus einer der gegenüberliegenden Türen schaute, und eine dürre Katze, die ihr um die Beine strich.

Élaine war für ihre und die Freiheit ihrer Tochter ein hohes Risiko eingegangen, und wie die Frau auf dem Flüchtlingsboot, die ihm ihr Neugeborenes zugeworfen hatte, war sie bereit, ihr Leben für das ihrer Tochter zu opfern. Aber damit würde auch er stürzen.

21.

Marion war völlig durcheinander. Warum stand ihr Vater drei Tage nach ihrer Geburt mit ihr auf einem Flughafen in Paris? In ihrer Geburtsurkunde stand Hamburg, ihre Mutter hatte sie im Universitätskrankenhaus Eppendorf entbunden. Und ihr Foto, das in ihrem privaten Arbeitszimmer in Hamburg an der Wand über ihrem Schreibtisch hing, war auf dem Heimweg vom Krankenhaus entstanden, an dem Tag, als ihre Mutter entlassen worden war. Das hatte ihr Vater sie zumindest glauben lassen.

Ihr wurde übel, als sie begriff, dass er sie all die Jahre, Jahrzehnte belogen hatte. Warum? Was war geschehen? Und wer war die unbekannte Frau, die sie bis hierher getrieben hatte? Es kam ihr plötzlich unerträglich heiß in dem Lesesaal vor, und sie verschränkte ihre Hände ineinander, als sie merkte, dass ihre Finger zitterten. Ihr Atem ging schnell und flach. Die Ärztin in ihr diagnostizierte routiniert die Symptome. Sie musste sich beruhigen, regelmäßig atmen und ein paar Schritte gehen.

Sie stand auf, nicht sicher, ob ihre Beine sie tragen würden, und trat an eines der großen Fenster. Draußen schüttelte ein plötzlicher Windstoß die Kiefern zwischen den Gebäuden. Ihr Vater war ihr eine Erklärung schuldig!

Das war das Einzige, woran sie denken konnte. Sie musste ihn anrufen.
Sie zog ihr Handy aus ihrer Handtasche, die sie noch immer umgehängt hatte. Doch ihre Hände schwitzten und zitterten so sehr, dass der Touchscreen nicht reagierte. Frustriert starrte sie auf das Telefon, und mit einem Mal stürzte alles über ihr zusammen: die Anspannung der vergangenen Wochen, die ungeklärte Situation mit Paul, ihre Abreise nach Paris, ihr geplanter Einsatz in Jordanien und nicht zuletzt die verquere Situation bei den Bonniers seit Jeans Verschwinden.
Ein hysterisches Schluchzen stieg in ihr auf. Verzweifelt presste sie eine Faust vor den Mund, als könne sie es wieder zurückdrängen, tief in sich hinein. Ihr Telefon rutschte ihr aus den Fingern und fiel krachend zu Boden.
Sie hörte Schritte hinter sich. Jemand bückte sich, hob das Telefon auf.
»Madame?«
Es war die junge Studentin, die nicht weit entfernt noch immer über ihren Büchern gesessen hatte.
Marion nahm das Telefon entgegen und bedankte sich mit einem stummen Nicken, während sie um ihre Fassung rang.
Die junge Frau räusperte sich verlegen. »Kann ich irgendwie helfen?«, fragte sie. »Es tut mir leid, aber ich habe Sie beobachtet …«
Marion schluckte. »Danke, Mademoiselle, es ist schon gut …« Ihre Stimme versagte.
»Soll ich Ihnen ein Wasser holen, oder wollen Sie einen Kaffee? Getränke sind in den Lesesälen nicht erlaubt, aber wir könnten hinausgehen.« Marion blickte in das glatte, unverbrauchte Gesicht der jungen Frau, die sie selbst erst vor weniger als einer halben Stunde an ihrem Arbeitsplatz beob-

achtet hatte, und erinnerte sich an den Moment, als ihre Blicke sich in stillem Einvernehmen getroffen hatten, an das flüchtige Lächeln der Studentin. Seltsamerweise erschien ihr der Gedanke, mit dieser jungen Frau einen Kaffee zu trinken und mehr über sie zu erfahren angesichts des Gefühlschaos, das in ihr brodelte und tobte, wie eine rettende Insel.
»Ein Kaffee«, stimmte sie deshalb spontan zu, »wäre jetzt gut.«
Die Studentin lächelte. »Ich hole Ihre Jacke.« Sie nahm Marions Blazer von der Rückenlehne des Stuhls und schaltete das Lesegerät aus.
Draußen schien die Sonne, und ihre Wärme nahm Marion ebenso dankbar auf wie die unerwartete Fürsorglichkeit der jungen Frau, die an den Kiosk trat und zwei Kaffee bestellte. Augenblicke später standen sie an das Geländer der Brücke gelehnt, die zwischen den Kronen der Kiefern über den Innenhof führte.
»Wussten Sie, dass diese Bäume aus der Normandie hierher verpflanzt wurden, um einen Küstenwald nachzubilden?«, fragte die Studentin. »Jedes Mal, wenn ich hier entlanggehe, frage ich mich, wie es für diese Bäume sein mag, mitten in Paris an diesem zugigen Ort zu stehen anstatt an der normannischen Küste.«
»In meinem Land sagt man ›Einen alten Baum verpflanzt man nicht‹«, entgegnete Marion. Sie nahm einen Schluck von dem heißen Kaffee und fragte sich, inwieweit dieser Spruch für sie selbst gelten mochte.
Die junge Frau betrachtete sie von der Seite. »Sie kommen aus Deutschland, nicht wahr?«
Marion nickte. »Aus Hamburg.« Als sie den Namen ihrer Heimatstadt aussprach, überwältigte sie die Sehnsucht nach dem weiten Blick über die Alster, den Containerter-

minals des Hafens und dem Anblick der Straße, in der sie wohnte. Dort brach jetzt im Frühjahr das erste Grün der alten Kastanien auf, und die Forsythien blühten gelb in den Nachbargärten. Unbeholfen drehte sie den Becher in ihrer Hand und versuchte, ihre Gefühle zu verbergen. Hastig nahm sie noch einen weiteren Schluck und verbrannte sich die Zunge.
Die junge Frau ließ sich nichts anmerken, und Marion war ihr dankbar dafür. »Und Sie?«, fragte sie, als sie sich wieder gefasst hatte. »Kommen Sie aus Paris?«
»Nein, Gott sei Dank nicht! Wer will schon in Paris wohnen. Die Stadt ist laut, hektisch und teuer. Das sagen sie doch alle, oder?« Die junge Frau lächelte. »Ich bin aus der Bretagne. Sind Sie schon einmal dort gewesen?«
»Einmal nur«, antwortete Marion und erinnerte sich an eine wolkenverhangene Küste und ein graues, abweisendes Meer. Die Studentin erzählte ihr von ihrem Elternhaus in der Nähe von Brest, von der rauhen Landschaft und den vielen Touristen, die den Küstenstrich jeden Sommer bevölkerten.
»Ihre Familie fehlt Ihnen«, stellte Marion fest.
»Die Familie und das Meer«, gestand die junge Frau. »Noch zwei Semester, dann kann ich zurück.« Ihre Augen leuchteten bei diesen Worten, und Marion beneidete sie um ihre Jugend und ihre Zuversicht. Wo war nur ihre geblieben?
Der Gedanke an die Fotografie kehrte mit Macht zurück ebenso wie der Gedanke an ihren Vater. Warum hatte er sie belogen? Ihre innere Stimme hatte sie gewarnt. Manchmal war es besser, Dinge nicht zu wissen. Aber dafür war es jetzt zu spät.
»Ich danke Ihnen für den Kaffee«, sagte sie zu der Studentin. »Was bin ich Ihnen dafür schuldig?«
»Nichts«, wehrte diese lächelnd ab. »Vielleicht können Sie

irgendwann auch jemandem mit einem Kaffee aus der Misere helfen.«
Marion sah ihr nach, als sie zurück zur Bibliothek ging. Ihre Schultern waren so gerade, und ihr Pferdeschwanz wippte so unbeschwert bei jedem Schritt, dass Marion ihre eigene Bitterkeit und Unentschlossenheit doppelt spürte. Auf welchem Abschnitt des Weges hatte sie sich verloren? Sie trank den Kaffee aus und warf den Becher in den nächsten Mülleimer, dann nahm sie ihr Telefon aus ihrer Tasche und rief ihren Vater an. Auch wenn sie nicht wusste, was sie ihm sagen wollte, noch, wie sie beginnen sollte, konnte sie nicht länger untätig bleiben.
Niemand hob ab.
Sie versuchte es noch einmal. Er lebte noch immer in der alten Villa in Poppenbüttel, in der sie selbst aufgewachsen war. Vielleicht hatte er das Telefon nicht gehört oder war im Garten. Nach seiner Pensionierung hatte er durchaus Begeisterung für die Arbeit entwickelt, die er früher immer einem Gärtner überlassen hatte.
Nichts.
Sie wählte seine Handynummer und ließ es lange klingeln. Gerade als sie auflegen wollte, wurde das Gespräch angenommen, aber es war nicht ihr Vater am anderen Ende der Leitung, sondern seine Haushälterin. »Frau Sanders, ich bin nur an das Mobiltelefon Ihres Vaters gegangen, weil ich gesehen habe, dass Sie anrufen.«
Marion war sofort alarmiert. »Frau Andresen, wo ist mein Vater? Ist alles in Ordnung?«
»Alles gut, Frau Sanders, machen Sie sich keine Sorgen«, versicherte die ältere Dame. »Ihr Vater hat heute und morgen seine Routineuntersuchung im Krankenhaus. Ich erwarte ihn morgen gegen siebzehn Uhr zurück.«

»Kann ich ihn erreichen?«
»Sie wissen doch, dass er das nicht will. Er hat sein Telefon zu Hause gelassen, und auch auf dem Stationszimmer hat er keins.«
Mit widerstreitenden Gefühlen legte Marion auf. Es war nicht vernünftig, ihren Vater mit ihrer Entdeckung im Krankenhaus zu konfrontieren, auch wenn er dort nur zu einer Routinekontrolle war. Andererseits wusste sie genau, dass sie keine Ruhe finden würde, solange sie nicht mit ihm gesprochen hatte. Sie warf einen Blick auf ihre Armbanduhr. Es war Viertel vor zwei Uhr am Nachmittag. Es gab heute sicher noch einen Flug von Paris nach Hamburg, den sie nehmen konnte.
Sie verwarf den Gedanken, eine Kopie des Fotos zu machen, um es mitzunehmen. Ihr Vater wusste, worum es ging, er brauchte dafür keinen Bildbeweis. Die Vorstellung, erneut den Lesesaal zu betreten und das Gerät einzuschalten, erzeugte einen seltsamen Widerwillen in ihr, aber mehr noch scheute sie sich davor, einen weiteren Blick auf die Fotografie zu werfen, die alles in ihrem Leben durcheinanderbrachte.
Als sie jedoch wenig später zurück in die Rue Guynemer kam und Louise von ihren Reiseplänen erzählte, schüttelte diese nur erstaunt den Kopf. »Hast du keine Zeitung gelesen?«
Die Ironie der Aussage war offensichtlich, aber momentan war Marion dafür nicht empfänglich. »Ich hatte noch keine Gelegenheit, in die heutige Zeitung zu schauen«, entgegnete sie knapp. »Was ist denn passiert?«
Louise zuckte mit den Schultern. »Die Fluglotsen streiken mal wieder. Alle Flüge sind gestrichen, und die Züge sind überfüllt.«

22.

Sagten Sie gerade, ein alter Bekannter von uns wäre am Tatort des Attentats gewesen?«, fragte Baptiste skeptisch. »Wie meinen Sie das?«
Leroux nahm eine Mappe von seinem Schreibtisch, zog einen Stapel DIN-A4-Fotografien heraus und reichte sie Baptiste. Der Commendant wappnete sich für den Anblick, doch die Bilder zeigten weniger den Unglücksort mit seinen verstörenden Details als die Augenzeugen, die sich direkt am Ort des Geschehens befunden hatten. Weitere Fotos dokumentierten jene, die sich auf umliegenden Grundstücken und an den Fenstern der Häuser in der näheren Umgebung befanden. Eine standardisierte Vorgehensweise der Behörden bei einem solchen Verbrechen, das unter Umständen als Terrorakt verstanden werden konnte. An einem der Fenster war der Kopf eines Mannes mit einem dunkelblauen Filzstift eingekreist worden. Baptiste zog seine Lesebrille aus der Innentasche seines Jacketts und ließ mit einem kleinen Pfiff die Luft entweichen, als er erkannte, um wen es sich handelte.
»Jean Morel!«
Leroux nickte angespannt.
»Deswegen haben Sie mich also gebeten zu kommen«, stellte Baptiste fest. »Haben Sie schon …«

»Ich habe noch überhaupt nichts gemacht«, fiel Leroux ihm ins Wort. »Niemand weiß, dass wir wegen eines Mordfalls an Morel interessiert sind.«
»Ein Fall, der inhaltlich nicht so weit entfernt ist von dem, was hier geschehen ist«, bemerkte Baptiste. »Warum haben Sie Ihre Kollegen nicht darauf hingewiesen? Sie dürfen ihnen diese Information nicht vorenthalten, Leroux, das bringt Sie in Teufels Küche.«
»Wenn wir Morel da jetzt hineinziehen, kommt er aus der Maschinerie so schnell nicht wieder heraus. Wenn überhaupt. Das wissen Sie so gut wie ich, mon Commendant.«
Baptiste blickte Leroux über den Rand seiner Lesebrille sorgenvoll an. Sein jüngerer Kollege vermied es normalerweise, ihn mit seinem Dienstgrad anzusprechen. »Was heißt hier hineinziehen? Er taucht am Tatort auf. Warum? Wir haben seine Spur in Marseille verloren, und dann taucht er knapp zweihundert Kilometer entfernt an der französisch-italienischen Grenze genau zu dem Zeitpunkt des Anschlags auf den Innenminister wieder auf, dessen Zuständigkeit sich auch auf Bereiche erstreckt, in deren Rahmen wir nach Morel fahnden – Leroux, ich bitte Sie!«
Ohne darauf einzugehen, was Baptiste gerade gesagt hatte, wies Leroux ihn darauf hin, dass er noch nicht alle Fotos gesehen hätte.
Baptiste zwang sich zur Ruhe und blätterte den Stapel weiter durch, der aus unterschiedlichen Vergrößerungen von Jean Morels Gesicht bestand. Je länger er dieses Gesicht betrachtete, desto besser begriff er Leroux' Intention.
Schließlich sah er auf. »Er sieht aus, als wäre er nicht ganz bei sich.«
Leroux nickte. »Vielleicht könnte man ohne die uns bekannte Vorgeschichte darüber hinwegsehen, aber so …« Leroux

ließ den Gedanken unvollendet verklingen, aber Baptiste wusste, worauf er hinauswollte.
Sie hatten Jean Morel in Marseille Polizeischutz angeboten, weil sie nach dem Mord an Zahit Ayan und dem Mordversuch an Eric Henri davon ausgehen mussten, dass beide Verbrechen nur geschehen waren, um Morel auf die Spur zu kommen. Wer auch immer ihn verfolgte, besaß genügend Einfluss, entweder durch die entsprechende Manpower ebenso schnell an Informationen zu gelangen wie die Behörden oder aber diese Informationen direkt bei den Behörden abzugreifen. Daher Leroux' ausgesuchte Vorsicht.
Baptiste nahm nachdenklich seine Brille ab und verstaute sie in seinem Jackett. Sie waren wieder bei ihrer Kernfrage angelangt: Wer war hinter Jean Morel her, und was hatte der clevere Franzose getan, dass die Gegenseite bereit war, einen solchen Aufwand zu betreiben? Mit wem hatte er sich angelegt?
»Wir müssen aufpassen, dass wir die Kausalitätskette nicht verdrehen«, warnte Baptiste und lehnte sich an das Fensterbrett. »Lassen Sie uns das Ganze noch einmal Schritt für Schritt durchgehen: Wir gehen davon aus, dass Morel das Attentat nicht begangen hat.«
»Denn das passt nicht in das Profil, das wir von ihm haben«, fügte Leroux hinzu.
Baptiste pflichtete ihm bei. »Morel ist ein Mann, der aufgrund seiner langjährigen Berufserfahrung jeden und alles kennt und diese Beziehungen nutzt, aber er scheut das Rampenlicht. Er ist nicht der Mann, der Gewalt ausübt, der mordet oder sogar Anschläge verübt.«
»Können wir also davon ausgehen, dass ihm jemand dieses Attentat anhängen will?«

Baptiste nickte zustimmend. »Allerdings nehme ich nicht an, dass es aus diesem Grund verübt wurde.«
»Das wohl kaum«, bemerkte Leroux. »Es muss von langer Hand geplant gewesen sein. Man hat dieses Setting genutzt, um …«
»… Morel unter Druck zu setzen«, beendete Baptiste den Satz. »Oder was meinen Sie?«
»Morel weiß oder besitzt etwas, das diese Leute wollen. Wenn sie ihn aus dem Weg schaffen wollten, hätten sie es längst tun können«, fuhr Leroux fort.
»Richtig, und hier würden – sollte unsere Theorie stimmen – die Stränge zusammenkommen. Finden wir Morel und bringen ihn zum Sprechen, kommen wir auch an die Hintermänner des Attentats.« Baptiste sah Leroux scharf an. »Wenn aber unsere Theorie nicht stimmen sollte, könnte das das Ende Ihrer jungen Karriere bedeuten, mein Freund. Sind Sie gewillt, ein solches Risiko einzugehen? Ich habe im Gegensatz zu Ihnen nicht viel zu verlieren.« Er ließ die Fotografien auf den Schreibtisch zurückfallen.
Leroux antwortete nicht gleich. Natürlich war er sich des Risikos bewusst, das er einging, wenn er die Informationen, die er besaß, in seiner Behörde nicht weitergab, sondern auf eigene Faust die Spur mit Baptiste verfolgte. Wenn sie erfolgreich wären, würde es das eine oder andere Stirnrunzeln über ihre Vorgehensweise geben, aber letztlich zählte nur das Ergebnis. Wenn nicht, wäre ihm ein Disziplinarverfahren sicher und ein Job in den Tiefen des Archivs seiner Behörde.
Leroux nahm die Fotos und schob sie nacheinander in den Papierschredder, der hinter seinem Schreibtisch stand. »Wenn wir davon ausgehen, dass die Gegenseite ein Interesse daran hat, Morel mit diesem Attentat in Verbindung zu

bringen, wird über kurz oder lang weiteres Material auftauchen, das ihn belastet«, sagte er schließlich.
»Das heißt nichts anderes, als dass uns nicht viel Zeit bleibt«, bemerkte Baptiste.
Leroux' Telefon klingelte. Während er das Gespräch annahm, trat Baptiste an die Wand zwischen den Schreibtischen, an der wie auf einer übergroßen Pinnwand ihre bisherigen Ermittlungsergebnisse dokumentiert waren. Dabei fiel sein Blick auf ein Porträt von Eric Henri, den Mann, der in Orléans vor seinem Haus niedergeschossen worden war.
»Gibt es im Fall Henri etwas Neues?«, fragte er, nachdem Leroux aufgelegt hatte.
Leroux sah kurz auf. »Er ist aufgewacht«, gab er zurück.
»Was? Henri ist aus dem Koma aufgewacht?«, fuhr Baptiste auf. »Seit wann wissen Sie das?«
»Die Nachricht kam gestern Abend noch rein. Ich wollte es Ihnen gleich sagen, hab es aber vergessen.«
Baptiste atmete tief durch. »In Ordnung, Leroux, wir machen Folgendes: Ich fahre ins Krankenhaus und befrage den Mann über die Mobiltelefone, und Sie werden sich in der Zwischenzeit darüber klar, welchen Weg Sie einschlagen wollen. Es ist allein Ihre Entscheidung.«
Leroux erwiderte dankbar: »Ich melde mich bei Ihnen.«
»Bedenken Sie, dass uns nicht viel Zeit bleibt«, erinnerte ihn Baptiste und ging zur Tür. Er war schon halb hinaus, als er sich noch einmal umwandte. »Ach, Leroux …«
»Ja?«
»Ziehen Sie sich ein frisches Hemd an.«

23.

Wen konnte sie anrufen, mit wem sprechen? Marion hatte das Gefühl, zu ersticken. Nach Louises Bemerkung zum Streik der Fluglotsen hatte sie Kopfschmerzen vorgeschoben und war in ihr Zimmer geflüchtet. Jetzt lag sie auf ihrem Bett und starrte wie schon so oft, seit sie hier war, an die stuckverzierte Decke. Und das Schlimme war: Sie war noch nicht einmal zwei Wochen aus Hamburg weg und sehnte sich verzweifelt nach Hause. Das war ihr noch nie passiert. Sie litt nicht unter Heimweh, noch nie in ihrem Leben. Aber jetzt wurde jede kleine Erinnerung zu einem Nadelstich, so dass sie sich allein und heimatlos fühlte.
An der Wohnungstür klingelte es, und gleich darauf hörte Marion eine Kinderstimme im Flur. Zahras Spielbesuch war da. Louise ließ nichts unversucht, um Zahra aus der Reserve zu locken, und hatte ihr ein Mädchen in ihrem Alter aus der Nachbarschaft zum Spielen organisiert. Bislang hatte Marion davon nichts mitbekommen, da sie erst nach Hause gekommen war, wenn die kleine Fleur schon wieder fort war. Aber wenn sie Louise Glauben schenken konnte, ließ sich das Projekt gut an. Zahra sprach zwar nach wie vor nicht, aber sie spielte und lachte mit ihrer kleinen Freundin. Wenn Marion Louises Bemühen um Zahra beobachtete, hatte sie das Gefühl, die alte Dame um etwas Wert-

volles zu betrügen, wenn sie an die kurze Episode auf dem Spielplatz im Park dachte, die sie mit dem Mädchen erlebt hatte.
Mit kleinen trappelnden Schritten eilten die beiden Kinder durch den Flur, dann fiel die Tür von Zahras Zimmer ins Schloss, und es war wieder ruhig. Nur ab und an drang ein helles Lachen bis zu Marion. Der Moment hatte sie von ihren eigenen Sorgen abgelenkt, die jedoch jetzt mit Macht wieder auftauchten. Die Wohnung, Paris, die Vorbereitung auf ihren Auslandseinsatz, all das erschien ihr plötzlich wie ein Gefängnis, in das sie sich auch noch freiwillig begeben hatte. In ihrer Verzweiflung griff sie zu ihrem Handy und durchsuchte den Nummernspeicher. Wen konnte sie anrufen? Sie blieb bei Pauls Nummer hängen und blickte auf sein Bild, das sie damit verknüpft hatte. Eine Aufnahme aus ihrem letzten gemeinsamen Urlaub.
Es hatte einmal eine Zeit gegeben, da hatten sie Freud und Leid gleichermaßen geteilt, da hatte sie mit jeder noch so kleinen Sorge bei ihm Gehör gefunden. So wie er bei ihr. Wann hatten sie begonnen, getrennte Wege zu gehen? War es, als er sich vor zehn Jahren von seinem Geschäftspartner getrennt hatte und über Wochen nur noch zum Schlafen nach Hause gekommen war, weil ihm die Arbeit über den Kopf gewachsen war? Sie erinnerte sich, wie allein sie sich damals gefühlt hatte mit ihrem Beruf, der sie den ganzen Tag beanspruchte, und zwei Töchtern, die mitten in der Pubertät steckten. Sie hatte sich damals aus lauter Verzweiflung entschlossen, ein Au-pair-Mädchen einzustellen, eine junge, hübsche Franko-Kanadierin, die ihre Aufgabe gut, aber auch ihrem Mann schöne Augen gemacht hatte. Eines Tages hatte Marion sie sang- und klanglos vor die Tür gesetzt, nachdem sie sich einmal zu oft mit ihrem tiefen Ausschnitt zu Paul

hinübergebeugt hatte. Ihr Mann hatte damals über ihre Eifersucht gelacht und sie mit den Worten beruhigt, dass junge Menschen natürlich attraktiv seien. Er aber nicht ernsthaft auch nur einen Gedanken daran verschwende, mit einem Mädchen ins Bett zu gehen, das seine Tochter sein könnte. Er würde sich lächerlich vorkommen. Und dann hatte er sie angesehen, mit jenem ganz besonderen Blick, und ihr gesagt, dass er sie liebe und ihr so etwas nie antun könnte. Marion war dann diejenige gewesen, die sich lächerlich vorgekommen war. Der Zwischenfall hatte ihrer Beziehung im Nachhinein einen neuen Anstoß gegeben, aber vielleicht auch einen ersten feinen Bruch, wie ein Haarriss, der zunächst unbemerkt bleibt, im Laufe der Zeit aber an Tiefe und Breite gewinnt.

Als die Mädchen älter geworden waren, war sie es gewesen, die an ihrer Karriere gefeilt hatte. Paul hatte es widerstandslos ertragen, wenn sie für mehrere Wochen ins Ausland gegangen war und sich an Forschungsprojekten beteiligt hatte. Es war seine Art, sich zu revanchieren, wenn es ihn auch mehr geschmerzt hatte, als er zugegeben hatte. Hatte er in jener Zeit nicht angefangen, Golf zu spielen?

Plötzlich erschienen ihr die Streitigkeiten der letzten Wochen und Monate, die Kälte, mit der sie sich begegnet waren, absurd. Sie wog das Telefon in ihrer Hand und warf einen Blick auf die Uhr. Es war inzwischen halb vier. Um diese Zeit machte er bei gutem Wetter eine Kaffeepause auf dem Balkon seines Büros, blickte über die Alster und, ja … was er dabei dachte, das wusste sie heute nicht mehr. Nach kurzem Zögern wählte sie die Nummer seines Mobiltelefons. Er trug es immer bei sich in der Brusttasche seines Hemdes.

Sie musste es dennoch eine Weile klingeln lassen, bis er sich meldete, und sie sah ihn vor sich, wie er das Telefon in der Hand hielt und auf ihre Nummer blickte, und sich fragte, ob er das Gespräch annehmen sollte oder nicht. Als sie endlich seine Stimme hörte, wäre sie völlig entgegen ihrer Natur fast in Tränen ausgebrochen.

»Marion«, meldete er sich und klang überrascht. »Wie geht es dir?«

»Hallo, Paul«, stieß sie hervor.

Einen Moment war Schweigen am anderen Ende der Leitung.

»Du klingst nicht gut«, sagte Paul schließlich. »Ist etwas passiert?«

Ihr wurde bewusst, dass sie sich eine ganze Weile nicht gesehen hatten, mehr als eintausend Kilometer zwischen ihnen lagen und sie dennoch am Telefon nur zwei kleine Worte sagen musste und er wusste, dass etwas nicht in Ordnung war. Erneut überfiel sie heftiges Heimweh.

»Ich hatte eine anstrengende Woche«, erwiderte sie, nur um etwas zu sagen, und weil sie nicht den Mut hatte, sich ihm zu offenbaren.

»Eine anstrengende Woche«, wiederholte Paul. »So.«

»Wie geht es dir?«, fragte sie, um von sich abzulenken.

Paul verstand ohne weitere Erklärungen. »Ich habe viel zu tun«, erzählte er. »Wir haben ein neues Projekt reinbekommen, das macht eine Menge Arbeit, gerade jetzt zu Beginn.« Er räusperte sich. »Zu Hause hatten wir einen Wasserrohrbruch.«

»Einen Wasserrohrbruch? Du meine Güte! Wo denn?«

»Gott sei Dank nur im Keller, aber es hat trotzdem viel Dreck gemacht.«

»Wie ärgerlich. Wir müssen unbedingt die alten Leitungen austauschen.«

Paul lachte auf. »Meine Liebe, was meinst du, wie viel Dreck das macht. Lass uns lieber umziehen.«
»Umziehen?«, fragte sie. »Das meinst du nicht ernst. Wie kommst du darauf?«
»Ich habe diese Woche einen wunderschönen Altbau angeschaut, der grundsaniert werden soll, wir haben den Auftrag erhalten. Die Wohnungen werden als Eigentumswohnungen verkauft. Direkt am Goldbekkanal in Winterhude. Ich könnte sofort zuschlagen.«
»Geht dir das nicht immer so?«
»Diesmal ist es anders. Die Mädchen sind aus dem Haus. Wir könnten es wirklich tun.«
Sie hörte die Sehnsucht in seiner Stimme.
»Vermisst du mich?«, fragte sie.
»Wenn ich im Büro bin – nein. Zu Hause – ja. Vor allem, wenn ich darüber nachdenke, wie lange du fort sein wirst.«
Marion schluckte. Sie hatte nicht mit einer so ehrlichen und direkten Antwort gerechnet.
»Warum können wir nicht mehr miteinander reden, Paul?«
»Ich weiß es nicht, Marion. Aber es bedrückt mich.«
»Ja«, konnte sie nur entgegnen. »Mich auch.«
»Willst du mir jetzt sagen, was geschehen ist?«
Sie spürte sein Verlangen nach Nähe, und sei es nur gedanklicher, und auch ihr Bedürfnis war groß, sich ihm anzuvertrauen, sich einfach fallen zu lassen, und vielleicht auch die Entscheidung abzugeben, wie es weitergehen sollte. Aber sie konnte ihrem Vater nicht das Recht absprechen, ihn als Erstes mit dem Geschehenen zu konfrontieren.
»Ich brauche noch ein wenig Zeit«, wich sie aus, »und eigentlich ist es nichts, worüber ich am Telefon reden möchte.« Sie gab sich einen Ruck. »Es betrifft meinen Vater und mich. Mehr kann ich dazu im Moment nicht sagen.«

Paul kannte sie gut genug, um sie nicht weiter zu bedrängen.
»Ich wollte nach Hause fliegen«, fuhr sie fort, »aber die Fluglotsen streiken, und es wird noch bis morgen Abend dauern, bis sich die Situation wieder normalisiert hat.«
»Ich bin da, wenn du mich brauchst. Gibt es etwas, das ich für dich tun kann?«
Marion schluckte erneut. Wie lange hatte er das schon nicht mehr zu ihr gesagt? »Im Moment nicht. Mein Vater absolviert heute und morgen seine jährliche Routineuntersuchung im Krankenhaus. Ich werde erst mit ihm sprechen, wenn er zurück ist.« Sie räusperte sich. »Was machst du heute noch?«
»Ich gehe heute Abend mit Claudia in die Oper. Ihr Freund musste kurzfristig geschäftlich verreisen, und ich habe seine Karte übernommen. Soll ich ihr etwas von dir ausrichten?«
»Nur Grüße. Sag ihr nichts«, bat Marion.
»Natürlich nicht. Aber vielleicht können wir ja morgen noch einmal sprechen?« Als sie die Besorgnis in seiner Stimme hörte, merkte sie, wie sehr sie dieses Gefühl der Geborgenheit vermisst hatte.
»Ja, sicher, das ist eine gute Idee«, antwortete sie deshalb fast ein wenig hastig. »Ich rufe dich an.«

Eine ganze Weile, nachdem sie das Gespräch beendet hatten, lag sie noch auf dem Bett, lauschte dem Nachhall von Pauls Stimme und gestand sich ein, dass sie ihn vermisste. Aber warum jetzt? Mussten sie sich erst räumlich trennen, um einander wieder näherzukommen und sich zuhören zu können? Was sollte daraus werden?
Sie dachte an die von Schweigsamkeit geprägten Wochen zurück, und wie sie begonnen hatte, die gemeinsamen Abendessen zu fürchten, wenn Paul über seinem Tablet gebrütet und sie in der Zeitung geblättert hatte, und das Rascheln des

Papiers außer dem Ticken der Wanduhr das einzige Geräusch im Raum gewesen war. Wie wenig ihre Eltern miteinander sprachen, war selbst den Mädchen aufgefallen, wenn sie zu Besuch gekommen waren.
Aus der Ferne schien es einfacher, alles zu ändern, aber wenn sie einander erst einmal wieder im Alltag gegenübersaßen, festgefahren in ihren Gewohnheiten, wie sollte es ihnen gelingen, nicht wieder in den alten Trott zu fallen? Vielleicht hatte Paul recht, und es machte Sinn, das Haus zu verkaufen und in eine Wohnung zu ziehen und einen Neuanfang zu wagen. Vielleicht war es genau das, was sie brauchten.
Ein Klopfen an ihrer Zimmertür riss sie aus ihren Gedanken.
»Ja, bitte?« Sie setzte sich auf und fuhr sich hastig mit den Fingern über das Haar, um es zu glätten.
»Marion, ich will dich nicht stören, …« Es war Louise.
»Bitte, komm ruhig herein, es geht mir schon besser.«
Louise betrat ihr Zimmer, der weiche Teppich unter ihren Füßen verschluckte jedes Geräusch. Seit Jeans Verschwinden schien sie noch fragiler geworden zu sein, und obwohl sie sich bewusst gerade hielt, bemerkte Marion doch, wie die Sorge begann, sie allmählich auch körperlich niederzudrücken. Sie beobachtete abwartend, wie Louise an den kleinen Schreibtisch am Fenster trat und sich langsam auf dem Stuhl niederließ.
»Ist etwas passiert, Louise?«
Die alte Dame schaute sie an. Ein seltsam verlorenes Lächeln streifte ihre Züge. »Weißt du noch, wie wir an diesem Schreibtisch zusammen französische Grammatik geübt haben?«, fragte sie und ließ die Finger liebevoll über das dunkle Furnier gleiten.
»Ich erinnere mich gut«, erwiderte Marion. »Du hast mir damals erzählt, dass du mit deiner Schwester zusammen hier

auch immer für die Schule gelernt hast. Dieser Raum war doch aber gleichzeitig euer Spielzimmer?«
»Ja, wir hatten hier unsere Puppen und einen Kaufmannsladen, den mein Vater uns gebaut hatte. Ich hatte ein ähnlich enges Verhältnis zu meinem Vater wie du zu dem deinen.« Louise seufzte. »Kannst du dir vorstellen, dass es Momente gibt, in denen ich ihn heute noch vermisse? Manchmal wünschte ich, er wäre da und ich könnte mit ihm reden und mir seinen Rat holen.«
»Was ist passiert?«, wiederholte Marion ihre Frage und versuchte, die Beklommenheit zu ignorieren, die Louises Worte in ihr auslösten.
Die alte Dame räusperte sich umständlich. »Ich brauche deine Hilfe.«
Marion konnte sich nicht erinnern, dass Louise sie jemals zuvor um ihre Hilfe gebeten hatte. Und sie ahnte, wie schwer es ihr fiel, genau das jetzt zu tun.
»Was kann ich tun?«, fragte sie deshalb nur.
Louise sah kurz zur Tür, als wolle sie sich vergewissern, dass dort niemand stand und ihnen zuhörte. »Jean hat mich angerufen«, sagte sie dann ohne weitere Einleitung.

24.

Als Baptiste aus dem Gebäude des Inlandsnachrichtendienstes hinaus auf die Straße trat, hielt er ein Taxi an, das ihn in die Klinik zu Eric Henri bringen sollte. Er musste nachdenken, und das konnte er am besten, wenn er im Fond eines Wagens saß und sich durch die Gegend fahren ließ. Früher hatte es Tage gegeben, da hatte er sich von einem Fahrer seiner Behörde so lange herumfahren lassen, bis er auf die Lösung seines Problems gekommen war.
Er verstand Leroux' Bedenken, seine Behörde zu involvieren. Es wäre nicht das erste Mal, dass jemand als Hauptverdächtiger galt, der später unschuldig verurteilt wurde, weil sich die Ermittlungen nur noch in diese Richtung bewegten. Und in ihrem Fall kam erschwerend hinzu, dass jemand äußerst geschickt Morel als Täter ausliefern wollte. Mit wem hatte sich der Mann bloß angelegt? Was hatte er – vermutlich zufällig – ausgegraben, das ihn nun in solche Schwierigkeiten brachte? Und wieder wanderten seine Gedanken zu dem Mädchen, das die Bonniers aufgenommen hatten. Irgendetwas hatte das Kind mit alledem zu tun. Er stellte sich das Mädchen vor wie das Zentrum eines sechszackigen Sterns, von dem die einzelnen Zacken ausgingen. An einem Ende stand Zahit Ayans Tod, an einem weiteren das Attentat, an einem dritten Eric Henri, mit dem er hoffentlich gleich spre-

chen würde. Und an einem vierten Zacken hing Jean, am fünften die Bonniers, und was sich hinter dem sechsten verbarg, war bislang das große Fragezeichen.
Der Taxifahrer hielt vor dem Haupteingang des Krankenhauses. Baptiste zahlte, stieg aus und blickte gleich darauf an der Fassade des Gebäudes empor. Er verabscheute Krankenhäuser, der sterile Geruch, der jedem Raum, selbst der Cafeteria anhaftete, stieß ihn ab, und die Arroganz der Ärzte, die ihm immer das Gefühl vermittelten, er hätte seinen Verstand bei Betreten des Hauses abgegeben, machte ihn ungeduldig und wütend. Als er jedoch Augenblicke später einen der langen, hellerleuchteten Krankenhausflure entlangeilte und ihm zwei jener Götter in Weiß entgegenkamen, dachte er bei ihrem Anblick unwillkürlich an die deutsche Ärztin, die er bei Louise Bonnier kennengelernt hatte. Marion war ihr Name gewesen. Sie hatte erzählt, dass sie Oberärztin in einem Krankenhaus war, und er stellte sie sich in einem langen Arztkittel mit weißen Hosen darunter vor und einem Stethoskop in der Brusttasche, und sein Feindbild zeigte ungewollt Risse.

Die Abteilung, in der Eric Henri lag, war abgeriegelt. Zugang gab es nur gegen die Vorlage eines Dienstausweises und vorherige Anmeldung. Das Pflegepersonal war handverlesen.
Als Baptiste an die Tür klopfte, antwortete ihm eine weibliche Stimme. Sylvie Henri saß zusammen mit ihren Söhnen am Bett ihres Mannes und hielt seine Hand. Sie war informiert worden, dass ihr Mann aus dem künstlichen Koma geholt wurde, und war umgehend mit ihren Kindern aus Orléans angereist.
»Madame Henri, ich freue mich, Sie wiederzusehen«, be-

grüßte er sie und sah dann zu Eric Henri hinüber, der leicht aufgerichtet in seinem Bett saß und fragend vom einen zum anderen blickte. Seine Reaktionen waren deutlich verlangsamt, vermutlich stand er unter starken Schmerzmitteln.
»Monsieur Baptiste ist von der Polizei«, erklärte seine Frau ihm leise, und Baptiste konnte einen Hauch ihres Parfums durch den Raum hindurch wahrnehmen, ein kühler Duft, der ihr herbes Äußeres und ihre spröde Art perfekt ergänzte. Seiner Ansicht nach verrieten Duftwasser, ob sie nun von Frauen oder Männern benutzt wurden, sehr viel über den Charakter eines Menschen. Mehr, als manch einer glauben mochte. Und dieser Dufthauch verriet ihm, dass es nicht leicht werden würde, sie davon zu überzeugen, dass er allein mit ihrem Mann sprechen wollte. »Es wird nicht lang dauern, Madame«, ließ er sie wissen, »und es ist besser für Ihre Söhne, wenn sie nicht dabei sind.«
Sie hielt seinem Blick trotzig stand. »Was sollten sie noch hören, was sie nicht schon in den Medien und durch den Klatsch erfahren haben, der in den vergangenen Tagen durch die Presse gegangen ist?«
Baptiste unterdrückte ein Seufzen. Natürlich war der Mordanschlag auf Eric Henri ein gefundenes Fressen für die Boulevardpresse gewesen. Baptiste hatte die Auszüge gelesen, die auch auf seinem Schreibtisch gelandet waren. Es hatte Mutmaßungen und Verdächtigungen gegeben, die Journalisten hatten im Familienleben der Henris gegraben und versucht, über Nachbarn und Bekannte etwas herauszufinden, das sich für eine Story eignete. Viel war nicht dabei zusammengekommen, aber für die Familie war dieser Einbruch in ihre Intimsphäre für ein ganzes Leben genug.
»Madame Henri, geben Sie mir zehn Minuten mit Ihrem Mann, mehr brauche ich nicht.«

Widerwillig stand sie auf, und an der zögerlichen Bewegung, mit der Henri ihre Hand gehen ließ und gleichzeitig seinem Blick auswich, erkannte Baptiste, dass der Mann nicht erpicht darauf war, mit ihm zu sprechen. Ganz im Gegenteil.
Genauso fruchtbar war ihre Konversation zunächst auch. Henri gab sich begriffsstutzig und wich aus, bis Baptiste schließlich der Kragen platzte. »Monsieur, ich möchte jetzt einmal ganz deutlich werden: Sie haben fünfzehn Mobilfunkkarten gekauft, angeblich für den Geburtstag Ihres Sohnes, aber diese Karten sind weg, und eine der Karten wurde im Rahmen eines Mordes kontaktiert. Wenn Sie nicht bereit sind zu kooperieren, werde ich Ihnen wegen Mitwisserschaft und Verdunkelung eines Kapitalverbrechens ein Verfahren anhängen. Wollen Sie das Ihrer Familie wirklich antun, nach allem, was Ihre Frau und Ihre Söhne bisher durchgemacht haben?«
Eric Henri wurde noch blasser, als er sowieso schon war. »Das würden Sie nicht wagen, oder?«
»Doch, das würde ich«, versicherte ihm Baptiste. »Was haben Sie mit den Prepaidkarten gemacht?«
Henri mied seinen Blick. »Ich habe sie in einen Umschlag gesteckt und in einem Postfach in Orléans deponiert. Was danach damit geschehen ist, weiß ich nicht.« Tränen sprangen ihm in die Augen. »Mein Gott, Sylvie darf das nie erfahren, versprechen Sie mir das!«
Baptiste beobachtete ihn eine Weile schweigend. »Warum haben Sie die Karten gekauft?«, fragte er schließlich. »Die Geschichte mit dem Geburtstag Ihres Sohnes und diesem Geocaching ist eine gute Ausrede, aber das hätten Sie auf andere Weise kostengünstiger lösen können, nehme ich an.«
Henri schwieg.
»Sie haben diese Karten auf Ihren Namen gekauft. Ihnen

muss doch klar gewesen sein, dass alles, was damit geschieht, auf Sie zurückfallen wird.«

»Tatsächlich war mir das nicht bewusst, auch wenn Sie das vielleicht nicht verstehen. Halten Sie mich ruhig für naiv, aber das war eine Welt, mit der ich nie zuvor Kontakt hatte«, stieß Henri sichtlich angestrengt hervor.

»Was für eine Welt? Was ist passiert?«

»Ich bin erpresst worden.« Schweißperlen traten auf Henris Stirn, und er tastete nervös nach seinem Verband.

»Erpresst, aha. Würden Sie mir das genauer erklären?«

Das erste Mal während ihrer Unterhaltung suchte der schwerkranke Mann direkten Augenkontakt zu Baptiste.

»Können Sie mir garantieren, dass meine Frau nichts davon erfährt?«

»Das hängt davon ab, was Sie mir jetzt erzählen. Wenn Sie ein Verbrechen begangen haben …«

»Was geschehen ist, war absolut privat. Zumindest habe ich das geglaubt.«

»Und?«

Henri räusperte sich. »Ich hatte eine flüchtige Affäre.«

»Hm«, erwiderte Baptiste nur.

»Ich war bei einer Abendveranstaltung der Lehrergewerkschaft in Lyon. Sie saß an der Hotelbar.«

»Der Klassiker«, bemerkte Baptiste trocken.

»Ich war völlig überrascht, als sie mich angesprochen hat«, Henri schluckte nervös, »ich meine, es ist nicht meine Art, so etwas zu tun.«

»Warum haben Sie es dann getan?«

Henris Blick flog zu der geschlossenen Zimmertür. Seinen sexuellen Ausrutscher hier in diesem Krankenzimmer vor einem wildfremden Mann ausbreiten zu müssen, war ihm unendlich peinlich, aber noch mehr fürchtete er um sein Familienglück, und dass Sylvie Henri wenig Gnade kennen würde, wenn sie von dem Fehltritt ihres Mannes erfuhr, dessen war sich auch Baptiste sicher.

»Ihre Frau kann uns nicht hören«, betonte er. »Niemand hört uns zu.«

»Sylvie und ich hatten zu der Zeit einige Probleme miteinander«, gestand Henri so leise, dass Baptiste sich zu ihm lehnen musste, um ihn zu verstehen. »Es war auch nur diese eine Nacht.«

»Und dann?«

»Dann habe ich eine Woche später diese Fotos bekommen. Per E-Mail.« Henri schloss für einen Moment die Augen und rang zitternd nach Atem.

War es wenigstens gut, hätte Baptiste am liebsten gefragt, aber er verkniff sich die Bemerkung. Eric Henri war nicht der Typ, den er sich bei einem wilden One-Night-Stand in einem Hotelzimmer vorstellen konnte. Er wirkte in seiner Gehemmtheit wie jene pubertierenden Jungen, die sich aus Angst vor Frauen und ihren eigenen Bedürfnissen in ihrer Modellbauwelt verkrochen. Vermutlich kriegte er seit seiner Hotelerfahrung nicht einmal mehr einen hoch.

»Ich nehme an, die Fotos zeigten Sie und diese Frau beim Sex mit dem freundlichen Hinweis, dass als Nächstes Ihre Frau diese Bilder erhält.«

Henri nickte erschöpft, ohne ihn anzusehen.

»Was haben die Erpresser von Ihnen verlangt?«

»Geld, immer wieder Geld, und als sie merkten, dass ich nicht mehr zahlen kann, wollten sie, dass ich diese Mobilfunkkarten kaufe.« Henri ließ das Gesicht in die Hände sinken. »Ich wusste damals doch nicht, was ich damit anrichte!«

Nicht zum ersten Mal unterdrückte Baptiste ein Seufzen.

Eric Henri war kleinen Betrügern auf den Leim gegangen, wie sie landauf, landab immer wieder auftauchten.
»Haben Sie die Mail noch?«
»Natürlich nicht«, antwortete Henri mit echter Empörung.
Baptiste überlegte. Der Vorfall lag nicht länger als zwölf Monate zurück, unter Umständen ließen sich die Daten über den E-Mail-Provider rekonstruieren. Er hatte nicht viel Hoffnung, dass der Aufwand zu einer verwertbaren Erkenntnis führen würde, aber im Moment war er nicht geneigt, auch nur eine Spur außer Acht zu lassen, und sei sie noch so unbedeutend.
»Kann ich wieder nach Orléans verlegt werden?«
Baptiste schüttelte bedauernd den Kopf. Er wünschte sich, er könnte Henri beruhigen, ihm erzählen, dass er lediglich Opfer einer Verwechslung geworden war, aber so einfach war es nicht.
»Haben Sie eine Erinnerung an den Mann, der Sie niedergeschossen hat?«
Henri schüttelte den Kopf. »Ich kann mich an gar nichts erinnern. Nur daran, dass ich in der Schule aufs Fahrrad gestiegen bin, um nach Hause zu fahren. Ich hatte früher Schluss als gewöhnlich, weil eine meiner Klassen auf einem Tagesausflug war.«
Baptiste war sich nicht sicher, ob er dem Mann Glauben schenken sollte, aber er wusste, dass diejenigen, die versucht hatten, Henri umzubringen, nicht einmal fragen würden, ob er sich erinnerte. Sie würden bei nächster Gelegenheit erneut versuchen, ihn kaltblütig zu töten. Wenn es der Polizei jedoch gelang, ihn so lange zu schützen, bis das Verbrechen aufgeklärt war, würde er weiterleben, und er würde wieder vollständig genesen, das hatte eine der Schwestern Baptiste vor seinem Besuch anhand der Krankenakte versichert.

»Monsieur Henri, ich danke Ihnen für Ihre Unterstützung. Ich hoffe, Sie werden bald wieder gesund sein und nach Hause zurückkehren können.« Baptiste stand auf. »Ich denke, meine Kollegen von der Police Nationale werden noch ein paar Fragen haben und sich in den nächsten Tagen bei Ihnen melden.« Er warf Henri einen bedeutsamen Blick zu. »Sie wissen nichts von den Prepaidkarten, die für uns von solchem Interesse waren. Wenn Sie schlau sind, schweigen Sie ebenfalls darüber.«
»Danke, Monsieur …«
»Baptiste«, half dieser. »Claude Baptiste.«
Er hatte die Hand schon auf der Türklinke, als er sich, einer plötzlichen Eingebung folgend, noch einmal umdrehte. »Kennen Sie einen Jean Morel?« Sie hatten diese Frage bereits Sylvie Henri gestellt.
Henri sah ihn erstaunt an. »Jean Morel? Aus Paris?«
Baptiste ließ die Türklinke los. »Ja …«
Henri lächelte vorsichtig: »Ich frage, weil der Name nicht ganz selten ist.«
»Er arbeitet im Ausland in der Entwicklungshilfe. Soweit ich weiß, hat er lange Zeit Ingenieure für den Brunnenbau ausgebildet.«
Henris Lächeln wurde breiter. »Was für ein Zufall, dann meinen wir denselben. Natürlich kenne ich ihn, noch aus meiner Studienzeit an der Sorbonne. Wir waren in unterschiedlichen Studiengängen eingeschrieben, haben aber in der Studentenvereinigung viel zusammen erlebt. Allerdings habe ich ihn schon eine ganze Weile nicht gesehen oder gesprochen.«
Baptiste schnalzte. »Und Ihre Frau? Kennt sie ihn auch?«
»Ja, sicher, er hat uns zwei- oder dreimal besucht.«
Warum, lag es Baptiste auf der Zunge, hat sie mir dann er-

zählt, sie hätte den Namen noch nie gehört? »Wann haben Sie sich das letzte Mal gesehen?«
»Ich weiß nicht, das muss im letzten Jahr gewesen sein, Jean war zufällig in Orléans und hat sich bei uns zum Abendessen eingeladen. Ja, jetzt erinnere ich mich, es war am Tag nach dem Geburtstag meines Sohnes. Wir haben lange über das Geocaching gesprochen.«
Henri runzelte die Stirn in der Anstrengung, sich die Begebenheit ins Gedächtnis zu rufen. »Jetzt, wo wir darüber sprechen, fällt es mir wieder ein – er hat mir an jenem Abend eines der Telefone mitsamt Karte abgekauft.«
Baptiste glaubte nicht richtig zu hören. »Dann hatten Sie ursprünglich sechzehn Karten und Telefone«, stellte er fest und versuchte, seine Irritation und Wut zu verbergen.
Henri nickte. »Ich musste eins mehr kaufen, weil so viele Kinder eingeladen waren.« Er sah Baptiste neugierig an. »Aber wieso fragen Sie jetzt nach Jean Morel? Ist es sein Telefon, das angerufen wurde? Ist er in Schwierigkeiten?«
Baptiste blieb ihm die Antwort schuldig. »Warum haben Sie ihm das Telefon verkauft?«, wollte er stattdessen wissen.
»Er sagte, er hätte sein Handy verloren. Er war für einen Kurzbesuch in Frankreich und hatte wenig Zeit.«
Baptiste schüttelte sprachlos den Kopf. Es fiel ihm noch immer schwer, zu glauben, dass Eric Henri wirklich so naiv war, aber es gab solche Menschen. Er durfte nicht seinen eigenen Erfahrungshorizont als Grundlage nehmen für die breite Masse der Bevölkerung, die unter einer geschützten Glocke ihr Leben lebte, ohne wahrzunehmen, dass sie von einem Haifischbecken umgeben waren. Jean Morel dagegen dürfte sehr genau gewusst haben, was er tat, als er seinem alten Freund Eric eines der Telefone abkaufte.
Plötzlich wünschte sich Baptiste, dass Eric Henri in seinen

Kokon zurückfinden und sein kleines unschuldiges Leben weiterleben konnte, aus dem er so unsanft gerissen worden war. Aber seine innere Stimme sagte ihm, dass es so einfach nicht sein würde. »Tun Sie mir einen Gefallen, Monsieur Henri«, sagte er deshalb zum Abschied, »wenn Jean Morel sich bei Ihnen oder Ihrer Frau melden sollte oder irgendetwas Ungewöhnliches passiert, auch wenn es Ihnen noch so klein und unbedeutend erscheint, rufen Sie mich bitte umgehend an.«

25.

Jean blickte auf die Scheine in seiner Hand. Tausendfünfhundert Euro waren in seiner Situation nicht viel, aber sie waren ein Anfang. Er hatte sich das Geld per Post von Louise auf Hugos Konto anweisen lassen, da er selbst über keine Ausweispapiere verfügte. Jetzt nahm er zwei Fünfziger aus dem Geldstapel und reichte sie dem alten Mann, der, an seinen klapprigen Renault gelehnt, eine Zigarette rauchte. »Für dich und deine Schwester für die Umstände, die ihr mit mir hattet.«

Hugo kniff die Augen in seinem faltigen Gesicht zusammen und blickte erst auf das Geld und dann auf Jean. »Die Hilfe eines Freundes bezahlt man nicht.«

Jean nickte. »Ich weiß, Hugo. Aber ich habe in der letzten Zeit zu oft die unbezahlte Hilfe von Freunden angenommen, und es hatte immer ein böses Ende. Bitte nimm das Geld, und wenn du es nicht willst, gib es jemandem, der es brauchen kann.«

Hugo warf den Stummel auf den Boden und trat ihn aus. Über ihnen brachte ein leichter, warmer Wind die Kronen der Platanen zum Rauschen, und flirrende Schatten fielen auf den kleinen Platz vor dem Postamt in dem Arrondissement Marseilles. Jean steckte die restlichen Scheine in seine Hosentasche.

Hugo öffnete die Tür seines Wagens. »Na, dann«, sagte er. »Soll ich dich noch ein Stück mitnehmen?«
»Das ist nicht nötig. Danke noch einmal für alles!«
»Keine Ursache. Melde dich, wenn du mal wieder in der Gegend bist, und richte deiner Frau schöne Grüße aus. Sie soll nicht so streng mit dir sein.«
Hugo hatte ebenso viel Gefallen an der Geschichte gefunden, die Jean ihm aufgetischt hatte, wie seine Schwester, und Jean war gezwungen gewesen, eine ganze Familie zu erfinden, um die Neugier der beiden Alten zu stillen. Als er nun dem Renault nachsah, der scheppernd davonfuhr, wünschte er sich, seine Geschichte wäre wahr, es gäbe tatsächlich eine zornige Frau, die ihn in einem Streit aus dem Auto geworfen hatte und die nun in Paris auf ihn wartete, um ihm vor seinen halbwüchsigen Kindern die Leviten zu lesen.
Aber so einfach war es nicht.
Seit er am vergangenen Abend die Fernsehbilder von dem Attentat auf den Innenminister gesehen hatte, war ihm, als bewege er sich in einer imaginären Welt. Es gab nur fragmentarische Erinnerungen an eine dunkle, schmale Treppe in einem Haus und an ein Fenster, an dem er gestanden und von oben auf die Szenerie auf dem Marktplatz geblickt hatte, als die Autobombe explodiert war. Seltsamerweise hatte ihn der Anblick der schreienden Menschen, der Toten und Verletzten nicht berührt, war das Leid ihm ferngeblieben wie in einer Traumsequenz, in der nicht nur die bizarrsten Dinge, sondern auch die abstrusesten Emotionen möglich waren. Er wusste nicht, wie lange er an diesem Fenster gestanden hatte, und auch nicht, wie er von dort hinunter an den abgesperrten Marktplatz gekommen war, wo er wie ein Schlafwandler verfolgt hatte, wie eine Sondereinheit der Polizei das völlig zerstörte Wrack des Wagens untersuchte,

weit verstreute Einzelteile zusammentrug und auf einen Transporter lud. Sein Blick war hängengeblieben an einer geschmolzenen Plastikverschalung, die aussah, als gehöre sie zu einem Armaturenbrett. Ein angeschmorter gelber Aufkleber war darauf zu erkennen gewesen. Jean konnte sich nur bruchstückhaft erinnern, aber ein lähmendes Entsetzen befiel ihn, als er begriff, dass er diesen Aufkleber kannte und dass er ihn gesehen hatte auf der Beifahrerseite eines Wagens …

Lautes Hupen schreckte ihn auf. Jean sprang von der Straße zurück auf den Gehweg. Was tat er? Beinahe wäre er überfahren worden. Mit klopfendem Herzen winkte er dem Autofahrer zu, der so geistesgegenwärtig reagiert hatte, dann setzte er sich auf eine Bank im Schatten der Platanen. Hatte er noch immer Blackouts?

Er war sich sicher, dass man ihm Drogen verabreicht hatte. Anders konnte er sich weder seine lückenhafte Erinnerung noch den Zustand des Rausches und der gleichzeitigen Emotionslosigkeit erklären, unter denen die Eindrücke in seinem Gedächtnis gespeichert schienen. Aber wenn dem so war, musste er damit rechnen, dass ihm wieder so etwas passierte wie eben mit dem Auto, das ihn fast überfahren hätte?

Er konnte sich nicht an seine Kidnapper erinnern. Keine Gesichter, keine Stimmen, nichts. Und dennoch wusste er, dass jemand ihm gesagt hatte, man würde ihn kontaktieren. Bei dem Gedanken sah er sich unwillkürlich um. Wurde er beobachtet?

In seiner näheren Umgebung konnte er nichts Außergewöhnliches entdecken. Es war nicht viel los so früh am Morgen. Einige ältere Männer saßen auf einer Bank am anderen Ende des Platzes in der Sonne und unterhielten sich gestikulierend. Eine Frau schob einen Kinderwagen vorbei, und

zwei Halbwüchsige, offensichtlich auf dem Weg zur Schule, traten eine leere Dose vor sich her.
Jean versuchte, seine Beklemmung zu ignorieren. Was sollte er nun tun? Er war nach Marseille gereist, um einen alten Geschäftspartner um Hilfe zu bitten, aber unter den gegebenen Umständen war das unmöglich geworden. Er konnte nur nach Paris zurückkehren und warten. Mit der Hand tastete er nach dem Geld in seiner Hosentasche. Er durfte gar nicht daran denken, was das bedeutete. Seine Kidnapper hielten seine gesamte Identität in ihren Händen und hatten ihm bereits eindrucksvoll bewiesen, dass sie über die Mittel verfügten, diese Situation für ihre Zwecke auszunutzen.
Ein leeres Taxi fuhr aus einer Seitenstraße auf den Platz zu. Jean überlegte nicht lange, sprang auf und winkte es heran. »Zum Bahnhof«, sagte er, als er einstieg.
Keine fünfzehn Minuten später hielt er ein Ticket für den nächsten TGV zurück nach Paris in der Hand. Der Zug stand schon auf dem Bahnsteig bereit, und Jean beeilte sich einzusteigen, als er auf dem Nachbargleis langsam patrouillierende Polizisten bemerkte. Mit einem Seufzer der Erleichterung ließ er sich auf seinen Platz fallen. In dreieinhalb Stunden würde er in Paris sein. In seinem Gepäck in Louises Wohnung bewahrte er seinen Reisepass auf. Vielleicht sollte er einfach das Land verlassen und untertauchen, bis sich die Aufregung gelegt hatte. Niemand, nicht einmal diejenigen, die jetzt hinter ihm her waren, würden ihn in Syrien oder im Libanon finden, wenn er es nicht wollte.

26.

Marion sah Louise überrascht an. »Jean hat sich bei dir gemeldet?«, entfuhr es ihr. »Wie geht es ihm? Wo ist er?«

Louise fuhr sich mit der Zunge über die Lippen, sah hinunter auf ihre Hände und drehte an ihrem goldenen Ehering. »Er ist noch in Marseille. Aber früher oder später wird er nach Paris zurückkommen.«

»Ist ihm etwas passiert?«

»Er ist überfallen und ausgeraubt worden.« Louise atmete tief durch. »Es ist alles weg: Papiere, Telefon, Geld. Ich habe ihm über einen Bekannten, einen Hugo Tournier, via Postanweisung Geld geschickt.«

»Du meine Güte«, entfuhr es Marion, »ist er etwa verletzt?«

»Ich weiß es nicht. Er hat nicht viel erzählt.«

»Hast du Monsieur Baptiste darüber informiert, dass er sich bei dir gemeldet hat?«

Louise schüttelte den Kopf. »Jean hat mich gebeten, niemanden außerhalb der Familie in die Angelegenheit hineinzuziehen.«

»Und das hältst du wirklich für richtig?«

Louise zuckte in einer schnellen und für Marion typisch französischen Geste mit den Schultern. »Jean ist erwachsen,

Marion. Wenn er die Polizei nicht behelligen möchte, ist das seine Sache. Ich werde mich da nicht einmischen.«
»Natürlich«, erwiderte Marion ohne Überzeugung. Die alte Dame hielt sich normalerweise nicht heraus, insbesondere dann nicht, wenn es um Menschen ging, die ihr am Herzen lagen. Warum agierte sie jetzt so betont defensiv?
Claude Baptiste hatte sich bei seinem letzten Besuch eindringlich nach Jean erkundigt und viele Fragen gestellt. Marion war sich sicher, dass ein Mann wie er nicht einen ganzen Abend opferte, wenn es nicht einen triftigen Grund dafür gab. Und inwieweit konnte man dem angeblichen Überfall, von dem Jean gesprochen hatte, Glauben schenken? Sie erinnerte sich erneut an seine Unruhe, die sie in jener Nacht wahrgenommen hatte, als sie sich in der Küche getroffen hatten. Sie warf Louise einen prüfenden Blick zu, die ihrer Meinung nach mehr wusste, als sie zugab. Scheute sie sich, mehr preiszugeben, oder fürchtete sie, Marion über Gebühr zu strapazieren?
Marion stand auf, ging zu ihr hinüber und legte einen Arm um sie. Unter dem leichten wollenen Pullover war Louise nur Haut und Knochen. »Das ist doch nicht alles. Was bedrückt dich wirklich?«, fragte sie sanft.
Louises Finger verkrampften sich ineinander. Sie sah aus dem Fenster, als sie schließlich sprach. »Ich weiß, dass du geplant hast, für ein paar Tage nach Hamburg zu fliegen, aber gerade jetzt würde ich mir wünschen, dass du hierbleibst. Ich weiß im Moment nicht, wo mir der Kopf steht.«
Über Louises gebeugte Gestalt hinweg starrte Marion betrübt zum Fenster hinaus, dachte an die Fotografie aus dem Museum und an ihren Vater und wünschte sich, sie hätte dem Drang widerstanden, herauszufinden zu wollen, was es damit auf sich hatte. Aber dafür war es nun zu spät. Sie

konnte nicht mehr zurück. In zwei Wochen würde sie nach Jordanien abreisen, ohne vorher von Angesicht zu Angesicht mit ihrem Vater gesprochen zu haben.
»Meine Bitte muss dir maßlos erscheinen«, fuhr Louise fort, die ihr Zögern spürte, »aber die Umstände lassen mir keine andere Wahl.«
»Was ist denn um Himmels willen passiert?«
»Ich habe dir erzählt, dass Jean plant, Zahra in einer anderen Familie unterzubringen.«
Marion nickte.
»Ich kann das nicht zulassen.«
»Was willst du tun? Willst du sie vor ihm verstecken?«
»Wenn es gar nicht anders geht, auch das.« Louise presste die Lippen aufeinander. »Er darf sie nicht fortbringen.«
»Aber warum?«
Louise sah zu ihr auf. »Ich habe Verantwortung für Zahra. Ich habe es ihrer Mutter versprochen«, erklärte sie in einem Ton, der keine weiteren Fragen zuließ.
Aber Marion ließ sich davon nicht irritieren. »Du kennst ihre Mutter?«, entfuhr es ihr vorwurfsvoll. Sie erinnerte sich an die Fragen, die Claude Baptiste bei seinem letzten Besuch zu Zahra gestellt hatte, und an Louises abweisende Reaktion. »Du hättest mit Monsieur Baptiste darüber sprechen sollen.«
Marion wusste nur zu genau, dass Louise das Kind nie aus eigennützigen Gründen bei sich behalten würde. Louise besaß einen gesunden Menschenverstand, und wenn sie so reagierte, würde sie einen schwerwiegenden Grund dafür haben, dessen war sich Marion sicher, dennoch konnte sie ihrem Wunsch nicht einfach entsprechen.
»Hast du mit Greg über deine Sorgen gesprochen?«
Louise schüttelte den Kopf. »Ich habe nicht die Kraft, mich

mit Greg darüber auseinanderzusetzen. Es gibt Dinge, die ich von Jean erfahren habe, die möchte ich nicht mit ihm teilen.«

»Und was ist meine Rolle in alldem?«, wollte Marion wissen.

»Wärst du bereit, mit Zahra fortzugehen, wenn es wirklich zu einer Auseinandersetzung mit Jean kommt?«

»Fortgehen? Wohin? Wie stellst du dir das vor?«

Louise erhob sich umständlich von ihrem Stuhl. Marion konnte nicht einschätzen, ob es sie tatsächlich nach Bewegung verlangte oder ob sie nur ihrer Umarmung entkommen wollte. Louise ertrug Nähe nur in begrenztem Umfang.

»Freunde von Greg haben ein Haus in der Bretagne.«

»In der Bretagne!«, entfuhr es Marion. »Das ist …« Das ist völlig ausgeschlossen, hatte sie sagen wollen. Ich kann nicht, tobte es in ihr. Ich muss meinen Vater treffen, mit ihm reden … Sie bremste sich, als sie Louises Gesichtsausdruck bemerkte. Natürlich konnte die alte Dame ihr Entsetzen nicht nachvollziehen. Sie hatte nicht die leiseste Ahnung, was Marion mit sich herumtrug. Nachdem sie Greg und Louise nach ihrem ersten Museumsbesuch impulsiv das Foto gezeigt hatte, hatte sie nicht mehr mit ihnen darüber gesprochen.

»Du klingst, als hätte ich dich gefragt, ob du nach Sibirien gehen könntest«, bemerkte Louise vorwurfsvoll. »Ich wusste nicht, dass du eine solche Abneigung gegen die Bretagne hegst.«

»Hege ich nicht«, versicherte Marion ihr. »Es kam nur so … unerwartet.« Sie räusperte sich. »Und ich bin mir nicht sicher, ob das eine gute Idee ist. Wird Jean uns dort nicht auch finden? Wäre es nicht besser, das Ganze mit ihm auszufechten, statt sich zu verstecken?«

Mit einer heftigen Geste wandte Louise sich zu ihr um. »Was habe ich denn in der Hand? Nichts! Ich kann nicht einfach zu den Behörden laufen und mein Leid klagen. Das Kind ist illegal hier!«
Bedrücktes Schweigen folgte diesem unerwarteten Ausbruch. Louise schlug sich die Hand vor den Mund, und Marion betrachtete ihre mütterliche Freundin nachdenklich. Sie hatte etwas Ähnliches befürchtet, geradezu erwartet, gleichzeitig aber ahnte sie, dass Louise ihr noch immer nicht alles erzählt hatte. Was hielt sie zurück? Sie hatte keine Gelegenheit nachzufragen, denn in diesem Moment klingelte es.
Louise schloss müde die Augen und schüttelte in einer abwehrenden Geste den Kopf. »Das ist sicher die Mutter von Zahras kleiner Freundin Fleur.«
»Ich kümmere mich darum«, sagte Marion.
Als sie gleich darauf die Gegensprechanlage betätigte, antwortete ihr jedoch eine inzwischen schon vertraute rauhe Männerstimme, und für einen Moment war Marion sich sicher, dass ihr stiller Wunsch nach einer ordnenden Hand in dem Chaos erhört worden war.
»Monsieur Baptiste«, begrüßte sie den großen, dunkelhaarigen Franzosen daher Augenblicke später herzlich, »ich freue mich, Sie zu sehen.«
»Die Freude ist ganz auf meiner Seite, Madame.« Seine blauen Augen strahlten. »Allerdings fürchte ich, dass wir beide die Einzigen sind, die dieses Zusammentreffen begrüßen.«
Marion senkte lächelnd den Blick.
Beim Klang der Stimmen war Louise in den Flur getreten und blickte mit gerunzelter Stirn zur Wohnungstür und auf den unerwarteten Gast.
»Madame Bonnier«, kam er ihr zuvor, »ich hoffe, ich kom-

me nicht ungelegen, aber es sind noch ein paar Fragen aufgetaucht, die ich gerne mit Ihnen klären würde.«
»Fragen?«, wiederholte Louise reserviert, ohne näher zu kommen.
»Ich möchte mich mit Ihnen noch einmal über das Mädchen unterhalten, wie hieß sie noch gleich?«
»Zahra«, entgegnete Louise kühl, »und ich wüsste nicht …«
»Darf ich reinkommen?«, fragte Baptiste, sein Habitus unaufgeregte Freundlichkeit, von der Louises Zurückhaltung völlig unbeeindruckt abprallte.
Louise wies mit einer knappen Geste auf das Wohnzimmer, und Marion nahm Baptistes Mantel. »Möchten Sie etwas trinken?«, fragte sie. »Einen Kaffee oder einen Tee oder …«
»Übernehmen Sie hier nach und nach die hausfraulichen Pflichten?«, erkundigte er sich scherzhaft.
»Ich denke nicht, dass Madame Bonnier Ihnen etwas anbieten wird«, konterte Marion.
Ein Lächeln huschte über Baptistes Gesicht. »Nein, vermutlich nicht, aber ich brauche auch nichts. Vielen Dank.«
Er ging ihr voraus ins Wohnzimmer, in dem Louise bereits ihren Platz am Fenster eingenommen hatte.
»Monsieur Baptiste«, begann sie mit einem Seufzen. »Was kann ich für Sie tun?« Mittlerweile hatte sie ihre Fassung wiedergewonnen, Louise war in ihrer Manier wieder die Grande Dame.
»Ist Ihr Mann auch zu Hause?«, fragte Baptiste.
»Das tut mir leid, er ist heute den ganzen Tag unterwegs«, entgegnete sie ausgesucht höflich. »Wenn Sie Ihr Kommen angemeldet hätten …«
»Kein Problem«, erwiderte Baptiste. »Ich werde Sie nicht lange aufhalten.«
Marion konnte das Gespräch nicht verfolgen, denn kurz

nach Baptistes Ankunft klingelte es erneut, und diesmal war es tatsächlich Fleurs Mutter. Marion unterhielt sich im Kinderzimmer noch eine Weile mit ihr, bevor sie und Zahra die beiden verabschiedeten. Danach erst kehrte sie mit dem Mädchen im Schlepptau ins Wohnzimmer zurück.
Zahra betrachtete Baptiste aus sicherer Position an Marions Hand aus ihren großen, dunklen Augen, sagte aber wie gewöhnlich nichts. Er nickte ihr zu und wandte sich dann wieder Louise zu. »Madame, ich danke Ihnen für Ihre Hilfe und entschuldige mich noch einmal für meinen unangekündigten Besuch.«
Er stand auf und grüßte in die Runde. »Mesdames, ich wünsche Ihnen noch einen schönen Abend.«
Louise stand nicht auf, um ihn zu verabschieden, deshalb schickte Marion Zahra mit leisen Worten zu ihr und begleitete Baptiste hinaus. Aus dem Augenwinkel sah sie noch, wie Zahra auf Louises Schoß kletterte und die alte Dame das kleine Mädchen dicht an sich zog.
»Die beiden haben eine recht enge Beziehung zueinander«, bemerkte Baptiste auf dem Weg zur Tür.
»Madame Bonnier hat ein Händchen für Kinder«, entgegnete Marion.
»Das klingt, als sprächen Sie aus Erfahrung.«
»Ich bin als Kind häufig hier zu Gast gewesen.«
»Jetzt, wo Sie es sagen«, bestätigte er, »das habe ich aus dem Gespräch herausgehört, das wir beim Essen geführt haben. Ich erinnere mich übrigens auch, dass Sie erzählt haben, dass Ihr Vater ebenfalls Arzt ist.«
»Das stimmt. Ist das irgendwie von Bedeutung?«
»Nein, aber ich finde es persönlich immer wieder interessant, wie sich manche berufliche Neigungen innerfamiliär vererben.«

Sie reichte ihm seinen Mantel. Es war ein klassischer dunkelgrauer Trenchcoat, der ihrer Meinung nach überhaupt nicht zu ihm passte, auch wenn er ihm außerordentlich gut stand. Er nahm ihr das Kleidungsstück ab, zögerte aber beim Anziehen. »Madame Sanders, ich habe eine etwas unorthodoxe Bitte an Sie.«
Marion sah ihn überrascht an.
»Ich habe einen Fall, bei dem mich Ihre Meinung als Ärztin interessieren würde. Wären Sie bereit, mich dafür in ein Krankenhaus hier in der Nähe zu begleiten?«
»Jetzt?«, fragte Marion überrascht.
»Warum nicht? Oder haben Sie andere Termine?«
»Ehrlich gesagt …«, begann sie und unterbrach sich selbst, als ihr klarwurde, dass sie nicht wusste, was sie sagen sollte. Sie hatte keine anderen Termine, aber fühlte sich überrumpelt. Das ging ihr alles zu schnell, sie war nicht so flexibel, doch sie wollte ihn auch nicht vor den Kopf stoßen.
»Ich würde Sie als Dank zum Essen einladen«, nutzte er ihre Unschlüssigkeit aus.
Gegen ihren Willen musste sie lächeln. »Machen Sie das immer so?«
Schalk spielte in seinen Augen. »Ich habe seit einer gefühlten Ewigkeit keine Frau mehr zum Essen eingeladen.«
Sollte sie ihm das glauben? Marion gab sich geschlagen. Es war ihr unmöglich, sich seinem Charme zu entziehen, und sie fragte sich, wann sie das letzte Mal von einem Mann eine Einladung zum Essen bekommen hatte, der nicht ihr Vater oder ihr Ehemann war. Warum sollte sie sie nicht annehmen? Es wäre vielleicht eine gute Gelegenheit, mehr über Baptiste zu erfahren. Und es würde sie auf andere Gedanken bringen, zumal sie erst am nächsten Tag Gelegenheit haben würde, mit ihrem Vater zu sprechen.

»Vielleicht geben Sie mir noch die Zeit, mich umzuziehen?«, bat sie ihn und wies auf ihre legere Kleidung.
»Wenn Sie meinen«, sagte Baptiste fast ein wenig bedauernd. »Ich mag Frauen in Jeans und Pullover.«
»Dann müssen Sie mir versprechen, dass das Restaurant, das Sie auswählen, zu meiner Garderobe passt.«

Nachdem Marion Louise informiert hatte, gingen sie gemeinsam hinaus. »Das ist das erste Mal, dass ich in diesem Haus die Treppe benutze«, gestand Marion auf dem Weg nach unten. »Warum fahren Sie nie Fahrstuhl?«
»Mich treibt nur der Gedanke an meine Fitness«, entgegnete er leichthin. »In meinem Alter sollte ich allmählich darauf achten.«
Sie nahm ihm diese Leichtigkeit jedoch nicht ab. Vielleicht lag es am Ausdruck seiner Augen.
Er schlug vor, die Metro zu nehmen. »Wir werden zwar in die Rushhour kommen, aber deutlich schneller sein, als wenn wir uns mit dem Taxi durch den Verkehr quälen.«
Angesichts der lauen Frühlingsluft an diesem milden Spätnachmittag stimmte Marion zu, und so steuerten sie den Boulevard Raspail an, wo Baptiste an der nächsten Metrostation für sie beide einen Fahrschein löste.
Es waren nur ein paar Stationen bis zu dem Krankenhaus, das in der Nähe des Invalidendomes lag. Als sie das Hospital erreichten, führte Baptiste sie zu ihrem Erstaunen zielstrebig auf die Intensivstation, die durch ein aufwendiges Sicherheitssystem abgeriegelt war. Im Flur hielten zudem zwei Polizisten Wache.
Überrascht sah sie Baptiste an. »Warum wird die Station so streng bewacht?«
»Das werden Sie gleich verstehen.«

Durch ein Fenster konnte sie sehen, dass ein Mann mittleren Alters im Bett lag, umgeben von Monitoren und Infusionsschläuchen. Er schlief.
»Das ist Eric Henri«, erklärte ihr Baptiste. »Er wurde im Vorgarten seines Hauses in einer der besseren Wohngegenden von Orléans niedergeschossen. Die Täter fuhren vor sein Haus und warteten, bis er mit dem Fahrrad von der Schule nach Hause kam.«
Marions Blick flog zwischen Baptiste und dem Patienten hin und her.
»Eine der Kugeln hat seine Leber zerrissen. Aber die Ärzte konnten ihn retten.«
»Und was … was soll ich Ihrer Meinung nach als Ärztin … Und warum … ich meine«, Marion suchte nach Worten, »war er in irgendetwas verwickelt … oder wurde er ausgeraubt …«
»Eric Henri ist Lehrer, hat zwei Kinder und ist mit einer Apothekerin verheiratet – wenn Sie so wollen, ein völlig unbescholtener Mann. Es wurde auch nichts geraubt.«
»Aber warum schießt man ihn dann nieder?«
»Es war eine Verwechslung.«
»Eine Verwechslung?«
»Dieser Mann wurde für Jean Morel gehalten.«
Marion wurde schlagartig heiß und kalt. Fassungslos starrte sie Baptiste an. Die Situation war so irreal wie eine Szene aus einem Hollywoodthriller. In was, um Himmels willen, war Jean verwickelt? Jetzt begriff sie endlich, warum Baptiste sie in dieses Krankenhaus gebracht hatte. Die Bitte um ihre ärztliche Expertise war nur ein Vorwand gewesen.
Baptiste las ihre widerstreitenden Gefühle von ihrem Gesicht ab. »Es tut mir leid, Madame.«
Sie wandte sich ab, ging ein paar Schritte den Gang hinunter

und kämpfte mit der Wut und dem Entsetzen, die in ihr stritten.
»Madame …«
Abwehrend hob sie eine Hand, während sie noch immer um ihre Beherrschung rang. Erst, als sie sicher war, ihre Stimme wieder unter Kontrolle zu haben, drehte sie sich zu ihm um. »Ich schätze es nicht, vorgeführt zu werden, Monsieur Baptiste«, sagte sie kühl.

27.

Jean starrte durch die getönten Scheiben des TGV hinaus auf den Bahnsteig und beobachtete misstrauisch die Menschen: Zwei Frauen verabschiedeten sich voneinander; eine ältere Dame mit Zwei kleinen Kindern unterhielt sich mit dem Schaffner; ein Geschäftsmann mit einem Trolley eilte mit schnellem Schritt und wehenden Mantelschößen auf den Zug zu, ein Mobiltelefon am Ohr; eine junge Frau saß wartend auf ihrem Koffer.

Er schenkte ihnen nicht mehr als einen flüchtigen Blick, gerade so viel, um sicherzugehen, dass sie keine Gefahr für ihn darstellten.

Die Angst begann, ihn zu zermürben. Er war nicht mehr Herr seiner selbst. Das war die zentrale Erfahrung der vergangenen zwei Tage. Jemand – und er hatte inzwischen eine vage Ahnung, wer sich hinter diesem *jemand* verbergen könnte – kontrollierte ihn und somit sein Leben. Er fühlte sich wie eine Marionette, die an ihren Fäden zappelte, auf einen Ruck ihres Spielers jedoch sofort innehielt. Es war ein Gefühl der Hilflosigkeit, das er so in seinem Leben noch nicht erfahren hatte.

Er war schon oft in schwierigen Situationen gewesen, aber er war ein Mann der Tat, gesegnet mit einer unzerstörbaren Zuversicht. Dieser Optimismus war wie ausgelöscht. Wenn er eine Farbe für seine momentane Stimmung wählen müsste, wäre es Grau, ein indifferentes, nichtssagendes Nebelgrau entsprechend dem undurchdringlichen Nichts, das sich ihm als seine Zukunft präsentierte.

Sie würden Kontakt mit ihm aufnehmen. Aber wann? Beinahe wünschte er sich, jemand würde in den Zug steigen, sich ihm gegenübersetzen und ihm Anweisungen geben. Alles war besser als das ungewisse Warten. Er konnte keine Pläne machen, keine Aufgaben angehen, weil jeden Moment von irgendwoher einer auf ihn zugreifen und ihn in eine andere Richtung steuern konnte.

Warum fuhr er überhaupt nach Paris? Er konnte genauso gut in Marseille bleiben und das Geld, das ihm Louise geschickt hatte, in Alkohol umsetzen, hier entsprach wenigstens das Klima seinen Vorlieben. Er könnte dann einfach vergessen, was geschehen war. So viele Menschen taten das jeden Tag rund um den Globus, warum nicht er? Aber dann dachte er an den Pastis, den er zusammen mit Hugo geleert hatte und von dem noch immer etwas in seinem Blut zu zirkulieren schien. Das war nicht sein Weg und würde es nie sein. Er war nicht in der Lage aufzugeben. Und das stellte vielleicht sein größtes Problem dar und somit einen Vorteil für seine Gegner. Er ergab sich nicht in sein Schicksal, er zerrte an den Fäden, die ihn dirigierten, und er würde bis zum letzten Atem darum kämpfen, sie zu zerreißen.

Die Tür des Großraumwagens öffnete sich, und eine Frau in den späten Dreißigern kam herein. Sie war attraktiv, so attraktiv, dass Jean kurz seine miserable Lage vergaß. Er lächelte, doch dieses Lächeln erfror, als er sah, wie sie ihn abschätzend musterte und ein verächtliches Zucken ihre Mundwinkel bewegte. Ihm wurde bewusst, welch desolate Erscheinung er bieten musste: seine Kleidung zerknittert,

sein Gesicht unrasiert, seine Augen blutunterlaufen. Vermutlich roch er auch nicht besonders angenehm.
Angeekelt von sich selbst, sackte er in sich zusammen. Von draußen ertönte der Pfiff des Schaffners. Im nächsten Augenblick rollte der Zug an.
Für die Zeit der Reise versuchte er, jeden Blickkontakt mit den anderen Passagieren zu vermeiden. Irgendwann nickte er ein und träumte von etwas Dunklem, Undefinierbarem, das ihn verfolgte, und er erwachte schließlich kurz vor Paris mit einem Gefühl unsäglicher Beklemmung und Orientierungslosigkeit. Der durch die Landschaft rasende Zug verursachte ihm Übelkeit, und er kämpfte für einen Moment verzweifelt dagegen an, sich zu erbrechen.
Doch dann lief der Zug im Gare du Lyon ein, und das erste Mal in seinem Leben war Jean erleichtert, in Paris zu sein. Marseille und alles, was dort geschehen war, verblassten wie ein schlechter Traum im ersten Licht des Morgens. Vielleicht gab es doch einen Funken Hoffnung. Der kostbare Gedanke währte nur kurz. Gerade als er in das Gedränge der hin- und hereilenden Menschen eintauchte und sich in Richtung Metro orientierte, rempelte er mit einem Mann zusammen. Er war klein, untersetzt und trug eine Brille. Unter dem Arm hielt er eine Aktenmappe, die bei dem Zusammenstoß zu Boden fiel. Die Papiere verstreuten sich, und Jean fühlte sich verpflichtet, sie wieder aufzusammeln. Der Mann sah über den Rand der Brille zu ihm auf. »Entschuldigen Sie, Monsieur Morel, das war ganz allein meine Schuld.«
Jean erstarrte in seiner Bewegung.

28.

Baptiste betrachtete Marion abwartend. Der Anblick Eric Henris hatte sie völlig schockiert. Sie war beinahe so blass geworden wie die Wände des Krankenhausflurs und hatte hörbar nach Luft geschnappt. Und dann war sie wütend geworden. Wütender, als es der Situation nach angemessen gewesen wäre, und er fragte sich, was dahinterstecken mochte. Bislang hatte er sie als ruhige und beherrschte Frau kennengelernt.

Ich schätze es nicht, vorgeführt zu werden, hatte sie ihn gemaßregelt, und er hatte eine Ahnung bekommen von der berühmten hanseatischen Arroganz. Es hatte ihn einiges an Überredungskunst gekostet, sie davon zu überzeugen, seine Einladung zum Essen trotz seines Fauxpas nicht auszuschlagen.

Jetzt saßen sie einander in einem kleinen Restaurant im Marais gegenüber, das Baptiste schon oft besucht hatte und wegen seiner bodenständigen französischen Küche schätzte. Es war früh am Abend, und da die Franzosen in der Regel nicht vor zwanzig Uhr essen gingen, waren die meisten Plätze noch frei. Dennoch hatte er einen Tisch in einer ruhigen Ecke gewählt, von der aus er das ganze Lokal überblicken konnte. Eine Kerze flackerte zwischen ihnen, und ihr Licht

spiegelte sich in dem Sherry, den sie als Aperitif gewählt hatten. Die Amuse-Gueules standen unberührt daneben.
Er sah, wie Marion zweifelnd darauf blickte. Er hatte das schon oft erlebt bei Menschen, die nicht in Frankreich zu Hause waren. Selbst wenn sie weitgereist und gebildet waren, barg die französische Küche für sie noch immer einige Überraschungen.
»Gebackene Auster mit Kaviar«, sagte er und schob den Teller zu Marion. »Das müssen Sie probieren.«
Sie zog eine Augenbraue hoch. »Ich wusste nicht, dass man Austern backen kann.«
»Es ist ganz einfach, und wie so oft gerade bei simplen Gerichten ist das Ergebnis überraschend gut«, entgegnete er. »Das Austernfleisch wird nur in Ei, Mehl und Paniermehl gewendet und kurz frittiert. Dazu gibt es eine Creme angerührt aus dem Austernwasser, Crème fraîche und Zitrone, gekrönt mit einem Löffel Kaviar.«
Sie sah ihn verwundert an. »Das klingt so, als hätten Sie mehr als nur ein bisschen Erfahrung in diesem Bereich.«
Er lächelte. »Essen ist eine Leidenschaft von mir, und schon sehr früh habe ich beschlossen, in dieser Hinsicht nicht auf die Gnade anderer angewiesen sein zu müssen.«
»Sie sind also ein passionierter Koch.«
»Wann immer die Umstände es zulassen.«
»Warum sitzen wir dann in einem Restaurant?«
»Weil ich hier in Paris aus dem Koffer und in einem Hotel lebe, aber wenn es Sie jemals in die Bretagne verschlägt …«
Er bemerkte, wie sie abrupt aufsah.
»… dort haben meine Eltern ein Haus mit einer phantastischen Küche.«
Sie griff nach ihrem Sherryglas und nahm einen Schluck, und in diesem Augenblick hätte er wetten können, dass es genau-

so gut Wasser hätte sein können, das sie trank. Sie hätte den Unterschied nicht bemerkt.

Was verband sie mit der Bretagne, dass sie so reagierte?

Sie stellte ihr Glas ab und griff nach einer der Austern. »Auf Ihre Verantwortung.«

Zu seiner Freude fand sie Gefallen daran.

»Wenn der Hauptgang ebenso gut ist, muss ich Sie zur Wahl des Restaurants beglückwünschen.«

»Das freut mich umso mehr, als dass ich weiß, dass Sie von der Küche der Bonniers verwöhnt sind«, entgegnete Baptiste und prostete ihr mit dem Rest seines Aperitifs zu.

Seit sie das Krankenhaus verlassen hatten, hatten sie weder über Eric Henri noch über Jean Morel gesprochen. Baptiste spürte, dass sie Zeit brauchte, und wartete, bis sie selbst damit begann.

Seine Geduld wurde bis zum Dessert strapaziert. Sie hatte ihr Pistazien-Parfait schon zur Hälfte aufgegessen, als sie mit dem Löffel auf halbem Weg zum Mund plötzlich innehielt. »Jean Morel hat sich aus Marseille bei Madame Bonnier gemeldet.«

Baptiste zog eine Augenbraue hoch und versuchte, sich seine Überraschung nicht allzu sehr anmerken zu lassen. »Hat er einen Grund für sein Verschwinden genannt?«

»Er wurde angeblich überfallen und ausgeraubt. Dabei hat er alles verloren: Papiere, Geld und Telefon.«

So stellte Morel seine vermeintliche Entführung also dar.

»Hat er Madame Bonnier um Unterstützung gebeten?«

»Sie hat ihm per Postanweisung Geld geschickt. Zu Händen eines Hugo Tournier.«

»Respekt!«, entfuhr es Baptiste, der dem Drang widerstand, sich den Namen sofort zu notieren. Er wollte unter keinen Umständen die mühsam herbeigeführte lockere Atmosphä-

re zerstören, die sie zum Sprechen brachte. »Sie haben sich sogar den Namen gemerkt.«
»Ich kann mir Namen recht gut merken. Im Gegensatz zu Telefonnummern.«
Baptiste nickte verständnisvoll. »Das braucht man heute im Zeitalter der Smartphones auch nicht mehr, würde ich sagen.« Er nahm einen Schluck von seinem Kaffee. »Hat Morel sich zu seinen Plänen geäußert?«
»Ich nehme an, dass er nach Paris zurückkehren wird.«
»Hat er darüber mit Madame Bonnier gesprochen?«
»Das weiß ich nicht.« Sie zögerte. »Aber es ist anzunehmen.«
Warum?, wollte Baptiste fragen, hielt sich aber zurück, da er allein schon daran, wie sie zögerlich mit dem Löffel den Rest des Parfaits auf ihrem Teller zerdrückte, erkannte, dass sie mehr wusste, sich aber noch nicht schlüssig zu sein schien, ob sie mit ihm darüber sprechen sollte. »Dieser Monsieur Henri, den Sie mir im Krankenhaus gezeigt haben«, nahm sie nach einer Weile das Gespräch wieder auf, »ist er mit Jean Morel bekannt?«
»Ja, sie kennen sich noch aus Universitätszeiten, sehen sich aber nur sporadisch.«
Sie legte den Löffel aus der Hand und schob den Teller beiseite. »Was sind das für Menschen, die jemanden so kaltblütig niederschießen? Sie halten mich vermutlich für naiv, aber ich kenne so etwas nur aus Filmen.«
Ihre Offenheit war charmant. »Das ist keineswegs naiv, Madame. Selbst für uns sind solche Verbrechen eher die Ausnahme. Insoweit kann ich Sie wenigstens ein bisschen beruhigen. Allerdings darf ich Ihnen über die Täter nichts sagen.«
»Sie erwähnten, dass es sich vermutlich um eine Verwechslung handelte.«

Er nickte.
»Mir macht der Gedanke Angst, wie leicht man selbst oder ein Familienmitglied unter Umständen Opfer einer solchen Tat werden könnte. Ich meine …« Sie suchte nach Worten. »… wir befinden uns hier mitten in Europa … ich bin immer davon ausgegangen …«
Er wusste, was sie sagen wollte, was sie bedrückte und verstörte. Und er wünschte, er könnte ihr mehr erzählen, um ihr die Angst zu nehmen.
»Jean Morel hat sich durch seine Arbeit und sein Engagement in den Krisengebieten dieser Welt nicht nur Freunde gemacht«, bemerkte er zurückhaltend.
Ihre Augen wurden schmal. »Ich war immer der Meinung, diese Menschen hätten in ihren Heimatländern genügend Probleme.«
»Sie wissen nicht, mit wem Morel sich angelegt hat. Es gibt dort Einzelne oder auch Gruppierungen, deren Arm durchaus bis nach Europa reicht.«
Sie schluckte nervös, als sie begriff, auf welchem Niveau sich der Fall bewegte. Baptiste witterte seine Chance. »Dieses Mädchen zum Beispiel, das die Bonniers auf sein Betreiben hin aufgenommen haben.« Er sprach völlig ins Blaue, aber ihr Gesichtsausdruck signalisierte ihm einen Volltreffer.
»Sie meinen Zahra«, entgegnete sie gepresst.
Er nickte, ohne sie aus den Augen zu lassen. »Ein bezauberndes Kind. Aber wir wissen beide, dass sie kein einfaches Flüchtlingsmädchen ist.«
Marions Finger schlossen sich um die Serviette neben ihrem Teller. »Halten Sie es für möglich, dass die Bonniers gefährdet sind?«
Baptiste zuckte mit den Schultern. »Ausgeschlossen ist das nicht.«

Er sah, wie die Muskeln in ihrem Gesicht vor Anspannung arbeiteten, und wartete, doch sie sagte nichts weiter. Schließlich griff er in die Brusttasche seines Jacketts und zog seine Visitenkarte heraus. »Ich will Sie nicht drängen, Madame. Überlegen Sie in Ruhe, ob sie bereit sind, mir mehr zu erzählen, damit ich Madame und Monsieur Bonnier unterstützen kann.« Er gab ihr seine Karte. »Unter dieser Nummer erreichen Sie mich rund um die Uhr.«
Ihre Finger berührten sich flüchtig, als sie die Karte entgegennahm.
»Ich bin nicht Ihr Gegner, Madame«, fügte er ruhig hinzu.
»Ja, ich weiß«, antwortete sie noch immer etwas atemlos, und er ahnte, dass ihr das Herz bis zum Hals schlug. Ihre Blicke trafen sich, und nicht das erste Mal wurde ihm bewusst, dass sie wirklich sehr schöne, dunkelbraune Augen hatte. Etwas berührend Verletzliches lag jetzt darin.
Er zwang seine Gedanken zurück, doch die unerwartete Leichtigkeit, die ihre Nähe bei jeder ihrer Begegnungen immer wieder in ihm auslöste, blieb.

29.

Jean starrte den Mann ihm gegenüber, der aussah wie ein Buchhalter, noch immer wie eine Erscheinung an. Sie saßen bei Starbucks. Die Filiale war überfüllt mit hauptsächlich jungen Leuten, die sich alle sehr laut miteinander unterhielten. Im Hintergrund dröhnte Musik.

Der Mann hatte sich ihm als René Leclerc vorgestellt. Jean ging davon aus, dass er diesen Namen bei ihrem Aufeinandertreffen spontan erfunden hatte, aber natürlich kommentierte er das nicht. Er hatte alle Mühe, Leclerc in seinen Ausführungen zu folgen, und er spürte, wie ihm deshalb der Schweiß ausbrach und in einem kleinen, kribbelnden Rinnsal unter seinen Achseln hinunterlief, wo es von seinem Hosenbund aufgefangen wurde. Es war ein unangenehmes Gefühl, aber bei weitem nicht so schlimm wie der kalte Blick, mit dem Leclerc ihn hinter seinen dicken Brillengläsern bedachte und der seine gesamte dickleibige Buchhalterfassade Lügen strafte.

In seiner Verzweiflung beugte sich Jean vor und an der XL-Tasse Milchkaffee mit Vanillearoma vorbei, die sich Leclerc am Tresen geholt hatte. »Können wir nicht vielleicht an einen anderen Ort gehen, wo es etwas ruhiger ist, ich kann Sie hier in dem Lärm kaum verstehen?«

Ein berechnendes Lächeln erschien auf dem Gesicht seines

Gegenübers. »Es geht hier um Ihr Leben, Monsieur Morel. Sie werden sich Mühe geben müssen, zu verstehen, was ich sage.«

Leclerc war die ganze Zeit über von ausgesuchter Höflichkeit, was Jeans Gefühl der Hilflosigkeit und des Ausgeliefertseins noch potenzierte, denn jeder Fluch, jeder Ausdruck der Ungeduld prallte an dieser glatten Fassade ab und wurde lediglich mit einem gleichgültigen Blick aus jenen eiskalten Augen quittiert.

Jean versuchte, sich zu konzentrieren. Die schrillen Lachsalven einer jungen Frau gleich hinter ihm drangen ihm bis ins Mark und schienen umso lauter zu werden, je mehr er versuchte, sie zu ignorieren. Am Nebentisch begann ein Kleinkind zu quengeln, und am Fenster debattierten lautstark zwei dunkelhäutige Männer.

»… etwas, das uns gehört«, hörte er Leclerc enden.

Jean ließ seinen Atem, von dem er noch nicht einmal wusste, dass er ihn angehalten hatte, langsam entweichen. »Haben Sie gesagt, ich hätte etwas, das Ihnen gehört?«

Leclerc nahm seine Brille ab und putzte sie. »In der Tat.«

»Was soll das sein?«, fragte Jean. »Ich verstehe nicht …«

»Wir haben uns mit Élaine Massoud unterhalten.«

Jean wurde trotz der Wärme in der Kaffeebar plötzlich eiskalt.

»Sie war nach ein wenig Überzeugungsarbeit durchaus kooperativ.«

Jean wurde übel. »Was haben Sie mit ihr gemacht?«, stieß er hervor.

»Das wollen Sie nicht wissen, Monsieur Morel.« Leclerc hielt seine geputzte Brille gegen das Licht und betrachtete kritisch die Gläser. »Glauben Sie mir, das wollen Sie nicht wissen.« Er setzte die Brille wieder auf und lächelte Jean teil-

nahmslos an. »Madame Massoud hat Ihnen etwas gegeben, und genau das hätten wir gern zurück.«
Jean schloss die Augen. »Ich habe es nicht.«
»Natürlich nicht«, entgegnete Leclerc ruhig. »Sie haben eine Woche Zeit, Monsieur Morel.«
»Und dann?«
»Sie haben Freunde im französischen Inlandsnachrichtendienst, die bislang schützend ihre Hand über Sie gehalten haben. Aber das wird nicht mehr lange gutgehen.«
Jean konnte Leclerc nicht folgen. »Wovon sprechen Sie?«
»Geben Sie sich nicht so naiv. Wer solche Kontakte besitzt wie Sie …« Was er weiter dazu zu sagen hatte, ging akustisch in der Ankunft einer Gruppe Schüler unter, die in diesem Augenblick die Kaffeebar betraten.
Leclerc stand auf, und bevor Jean sich versah, war der kleine, dickliche Mann in der Menge verschwunden.

Jean starrte auf Leclercs noch halbvolle Kaffeetasse. Was hatte der Mann gesagt? Er, Jean, hätte Freunde beim französischen Inlandsnachrichtendienst, die schützend die Hand über ihn hielten? Was hatte das zu bedeuten? Wie kam er überhaupt zu einer solchen Annahme?
Jean ließ sich in den niedrigen Sessel zurücksinken und versuchte, der Beklemmung Herr zu werden, die er seit dem Zusammentreffen mit Leclerc spürte. Himmel, sie hatten Élaine unter Druck gesetzt. Wer waren *sie* überhaupt? Und was mochte Élaine in ihrer Not preisgegeben haben? Hatte Yamir etwas von alledem erfahren? Er war in Damaskus, und bislang hatte Élaine ihm verheimlichen können, dass seine Tochter bereits in Frankreich war. Er durfte unter keinen Umständen herausfinden, was geschehen war, solange Élaine noch in Syrien war.

Es war Zahits Aufgabe gewesen, sich um einen falschen Pass für sie zu kümmern und die Ausreise zu arrangieren. Aber Zahit war tot. Und Jean auf der Flucht.

Sie haben eine Woche Zeit.

Er hatte keine Chance, an die Dokumente, die Leclerc von ihm haben wollte, heranzukommen. Sie lagen mehrfach verschlüsselt in einer Cloud, denn Élaine war klug und gerissen genug gewesen, ihm diese wertvollen Unterlagen nicht einfach zu überlassen. Sie waren ihr Faustpfand für die Sicherheit ihrer Tochter. Am Tag seiner Abreise hatte sie ihm mitgeteilt, dass in dem Moment, in dem Zahra in Frankreich bei den Bonniers in Sicherheit wäre, er Zugriff zu den brisanten Informationen hätte.

Himmel, wie hatte er sich nur darauf einlassen können!

Als sie von ihm die Bestätigung erhalten hatte, dass ihre Tochter an ihrem Bestimmungsort angekommen war, hatte sie ihm offenbart, dass Zahra den Code in sich trug – in ihrem Gedächtnis, verborgen in einem alten französischen Kinderlied, das Élaine ihr beigebracht hatte.

Der alleinige Gedanke daran jagte Jean einen erneuten Schauer über den Rücken. Was konnte er tun? Wie sollte er an die Information kommen, wenn Zahra sich weigerte zu sprechen?

Sie haben eine Woche Zeit.

Es musste einen anderen Weg geben. Er musste umgehend Kontakt mit Élaine aufnehmen, in Erfahrung bringen, wie es ihr ging. Alles zur Sprache bringen. Die Gefahr wuchs mit jeder vergeudeten Stunde, es blieb keine Zeit, um abzuwarten. In der Nähe des Bahnhofs gab es ein Internetcafé. Er warf einen Blick auf seine Uhr. In Aleppo war es lediglich eine Stunde später als in Paris. Es war derzeit nicht leicht, eine Verbindung in die Krisenregion zu bekommen. Im

Westen der Stadt gab es nur wenige Stunden am Tag Strom, aber er musste dennoch versuchen, sie per Mail zu erreichen, sie telefonisch zu erreichen, war noch hoffnungsloser.
Als er aufstand, fiel sein Blick in einen Spiegel, der an der gegenüberliegenden Wand hing. In seiner zerknitterten und schmutzigen Kleidung sah er fast aus wie ein Obdachloser. Dennoch behagte ihm der Gedanke nicht, in die Rue Guynemer zu Louise und Greg zu gehen. Nicht nach dem, was in den vergangenen Tagen vorgefallen war, und besonders nicht nach dem Gespräch mit Leclerc. Solange er nicht wusste, was der Hinweis auf seine vermeintlichen Freunde beim französischen Inlandsnachrichtendienst bedeutete, war es sicherer, einen Bogen um die Wohnung seiner Tante zu machen. Er dachte an Marion. Vielleicht war sie bereit, sich mit ihm an einem neutralen Ort zu treffen und ihm die nötigsten Sachen zu bringen, die er brauchte.

30.

Richard von Stolzen legte sein Buch zur Seite und blickte auf die Fotografie, die an der gegenüberliegenden Wand sein Zimmer zierte. Es war ein Landschaftsbild wie in beinahe jedem Krankenzimmer heutzutage, in diesem Fall eine Strandansicht der dänischen Insel Bornholm. Er konnte das so genau sagen, weil er den Ort kannte, den das Foto zeigte. Er war schon oft dort gewesen. Das letzte Mal vor vielleicht fünf Jahren.

Es gab Plätze auf der Welt, die veränderten sich kaum oder gar nicht, selbst über Jahrzehnte hinweg, und der weitläufige Strand von Dueodde an der Südküste der Insel war solch ein Platz. Die Landschaft dort war ihm so vertraut, dass er meinte, das harte Strandgras an seinen Waden und den feinkörnigen weißen Sand zwischen seinen Zehen zu spüren. Und nicht das erste Mal in der letzten Zeit löste eine Erinnerung unerwartete Wehmut in ihm aus. Er räusperte sich. Vielleicht war das so, wenn man alt wurde, dass man sich nach längst Vergangenem zurücksehnte, weil die Zukunft nichts Neues mehr bereithielt. Er wurde dieses Jahr zweiundachtzig, und es gab Tage, da spürte er sein Alter mehr, als ihm lieb war. Da war er müde und, ja, manchmal sogar des Lebens überdrüssig, auch wenn das niemand in seiner Familie glauben würde. Er war noch immer der, den sie aufsuch-

ten, wenn sie nicht weiterwussten, wenn sie Rat brauchten – oder Geld.
Marion war oft bei ihm gewesen in der letzten Zeit, bevor sie nach Paris aufgebrochen war. Sie war nicht sicher gewesen, ob sie den richtigen Weg gewählt hatte, und voller Angst, was ihr Handeln für den Rest ihrer Familie und nicht zuletzt für ihn bedeutete, denn sie waren nie lange voneinander getrennt gewesen. Seit Jahren trafen sie sich wenigstens einmal in der Woche, bisweilen sogar häufiger, wenn es auch manchmal nur kurze und ganz spontane Verabredungen waren. So umsorgt zu werden, war nicht selbstverständlich, das wusste er. Wenn er nur an sich gedacht hätte, hätte er ihr von ihrem Vorhaben abgeraten. Bleib hier, Kind, an meiner Seite, wie viel gemeinsame Zeit haben wir noch, bis ich gehe? Aber wie hätte er das tun können? Er hatte beobachtet, wie sich um ihren Mund herum scharfe Falten der Unzufriedenheit eingruben und wie sie immer schweigsamer geworden war. Und dann der Befreiungsschlag: ein Jahr im Dienst von *Ärzte ohne Grenzen.* Wie er sie darum beneidete! Wie er sich gewünscht hatte, noch einmal dreißig Jahre jünger zu sein und sie zu begleiten. Er hatte ihr seinen Segen gegeben, sich über den neuen Elan in ihrer Stimme gefreut bei den wenigen Malen, die sie aus Paris angerufen hatte. Er hatte sie auf einem guten Weg geglaubt, bis vorgestern der Anruf von Louise gekommen war.
Sie hat ein Bild von Claire, hatte Louise ihn informiert.
Er war wie vor den Kopf gestoßen gewesen.
Wir müssen etwas tun, du musst mit ihr reden, hatte sie ihn gedrängt. Du kennst deine Tochter, sie wird nicht lockerlassen, bis sie alles herausgefunden hat.
Aus Erfahrung wusste er, dass Louise zur Übertreibung neigte, vor allem in emotionalen Angelegenheiten. Erst als er

nachgefragt hatte, hatte sie ihm erzählt, dass Marion Claires Fotografie in einer Museumsausstellung entdeckt hatte und bislang nicht einmal wusste, wer die Frau war, die so viel Ähnlichkeit mit ihr zeigte.
Er hatte den Vorfall daraufhin kleingeredet. Aber losgelassen hatte es ihn nicht, und er war froh gewesen, genau jetzt diesen Krankenhaustermin zu haben, in dessen Verlauf er nicht zu erreichen war und so Zeit gewann, um die Situation zu überdenken.
Aber es gelang ihm nicht. Stattdessen hing er alten Erinnerungen nach. Ungefragt kochten sie hoch wie Blasen in einem gärenden Sud, und genauso ungesund waren sie. Längst vergessen Geglaubtes materialisierte sich. Er verlor sich in den vielen Stunden, die er allein auf seinem Zimmer zubrachte, und selbst in der Zeit, in der sie ihn zu den Routineuntersuchungen holten, lebte er mehr in diesen Erinnerungen als in der Realität.
Was, wenn …
Zwei Worte, die ihn damals vor fast fünfzig Jahren regelmäßig aus dem Schlaf hatten hochschrecken lassen, schweißgebadet war er in der Nacht und nervös am Tag gewesen, so nervös, dass er als Assistenzarzt Fehler gemacht hatte, bis sein Chef ihn zur Seite genommen und gefragt hatte, was denn um Himmels willen mit ihm, einem seiner besten Mitarbeiter, los sei.
Er hatte ihm die ganze Geschichte erzählt und sich damit in die Hände eines anderen begeben, der urteilen oder verurteilen sollte. Er selbst war nicht mehr in der Lage dazu gewesen.
Zu seiner Überraschung hatte er Verständnis erfahren. Die politischen Verhältnisse waren Mitte der sechziger Jahre auch andere gewesen als heutzutage. Zwei Jahrzehnte und

eine Entnazifizierung hatten nicht alles braune Gedankengut in der Gesellschaft ausgemerzt.
Fast fünfzig Jahre waren vergangen, und aus dem kleinen Baby, das aus so großen dunklen Augen in die Welt geblickt hatte, war seine Marion geworden. Eine selbstbestimmte, kluge Frau, die ihre Probleme mit Ruhe und Zurückhaltung löste, vor allem aber mit bewundernswerter Konsequenz. Würde er sie nun verlieren?
Seit er sie das erste Mal in seinen Armen gehalten hatte, war sie alles für ihn gewesen. Er hatte sein Leben danach ausgerichtet, dass es ihr gutging, dass sie alles bekam, was sie zum Glücklichsein brauchte. Sie hatten wunderbare Zeiten miteinander verlebt. Seine Finger schlossen sich fest um den Einband des Buches auf seinem Schoß, als ihm klarwurde, dass er den Ereignissen nicht einfach ihren Lauf lassen konnte. Er musste handeln.

31.

Als Marion in die Rue Guynemer zurückkehrte, schlug die Uhr von Saint-Sulpice gerade elf. Sie verabschiedete sich von Baptiste, der es sich nicht hatte nehmen lassen, sie bis vor die Tür zu begleiten, und während sie auf den Fahrstuhl wartete, zog sie seine Visitenkarte aus ihrer Manteltasche und betrachtete sie. Commendant Claude Baptiste, darunter die Adresse und Telefonnummer einer Dienststelle des Verteidigungsministeriums sowie eine Handynummer, unter der er rund um die Uhr zu erreichen war. Das hatte er zumindest behauptet.

Der Fahrstuhl kam, und die Türen öffneten sich. Marion stieg ein und drückte den Kopf für das dritte Stockwerk.

Sie warf noch einen letzten Blick auf die Karte, bevor sie sie wieder in ihre Manteltasche steckte. Sie dachte an den Mann im Krankenhaus, Eric Henri aus Orléans. Niedergeschossen, weil er für Jean gehalten worden war, und dem Tod nur durch das Geschick der Ärzte entkommen.

Jean Morel hat sich durch seine Arbeit und sein Engagement in den Krisengebieten dieser Welt nicht nur Freunde gemacht. Es gibt dort Einzelne oder auch Gruppierungen, deren Arm durchaus bis nach Europa reicht.

Baptiste hatte den Kontakt zu ihr gesucht, weil er Louise nicht erreichen konnte. Marion ahnte, dass er in dieser Direktheit, wie er sie ihr gegenüber gezeigt hatte, mit der alten Dame nicht gesprochen hätte. Ihr fragiler Gesundheitszustand war selbst für einen Außenstehenden unübersehbar. Aber die Bonniers mussten über die Gefahr informiert werden. Sie musste ein klärendes Gespräch mit Greg führen. Es konnte nicht sein, dass Louise in dieser Situation Geheimnisse vor ihm hatte. Sie und Greg hatten immer ein offenes Verhältnis miteinander gepflegt, es gab nichts, worüber sich die beiden nicht miteinander austauschten. In ihrer eigenen Ehe hatte Marion über Jahre daran gearbeitet, diesem Vorbild zu folgen, und dabei doch nie die Selbstverständlichkeit erreicht, mit der die Bonniers miteinander lebten. Dass Louise nun bestimmte Dinge verschwieg, weil sie, wie sie sagte, nicht die Kraft besaß, sich mit Greg darüber auseinanderzusetzen, schmerzte Marion mehr, als sie sich zunächst eingestanden hatte. Vielleicht half es, wenn sie als Außenstehende einen Anstoß gab.

Der Fahrstuhl kam mit einem Ruck zum Halten, und als die Türen sich öffneten, ging im Treppenhaus das Licht an. Gleich am nächsten Morgen würde sie eine Gelegenheit abpassen, mit Greg zu sprechen.

Die Wohnung war bereits dunkel. Marion war überrascht, denn normalerweise gingen Greg und Louise selten vor Mitternacht ins Bett, oft saßen sie bis elf noch beim Essen zusammen.

Leise zog sie ihre Schuhe aus und hängte ihren Mantel an die Garderobe. Der dicke Läufer im Flur schluckte ihre Schritte. Sie hatte die Hand schon auf der Klinke ihrer Tür, als sie ein Geräusch aus Zahras Zimmer hörte. Marion verharrte und lauschte. Weinte das kleine Mädchen?

Sie ging hinüber und legte ihr Ohr an die Holztür. Nach kurzem Zögern öffnete sie. Zahra war tatsächlich wach. Sie

saß in ihrem Bett, die Puppe, die Louise ihr gegeben hatte, fest an sich gedrückt, und in dem schwachen Licht, das durch das Fenster hereinfiel, konnte Marion glänzende Tränenspuren auf ihren Wangen erkennen.
»Zahra, Kleines, was ist denn?«, fragte sie besorgt und betrat das Zimmer. »Warum weinst du?« Sie schaltete die Nachttischlampe an und setzte sich auf den Rand des Bettes.
Zahra sah aus ihren großen verweinten Augen zu ihr auf. Eine Träne löste sich, rollte über die Wange des Mädchens und hinterließ einen dunklen Fleck auf der rosafarbenen Bettdecke.
Marion wartete. Zahra mochte es nicht, mit Umarmungen oder Liebkosungen überfallen zu werden. Wenn sie das Bedürfnis nach Nähe hatte, kam sie von selbst. So auch jetzt.
»Hast du schlecht geträumt?«, erkundigte Marion sich leise, als Zahra sich an sie schmiegte.
Sie spürte, wie Zahra an ihrer Brust den Kopf schüttelte.
»Hast du Sehnsucht nach deiner Mama?«
Zahras kleine Finger schlossen sich fester um die Puppe, die sie hielt.
Marion strich ihr behutsam das vom Schlaf feuchte Haar aus dem Gesicht. Das Mädchen beruhigte sich allmählich und saß so regungslos, dass Marion schon meinte, es wäre in ihrem Arm wieder eingeschlafen.
»Ich war ganz allein«, antwortete Zahra plötzlich mit leiser klarer Stimme in völlig akzentfreiem Französisch in die Stille.
Marion hielt den Atem an und versuchte, ihre Überraschung nicht zu zeigen. »Du warst ganz allein?«, entgegnete sie so normal wie möglich. »Aber Louise und Greg sind doch da.«

Zahra schüttelte den Kopf.
»Es ist niemand hier außer Isabell«, fügte das Mädchen hinzu und drückte die Puppe noch fester an sich. »Und Isabell hat Angst.«
»Und du«, fragte Marion sanft, »hast du auch Angst?«
Zahra nickte.
Marion nahm ein Papiertaschentuch vom Nachttisch und wischte ihr behutsam die Tränen aus dem Gesicht. »Jetzt braucht ihr beide keine Angst mehr zu haben«, sagte sie beruhigend. »Jetzt bin ich hier und passe auf euch auf.«
Sie konnte sich nicht vorstellen, dass Greg und Louise das Mädchen allein lassen würden. Und wo sollten sie sein, mitten in der Nacht? Vermutlich hatte Zahra nur schlecht geträumt.
»Isabell hat Durst«, drang Zahras Stimme in ihre Gedanken.
Marion dachte unwillkürlich daran, wie ihre eigene Tochter Laura nachts oft wach gewesen war und dann nicht wieder einschlafen konnte, bis Marion nach einiger Zeit ein probates Mittel gefunden hatte.
»Ich denke, wir sollten in die Küche gehen und für Isabell einen Kakao kochen«, schlug sie deshalb vor. »Und vielleicht magst du ja auch einen Schluck.«
Statt einer Antwort schlug Zahra ihre Decke zurück und löste sich aus Marions Umarmung. Hand in Hand verließen sie das Zimmer. Als sie an Greg und Louises Schlafzimmer vorbeikamen, zögerte Marion. Normalerweise respektierte sie die Privatsphäre ihrer Gastgeber, doch jetzt klopfte sie leise an die Tür. Als keine Reaktion kam, öffnete sie vorsichtig. Der Raum war tatsächlich leer, die Betten unberührt. Marion starrte ungläubig darauf. Was war passiert?

»Sie sind sicher nur einmal kurz vor die Tür gegangen«, bemerkte sie betont leichthin, da sie sich ihre Sorge gegenüber Zahra nicht anmerken lassen wollte. »Das sollte uns nicht davon abhalten, einen Kakao für Isabell zu kochen.«

In der Küche hob sie Zahra auf die Anrichte neben den Herd. »Schön hier sitzen bleiben. Du hast keine Hausschuhe an. Nicht dass du auch noch Bauchschmerzen bekommst.«

Marion nahm einen Topf aus dem Schrank und Milch aus dem Kühlschrank und reichte Zahra einen Schneebesen. »Du musst kräftig rühren, während ich die Milch einfülle und erhitze, damit nichts anbrennt.«

Zahra nickte und ließ den Schneebesen kratzend über den Topfboden fahren. Währenddessen nahm Marion Kakaopulver und Zucker aus dem Regal.

Zahra begann leise zu summen. Es war das Kinderlied, das sie auf dem Spielplatz gesungen hatte. Marion lauschte gespannt, als Zahras Summen in ein leises Singen überging. Vergeblich versuchte sie jedoch, die Worte zu verstehen: Das Mädchen sang in der arabischen Sprache seines Heimatlandes.

Wenig später saßen sie zusammen am Küchentisch und hatten beide einen Becher Kakao vor sich. Isabell saß auf dem Tisch. Zwischen ihren Puppenbeinen stand eine kleine Tasse, die Zahra nun behutsam aufnahm und Isabell an den roten Puppenmund hielt.

Als Marion laute schluckende Geräusche machte, fing Zahra an zu lachen, und der Kakao kleckerte auf den Tisch. Sie waren so mit sich und ihrem Spiel beschäftigt, dass keine von ihnen merkte, wie sich die Küchentür öffnete. Erst als Gregs massige Gestalt im Türrahmen auftauchte, sahen sie beide

erstaunt auf. Ein Blick in sein Gesicht genügte Marion. »Was ist passiert?«, fragte sie nur.
Unmerklich schüttelte er den Kopf. »Wir sprechen gleich«, erwiderte er müde. »Ich bin im Wohnzimmer.«

Obwohl es Marion drängte, zu erfahren, was geschehen war, ließ sie sich Zeit mit Zahra. Erst als sie merkte, dass dem kleinen Mädchen die Lider schwer wurden, brachte sie es zusammen mit seiner Puppe zurück ins Bett. »Du weißt, ich schlafe gleich gegenüber«, sagte sie, als sie Zahra zudeckte. »Wenn du möchtest, lasse ich unsere Türen auf. Dann höre ich dich, wenn du rufst.«
Zahra nickte gähnend. »Isabell hat jetzt keine Angst mehr«, flüsterte sie.
Sie war eingeschlafen, bevor Marion das Zimmer verlassen hatte.

Marion fand Greg im Wohnzimmer, wo es nach Cognac roch. Auf dem Abstelltisch neben seinem Sessel entdeckte Marion einen der großen Schwenker, die Greg bevorzugte, aber er war noch unberührt.
Er bemerkte ihren Blick. »Möchtest du auch einen?«
»Nein danke. Ich habe heute Abend schon genug Alkohol getrunken.«
»Louise hat mir erzählt, dass du mit Monsieur Baptiste essen warst.«
Marion nickte, sagte aber nichts weiter dazu. Was sie mit Greg besprechen wollte, musste warten. »Was ist mit Louise?«, fragte sie stattdessen angespannt.
»Louise hatte einen weiteren Schwächeanfall. Sie ist hier im Wohnzimmer zusammengebrochen, während sie der Familie des Innenministers einen Brief geschrieben hat.«

»Der Familie des Innenministers?«, fragte Marion überrascht.
Greg nickte betrübt. »Wir sind mit ihm und seiner Frau persönlich bekannt. Das Attentat auf ihn hat Louise sehr erschüttert.«
»Hast du sie ins Krankenhaus gebracht?«
»Ich habe den Notarzt gerufen. Sie war im ersten Moment nicht einmal mehr ansprechbar.«
Marion atmete tief durch. »Wie geht es ihr jetzt?«
»Sie hat geschlafen, als ich gegangen bin. Der Arzt hat ihr ein leichtes Beruhigungsmittel gegeben.« Er räusperte sich. »Was ist mit Zahra? Schläft sie wieder?«
»Mach dir keine Sorgen um die Kleine«, beruhigte Marion ihn. »Sie hat sich ein wenig geängstigt, weil sie allein war, aber jetzt ist alles wieder gut. Ich habe ihr versprochen, heute Nacht unsere Türen offen zu lassen, damit ich sie hören kann, wenn etwas ist.«
»Ich hatte gedacht, ich könnte sie kurz allein lassen.«
Marion legte eine Hand auf seinen Arm. Das Letzte, was Greg jetzt brauchte, waren Vorwürfe. »Kinder besitzen einen sechsten Sinn für außergewöhnliche Situationen«, sagte sie deshalb ruhig. »Mach dir keine Vorwürfe deswegen. Es ist nichts passiert, und es war gut und wichtig, dass du Louise ins Krankenhaus begleitet hast.«
Greg warf ihr einen dankbaren Blick zu.
»Ich kann mich in den kommenden Tagen um Zahra kümmern«, fügte Marion hinzu. »Ich gebe *Ärzte ohne Grenzen* Bescheid, dass sie mir alle nötigen Unterlagen zur weiteren Vorbereitung auf den Jordanien-Einsatz zukommen lassen. Dann habe ich mehr Zeit.« Noch während sie das sagte, musste sie sich eingestehen, dass es genau das war, was sie brauchen würde in dem Chaos, das um sie herum ausge-

brochen war. Zahras Gegenwart, so wurde ihr in diesem Moment klar, hatte eine wunderbar beruhigende Wirkung auf sie. Doch auch Greg verschwieg sie, dass das Mädchen mit ihr gesprochen hatte. »Du solltest dich ein wenig hinlegen, damit du morgen ausgeschlafen bist, wenn du Louise besuchst. Sie braucht dich jetzt ganz besonders.«
»Ich weiß nicht, ob ich schlafen kann«, gestand er. Er war, obwohl schon über achtzig, noch ein Bär von einem Mann, und seine Stimme dröhnte, selbst wenn er leise sprach, durch den ganzen Raum. Ihn so kleinlaut und erschöpft zu sehen, schmerzte sie umso mehr.
»Vielleicht nimmst du auch etwas zur Beruhigung«, schlug Marion vor. »Habt ihr etwas im Haus?«
»Ich weiß nicht.«
»Ich schau mal im Bad in dem Medikamentenschrank nach, ob ich etwas finde«, fiel Marion ihm ins Wort. »Bleib sitzen, ich bin gleich zurück.«
Sie wusste, dass Greg, wie die meisten Männer, Medikamente verabscheute. Louise hatte sich schon oft darüber beklagt, dass sie ihn ständig an seine Herztabletten erinnern musste. Aber auch Louise war kein Freund von Pharmazeutika, weshalb der Schrank im Bad auch nicht viel Auswahl bot. Marion erinnerte sich an ihre eigenen Schlaftabletten, holte die Packung aus ihrem Zimmer und überprüfte anhand des Beipackzettels, ob sie sich mit Gregs Herztabletten vertrugen. Dann füllte sie in der Küche ein Glas Wasser und brachte ihm eine der Tabletten. »Die nimmst du, wenn du im Bett liegst«, sagte sie. »Du wirst sehen, das hilft dir, heute Nacht zu schlafen.«
Greg warf einen misstrauischen Blick auf die Tablette.
»Vertrau mir«, bat Marion ihn und schloss seine Finger um die kleine ovale Pille.

»Aber nur, weil du Ärztin bist«, entgegnete er. Er hatte seinen Cognac nicht angerührt. Als sie eine halbe Stunde später in sein Zimmer schaute, hörte sie an seinen gleichmäßigen Atemzügen, dass das Medikament seine Wirkung tat.
Ihr selbst fiel das Einschlafen nicht so leicht. Sie lag noch lange wach, den Kopf voller Eindrücke, was an diesem langen Tag geschehen war. Und sie fühlte sich wie ein Stück Treibgut auf den Wellen, willenlos hin und her geworfen von den Ereignissen um sie herum. Sie hatte gehofft, Ruhe zu finden in Paris. Davon war sie im Moment sehr weit entfernt.

32.

Jean zog die Tür seines Zimmers in der kleinen unauffälligen Pension in der Nähe des Gare du Lyon zu. Der Flur war eng und schlecht beleuchtet, und es roch nach altem Linoleum und feuchten Wänden. Schlechter als in Marseille war es nicht, und niemand hatte hier einen Ausweis sehen wollen oder nach seinem Namen gefragt, als er das Zimmer bezogen hatte.

Er stieg die knarrende Holztreppe herunter, nickte dem alten Mann in dem kleinen Kabuff zu, das als Rezeption diente, und trat gleich darauf auf die Straße. Auf der anderen Straßenseite leuchtete die Neonreklame eines Monoprix-Supermarktes aufdringlich grün und weiß in die Nacht, im hellerleuchteten Ladeninneren unterhielten sich die beiden farbigen Kassiererinnen auf ihre Laufbänder gelehnt mangels Kundschaft. Auch die Straße lag mehr oder weniger verlassen da, nur ein Fahrradfahrer kreuzte seinen Weg. Es war deutlich kühler als in Marseille. Jean fröstelte und zog die Schultern hoch.

Das Internetcafé ein paar Querstraßen weiter war dagegen nach wie vor gut besucht. Schon vor der Tür stand eine Gruppe Jugendlicher, nicht gerade aus den besten Verhältnissen, wie Jean mit einem schnellen Blick feststellte, als er sich an ihnen vorbeidrängte. Er bezahlte, setzte sich an einen der

Computer, wählte sich ins Netz ein und rief ohne Umwege das Chatprogramm auf, das er und Élaine nutzten. Es war sein letzter Versuch für den heutigen Tag. Mehrmals war er seit seiner Rückkehr hier gewesen, bislang jedoch ohne Erfolg. Was, wenn er sie wieder nicht erreichen konnte? Allein der Gedanke verursachte ihm schon Magenschmerzen.
Voller Ungeduld wartete er. Als anfangs wieder nichts passierte, konnte er nicht einschätzen, ob lediglich der Computer so unerträglich langsam war oder tatsächlich keine Verbindung zustande kam. Élaine würde sich melden, wenn er sie anschrieb, sie verfügte über ein internetfähiges Telefon, das sie aus Sicherheitsgründen ständig bei sich trug und das so eingestellt war, dass sie sofort benachrichtigt wurde, wenn er sie über das Internet kontaktierte.
»Hallo«, gab er ein.
Nichts.
Er versuchte es erneut.
»Hallo.«
Angespannt starrte er auf den Bildschirm. Komm schon, Élaine!
Und dann war sie online.
Jean? Wo bist du?
»Paris«, tippte er hastig ein, die Standardantwort auf ihre Frage, die sie jedem Chat voranstellten, um sicherzugehen, dass der andere auch wirklich selbst am Computer saß.
Wie geht es Zahra?
»Es geht ihr gut, mach dir keine Sorgen. Wie geht es dir?«
Wie soll es mir schon gehen? Es gibt derzeit sicher bessere Orte als Aleppo.
Er erinnerte sich an Leclercs versteckte Drohung, dass Élaine nach ein wenig Überzeugungsarbeit durchaus kooperiert hatte.

Er musste ihre Stimme hören, um zu wissen, ob es ihr gutging.
»Können wir telefonieren?«, schrieb er deshalb.
Das Netz ist zu schwach. Es reicht nur für eine Datenübertragung.
»Élaine …«
Fass dich kurz, ich weiß nicht, wie lange wir noch Strom haben.
Seine Finger verharrten unschlüssig über der Tastatur. »Ich brauche von dir den Code für die Entschlüsselung der Datei mit den Dokumenten und Namenslisten«, schrieb er dann ohne Umschweife.
Zahra hat ihn.
»Zahra weigert sich zu sprechen.«
Er musste lange auf eine Antwort warten. So lange, dass Jean schon dachte, die Verbindung wäre zusammengebrochen.
Wo ist sie?, erschien dann aber zu seiner Erleichterung auf dem Monitor.
»Sie ist bei Louise. Es geht ihr gut. Aber sie spricht nicht, und du weißt, dass ich dringend den Code brauche.«
Sie waren also auch bei dir.
Jean spürte, wie ihm der Schweiß ausbrach. Leclerc hatte die Wahrheit erzählt.
Jetzt starb auch der letzte, irrwitzige Funken Hoffnung, dass alles, was ihm in den letzten Tagen zugestoßen war, nur eine Ausgeburt seiner Phantasie, ein Alptraum besonderer Güte war.
»Wer sind diese Leute?«
Ich weiß es nicht, Jean.
»Hat Yamir etwas damit zu tun?«
Es kam keine Antwort, und diesmal war die Verbindung tat-

sächlich unterbrochen. Doch nach einer Viertelstunde war Élaine zurück.
»Wo warst du?«
Ich habe soeben erfahren, dass Yamir in den nächsten Tagen nach Aleppo zurückkehren wird.
Jean starrte auf den Monitor. Diese Nachricht warf all ihre Pläne über den Haufen. »Ich dachte, er würde die nächsten Monate in Damaskus bleiben.«
Élaine ging nicht darauf ein. *Jean, ich muss hier raus. Wo bleiben der Pass und das Flugticket? Ich kann Zahit nicht erreichen.*
Jean schloss für einen Moment angespannt die Augen.
»Verdammt noch mal, Élaine, ich brauche das Passwort für die Dateien.«
Hol mich hier raus. Ich kann in zwei Tagen in Paris sein. Dann bekommst du das Passwort.
»Ich hole dich raus aus Aleppo«, lenkte er ein, obwohl er keine Ahnung hatte, wie er das bewerkstelligen sollte, jetzt, wo Zahit tot war. Aber war es nicht auch egal? Er hätte ihr alles versprochen, wenn sie ihm nur gab, was er brauchte. »Du musst mir das Passwort trotzdem nennen«, drängte er. »Was ist, wenn dir etwas passiert?«
Wieder musste er endlos lange auf ihre Antwort warten. Dann erschienen vier Buchstaben: *Nein.*
Jean starrte lange, sehr lange darauf.

»Bist du hier fertig?«
Erschreckt sah er auf. Zwei Mädchen, nicht älter als achtzehn, standen hinter ihm. Hatten sie etwas von dem gelesen, was auf dem Monitor stand? »Haut ab«, schnauzte er sie an. »Wenn ich fertig bin, werde ich schon aufstehen.« Er blickte sich um. Inzwischen waren alle Computerplätze besetzt.

Ohne die beiden Mädchen eines weiteren Blickes zu würdigen, räumte er kurz darauf seinen Platz.
Mittlerweile regnete es draußen, es war nur ein leichtes Nieseln, doch der Wind schien den feuchten Schleier in jede Pore zu drücken. Es dauerte nicht lang, und er war durch und durch nass.
Er dachte an sein Zimmer bei den Bonniers, dachte an Zahra, die in ihrem Bett lag und schlief, und Louise, die ihre Flügel über sie gebreitet hielt wie eine dominante, alte Glucke. Er hätte Zahra wieder mitnehmen sollen. Aber bei seiner Rückkehr aus Syrien war es ihm als die ideale Lösung erschienen, sie vorerst bei Louise zu lassen. Jetzt wusste er es besser. Er war seinem Instinkt gefolgt, der einen in der Not die familiären Bande suchen ließ, und letztlich waren sie alle eine Familie. Selbst Marion.
Der Gedanke an sie ließ ihn innehalten. Warum kam er immer wieder auf sie zurück? Sie war ängstlich und verklemmt, gefangen in ihrem bürokratischen deutschen Denken. Warum sollte ausgerechnet sie ihm eine Hilfe sein? Doch dann kam ihm eine Idee, die ihn das Ganze aus einer völlig neuen Perspektive betrachten ließ. Er blieb abrupt stehen, und für einen Moment vergaß er die Nässe und selbst die Kälte. Vielleicht gab es doch eine Möglichkeit. In der Nähe schlug eine Kirchturmuhr elfmal. Ein flüchtiges Lächeln huschte über seine Züge, als er seinen Weg schließlich fortsetzte.

33.

Nachdem Baptiste sich von Marion verabschiedet hatte, überprüfte er sein Mobiltelefon auf eingegangene Nachrichten und musste feststellen, dass Marcel Leroux mehrfach versucht hatte, ihn zu erreichen. Es war bereits halb zwölf, doch Baptiste zögerte nicht, zurückzurufen. Er wählte Leroux' Nummer und erreichte ihn noch in der Dienststelle des Inlandsnachrichtendienstes.

»Ich habe etwas für Sie, das Sie sich unbedingt sofort ansehen müssen«, informierte ihn sein jüngerer Kollege aufgeregt.

»Ich bin auf dem Weg in mein Hotel«, widersprach Baptiste nachdrücklich. »Ich kann mir nicht vorstellen, dass es so wichtig ist, dass es nicht die wenigen Stunden bis morgen früh warten kann.«

Leroux war offensichtlich anderer Meinung, denn als Baptiste die Lobby seines Hotels betrat, wartete er dort bereits auf ihn. Sein Gesicht war grau vor Müdigkeit, und Baptiste betrachtete ihn kopfschüttelnd. »Das ist nicht gesund, Leroux. Sie sind seit über vierundzwanzig Stunden im Dienst. Sie brauchen eine Pause.«

Leroux winkte lediglich mit der Aktenmappe, die er in der Hand hielt. »Können wir auf Ihr Zimmer gehen?«

»Ungern, aber wenn Sie meinen.«

Leroux steuerte zielstrebig auf den Fahrstuhl zu, aber Baptiste wies auf die Treppen. »Mein Zimmer befindet sich im zweiten Stock.«
»Wie war Ihr Besuch bei Louise Bonnier?«, wollte Leroux wissen, während er vergeblich versuchte, mit Baptiste Schritt zu halten.
»Nicht gut«, gestand Baptiste. »Die alte Dame ist völlig unzugänglich. Ich würde sie schon fast als starrsinnig bezeichnen.«
»Sie waren aber doch recht lange bei ihr?«
»Ich war mit der deutschen Ärztin, die bei den Bonniers wohnt, essen.«
»Marion Sanders«, bemerkte Leroux und warf ihm einen Seitenblick zu, den Baptiste nicht zu deuten wusste. »Gibt es nicht eine Vorschrift, die uns verbietet, Privates und Dienstliches zu verquicken?«, fragte er dann.
Baptiste lachte wider Willen auf. »Mein lieber Leroux, es war rein dienstlich und im Gegensatz zu dem Gespräch mit Madame Bonnier äußerst aufschlussreich: Möglicherweise ist Jean Morel bereits wieder in Paris. Er hat sich über einen gewissen Hugo Tournier, den wir morgen früh als Erstes überprüfen sollten, von seiner Tante tausendfünfhundert Euro schicken lassen.«
Leroux zog anerkennend eine Augenbraue hoch. »Wie haben Sie die Frau zum Reden gebracht?«
»Ich war mit ihr im Krankenhaus und habe ihr Eric Henri gezeigt.«
Leroux sah ihn fassungslos an.
»Wir benötigen eine Genehmigung, die Wohnung der Bonniers zu observieren und ihren Telefonanschluss abzuhören«, fuhr Baptiste ungerührt fort.
»Das ist unmöglich.«
»Warum?«

»Madame Bonnier ist mit dem Innenminister persönlich bekannt, das genehmigt uns keiner. Sie hat sich an höchster Stelle schon einmal über Sie erkundigt, was einer Beschwerde gleichkommt. Das wissen Sie.«
»Und wenn wir den Hinweis streuen, dass die Observierung hilfreich sein könnte für die Aufklärung des Attentats auf den Innenminister?«
»Ich fürchte, selbst mit einem solchen Hinweis rennen wir gegen eine Wand.«
»Dann machen wir es eben ohne offizielle Genehmigung«, sagte Baptiste.
Leroux sah ihn resigniert an. »Schauen Sie sich erst einmal an, was ich für Sie habe«, bat er. »Vielleicht halten Sie eine solche Maßnahme dann nicht mehr für nötig.«
»Was haben Sie denn so Spannendes, das unter keinen Umständen bis morgen warten kann?«
Leroux reichte ihm die Aktenmappe. »Die vorläufigen Ergebnisse der Observierung von Zahit Ayans Witwe Rana.«
»Und?«
»Ein Mitarbeiter des israelischen Geheimdienstes hat Kontakt mit ihr aufgenommen.«
Baptiste warf Leroux einen schnellen Blick zu und öffnete die Mappe, als ihnen im Hotelflur ein Pärchen entgegenkam, das offensichtlich aus der Hotelbar kam. Sie brachten einen Schwall von Alkoholgeruch und schwerem orientalischen Parfüm mit. Baptiste klappte die Mappe wieder zu, und die beiden Männer schwiegen, bis sie Baptistes Zimmer erreichten.
Dort angekommen, zog Baptiste die Karte durch das Lesegerät an der Tür und hielt dieselbe für Leroux auf. Beim Anblick der beiden Betten bekam Leroux einen sehnsüchtigen Gesichtsausdruck, sagte aber nichts.

»Warum fahren Sie nicht nach Hause?«, fragte Baptiste. »Wenn Sie glauben, in Ihrem Zustand noch vernünftig arbeiten zu können …«
»Mein Heimweg allein erstreckt sich auf etwa anderthalb Stunden, wenn ich nicht die Hälfte meines Gehalts in ein Taxi investieren möchte. Die öffentlichen Verkehrsmittel fahren um diese Uhrzeit nur noch nach einem ausgedünnten Fahrplan«, fiel ihm Leroux ins Wort. »Da kann ich auch hierbleiben und durcharbeiten.«
»Ich biete Ihnen Asyl an, wenn Sie wollen.« Baptiste wies auf das zweite Bett. »Legen Sie sich hin, und schlafen Sie.«
»Ist das Ihr Ernst?«
»Sonst hätte ich es Ihnen nicht angeboten.«
Ein erschöpftes Lächeln glitt über Leroux' Züge. »Danke.«
Baptiste ließ die Aktenmappe auf sein Bett fallen und zog sich die Schuhe aus. »Wenn Sie eine Zahnbürste brauchen, finden Sie im Bad noch eine zweite, unbenutzte.«
Es dauerte keine fünf Minuten, bis sich Leroux mit leisem Stöhnen unter der Decke ausstreckte. Keine zehn Sekunden später war er eingeschlafen.
Anschläge von nationaler Brisanz erforderten besonderen Einsatz von den Mitarbeitern eines Nachrichtendienstes, aber Baptiste konnte sich des Gefühls nicht erwehren, dass gerade die Jüngeren unter ihnen regelrecht ausgenutzt wurden. Leroux war ein fähiger und motivierter junger Mann. Es blieb nur zu hoffen, dass er dem Druck langfristig standhielt.
Baptiste setzte sich in den Sessel am Fußende seines Bettes und schlug die Aktenmappe auf. Sein Blick fiel auf die Fotografie eines Mannes, der ihm sehr vertraut war: Moshe Katzman. Wie lange hatten sie sich nicht gesehen? Mindestens zwei Jahre. Verflucht, so lange?

Die Aufnahme zeigte den drahtigen Israeli im Gespräch mit Rana Ayan in einem mit Touristen völlig überfüllten Bistro auf der Île de la Cité und Katzman lächelte direkt in die Kamera. Natürlich wusste Moshe, dass die Witwe Ayans observiert wurde. Er war ein Profi. Dass er sich trotzdem mit ihr zeigte, war nichts anderes als seine Art der Kontaktaufnahme. Diese Art von Humor wurde von vielen nicht immer verstanden, geschweige denn goutiert.
Baptiste überflog die übrigen Observierungsergebnisse, aus denen lediglich hervorging, dass Ayans Witwe nur Kontakt zu Personen der unverdächtigen kleinen syrischen Gemeinschaft pflegte, in der sie seit ihrer Ankunft in Paris lebte. Sie hatte nicht versucht, Jean Morel zu erreichen. Sie verfolgte keine anderen Absichten, als Frankreich möglichst bald zu verlassen. Die Leiche ihres Mannes war bereits in sein Heimatland überführt und dort bestattet worden. Für sich und ihre Kinder hatte Rana Flugtickets nach Beirut gebucht. Das nötige Geld dafür war ihr interessanterweise aus Haifa überwiesen worden. Einen Tag nach ihrem Treffen mit Moshe Katzman.

Das Interesse der Israelis gab dem Fall eine neue politische Dimension. Baptistes Befürchtung schien sich zu bewahrheiten, dass Jean Morel nicht einmal wusste, in welches Wespennest er gestochen und welches Ungeheuer er damit geweckt hatte. Nachdenklich betrachtete er erneut die Fotografie Katzmans, und er verstand die Nachricht, die sie implizierte. »Du weißt, wo du mich findest!«, sagte der Blick, den der Agent vom Mossad mit herausforderndem Lächeln in die Kamera warf, als ob er genau wusste, dass diese Fotografie früher oder später in Baptistes Händen landen würde.

34.

Marion wachte auf, als Zahra sich neben ihr unter der Decke bewegte. Das kleine Mädchen war in der Nacht in ihr Bett gekrochen, hatte sich in ihren Arm gekuschelt und war sofort wieder eingeschlafen. Während Marion den Duft seiner weichen Locken eingeatmet und das Gewicht des kleinen Körpers an ihrer Seite gespürt hatte, war eine neue Sorge in ihr gewachsen. Was würde aus Zahra werden, wenn sie nach Jordanien ging? Sie fühlte sich, als ob sie das Mädchen betrog, wenn sie jetzt sein Vertrauen erwiderte und es dann in einigen Tagen zurückließ. Wie sollte Zahra das verstehen?
Marion wusste nicht, was das Kind seit der Trennung von seiner Familie erlebt und was dazu geführt hatte, dass es nicht sprach und es noch immer nicht tat, es sei denn, sie waren unter sich. Was würde geschehen, wenn sie ihm einen neuen Schmerz zufügte?
Sie wusste nichts über Zahras Familie, nichts über die Trennung von ihren Eltern oder über ihre Zukunftsperspektiven. Würde sie ihre Sippe jemals wiedersehen? Marion hatte versucht, Distanz zu halten, sich emotional nicht hineinziehen zu lassen, doch das war kaum möglich gewesen, und inzwischen hatte Zahra selbst die Grenze überschritten und sie zu ihrer Vertrauten gewählt. Wie konnte sie sich da noch zurückziehen?

Neben der Sorge um Zahra wuchs auch ihre Enttäuschung, die sich vor allem gegen Louise richtete, und ihre Wut auf Jean. Warum schützte Louise ihren Neffen so bedingungslos, obwohl sie wusste oder zumindest ahnen musste, dass er sich außerhalb der Gesetze bewegte. Erpresste er sie?
Louise war ihr ein Leben lang Vorbild gewesen. Ihr irrationales Verhalten und stures Schweigen hatten Marion zunächst an der mentalen Gesundheit der alten Dame zweifeln lassen, bis ihr klargeworden war, dass Louises Starrsinn eine Folge der Überforderung sein musste, der sich diese fortwährend ausgesetzt sah. Das erste Mal in ihrem Leben forderte ihr Alter einen hohen Tribut, aber Louise hatte sich geweigert, die Zügel aus der Hand zu geben, bis es zu spät gewesen war. Vermutlich hätte Marion darüber hinwegsehen können, wenn nicht Zahra am Ende dieser unglücklichen Verkettungen als Leidtragende stünde.
Graues Licht zog ins Zimmer und kündigte die Dämmerung an. Marion tastete nach ihrem Telefon, um zu sehen, wie spät es war.
»*Maman,* …«, murmelte Zahra im Schlaf und klammerte sich an ihr fest.
Marion verharrte in ihrer Bewegung und ließ sich dann vorsichtig auf ihr Kissen zurücksinken. Zahras Augenlider zuckten. Das Mädchen träumte, und Marion hätte nur zu gerne erfahren, was es war. Ihr war durchaus bewusst, dass sie mehr Zuneigung für Zahra empfand, als gut für sie beide war. Und sie ging hart mit sich selbst ins Gericht deswegen. Klammerte sie sich an das Mädchen, weil mit ihr wieder ein Wesen in ihrem Leben aufgetaucht war, das sie brauchte, in einer Phase, in der alle anderen, die sie liebte, begonnen hatten, eigene Wege zu gehen? Wuchs ihre Sorge vielleicht nur aus der Selbstsucht, die Einsamkeit zu kompensieren, die sie

seit einiger Zeit schmerzlich verspürte? Zahra nahm sie gefangen, wenn sie zusammen waren, sogar das Rätsel um die Fotografie aus dem Museum trat in solchen Momenten in den Hintergrund.
Draußen gingen die Straßenlaternen aus, und dicht vor ihrem Fenster begann ein Vogel, so laut zu singen, dass es durch die geschlossenen Scheiben zu hören war.
Was würde dieser Tag bringen? Marion konnte sich nicht erinnern, jemals in ihrem Leben dem Beginn eines neuen Tages mit solchem Misstrauen begegnet zu sein wie an diesem Morgen. Und die Vorstellung, in die Bretagne zu fahren, kam ihr mit einem Mal gar nicht mehr so absurd vor. Warum hatte sie sich so vehement dagegen gewehrt? Sie hatte Louise nicht einmal gefragt, wo sich das Haus genau befand.
Sie erinnerte sich an ihren bislang einzigen Aufenthalt. Das Wetter war nicht einladend gewesen in jenem Herbst. Sturm hatte in der Luft gelegen, und der Atlantik war gegen die Felsen gebrandet mit einer Gewalt, die sie erschreckt hatte. Ihr Vater hatte diesen Urlaub damals nur kopfschüttelnd kommentiert. Sie und Paul hatten für eine Woche eines jener alten, aus grauem Stein gebauten Häuser gemietet und waren mit den Mädchen auf den Spuren von König Artus gewandelt, hatten Burgen besichtigt, Feenwälder durchwandert und tapfer dem Wetter getrotzt und sich danach mit langen Abenden vor flackerndem Kaminfeuer belohnt. Es war eine unbeschwerte Zeit gewesen, frei von Sorgen und Gedanken um die Zukunft. Rückblickend erschien ihr das Leben, das sie damals geführt hatten, so wunderbar leicht und unkompliziert, auch wenn sie wusste, dass es nicht so gewesen war. Sie hatten sich zu jener Zeit in Nichtigkeiten des Alltags verloren und sie größer gemacht, als sie tatsächlich waren, so wie Menschen es taten, wenn sie frei von existenziellen Sor-

gen waren. Vielleicht wäre sie heute nicht hier in Paris, wenn sie damals in der Lage gewesen wären, weniger kleinlich miteinander zu sein.
Sie dachte an ihren Vater, an ihren Wunsch, nach Hamburg zu fliegen, um mit ihm zu sprechen. Was erwartete sie, wenn sie ihn unvorbereitet überfiel mit ihrem Wissen? Wäre es nicht fairer, ihm zu schreiben und ihm damit ebenso Zeit zu geben wie sich selbst? Eine direkte Konfrontation war nicht immer der beste Weg. Nicht in einem so schwerwiegenden Fall, zumal ein Brief auch ihr die Möglichkeit gab, ihre Gedanken in Ruhe zu formulieren, ohne sich von den spontanen Emotionen leiten zu lassen, die eine unmittelbare Begegnung zweifellos auslösen würde.
Nach dem Frühstück setzte sie ihr Vorhaben in die Tat um, während Zahra neben ihr an dem kleinen Schreibtisch aus buntem Papier Sterne und Blumen ausschnitt. Dreimal machte sie einen Anlauf, bevor sie die richtigen Worte und den treffenden Ton fand. Sie sah ihren Vater vor sich, wie er mit gerunzelter Stirn ihre Zeilen las, wie er dabei aufschaute und sein Blick in die Ferne ging, wie sie es schon so oft bei ihm beobachtet hatte, wenn ihn etwas bewegte. Vielleicht wählte sie ihre Sätze deshalb mit mehr Bedacht, als sie es sonst getan hätte, und verzichtete auf Vorwürfe, auch wenn sie berechtigt gewesen wären.

Als sie an diesem sonnigen Vormittag auf die Straße hinaustraten, um den Brief zur Post zu bringen, hüpfte Zahra an ihrer Hand wie ein ungebändigtes Füllen. Das kleine Mädchen liebte Spaziergänge in der Stadt, vor allem wenn sich dabei die Gelegenheit bot, die Auslagen in den Schaufenstern zu betrachten. Sie waren noch nicht weit gekommen, als Marion plötzlich das Gefühl hatte, dass ihnen jemand folgte.

Abrupt blieb sie stehen und wandte sich um. Zwanzig Meter hinter ihnen entdeckte sie einen Mann auf dem sonst verlassenen Gehweg.
»Jean!«, entfuhr es ihr, als sie ihn erkannte.
Er sah nicht gut aus. Ein kurzer, ungepflegter Bart bedeckte die untere Hälfte seines Gesichts, und seine Kleidung wirkte abgerissen, als hätte er unfreiwillig im Freien übernachtet. Sie starrte ihn schockiert an und schämte sich gleichzeitig dafür.
»Hallo, Marion«, begrüßte er sie, und in seiner Stimme lag eine Erschöpfung, die seine desolate Erscheinung unterstrich. Sie erinnerte sich an Louises Worte, dass er überfallen und ausgeraubt worden war. Doch was war ihm wirklich zugestoßen?
Er blickte zu Zahra. »Hallo, Zahra. Wie geht es dir?«
Das Mädchen antwortete nicht. Natürlich nicht. Sie sah nur aus ihren großen, dunklen Augen zu ihm auf, versteckte sich hinter Marion und hielt ihr Bein dabei fest umklammert.
Die Situation missfiel Marion, und sie blickte sich hilfesuchend um. Die Rue de Fleurus lag in beide Richtungen verlassen da. Was wollte Jean von ihnen? Ihre Begegnung war sicher nicht zufällig. Sie dachte an Baptistes Mahnung. *Sie wissen nicht, mit wem Morel sich angelegt hat. Es gibt dort Einzelne oder auch Gruppierungen, deren Arm durchaus bis nach Europa reicht.* Sie sah Eric Henri in seinem Krankenhausbett vor sich, und das Entsetzen, das sie bei seinem Anblick verspürt hatte, flackerte erneut auf. Sie wollte mit alledem nichts zu tun haben! Dennoch widerstand sie dem wachsenden Drang, Zahra auf den Arm zu nehmen und davonzulaufen, sie zwang sich zur Ruhe. Auf keinen Fall sollte Jean ihre Angst spüren.
»Jean, das ist wirklich eine Überraschung!« Sie bemühte sich

um Neutralität in ihrer Stimme. »Du bist sicher auf dem Weg nach Hause, dann sehen wir uns dort gleich.«
»Ich kann nicht nach Hause«, fiel er ihr ins Wort.
»Ich verstehe nicht«, entgegnete sie, obwohl sie sehr wohl begriff, worauf er hinauswollte. »Du kannst nicht nach Hause?«
»Ich würde es dir gern erklären, aber …« Er sah sich um. »Hat Louise mit dir gesprochen?«
Sie schüttelte den Kopf. Zahra hatte endlich ihr Bein losgelassen, zerrte nun aber an ihrer Hand, fort von Jean. Marion wich einen Schritt zurück, und Jean griff mit einer verzweifelten Geste nach ihrem Arm. »Marion, bitte, warte! Ich kann Louise nicht erreichen.«
»Louise ist im Krankenhaus.« Marion blickte auf seine Hand, die ihren Unterarm umschloss. Zwei seiner Fingernägel waren eingerissen, und er hatte schwarze Ränder darunter.
Seine Augen weiteten sich bei ihren Worten. »Im Krankenhaus? Es ist doch nicht …«
»Sie ist zusammengebrochen aus lauter Erschöpfung.«
»Mein Gott!«
Sie wollte seine Hand abschütteln, aber er hielt sie fest. »Ich brauche deine Hilfe.« Und bevor sie antworten konnte, fuhr er fort: »Ich benötige ein paar Kleider und meinen Reisepass.«
Auf der Straße näherte sich ein Fahrzeug. Marion überlegte, es zu stoppen. Jean schien ihre Absicht zu erahnen und sah sie flehentlich an. »Bitte, Marion, ich stecke in großen Schwierigkeiten.«
Sie rang um ihre Beherrschung. In ihrer Manteltasche tastete sie nach der Visitenkarte von Baptiste. »Lass mich los«, forderte sie. »Dann können wir reden.«

Seine Finger glitten von ihrem Arm, und sie erinnerte sich an ihre nächtliche Begegnung in Louises Küche und mit welchem Selbstbewusstsein er aufgetreten war und ihr den Schneid abgekauft hatte mit seiner Aura aus Erfahrung und Weltgewandtheit. Nichts davon war geblieben.

35.

»Yamir Massoud«, Moshe Katzman warf Baptiste über den kleinen Bistrotisch hinweg einen scharfen Blick zu, »was sagt dir der Name?«
Baptiste spürte, wie sich sein Magen zusammenzog. Unter dem Tisch, außerhalb von Katzmans Wahrnehmungsbereich, schloss seine Hand sich unwillkürlich zu einer Faust.
Er hörte den Donner einer Explosion, Staub, Schreie … spürte erneut den Schmerz, als sich Splitter in seinen Körper bohrten, und sah das Blut, das seine Hose dunkel färbte. Und dann umringten ihn Männer, die ihn hochhoben und davontrugen, beängstigend ruhig und zielorientiert.
Er hatte sich nicht wehren können. Neunzig lange Tage nicht. Nur sein Hass hatte ihn in jener Zeit am Leben erhalten. Nur sein Hass hatte verhindert, dass sie ihn zu einem sabbernden, bettnässenden Idioten gemacht hatten. Sein Hass auf Massoud. Und sein Wille, diesen Mann zu treffen und zu töten. Er hatte diesen Hass genährt, hatte von ihm gelebt und ihn auch nach seiner Befreiung durch eine Spezialeinheit des französischen Militärs nicht wieder ablegen können. Bis heute nicht.
Yamir Massoud.
Wie hieß es so treffend? Man begegnet sich immer zweimal. Dabei waren er und Massoud sich nie wirklich begegnet,

auch damals nicht nach der Explosion der Autobombe in Beirut, die nur gezündet worden war, um seiner habhaft zu werden und ihn aus dem Verkehr zu räumen. Massoud war wie ein Phantom. Unerreichbar. Unangreifbar. Mit eisernem Willen kämpfte Baptiste seine Erinnerungen nieder, zwang sich zurück in die Gegenwart und in diese Seitenstraße unterhalb von Sacré Cœur, wo Sonnenflecken über Bistrotische tanzten und Moshe Katzman ihm gegenübersaß und ihn noch immer aufmerksam beobachtete.
Yamir Massoud.
Es gelang ihm, seine Emotionen zu verbergen und Katzmans Blick, ohne mit der Wimper zu zucken, zu erwidern, ja, ihm sogar ein spöttisches Lächeln zu schenken. »Was sollte mir dieser Name deiner Meinung nach sagen?«, fragte er, und an der Reaktion des Israelis erkannte er, dass nicht einmal seine Stimme ihn verriet.
Katzman verdrehte die Augen. »Wirklich, Claude? Willst du mir weismachen, dass ihr Franzosen Massouds Unternehmungen nicht ebenso scharf beobachtet wie wir?«
Baptiste zuckte mit den Schultern. »Wir beobachten sehr viele Menschen sehr aufmerksam«, entgegnete er verhalten, während es in seinem Inneren noch immer brodelte. Neunzig Tage hatten ihm Massouds Schergen immer wieder nur eine Frage gestellt: *Von wem hast du deine Informationen erhalten?* Und obwohl sie sich nicht einmal gegenübergestanden, nicht einmal in die Augen gesehen hatten, hatte er Yamir Massouds Angst gespürt vor den Beweisen, die er gesammelt hatte, hieb- und stichfeste Beweise, die einwandfrei belegten, dass dieser mächtige Mann der Wirtschaft militante religiöse Fanatiker förderte und unterstützte. Es war auch für Baptiste schwer nachzuvollziehen gewesen, dass Massoud, der in den Vereinigten Staaten gelebt und studiert hat-

te, solch archaischen Mustern folgte. Warum finanzierte ein Mann wie er ein Ausbildungslager für muslimische Gotteskrieger? Baptiste hatte versucht, die Hintergründe zu verstehen, nach einem wirtschaftlichen Grund geforscht, nach geopolitischen Interessen, und letztlich akzeptieren müssen, dass Yamir Massouds Handeln einzig und allein von einem ideologisch geprägten Machtanspruch getrieben war, und zudem so klug eingefädelt und getarnt, dass nach Baptistes Rückkehr aus seiner Gefangenschaft niemand geglaubt hatte, dass Massoud der Drahtzieher hinter seiner Entführung gewesen war. Niemand hatte es glauben wollen. Stattdessen war Baptiste in das Kreuzfeuer seiner eigenen Behörde geraten, waren seine Aussagen in Zweifel gezogen worden, so weit, dass seine Vorgesetzten befürchtet hatten, er wäre umgedreht worden.

Würde er jetzt endlich Gelegenheit erhalten zur vielzitierten zweiten Begegnung, zur Rache, die man am besten kalt genießt?

»Worauf willst du hinaus?«, fragte er Katzman.

Der Israeli nahm einen Schluck von seinem Kaffee. Er war ein sehniger Mann mit der Figur eines Marathonläufers, einem scharf gezeichneten, schmalen Gesicht und dunklen, wachen Augen. Seinen Bewegungen lag eine gewisse Nervosität zugrunde, von der man nie sagen konnte, ob sie gespielt oder echt war. Auch jetzt klopfte sein Daumen in schnellem Stakkato gegen den Griff seiner Tasse, die er noch umklammert hielt, obwohl er sie längst wieder abgestellt hatte. »Wir ermitteln von zwei Seiten an derselben Sache, Claude.«

Baptiste ließ Katzmans Worte langsam sacken. Und mit einem Mal hatte er wieder das Bild des Sterns vor seinem inneren Auge, jenes sechseckigen Sterns, in dessen Mittelpunkt ein kleines Mädchen mit großen Mandelaugen stand: Zahra. Fünf Zacken des Sterns hatte er benennen können: den Tod von Zahit Ayan, den Überfall auf Eric Henri, das Attentat auf den Innenminister, Jean Morel und die Bonniers, all das hing zusammen, all diese einzelnen Personen und Ereignisse waren über das Mädchen miteinander verbunden. Sollte der sechste und bislang unbekannte Zacken von Yamir Massoud besetzt sein? Und wenn ja, in welchem Verhältnis stand er zu Zahra?

»Warum hast du dich mit Rana Ayan getroffen?«, fragte er Katzman. »Und warum habt ihr für die Frau und ihre Kinder die Ausreise nach Beirut organisiert und bezahlt?«

Katzmans Daumen hielt inne.

Baptiste sah ihn abwartend an.

Der Israeli lehnte sich zurück. Dabei ließ er Baptiste nicht eine Sekunde aus den Augen. »Nun gut«, sagte er schließlich. »Zahit Ayan hat für uns als Informant gearbeitet. Wir waren es seiner Frau schuldig.«

Baptiste nickte. Ayan hatte in so vielen Bereichen Geschäfte gemacht, warum nicht auch mit dem Mossad? Es passte alles ins Bild. »Zahit Ayan hat also für euch gearbeitet«, entgegnete er, während seine Gedanken weiter bei Massoud waren.

»Keine Überraschung für dich«, stellte Katzman fest.

»Nein, Ayan war nicht zimperlich. Aber wo kommt Yamir Massoud ins Spiel?«

Katzman griff erneut nach seiner Tasse und leerte sie in einem Zug. »Wir alle, auch Massoud, sind hinter einem Mann namens Jean Morel her.«

Baptiste nickte. »Das erscheint mir der logische Schluss.«

Katzman konnte seine Enttäuschung nicht ganz verbergen, als er feststellen musste, dass Baptiste genau diese Antwort antizipiert hatte. »In Ordnung, Claude, eins zu null für dich«,

bemerkte er. »Aber du weißt nicht, was dieser Morel besitzt, was ihn so äußerst wertvoll macht für uns alle.«
»Für uns *alle?*«
»In der Tat«, bestätigte Katzman. »Morel ist im Besitz von Informationen, die das Potential besitzen, unsere beiden Regierungen zum Rücktritt zu zwingen und Massoud wirtschaftlich zu isolieren, wenn sie an die Öffentlichkeit geraten.«
Baptiste parierte den herausfordernden Blick des Israelis. »Das ist mir zu vage, Moshe.«
Katzman seufzte. »Er ist im Besitz von Dokumenten und Namenslisten, mit denen sich nachweisen lässt, dass in unseren Ländern illegale Gelder geflossen sind, dass Politiker bestochen und bedroht und Gesetzgebungsverfahren beeinflusst wurden.«
»Das Attentat auf den Innenminister?«
Katzman nickte. »Auch das. Unser Problem ist, wenn wir Massoud stürzen, stürzen unsere Regierungen mit. Deshalb müssen wir unsere Kräfte bündeln und zusammenarbeiten.«
»Darüber kann ich nicht allein entscheiden.«
»Sicher?«
»Nein.«
Sie sahen sich einen Moment schweigend an. Baptiste hegte nicht viel Sympathie für Jean Morel, aber er wünschte ihm weder, in die Fänge von Yamir Massoud zu geraten, noch in die des Mossad.
»Woher hat Morel die Informationen?«
»Das konnten wir noch nicht herausfinden.«
»Und wie habt ihr erfahren, dass er sie hat?«
Katzman sah ihn vielsagend an.
»Ayan also«, schlussfolgerte Baptiste. »Sag mir, Moshe, wer hat Zahit Ayan getötet?«

»Massouds Leute, nachdem sie erfahren haben, dass er für uns arbeitet«, gab Katzman diesmal ohne Zögern preis.

Baptiste presste die Lippen aufeinander. Er hatte den Syrer unterschätzt. Vielleicht wären ihre Ermittlungen anders verlaufen, wenn sie Ayan stärker unter Druck gesetzt hätten bei ihrer letzten Begegnung. Vielleicht.

36.

Marion blickte auf den Schlüssel in ihrer Hand und dann auf die Tür, vor der sie stand. Jeans Zimmer. Seit ihrer Ankunft hatte sie nur einmal einen flüchtigen Blick hineingeworfen, ausgerechnet an dem Tag nach Jeans Verschwinden, an dem Louise seine Jacke aus der Garderobe genommen und in seinen Schrank gehängt hatte. Louise hatte die Tür hastig und mit solcher Vehemenz hinter sich zugezogen, dass Marion sich wie ein Eindringling gefühlt hatte. Sie hatte nicht mehr gesehen als ein großes Bett mit einem bunten, gemusterten Überwurf, der sie an einen orientalischen Teppich erinnert hatte. Genau dieser Bettüberwurf fiel ihr jetzt als Erstes auf, als sie die Tür aufschloss und sein Zimmer betrat. Sie ging auf das Bett zu, das prominent in der Mitte stand, und ließ ihre Finger über das grobe Material des antiken Kelims gleiten, dessen Farben noch immer eine faszinierende Leuchtkraft besaßen. Zusammen mit einzeln ausgesuchten Einrichtungsgegenständen verlieh er dem Raum einen unaufdringlichen orientalischen Hauch, der Marion ungewollt in seinen Bann zog.
Sie trat an den ausladenden Schreibtisch, der an der Wand stand. Jean hatte ihr genau gesagt, wo sie zwischen den Stapeln von Büchern und alten Zeitschriften, Notizzetteln und Briefen seinen Reisepass finden würde, doch ihr Blick blieb

zunächst an den gerahmten Fotografien an der Wand hängen. Die meisten zeigten Jean vor unterschiedlichster Kulisse: vor dem Panorama einer Sandwüste, angelehnt an einen staubigen Geländewagen, oder inmitten einer Gruppe dunkelhäutiger Kinder vor tropischem Grün, auf einem Diner-Empfang im Smoking oder mit Helm auf dem Sitz des Kopiloten in einem Hubschrauber. Es waren Szenen aus seinem Leben und seiner Arbeit, und sie konnte nicht umhin, sie neugierig zu betrachten, auch wenn seine Selbstdarstellung sie abstieß. Sie hatte während des Besuchs von Baptiste viel über Jeans Kindheit und Jugend erfahren, aber was für ein Mann war er heute?

Sie betrachtete die Bücher auf seinem Schreibtisch: französische Titel, darunter aktuelle Literatur sowie Klassiker und philosophische Bände von Camus, Cocteau und Sartre. Als sie das oberste Buch aufschlug, fiel eine Fotografie heraus und segelte zu Boden. Marion bückte sich, um sie aufzuheben, doch beim Anblick der darauf abgebildeten Frau erstarrte sie unwillkürlich. Wie in Trance zog sie den Schreibtischstuhl zurück und setzte sich. Sie hörte nicht, dass Zahra das Zimmer betrat, erst als das Mädchen ihr das Bild aus der Hand nahm und leise *»Maman«* sagte, kam Marion wieder zu sich.

Sie sah Zahra ungläubig an. »Das ist deine *Maman?*«

Zahra nickte, ohne den Blick von dem Schnappschuss zu nehmen. Die Frau auf dem Bild lehnte in einem leichten Sommerkleid an einem Geländer, hinter dem sich eine weite gebirgige Landschaft erstreckte. Der Wind blies ihr die dunklen Locken aus der Stirn. Über ihre Schulter hinweg blickte sie den Fotografen an und lachte. Und mit diesem Lachen und ihrer ganzen Haltung war sie eine um zehn Jahre jüngere Ausgabe von Marion und ein weiteres Abbild der

Frau von der Fotografie aus dem Museum. Marion rang verzweifelt nach Atem. Was ging hier vor?
Sie betrachtete Zahras gebeugten Kopf über der Fotografie, die dunklen Haare des Mädchens und die olivfarbene Haut ihrer kleinen Hände, mit denen sie das Bild umklammerte. Zahra war syrischer Abstammung, die Frau auf dem Foto aber war Europäerin oder Amerikanerin. Wie passte das zusammen?
Als Zahra aufsah, bemerkte Marion die Tränen in den dunklen Augen des Mädchens. Zahras Unterlippe zitterte.
Marion schluckte. Sie zog das Mädchen auf ihren Schoß und legte schützend ihre Arme um es. »Willst du mir von *Maman* erzählen?«, fragte sie sanft.
Zahra schüttelte den Kopf. Die Fotografie ihrer Mutter hielt sie so fest in ihrer Hand, dass das Papier unter dem Druck zerknitterte, und ihr kleiner Körper bebte unter ihren Schluchzern.
Marion suchte nach tröstenden Worten, aber was sollte sie dem Kind sagen? Was hatte Zahras Mutter dazu veranlasst, ihre Tochter wegzugeben? Marion wusste ja nicht einmal, ob die Frau noch lebte.
Behutsam löste sie Zahras verkrampfte Finger und legte das Bild zurück auf den Schreibtisch. Dabei fiel ihr Blick auf den Reisepass, von dem Jean gesprochen hatte. Er lag halb verborgen unter einem Stapel ungeöffneter Post. Marion zog ihn heraus. Es war einer der neuen, biometrischen Pässe. Und während sie die Eintragungen und Jeans Foto betrachtete, fragte sie sich, warum er ein Foto von Zahras Mutter besaß. Das Buch, aus dem es gefallen war, hatte ganz oben auf dem Stapel gelegen. Hatte er es auf seiner letzten Reise gelesen? Hatte Zahras Mutter es ihm mitgegeben? Was verband ihn mit dieser Frau?

Sie spürte, wie Zahras Schluchzen verebbte und der Kopf des kleinen Mädchens schwer wurde an ihrer Brust. Die Aufregung und die viel zu kurze Nacht, in der Zahra allein gewesen war, machten sich jetzt bemerkbar. Vorsichtig stand Marion auf und legte das Kind auf das Bett. Zahra entwich ein Seufzer, und Marion deckte sie mit einer Wolldecke zu, die sie neben dem Bett auf einem Stuhl fand.
Dann kehrte sie zum Schreibtisch zurück. Reisepass und Fotografie lagen nebeneinander wie ein Sinnbild dafür, dass es nur einen Weg gab, das Rätsel zu lösen: Sie musste mit Jean sprechen.
Sie hatte ihn nicht wieder treffen wollen, deswegen hatten sie vereinbart, dass sie die Tasche mit seiner Kleidung und dem Ausweis in der Boulangerie in der Rue Vavin abgeben würde. Anscheinend kannte er die Besitzer. Wie konnte sie ihn jetzt erreichen? Sie versuchte, sich zu erinnern, wie die Frau des Bäckers hieß. War es Véronique? Vor ihrem inneren Auge tauchte die Gestalt einer zierlichen Französin mit streichholzkurzem, dunklem Haar auf. Vielleicht hatte Jean mit ihr einen Zeitpunkt vereinbart, wann er seine Sachen abholen würde? Leise, um Zahra nicht zu wecken, öffnete Marion seinen Kleiderschrank. Außer seiner Lederjacke und einem grauen Anzug hing dort nur ein alter, abgetragener Wintermantel. Darunter standen zwei Paar Schuhe. In den Fächern fand sie einige wenige Hemden, ein paar T-Shirts und Pullover, Unterwäsche und zwei Jeans. Oben auf dem Schrank lag, wie Jean gesagt hatte, eine dunkle Reisetasche. Sie nahm die Hosen aus dem Schrank, Unterwäsche, Hemden und zwei der Pullover, ein Paar Schuhe und die Jacke, in deren Innentasche sie, wie verabredet, den Ausweis steckte. Als sie fertig war, warf sie einen Blick auf ihre Uhr. Es war inzwischen fast Mittag. Zahra schlief noch immer. Sie könn-

te sie wecken, aber sie wollte sie nicht mitnehmen zu einem erneuten Treffen mit Jean. Außerdem hatte Greg angekündigt, um diese Zeit aus dem Krankenhaus zurück zu sein.
Sie trug Zahra in ihr eigenes Bett, stellte Jeans Tasche in ihr Zimmer und schloss sein Zimmer wieder ab. Als sie die Fotografie von Zahras Mutter in ihre Handtasche steckte, fiel ihr Baptistes Visitenkarte in die Hand, die sie nach ihrer Rückkehr an diesem Morgen aus ihrer Manteltasche genommen und dort verstaut hatte, um sie nicht zu verlieren. Beim Anblick der Karte fragte sie sich, ob sie ihn nicht doch besser anrufen sollte. Sie wollte sich nicht in fremde Angelegenheiten einmischen, sie hatte ihre eigenen Probleme, die es zu bewältigen galt, dennoch ließ der Gedanke sie nicht los. Oder war der Grund ein anderer? Sie sah Baptiste wieder vor sich, wie er ihr beim Essen gegenübergesessen hatte, und als sie sich an den Blick erinnerte, mit dem er sie betrachtete, wenn er meinte, dass sie es nicht bemerkte, klopfte ihr Herz schneller. Wie kam es, dass es diesem Mann gelang, sich so in ihre Gedankenwelt einzunisten, dass sie nach einem Anlass suchte, ihn anzurufen, seine Stimme zu hören, ihn wiederzusehen? Sie zwang sich, an Paul zu denken. War sie unfair, wenn sie sich fragte, wann er das letzte Mal solche Gefühle in ihr ausgelöst hatte?
Sie hörte, wie die Wohnungstür aufgeschlossen wurde, und ging in den Flur, um Greg zu begrüßen. Dank der Schlaftabletten, die sie ihm gegeben hatte, hatte er die Nacht gut durchgeschlafen, aber gleich am Morgen war er nach einem Kaffee ins Krankenhaus aufgebrochen, um nach seiner Frau zu sehen.
»Wie geht es Louise?«, fragte Marion ihn, während er seinen Mantel ablegte.
Er antwortete mit gepresster Stimme: »Nicht so gut. Sie ist

sehr geschwächt. Die Ärzte denken über eine Bluttransfusion nach, um ihrem Körper wieder mehr Kraft zu geben.«
»Ich würde Louise gern besuchen, und Zahra würde sich sicher auch freuen, sie zu sehen.«
»Ich fürchte, das ist keine gute Idee«, gestand Greg. »Louises größte Bürde ist Zahras Sicherheit. Sie hat mich heute Morgen erneut gebeten, dich zu überreden, mit dem Kind für eine Weile in die Bretagne zu fahren. Ich habe ihr versprochen, das Thema anzuschneiden.«
Marion dachte an die für Jean gepackte Reisetasche in ihrem Zimmer und die Fotografie von Zahras Mutter in ihrer Handtasche. Sie hatte in Erwägung gezogen, mit Greg über die Situation zu sprechen, doch als er jetzt vor ihr stand, grau im Gesicht vor Sorge um seine Frau, brachte sie es nicht über sich.
»Ich habe noch ein paar organisatorische Dinge mit *Ärzte ohne Grenzen* zu regeln wegen meines geplanten Einsatzes in Jordanien, danach fahre ich mit Zahra weg«, sagte sie stattdessen. Es war keineswegs das, was sie wollte. Sie wollte nicht fort aus Paris, sie hoffte noch immer auf eine Möglichkeit, sich mit ihrem Vater zu treffen, bevor sie nach Jordanien abreiste, sie wollte Baptiste wiedersehen, aber sie wusste auch, was es bedeutete, wenn Ärzte sich entschlossen, einem Menschen, der nicht gerade durch eine Operation oder einen Unfall Blut verloren hatte, eine Transfusion zu geben. Wenn es zu Louises Genesung beitrug, dass die alte Dame Zahra an einem sicheren Ort weit weg von Paris wusste, dann war das für Marion Grund genug, die Reise anzutreten.
Greg warf ihr einen dankbaren Blick zu. »Ich habe nichts anderes von dir erwartet.« Er versuchte, ruhig und sachlich zu bleiben, aber seine Stimme verriet, wie sehr ihn die Situation mitnahm.

Sie drückte seinen Arm. »Louise ist zäh.«
»Ja, das ist sie, aber sie steht auch kurz vor ihrem zweiundachtzigsten Geburtstag.« Er sah an ihr vorbei auf ein Porträt von Louise, das an der Wand hing. »Wir sind seit fünfzig Jahren ein Paar. Ich wüsste nicht, was ich ohne sie machen sollte.«

37.

Jean saß im Hinterhof der Boulangerie auf einer Bank an der Hauswand, und zum ersten Mal empfand er so etwas wie Sicherheit. Hier, zwischen Blumenkübeln, Plastikkisten für die Brotauslieferung und einer eingeschweißten Palette mit Leergut konnte er für einen Moment die Augen schließen und sein Gesicht in die Sonne halten, ohne das Gefühl zu haben, beobachtet zu werden. Zwei von Véroniques Katzen strichen ihm um die Beine, und eine der beiden, ein weißgrau geflecktes Tier, sprang schließlich auf seinen Schoß. Jean strich durch ihr weiches Fell und kraulte ihren Nacken. Schon als Kind hatte er die Gegenwart von Katzen als beruhigend empfunden. Damals hatte er in der Nähe des Ortes, in dem er mit seiner Mutter gelebt hatte, ein mutterloses, halbverhungertes Kätzchen an einem Feldrand gefunden. Er hatte es mit nach Hause genommen und aufgepäppelt, doch dann hatte sich herausgestellt, dass seine Mutter allergisch auf Katzen reagierte, und er hatte das Tier in ein Tierheim bringen müssen.

Ähnlich wie dieses Kätzchen musste er am Morgen auf Véronique gewirkt haben. »Du steckst in Schwierigkeiten«, hatte sie lediglich bemerkt, als er den Laden betreten hatte. Sie hatte ihm ein Frühstück gebracht, mit der Bemerkung, dass es auf Kosten des Hauses gehe, ihnen beiden eine Zigarette angesteckt und sich hier draußen auf dem Hinterhof schweigend zu ihm gesetzt. Sie hatte keine Fragen gestellt, und er war ihr dankbar dafür gewesen.

Jetzt tauchte sie in der Tür zur Backstube auf, strich sich mit dem Handrücken ein wenig Mehlstaub von der Wange und betrachtete mit einem schwer zu deutenden Blick die Katze auf seinem Schoß. »Normalerweise lässt sie sich von niemandem außer mir anfassen.«

»Das ehrt mich«, erwiderte Jean mit einem Blick in die graugrünen Augen des Tiers. »Dann scheine ich ja doch nicht eine ganz so erbärmliche Kreatur zu sein.«

Véronique lächelte. »Jammer nicht. Das steht dir nicht.«

Jean reckte sich. »Ist meine Reisetasche schon für mich abgegeben worden?« Seine Begegnung mit Marion lag mehr als drei Stunden zurück.

»Deswegen bin ich hier.« Véronique trat einen Schritt näher und senkte die Stimme. »Im Café sitzt die Frau, die dir deine Tasche bringen sollte, und wartet auf dich.«

Mit einem Schlag kehrte die Anspannung zurück, und es fröstelte ihn. »Groß, schlank, dunkle Locken, mit deutschem Akzent?«, fragte er, während er versuchte, einen Grund zu finden, warum Marion auf ihn wartete und seine Sachen nicht wie verabredet einfach abgegeben hatte.

Véronique nickte. »Sie würde dich gern sprechen.«

Die Anspannung verstärkte sich. Warum wollte Marion ihn sprechen? Ausgerechnet sie, nachdem sie so ablehnend gewesen war bei ihrer Begegnung. Was war geschehen? Er nahm die Katze von seinem Schoß, stand auf und legte sie auf das Kissen, auf dem er gerade gesessen hatte. Sie reckte sich kurz, rollte sich wieder zusammen und schlief weiter, die Sonne auf dem Pelz.

Marion stand von ihrem Platz am Fenster auf, als Jean in den Verkaufsraum trat. Ihr Blick war so kühl, dass er neben seiner Beklemmung Wut in sich aufsteigen spürte. Mit welchem Recht legte sie eine solche Arroganz an den Tag? Dann erst bemerkte er den angestrengten Zug um ihren Mund, und für einen Moment vergaß er alles, selbst für die Reisetasche neben ihr auf dem Boden hatte er keinen Blick.
»Ist etwas mit Louise? Ist sie etwa …«, brach es aus ihm heraus.
»Louise geht es den Umständen entsprechend gut«, fiel Marion ihm ins Wort.
Jean atmete erleichtert auf. »Warum treffen wir uns dann?«, wollte er wissen, und es gelang ihm nicht, die Anspannung gänzlich aus seiner Stimme zu nehmen.
»Ich würde mich gern kurz mit dir unterhalten«, erwiderte sie. »Können wir ein Stück im Park spazieren gehen?«
Er betrachtete sie misstrauisch. Vor seiner Abreise nach Marseille hätte er viel für eine solche Einladung ihrerseits gegeben, aber jetzt fragte er sich nur, was sie damit bezweckte. Wer hatte sie geschickt? Wollte sie ihn in eine Falle locken?
»Was ist?«, hakte sie nach, als er nicht antwortete.
Er riss sich zusammen. »Du kannst alles verlangen«, entgegnete er betont salopp. »Ich bin dir schließlich noch ein Essen schuldig.«
Ihr Blick verriet ihm, dass sie die Einladung nicht vergessen hatte, aber sie wandte sich schweigend zur Tür. Er hängte sich seine Reisetasche über die Schulter und folgte ihr.
»Hätten wir nicht auch in der Boulangerie reden können?«, fragte er, als er sie eingeholt hatte. Sie legte einen forschen Schritt vor, und er empfand sie als unangenehm deutsch in ihrer Art.

»Ich hätte lieber keine Zuhörer«, erwiderte sie knapp.
Das gute Wetter lockte zahlreiche Menschen in den Park. Von dem nahe gelegenen Spielplatz klang Kindergeschrei zu ihnen herüber, und Studenten und Büroangestellte nutzten ihre Mittagspause, um ein wenig Luft und Sonne zu tanken. Marion steuerte zielstrebig auf die einzige freie Bank in ihrer Nähe zu. »Setzen wir uns doch bitte einen Moment.«
Er nahm neben ihr Platz und behielt die Umgebung im Auge.
Marion öffnete ihre Handtasche. Sie nahm eine Fotografie heraus, die sie ihm schweigend reichte.
Jean erkannte das Bild von Élaine, das er in eines der Bücher gelegt hatte, die ihn auf seiner letzten Reise im Nahen Osten begleitet hatten, und begriff sofort, warum Marion mit ihm reden wollte. Es gab keine Falle, sein Misstrauen war unbegründet. Ganz im Gegenteil, dieser Umstand unterstützte sogar seine Pläne, aber das musste Marion nicht erfahren.
»Hast du in meinen privaten Sachen herumgeschnüffelt?«
Marion schluckte, sie durchschaute nicht, dass sein ungehaltener Tonfall nur gespielt war, und suchte nach einer Antwort, einer Entschuldigung oder Erklärung, überlegte es sich dann aber doch anders.
»Wer ist diese Frau?«, fragte sie schließlich, und es entging ihm nicht, wie viel Kraft sie diese Frage kostete.
Wie viel durfte er ihr erzählen? Er kannte die Wahrheit oder zumindest den Teil, den Louise meinte, ihm unter dem Siegel der Verschwiegenheit offenbaren zu dürfen, nachdem er sie auf die frappierende Ähnlichkeit zwischen Élaine und Marion angesprochen hatte, die ihm bei ihrer ersten Begegnung sofort aufgefallen war. Inwieweit durfte er das Vertrauen, das seine Tante ihm geschenkt hatte, ausnutzen? Louise war sehr eigen, wenn es um Familieninterna ging.

»Wer ist diese Frau?«, wiederholte Marion ihre Frage. Sie war ungeduldig, er spürte ihre Nervosität, die ihn von seiner eigenen für den Moment ablenkte.
»Was ist es dir wert, etwas über sie zu erfahren?«
Sie starrte ihn ungläubig an. »Bitte?«
»Ich bin in einer Lage, die mir nicht viel Spielraum lässt. Ich muss die Chancen nutzen, die sich mir bieten.«
Marion war fassungslos, und es dauerte eine Weile, bis sie sich wieder unter Kontrolle hatte und nach dem Foto griff. »Tut mir leid, dass ich dich belästigt habe.«
»Ich glaube, das gehört mir«, bemerkte er und zog die Hand weg.
Mit zusammengepressten Lippen beobachtete sie, wie er das Foto in die Brusttasche seines Hemdes steckte. Es war nicht zu übersehen, dass sie sich über ihr Vorhaben ärgerte, auch wenn sie sich bemühte, es zu verbergen. Sie stand auf, und ohne ihn eines weiteren Blickes zu würdigen, wandte sie sich ab und ging den Weg hinunter.
»Sie heißt Élaine«, rief er ihr hinterher.
Sie blieb stehen, aber sie drehte sich nicht um.
»Élaine Massoud.« Es fühlte sich seltsam an, ihren Namen hier in Paris im Jardin du Luxembourg laut auszurufen. Ihr Name und ihre Existenz gehörten nicht hierher und gleichzeitig doch, es war, als materialisiere sie sich, indem er über sie sprach, und dieser Eindruck verstärkte sich noch, als Marion sich jetzt zu ihm umwandte. Der Ausdruck in ihrem Gesicht ähnelte so sehr dem Élaines, wenn sie wütend und zugleich unsicher war, dass es ihm den Atem nahm.
»Sie ist deine Schwester.«
Sie wurde blass und starrte ihn so schockiert an, dass er fürchtete, sie würde gleich ohnmächtig werden. Er sprang auf und wäre mit drei langen Schritten bei ihr gewesen, doch

sie wich zurück und machte eine abwehrende Handbewegung. Er beobachtete sie scharf.
»Zahra …«, begann sie, doch ihre Stimme versagte.
»Sie ist deine Nichte.«
Sie nickte.
»Die Schwierigkeiten, in denen ich stecke, haben mit Élaine und Zahra zu tun«, eröffnete er ihr. »Élaine ist in Gefahr, aber ich allein kann ihr nicht helfen. Ich brauche deine Unterstützung.«

38.

Yamir Massoud.

Es war, als hätte Moshe Katzman mit der Nennung dieses Namens eine Schleuse geöffnet. Alles, was Baptiste in den vergangenen zwölf Monaten sorgsam im Verborgenen gehalten hatte, war wieder präsent.

Mitten in der Nacht wachte er schweißgebadet auf und hatte wieder den Gestank des verdammten Erdlochs in der Nase, in dem er gefangen gewesen war, diese Mischung aus Rattendreck und Fäkalien, Angst und Hoffnungslosigkeit. Nach einem Moment der Orientierungslosigkeit stand er auf und riss die Fenster seines Hotelzimmers auf, um frische Luft zu atmen. Er kämpfte gegen seine Atemnot an, die ihn in solchen Momenten noch immer überfiel, er blickte auf die beleuchtete Metallkonstruktion des Eiffelturms und lauschte den vereinzelten Autos, die um diese Uhrzeit noch unterwegs waren. Er hielt sich an dem Anblick und den Geräuschen fest, bis das Entsetzen nach und nach abflaute und das Geschrei in seinem Kopf verstummte, bis er wieder fühlen konnte, dass Paris keine Illusion war. Er befand sich tatsächlich hier in diesem Hotelzimmer, auch wenn er die Augen schloss und wieder öffnete, würde sich daran nichts ändern. Er ging unter die Dusche, ließ sich das Wasser über den Kopf laufen und schrubbte sich ab, so, wie er es während des ersten Monats nach seiner Befreiung immer wieder getan hatte, ohne den Gestank und die mit ihm verbundene Übelkeit wirklich zu besiegen. Dann saß er mit dem Tablettenröhrchen in der Hand auf seinem Bett, jenen Tabletten, die ihm die Ärzte verschrieben hatten und die er immer bei sich trug, aber nur im Notfall nahm, wenn es so schlimm wurde, dass er dem Wunsch nicht mehr widerstehen konnte, allem ein Ende zu setzen.

Er presste die Hand zusammen, in der das Röhrchen lag. Einmal hatte er es in einer solchen Situation zerbrochen. Glassplitter hatten sich in seinen Handteller gebohrt, und der Schmerz hatte ihn letztlich zur Besinnung gebracht.

Als die akute Gefahr vorbei war, zog er sich an und ging hinaus auf das Marsfeld unterhalb des Eiffelturms, er setzte sich auf eine Bank in die eben hereinbrechende Morgendämmerung und wartete den Sonnenaufgang ab. Draußen sein, die Weite spüren, das war das Einzige, was dauerhaft half.

Hier war es möglich, die Gedanken an Yamir Massoud bewusst zuzulassen, und er begann, die Ereignisse der vergangenen Wochen hinsichtlich des Gesprächs mit Katzman neu zu bewerten. Er musste sich die kritische Frage stellen, ob er aufgrund seines Vorwissens nicht zwangsläufig auf eine Beteiligung Massouds hätte kommen müssen, wenn nicht die Blockade in seinem Kopf genau das unmöglich machte.

Hinter den altehrwürdigen Gebäuden der École Militaire am anderen Ende des Marsfelds erhob sich die Sonne als orangeroter Ball aus dem Dunst über der Stadt. Es war noch so früh, dass kaum Verkehr auf den Straßen unterwegs war. Der Park lag verlassen da, nur ein paar Möwen, die von der Seine herübergeflogen waren, landeten vor ihm im taufeuchten Gras und stritten sich um etwas Essbares. Baptiste sah ihnen müde zu. Eine Panikattacke ließ ihn jedes Mal völlig

erschöpft zurück, als hätte er seine persönliche Akkuladung für drei Tage innerhalb von zwei Stunden leer gesaugt. Und an diesem Morgen kämpfte er nicht nur gegen die psychische Müdigkeit, auch sein Körper fühlte sich steif und entkräftet an.
Aber es gab keine Chance auf Ruhe. Er musste die Erkenntnisse aus seinem Gespräch mit Katzman Leroux mitteilen. Sein jüngerer Kollege hatte sich mit seinem Entschluss, ihre aktuellen Ermittlungsergebnisse nicht mit den Dezernatskollegen und Vorgesetzten zu teilen, in gefährliches Fahrwasser begeben. Letztlich hatten sie, wie sie es schon vorausgesehen hatten, recht behalten. Jean Morel hatte nichts mit dem Attentat auf den Innenminister zu tun, aber Beweise zu finden, die Yamir Massoud als Drahtzieher hinter der Aktion enthüllten, würde nahezu unmöglich sein. Katzman hatte ihm den Hinweis auf Massoud im Vertrauen gegeben, von seiner Seite würden sie keine weitere Unterstützung erhalten, es sei denn, sie erhielten brisante Informationen, die für die Israelis von so großem Interesse waren, dass sie sich politisch zwischen die Fronten begaben. Es würde stattdessen die üblichen Bauernopfer geben. Wenn sie Massoud zu nahekamen, würde er irgendwelche kleine Extremisten auf mittlerer Ebene opfern, die auf dubiose Weise zu Tode kamen, bevor sie vernommen werden konnten. Baptiste müsste nach so vielen Dienstjahren an solche Vorkommnisse gewöhnt sein, aber er konnte sich bis heute nicht damit abfinden, und an diesem Morgen war es besonders schlimm.
Er warf einen Blick auf seine Uhr, dann zog er sein Mobiltelefon aus der Tasche und schickte Leroux eine Nachricht. Es war besser, wenn sie sich nicht in der Dienststelle in Levallois-Perret trafen. Die Wände in diesem Gebäude hatten bisweilen Ohren.

Marcel Leroux sah überraschend ausgeschlafen aus, als er durch die Tür des Cafés trat, in dem Baptiste gerade sein Frühstück beendete. Auch sein Outfit ließ nichts zu wünschen übrig. Modisch auffällig wie immer zog er sofort die Blicke auf sich, als er im Vorbeigehen am Tresen einen Café Creme bestellte.
Baptiste legte die Zeitung aus der Hand, deren Schlagzeilen er nur überflogen hatte. »Guten Morgen, Leroux. So wie Sie aussehen, hat sich die Aufregung in Ihrem Dezernat scheinbar etwas gelegt.«
Leroux grinste. »In der Tat. Wir sind den Attentätern jetzt endlich auf der Spur, und erfreulicherweise gerät Jean Morel dadurch komplett aus dem Fokus.«
Baptiste zog eine Augenbraue hoch. Sollte Katzmans Dienst doch noch seine Finger im Spiel haben?
»Sie sehen zweifelnd aus«, bemerkte Leroux, während er seinen Schal ablegte und Baptiste gegenüber Platz nahm.
»Eher überrascht«, korrigierte dieser ihn.
»Warum?«
Der Kellner brachte den Kaffee für Leroux, was Baptiste Zeit gab, über eine Antwort nachzudenken, während er gleichzeitig verfolgte, wie sein jüngerer Kollege drei Löffel Zucker in seine Tasse schaufelte.
»Ich bin überrascht, weil ich glaube, dass diese Spur, von der Sie sprechen, nicht ganz zufällig gerade jetzt auftaucht.«
Leroux sah ihn fragend an.
»Wie Sie wissen, habe ich mich gestern Nachmittag mit Moshe Katzman getroffen.«
Leroux kombinierte schnell. »Sie meinen, die Israelis haben Informationen lanciert?«
Baptiste nickte und berichtete Leroux von seinem Gespräch. Als der Name Yamir Massoud fiel, horchte Leroux auf.

»Halten Sie das nicht für ein Hirngespinst der Israelis?« Er räusperte sich. »Ich meine, wie soll Jean Morel an solch brisante Dokumente kommen?«
»Glauben Sie, ich kaufe die Katze im Sack?«, fragte Baptiste. »Katzman hat Zugriff auf einige dieser Unterlagen, die ich heute im Laufe des Tages einsehen kann.«
»Verstehe.« Leroux nippte an seinem Kaffee. »Planen Sie, die Aktion mit höherer Stelle abzusprechen?«
»Vorerst nicht.«
Leroux runzelte die Stirn, sagte aber nichts. Baptiste ließ sich davon nicht irritieren. »Sie wissen doch, wie es läuft. Wenn wir das Ganze an die große Glocke hängen, wird es keine Ruhe mehr für eine solide Ermittlung geben.«
»Sicher, aber …«
»Leroux, wenn Sie Bedenken haben, mache ich das auch allein.«
»Das ist mir schon klar, aber es gibt noch etwas, das ich Ihnen noch nicht erzählt habe.«
»Das wäre?«
»Ich habe die Genehmigung zur Observierung der Familie Bonnier bekommen.«
»Ach ja«, entfuhr es Baptiste. Dann nickte er anerkennend. »Kompliment, das hätte ich nicht so schnell erwartet.«
Leroux zuckte mit den Schultern. »Es hat auch mich überrascht. Aber vielleicht hängt die Genehmigung ebenfalls mit der Intervention Ihres Freundes Katzman zusammen.«
»Wer weiß, inwieweit er seine Finger im Spiel hat«, gab Baptiste zu und ging über Leroux' gewählte Bezeichnung *Freund* großzügig hinweg. Er und Katzman waren alles, nur keine Freunde. »Ich bin zugegebenermaßen erstaunt, dass die Israelis die Lage als so brisant einschätzen. Normalerweise mischen sie sich auf dieser Ebene nicht ein.«

»Was werden wir jetzt tun?«
»Haben Sie schon ein Team für die Observierung zusammengestellt?«
»Ich würde das gern persönlich übernehmen.«
»Ich halte das für keine gute Idee. Sie können Ihren hellen Kopf sinnvoller einsetzen.«
»Das mag sein, aber ...«
»Sie befürchten noch immer, dass die Informationen in Ihrem Dienst nicht sicher sind«, schnitt Baptiste Leroux das Wort ab.
»Diese Erfahrung haben wir hinreichend gemacht, oder?«
Das wäre der Zeitpunkt gewesen, Leroux zu offenbaren, dass Zahit Ayans vielfältige Geschäfte letztlich für seinen Tod verantwortlich waren und nicht ein Informationsleck im Inlandsnachrichtendienst. Baptiste verzichtete jedoch bewusst darauf. Ein gesundes Misstrauen war in der aktuellen Phase ihrer Arbeit von unschätzbarem Wert.

39.

Marion starrte Jean an, während einzelne Worte durch ihren Kopf irrten, und sie versuchte, nicht nur ihre Bedeutung zu erfassen, sondern auch, sie in einen Kontext miteinander zu bringen.

Élaine.

Schwester.

Gefahr.

Sie hatte eine Schwester.

War dem wirklich so? Konnte sie Jean glauben?

Er war ein Lügner, ein Betrüger, aber als sie ihm in diesem Moment in die Augen sah, wusste sie, dass er die Wahrheit sprach. Und selbst wenn sie gezweifelt hätte, sprach die Ähnlichkeit zwischen ihr und Élaine für sich.

Zahra war ihre Nichte.

Marion dachte an die auffälligen Gleichartigkeiten, die sie zwischen Zahra und Laura, ihrer jüngeren Tochter, festgestellt hatte. Und an die unerklärliche Nähe, die sie zu dem Kind verspürte.

Die Schwierigkeiten, in denen ich stecke, haben mit Élaine und Zahra zu tun.

Ihre Schwester – was für ein fremdartiger Ausdruck – war in Gefahr. War Zahra deshalb allein in Paris? Ihr Hirn arbeitete fieberhaft. Was wusste Louise von alledem?

Wieder sah sie zu Jean. Er bat sie um ihre Unterstützung. Wie konnte das sein? Was konnte *sie* tun?
Zwei Spaziergänger passierten sie und musterten sie verstohlen, und Marion wurde sich des Bildes bewusst, das sie und Jean bieten mussten. Sie stand mitten auf dem Weg, die Hände wie zur Abwehr erhoben, Entsetzen im Gesicht, er sprungbereit vor der Bank, auf der sie eben noch zusammen gesessen hatten.
Sie ließ ihre Hände sinken, atmete bewusst tief ein und wieder aus, um sich zu beruhigen, und bemerkte gleichzeitig, wie sich Jean angesichts ihrer Reaktion ebenfalls entkrampfte.
»Diese Élaine, meine … Schwester«, sagte sie schließlich. »Wo ist sie?«
»Aleppo.«
Es war nur ein Wort, aber es barg eine Welt in sich. Marion erinnerte sich an die letzten Bilder, die sie vor wenigen Tagen erst von der syrischen Stadt im Fernsehen gesehen hatte: Einzelne Menschen, die durch weißgraue Trümmerfelder irrten. Kinder, die im letzten noch verbliebenen Torbogen eines zerbombten Hauses kauerten. Tote, Verletzte, und immer wieder Männer auf den Pritschen von Lastwägen und Pick-ups, die Gewehre in die Luft reckten und Vergeltung forderten.
»Wie kann sie dort leben?«, konnte sie nur fragen.
Jean wusste ihren Gesichtsausdruck zu deuten. »Sie lebt im Westen der Stadt, jenseits der Demarkationslinie, dort ist es nicht ganz so schlimm.« »Ist sie allein?«
»Ihr Mann ist in Damaskus. Sie muss das Land verlassen, bevor er zurückkommt. Er weiß nicht, dass Zahra längst in Paris ist.«
Es waren nur Bruchstücke, die er ihr hinwarf, und doch reichten sie, um erste Zusammenhänge herzustellen.

»Warum hierher? Warum zu Louise?«
Sie sah, wie Jean zögerte, abwog, und erfasste sofort, was dieses Zögern bedeutete: Louise war involviert. Also doch.
Jean antwortete nicht, und sie beließ es dabei. Jetzt gab es Wichtigeres.
»Weiß Élaine ...«, es fiel ihr immer noch schwer, den Namen auszusprechen, »... weiß Élaine von mir?«
Jean schüttelte den Kopf.
Die Sonne stahl sich durch das junge Grün der Bäume, und ein unverhofft warmer Strahl berührte sie. Sie dachte an Zahra, und die Verantwortung, die sie für das kleine Mädchen verspürte, wuchs plötzlich ins Unermessliche. Sie dachte an die unbekannte Frau auf dem Bild. An ihren Vater. An Louise. Es gab so viele offene Fragen, doch welche sollte sie zuerst stellen? Sie erkannte jedoch: Jean würde nicht einen Bruchteil davon beantworten können.
Sie spürte seinen Blick auf sich. Es lag Unsicherheit darin. Er war getrieben, aber wovon?
»Kann ich auf deine Unterstützung zählen?«, fragte er.
Was konnte sie ihm darauf erwidern? Gab es auf diese Frage überhaupt eine einfache, klare Antwort? Sie brauchte mehr Informationen, mehr Einblick in die Hintergründe. Sie konnte sich nicht auf etwas einlassen, das sie nicht überblickte. Und wieder verglich sie den Jean, der hier abgerissen und unrasiert vor ihr stand, mit jenem Mann, den sie vor kurzem kennengelernt hatte. Was war ihm zugestoßen? Wer war für diese Veränderung verantwortlich? Allein der Gedanke löste in ihr Beklemmung aus.
Lauf!, mahnte eine Stimme in ihr. Lauf schnell und weit fort!
Sie drängte die Angst zurück, versuchte, einen klaren Kopf zu behalten.

»Was erwartest du von mir?«, fragte sie widerwillig.
Jean, der sie die ganze Zeit über nicht aus den Augen gelassen hatte, machte einen Schritt auf sie zu. »Willst du dich nicht wieder setzen?«
Sie schüttelte den Kopf. Sie konnte jetzt nicht stillsitzen, sie brauchte Bewegung. »Lass uns lieber ein Stück gehen«, schlug sie stattdessen vor.
Es war ihm nicht angenehm, aber er widersprach nicht. Sie hatte bemerkt, wie er unruhig seine Umgebung sondierte, und als sie jetzt unter den Bäumen tiefer in den Park hineingingen, wurde seine Anspannung geradezu greifbar.
»Ich brauche deine Hilfe. Zahra scheint dir zu vertrauen«, erwiderte er schließlich auf ihre Frage.
»Zahra? Was hat sie damit zu tun?« Allein die Nennung ihres Namens in diesem Zusammenhang brachte Marion auf. Sie wollte nicht, dass das Mädchen in Jeans undurchsichtige Angelegenheiten hineingezogen wurde.
Er antwortete nicht sofort, und es schien ihr, als wog er erneut ab, was er preisgeben könne und was nicht. »Ich benötige eine Information«, erklärte er zurückhaltend. »Solange ich diese Information nicht habe, sind mir die Hände gebunden, und ich kann Élaine nicht helfen, Syrien zu verlassen.«
Als er ihren verständnislosen Blick sah, fügte er hinzu: »Zahra hat diese Information.«
Marion glaubte, nicht richtig zu hören. »Wie bitte?«
Wofür hatten sie das Mädchen missbraucht?
Jean schaute sie eindringlich an. »Es handelt sich um einen Zugangscode.« Er stieß die Worte hektisch wispernd hervor. »Er ist versteckt in einem Kinderlied. Élaine hat Zahra einen neuen Text dazu beigebracht.«
Marion nickte langsam, als sie begriff. Wie sollte Jean an den Code kommen, wenn Zahra sich weigerte zu sprechen. Das

war sein Problem. Sie biss sich auf die Lippe. Niemand hatte eine Ahnung davon, dass das kleine Mädchen ihr gegenüber sein Schweigen schon mehrfach gebrochen hatte. Aber würden die Nähe und das zarte Vertrauen, das zwischen ihnen gewachsen war, ausreichen, um gezielt eine Information von ihr zu bekommen? Würde Zahra sich, sobald man Druck auf sie ausübte, nicht sofort wieder in ihr Schneckenhaus zurückziehen?
»Was ist, bist du bereit, mir zu helfen?«, drängte Jean.
Diesmal war es Marion, die nicht sofort antwortete.
»Ich weiß nicht, ob ich das kann«, sagte sie schließlich, und einem spontanen Entschluss folgend, fügte sie hinzu: »Zahra spricht nicht, das ist dir doch klar, oder?«
Jean runzelte die Stirn. »Ich hatte gehofft, dass sie ihre Zurückhaltung allmählich aufgegeben hätte.«
Eine Gruppe Studenten kam auf sie zu und trennte sie voneinander, und Marion konnte beobachten, wie Jean sich erneut nervös umblickte. Er hatte Louise gesagt, er wäre überfallen und ausgeraubt worden. Sie glaubte kein Wort davon. Sofort hatte sie wieder das Bild von Eric Henri vor Augen, jenem Mann, der dem Tod so eben noch einmal entronnen war.
»Kennst du eigentlich einen Eric Henri?«, fragte sie, als sie wieder nebeneinander den Weg entlangspazierten.
Jean blieb abrupt stehen. »Woher hast du diesen Namen?«
Als sie weitergehen wollte, griff er nach ihrem Arm und hielt sie zurück.
Marion rührte sich nicht, sondern starrte ihn nur stumm an, bis er sie losließ und einen Schritt zurücktrat. »Ich war bei ihm im Krankenhaus«, erwiderte sie dann.
»*Du* warst bei Eric Henri im Krankenhaus?«
»In der Tat, und sein Anblick hat mich ziemlich schockiert.

Zumal ich erfahren habe, dass das, was ihm zugestoßen ist, eigentlich dir gegolten hat.«
Sie merkte, wie Jeans Nervosität wuchs. Und mit ihr sein Entsetzen. Aber dieses Entsetzen resultierte nicht aus dem, was sie ihm erzählte, sondern was sie wusste.
»Wer hat das behauptet?«, wollte er wissen. Seine Stimme vibrierte vor Anspannung.
»Claude Baptiste.«
Jean warf die Arme in die Luft. »Aus welchem Grund bringt er dich in dieses Krankenhaus und konfrontiert dich mit Dingen, die dich überhaupt nichts angehen? Hat er Louise und Greg etwa auch mitgenommen? Und vielleicht noch den Rest der Straße?«
»Wir waren allein dort«, entgegnete Marion und versuchte, trotz Jeans taktlosem Ausbruch ruhig zu bleiben. »Er wollte mir lediglich verdeutlichen, in welcher Gefahr wir sind, wenn wir uns auf dich einlassen.«
Jeans Mund wurde schmal vor Wut. »Wenn du mir nicht helfen willst, hättest du es mir auch gleich sagen können.«
Marion blickte auf die große Wasserfläche, die sich vor ihnen erstreckte. »Ich muss darüber nachdenken«, antwortete sie so ruhig wie möglich und hoffte nur, dass er nicht merkte, wie aufgeregt sie tatsächlich war. Aber Jean war mit sich selbst beschäftigt. Er entdeckte auch nicht, wie sie ihre zittrigen Finger ineinander verschlang. »Du kannst nicht von mir erwarten, dass ich mich auf etwas einlasse, dessen Konsequenzen ich nicht überblicken kann«, fügte sie hinzu. »Nicht nach allem, was in der Zwischenzeit geschehen ist, und vor allem nicht, wenn es dabei noch um ein Kind geht.«
»Zahra wird nichts passieren.«
»Wenn Élaine ihr diesen Code beigebracht hat, warum kann sie ihn dir dann nicht sagen?«

»Ich kann sie nicht mehr erreichen. Ich weiß nicht einmal, ob sie noch in Aleppo ist«, stieß er hervor. Sie sah, wie er schluckte. »Ob sie noch lebt.« Mit diesen Worten wandte er sich ab, ging ein paar Schritte den Weg hinauf, die zu Fäusten geballten Hände in den Hosentaschen verborgen. Schließlich blieb er stehen und drehte sich wieder zu ihr um. Waren Tränen in seinen Augen?
Marion blinzelte gegen die Sonne, die genau in diesem Moment durch eine Wolke brach und in ihr Gesicht schien. Himmel, ja, es waren Tränen. Jean machte ihr nichts vor, seine Gefühle waren echt.
Was verband ihn mit Élaine? Liebte er ihre Schwester etwa? Warum hatte er sie dann nicht zusammen mit ihrer Tochter nach Frankreich gebracht? Warum hatte er sie zurückgelassen in einem vom Bürgerkrieg zerrütteten Land, in dem sie jeden Tag den Tod finden konnte?
Wie er dort vor ihr stand, reglos unter den Bäumen in einem Flecken Sonne, der sein Haar streichelte, wirkte er so verlassen, so einsam, dass sie sich dem Mitgefühl nicht mehr entziehen konnte. Sie spürte seine Zerrissenheit, seine Sorge und seine Angst. Etwas brach über ihm zusammen, er hatte die Kontrolle verloren. Er hätte sich niemals freiwillig an sie gewandt und um ihre Hilfe gebeten. Das wurde ihr in diesem Augenblick klar.
»Jean, es tut mir leid«, entfuhr es ihr spontan.
Er winkte resigniert ab. »Schon gut, Marion.«
»Nein«, widersprach sie. Jetzt war sie es, die auf ihn zuging, seinen Arm nahm. »Lass uns gemeinsam eine Lösung finden.«
Sie war sich bewusst, dass sie irrational handelte. Sie setzte sich ein für eine Frau, der sie noch nie in ihrem Leben begegnet war. Vielleicht war es lächerlich, unverständlich, dennoch konnte sie nicht zurück. Sie konnte sich nicht von dem

Gedanken befreien, dass ein Familienmitglied in Gefahr schwebte. Ihre *Schwester.* Wie oft hatte sie sich als Kind Geschwister gewünscht! Und hätte sie für ihre Töchter nicht genauso gehandelt?
Jean musterte sie prüfend. »Zahra muss fort aus Paris«, sagte er dann. »Wenn Claude Baptiste erfährt, wer sie ist, wer ihre Eltern sind, wird er dafür sorgen, dass wir das Mädchen so schnell nicht wiedersehen.«
Jeans Worte sackten tief. Sie nahm sich ein Herz und stellte die Frage, die sie schon so lange bewegte. »Welche Funktion bekleidet Claude Baptiste?«
»Er arbeitet für den Auslandsnachrichtendienst.«
»Er ist ein Agent?«
»Wenn du so willst.«
»Woher weißt du das?«
Jean lächelte müde. »Auch ich habe meine Quellen.«
Marion runzelte die Stirn. »Und womit hast du das Interesse eines Agenten des Auslandsnachrichtendienstes geweckt? Was ist dir zugestoßen?«
»Je weniger du darüber weißt, umso besser ist es für dich.«
Sie blieb abrupt stehen. »Ich bin kein kleines Kind, Jean, das man mit solchen Worten abspeisen kann. Du sagst mir jetzt sofort, worum es geht. Ich möchte selbst abschätzen, welches Risiko ich eingehe.«
Er antwortete nicht sofort, und es war nicht zu übersehen, dass ihre Beharrlichkeit ihn verärgerte. »Élaine und ich sind im Besitz von brisanten Dokumenten und Informationen«, teilte er ihr widerwillig mit.
Sie wollte nach weiteren Details fragen, aber der Ausdruck in seinem Gesicht hielt sie zurück. Mehr würde er nicht preisgeben, wie sehr sie auch drängen mochte.
Marion dachte an Baptiste, an seine Reibeisenstimme und

sein unwiderstehliches Lachen, und erinnerte sich an ihren gemeinsamen Besuch bei Eric Henri im Krankenhaus, bei dem er von ihr Informationen über Jean erhalten wollte, die Louise ihm nicht geben wollte. Welchen Grund mochte er haben, den Kontakt zu ihr immer wieder zu suchen? War das Interesse, das er für sie zeigte, echt, oder wusste er bereits von den verwandtschaftlichen Banden, von denen sie gerade erst selbst erfahren hatte, und erhoffte sich einen Vorteil davon? Sie verspürte den dringenden Wunsch, Paris möglichst schnell und weit hinter sich zu lassen.

»Ich werde mit Zahra verreisen«, entschied sie. »Ich werde den Code von ihr erfahren und ihn dir umgehend mitteilen. Aber du wirst nicht wissen, wo wir sind.« Es gelang ihr, eine absolute Endgültigkeit in ihre Stimme zu legen. »Nur unter diesen Bedingungen helfe ich dir.«

40.

Das israelische Botschaftsgebäude lag in einer Seitenstraße des Champs-Élysées. Baptiste war lange nicht hier gewesen, das letzte Mal vor dem Großbrand im Mai 2002, der das Gebäude fast vollständig zerstört hatte. Während er die Sicherheitskontrolle passierte, erinnerte er sich an die Aufregung in der Stadt, bis sich herausgestellt hatte, dass der Brand nichts mit der damaligen Anschlagsserie auf jüdische Einrichtungen im ganzen Land zu tun hatte, sondern auf einen technischen Defekt zurückzuführen war. Katzman, der ihm im Foyer entgegenkam, war zu jener Zeit auch in Paris gewesen, und wie alle anderen glücklicherweise unverletzt dem Feuer entkommen.

»Ich habe so weit schon alles vorbereitet«, begrüßte ihn der Israeli und führte ihn in ein Büro, dessen Tür er hinter ihnen mit Nachdruck schloss. »Es ist wirklich ein verdammt heißes Eisen, mit dem wir es zu tun haben«, fuhr er fort, sobald sie allein waren. »Je weniger Personen davon wissen, desto besser.«

»Der Meinung bin ich auch«, stimmte Baptiste ihm zu und nahm auf dem Sessel Platz, den der Israeli ihm anbot.

Katzman machte sich an dem Beamer auf dem Tisch zu schaffen. »Wir haben nur wenige Auszüge aus den relevanten Dokumenten und Namenslisten. Die meisten davon

kompromittieren israelische Politiker und israelische Firmen, aber darunter befinden sich auch einige Auszüge, die Querverweise nach Frankreich beinhalten.«
»Sind weitere Länder betroffen?«, wollte Baptiste wissen.
»Der Libanon«, Katzman zuckte mit den Schultern, »die Libanesen schert es wenig, und die Syrer natürlich, die haben momentan jedoch ganz andere Probleme.«
»Briten, Amerikaner, Deutsche?«
Katzman schüttelte den Kopf. »Wir wissen, dass Yamir Massoud enge Kontakte in die deutsche Wirtschaft pflegt, aber da lässt sich nichts verlässlich nachweisen. Die Amerikaner stecken über Beteiligungen an israelischen Firmen zwangsläufig mit drin.« Er lächelte säuerlich. »Allerdings nicht staatsgefährdend.«
Die nächsten anderthalb Stunden waren sie mit der Sichtung der Unterlagen beschäftigt, die Katzman über den Beamer an die gegenüberliegende Wand warf. Die Sprengkraft der Papiere war gewaltig, der Israeli hatte nicht übertrieben, und Baptiste fühlte sich bestätigt in seinem Bestreben, die ganze Angelegenheit auch im eigenen Dienst möglichst geheim zu halten. Allerdings würde er jetzt nicht umhinkommen, auf höherer Ebene vorzusprechen. Die politische Führung musste über die Bedrohung informiert werden, was dann erfreulicherweise nicht mehr seine Aufgabe war.
»Was wisst ihr über Jean Morel?«, fragte er. Er hatte eine verschlüsselte Speicherkarte dabei mit allen Informationen, die sein Dienst in den vergangenen Jahren über Morel zusammengetragen hatte, und bevor sie mit der Spurensuche begannen, machte es Sinn, zunächst auf einen identischen Wissensstand zu kommen.
Katzman öffnete einen neuen Ordner in seinem Laptop, und Morels Gesicht erschien überdimensional groß auf der ge-

genüberliegenden Wand. »Wir haben ihn in den vergangenen Jahren immer beobachtet.« Er warf Baptiste einen listigen Blick zu. »So wie ihr vermutlich auch.«
Baptiste machte eine vage Geste. »Wir haben ihn nicht überbewertet.«
Katzman lächelte, und Baptiste betrachtete das Gesicht des Mannes, der sie so in Atem hielt. Schmal mit prominenter Nase, weichem Mund und dunklen Augen. Gutaussehend, in gewisser Weise intellektuell, aber nichts Besonderes. »Wie ist Morel an Informationen dieser Sprengkraft gekommen?«, fragte er. »Das ist doch nicht seine Liga.«
Katzman zögerte, doch dann klickte er einen weiteren Ordner an und öffnete ein Foto. Baptiste hielt unwillkürlich den Atem an, als er auf das Porträt der Frau blickte, das das Gesicht von Morel ersetzte: Sie war jünger, sie trug das Haar länger, und ihre Haut besaß den typischen Braunton derer, die viel der Sonne ausgesetzt sind, ansonsten war sie ein Ebenbild von Marion Sanders.
Katzman entging Baptistes Überraschung nicht. »Kennst du sie?«
Baptiste verneinte etwas zu hastig, hatte sich aber schnell wieder gefasst. »Wer ist sie?«
»Das ist die Frau von Yamir Massoud. Élaine Massoud. Sie ist Argentinierin. Sie hat Massoud während ihres Studiums in den USA kennengelernt. Seit etwa zwei Jahren hat sie ein Verhältnis mit Morel.«
»Woher habt ihr diesen Hinweis?«
»Claude, ich bitte dich«, Katzman schüttelte in gespielter Enttäuschung den Kopf. »Wir bezahlen unzählige Informanten im Umfeld von Yamir Massoud, damit sie uns diese Fakten liefern. Der Hinweis auf diese Liaison war ein Abfallprodukt, aber letztlich hat er sich doch als entscheidend erwiesen.«

»Du meinst, *sie* hat Morel die Unterlagen zugespielt.«
Katzman grinste. »Sie leitet die Rechtsabteilung von Massouds Imperium und …«
»Davon habe ich gehört«, fiel Baptiste ihm ins Wort. »Ihre herausgehobene Stellung hat mich damals überrascht, das muss ich zugeben. Aber dann habe ich erfahren, dass er sie aus den USA mitgebracht hatte, und das machte es plausibel.«
»Du bist ihr also nie persönlich begegnet.«
»Dann hätte ich sie vermutlich auf dem Foto erkannt.« Baptiste runzelte die Stirn. »Wie hat sie die Unterlagen aus der Firma herausbekommen? Wir sprechen hier von einem großen Unternehmen mit den entsprechenden Sicherheitsstandards.«
»Sie muss die Aktion von langer Hand geplant haben. Denkbar ist, dass sie Unterstützung aus der IT-Abteilung beim Zusammenstellen und Kopieren der Daten bekommen hat. Wir haben dazu noch nichts Verlässliches, aber wir arbeiten daran.«
»Warum sollte eine Frau in ihrer Position so etwas überhaupt riskieren?«
Katzman hob ratlos die Hände. »Warum hat sie ein Verhältnis mit Morel? Ist das nicht genauso absurd? Wir nehmen an, dass der Bürgerkrieg ihre Ehe allmählich zerrüttet hat. Wir wissen, dass sie seit Beginn der Kämpfe das Land verlassen will und Massoud es ihr verwehrt.«
»Wenn ich mich recht erinnere, gab es auch Kinder.«
»Eine Tochter«, bestätigte Katzman und öffnete ein weiteres Foto.
Baptiste hätte fast erneut nach Luft geschnappt, aber diesmal hatte er sich besser unter Kontrolle.
Zahra.
Das kleine schweigsame Mädchen war die Tochter von Ya-

mir Massoud. Wie ein Film zogen die Erlebnisse und Begegnungen bei den Bonniers in Sekundenschnelle an seinem inneren Auge vorbei, doch jeder Wortwechsel, jeder flüchtig hingeworfene Gesprächsfetzen erhielt plötzlich eine neue Bedeutung. Und jedes Mitgefühl, das Louise Bonnier in ihm geweckt hatte, verlor sich im Hinblick auf das Theater, das sie ihm vorgespielt hatte. Seine Gedanken wanderten zwangsläufig zu Marion Sanders, der kühlen Deutschen, die so kühl gar nicht war. Dass sie sich gerade jetzt in Paris aufhielt, konnte kein Zufall sein. Ebenso wenig wie die überraschende Ähnlichkeit zwischen ihr und Élaine Massoud. Hatte auch sie ihm etwas vorgespielt? Die Vorstellung traf ihn mehr, als er bereit war, sich einzugestehen.
Er spürte Moshe Katzmans Blick auf sich. Er durfte jetzt keinen Fehler machen, sosehr es ihn auch drängte, den Israeli jetzt sich selbst zu überlassen. Trotz der notwendigen Kooperation ihrer beider Dienste in dieser Angelegenheit gab es bestimmte Punkte, die er allein, und zwar ganz allein regeln musste.
Sobald er das Gebäude verlassen hatte, rief er in der Dienststelle des Auslandsnachrichtendienstes an.
»Eine Observierung in Aleppo«, sagte der dortige Beamte auf Baptistes Anfrage. »Das wird nicht einfach.«
Baptiste warf einen Blick auf seine Uhr. »In anderthalb Stunden haben Sie meinen Bericht auf dem Schreibtisch mit den entsprechenden Hintergrundinformationen. Das wird ausreichen, um von vorgesetzter Stelle die notwendigen Bewilligungen zu erhalten.«
Wenn sie Jean Morel hier in Paris nicht auf die Spur kamen, dann vielleicht über einen Umweg: die Observierung von Élaine Massoud in Syrien.

41.

Jean fuhr mit dem Finger über die Oberfläche seines Reisepasses, bevor er ihn aufschlug und langsam die Seiten durchblätterte. Das Dokument war abgenutzt, an den Ecken fadenscheinig und nur noch wenige Monate gültig, aber die zahlreichen Einreisestempel dokumentierten ein Stück seiner Lebensgeschichte. Der Pass erschien ihm wie ein Rückblick auf ein schnelllebiges und erfolgreiches Jahrzehnt, das zugleich der Höhepunkt seiner beruflichen Karriere war. Seine Liaison mit Élaine hatte dem jedoch ein Ende gesetzt. Schleichend hatte sich sein Leben verändert, Élaine war zu seinem strahlenden Mittelpunkt geworden, der alles beeinflusst hatte, sogar die Entscheidung, einen Auftrag anzunehmen oder abzulehnen. Bei dem Gedanken an sie blieb sein Blick unwillkürlich an dem syrischen Einreisestempel hängen, und er erinnerte sich an seine letzte Ankunft in Aleppo. Jean war in *Maṭār Ḥalab ad-duwal* gelandet und hatte ungeduldig die endlosen Formalitäten am Zoll über sich ergehen lassen, während Élaine jenseits der Abtrennung bereits auf ihn gewartet hatte. Er hatte sich nach ihr und ihrem Körper gesehnt, der sich viel zu deutlich unter ihrem teuren Kostüm abgezeichnet hatte. Sie war eine Frau, die er sich auf Dauer nicht leisten konnte. Er würde sie immer teilen müssen mit einem Mann, der ihr Bedürfnis nach Luxus befriedigen

konnte. So hatte er damals gedacht und sich dementsprechend verhalten. Zu spät hatte er die Wahrheit erkannt. Der schillernde Reichtum war für sie nur ein Ersatz gewesen.
Er betrachtete das Foto von Élaine, das Marion mitgebracht hatte. Es stand auf dem Nachttisch neben seinem Bett, aber er wusste nicht, wie lange er Élaines Anblick noch ertragen würde. Zu viele Erinnerungen waren mit dieser Aufnahme verknüpft, und mehr war ihm nicht geblieben von der einzigen Urlaubsreise, die sie jemals zusammen unternommen hatten. Élaine war die Seine gewesen in jenen Tagen, eine andere Frau als die Juristin, die in Aleppo den Namen Massoud repräsentierte. Sie war unbeschwert, jung und schön gewesen.
Sie hatten Pläne geschmiedet für ein gemeinsames, normales Leben. Élaine hatte von einem Haus in Frankreich geträumt, von der Provence, dem Meer und einer öffentlichen Schule für Zahra. Kein Privatunterricht, kein Internat in England oder den USA, wie Massoud es verlangte. Die kompromittierenden Dokumente, die sie heimlich kopiert hatte, hätten ihnen dieses Leben ermöglichen sollen. Und nun? Würde er sie jemals wiedersehen? Oder war sein Traum gestorben wie Zahit, das feine Gewebe zerrissen, entblößt, die Zukunft verloren?
Er konnte keine Verbindung mehr zu Élaine herstellen. Sie war fort, wie vom Erdboden verschluckt. Niemand hatte sie mehr gesehen. Das wusste er von einer Bekannten aus Aleppo, die er trotz des hohen Risikos unter einem Vorwand kontaktiert hatte. Entgegen aller Vernunft hatte ihn darauf die wahnwitzige Hoffnung elektrisiert, dass sie bereits in Frankreich sein könnte, dass sie ihn in Paris suchte, und er war durch die Straßen geirrt, hatte Plätze abgesucht, von denen sie gesprochen hatten, hatte in Hotels nach ihr gefragt,

bis er erkannt hatte, dass er einem Traum nachhing, einem naiven Wunschgedanken, der nichts mit der Realität zu tun hatte. Niemand wusste, wo sie war. Niemand wusste, ob sie noch lebte. Und auch er hatte das bis vor wenigen Stunden nicht gewusst.

Er blickte auf das Mobiltelefon neben sich auf dem Bett. Es war *sein* Handy, das an diesem Morgen für ihn beim Concierge abgegeben wurde. Von einem kleinen, unauffälligen Mann mit Brille: René Leclerc. Seither wartete er auf seinen Anruf. Er wusste, dass er kommen würde. Er fürchtete ihn, und gleichzeitig sehnte er ihn herbei.

42.

Er war zu spät gekommen. Baptiste erkannte es in dem Moment, als Greg Bonnier ihm die Tür öffnete. Er hätte nicht sagen können, warum. Vielleicht war es die Stille, die ihm aus der Wohnung entgegenschwappte wie eine Welle. Abwesende Menschen hinterließen ebenso eine Spur wie anwesende.

»Guten Tag, Monsieur Bonnier. Wie geht es Ihrer Frau?«, begrüßte er den ehemaligen Diplomaten.

»Sie ist noch immer sehr geschwächt und muss noch einige Zeit im Krankenhaus bleiben. Danke der Nachfrage.«

Der selbst im Alter noch bullig wirkende Amerikaner maß ihn reserviert. »Sie sind doch aber sicher nicht nur gekommen, um sich nach dem Befinden meiner Frau zu erkundigen?«

Baptiste lächelte. »Es gibt verschiedene Gründe, warum ich hier bin. Ich würde gerne noch einmal mit Ihnen über das syrische Mädchen sprechen, das derzeit bei Ihnen zu Besuch ist.«

Greg erwiderte sein Lächeln nicht. »Ich muss Sie enttäuschen. Zahra wohnt nicht mehr bei uns.«

»Das war zu erwarten«, bemerkte Baptiste trocken. »Wenn Sie mir dennoch ein paar Fragen beantworten würden?«

Greg Bonnier bat ihn in die Wohnung, führte ihn ins Wohn-

zimmer und fragte betont höflich: »Kann ich Ihnen etwas anbieten? Einen Kaffee oder ein Wasser?«
Baptiste lehnte dankend ab und nahm auf der Couch Platz. Greg Bonnier ließ sich ihm gegenüber in einem Sessel nieder und lehnte sich zurück. In einer für Baptiste typisch amerikanischen Pose schlug er die Beine übereinander und faltete die Hände über dem Knie. Wachsam begegnete er Baptistes Blick. Der Mann war durch und durch Diplomat, Körpersprache war für ihn Mittel zum Zweck und seine eingenommene Haltung eine Demonstration von Selbstbewusstsein und Gelassenheit. Baptiste ließ sich davon nicht täuschen. Er kannte und beherrschte dieses Spiel mindestens ebenso gut.
»Monsieur Bonnier, unsere Recherchen haben ergeben, dass Zahra die Tochter von Yamir Massoud ist. Über die Bedeutung dieses Mannes muss ich Ihnen nichts sagen.«
Greg Bonniers Gesichtsausdruck veränderte sich nicht. Nur an seinen Augen konnte man plötzlich eine abwartende Vorsicht ablesen.
»Darf ich fragen, in welchem Verhältnis Ihre Familie mit den Massouds steht?«, fuhr Baptiste fort. »Ein Kind unter den momentanen Umständen in fremde Hände zu geben, lässt auf mehr als nur eine zufällige Bekanntschaft schließen.«
»Zahras Mutter Élaine ist eine entfernte Verwandte meiner Frau«, entgegnete der Amerikaner ruhig. »Es wundert mich, dass sich dieser Zusammenhang aus Ihrer Recherche nicht ergeben hat.«
Baptiste überging die Spitze. »Eine entfernte Verwandte Ihrer Frau? Das ist interessant. Wie darf ich das genau verstehen?«
»Élaines Mutter war eine Cousine von Louise, die bereits in den sechziger Jahren nach Südamerika ausgewandert ist.«

»Wo ist Zahra jetzt?«
»Sie ist an einem sicheren Ort.«
»Warum verstecken Sie das Kind? Haben Sie Angst, dass ihr Vater sie aufspüren könnte?«
Im Raum herrschte auf einmal Stille, bis Greg Bonnier sich schließlich räusperte. »Yamir Massoud würde seiner Tochter nie etwas antun. Er liebt sie abgöttisch.«
»Aber will er sie dann nicht zurückhaben?«
Für einen kurzen Augenblick wurden die Lippen seines Gegenübers schmal. Es war nur ein Zucken, das manch anderer vielleicht übersehen hätte, aber es war die Bestätigung, die Baptiste gesucht hatte: Zahra Massoud war ohne die Einwilligung ihres Vaters nach Frankreich gebracht worden. Mit ausdrucksloser Miene lehnte er sich auf der Couch zurück.
Greg Bonnier ging nicht auf seine Frage ein. »Meinen Sie nicht, Monsieur Baptiste, dass Ihre Einmischung in dieser privaten Angelegenheit völlig überflüssig und unbegründet ist?«, fragte er stattdessen.
»Sie haben vermutlich recht«, erwiderte Baptiste ohne Umschweife. Er hatte erfahren, was er wollte, kein Grund, weiter zu bohren. »Der eigentliche Anlass meines Besuchs ist auch ein anderer.« Er zog ein Schreiben aus der Innentasche seines Jacketts. »Ich habe einen gerichtlichen Beschluss, der mir die Durchsuchung von Jean Morels hier verbliebenem oder gelagertem Besitz gestattet, ebenso wie die Mitnahme desselben, falls es mir nötig erscheint.« Er stand auf und reichte ihm das Schreiben. »Wären Sie so nett, mir sein Zimmer zu zeigen?«
Greg Bonnier starrte ihn fassungslos an, und Baptiste konnte sehen, wie es in ihm arbeitete. Wie er versuchte, Zusammenhänge zu konstruieren und nachzuvollziehen, welche

Brisanz Jeans Verstrickungen tatsächlich besaßen, dass ein solches Vorgehen möglich war. Baptiste konnte sich einer gewissen Genugtuung nicht entziehen, denn die Selbstverständlichkeit, mit der die Bonniers bis heute, lange nachdem sie aus dem Berufsleben ausgeschieden waren, auf ihre diplomatische Immunität pochten und ihre politischen Verbindungen zu ihrem Vorteil strapazierten, hatte ihn von Anfang an geärgert.
Schließlich nahm Greg Bonnier einen Schlüssel aus einer Schublade des Schreibtisches seiner Frau.
»Sie brauchen mich sicher nicht«, bemerkte er kühl, während er gleich darauf die Tür zu Jean Morels Zimmer aufschloss.
»Nein, vielen Dank, wenn wider Erwarten etwas sein sollte, melde ich mich.«
»Ich bin im Wohnzimmer.«
Baptiste betrat den Raum, und wie schon Marion am Tag zuvor war er fasziniert von der orientalischen Atmosphäre, die Morels Einrichtung verströmte. Der Mann hatte zweifelsohne Geschmack und ein Händchen für das Besondere. Er zog die Tür hinter sich ins Schloss und ging an den Schreibtisch. Sein Blick flog über die gerahmten Fotografien an der Wand, aber er hielt sich nicht damit auf, sie näher zu betrachten. Er hoffte, in den Privatsachen des Mannes Hinweise zu finden, die ihm Aufschluss geben würden über seine Persönlichkeit und Denkweise und damit über seine nächsten Schritte. Aber er wurde enttäuscht. Das Zimmer war lediglich ein Sammelsurium bunter Fragmente eines an vielen Orten gelebten Lebens. Es gab nur wenige Briefe und kaum private Aufzeichnungen, zumindest nicht in dieser Wohnung in Paris. Nach einer Stunde verabschiedete sich Baptiste.
Schon in der Tür, wandte er sich jedoch noch einmal um.

»Könnten Sie bitte Madame Sanders eine Nachricht von mir übermitteln?«, fragte er Greg Bonnier, der ihn hinausbegleitet hatte.
»Das tut mir leid, sie ist abgereist«, antwortete dieser zu seiner Überraschung.
»Wann erwarten Sie sie zurück?«
»In nächster Zeit nicht.«
Die Nachricht traf Baptiste. Marion Sanders hatte ihn mit keinem Wort von ihrer Abreise in Kenntnis gesetzt. Nach ihren letzten Begegnungen hätte er zumindest das erwartet. Sie war nicht der Mensch, der kommentarlos ging, es sei denn, sie hatte einen guten Grund dafür.
»Wie ich feststellen musste, hat sie überraschende Ähnlichkeit mit Élaine Massoud. Können Sie mir etwas dazu sagen?«
Greg Bonnier zögerte. »Tut mir leid, Monsieur, sprechen Sie bitte mit meiner Frau darüber, wenn es ihr wieder bessergeht.«
Baptiste ging zurück in die Wohnung und schloss die Tür hinter sich.
»Monsieur Bonnier, wir befinden uns mitten in einer Ermittlung«, sagte er ungehalten. »Ich kann Sie auch offiziell vorladen lassen, wenn Ihnen das lieber ist.«
Greg Bonnier verzog keine Miene, aber seine Augen funkelten zornig. »Élaine und Marion sind miteinander verwandt«, teilte er ihm dann widerwillig mit.
»Inwiefern?«
»Sie sind Schwestern.«
Baptiste hatte also richtig kombiniert. »Es schien mir nicht so, als ob Marion Sanders von ihrer Verwandtschaft zu Zahra wusste«, bemerkte er schließlich.
»Ist es nötig, dass wir die ganze Familiengeschichte aufrollen?«, fragte Greg Bonnier angespannt.

Baptiste schüttelte den Kopf. »Ich denke, sie ist derzeit weder relevant, noch geht sie mich im Detail etwas an. Ich hätte nur eines noch gern.« Er lächelte versöhnlich. »Und zwar die Adresse, wo Marion Sanders sich momentan mit Zahra aufhält.«

43.

Zwei Tage waren seit Marions Ankunft in der Bretagne vergangen, als der Brief kam. Sie räumte gerade mit Zahras Hilfe das Frühstücksgeschirr auf, als sie den Wagen die Auffahrt entlangfahren hörte. Alarmiert stellte sie die Teller beiseite und sah aus dem Fenster. Niemand verirrte sich zufällig zu dem einsam gelegenen Haus, das nur durch einen kurzen Fußweg von der rauhen bretonischen Küste getrennt war.

Als Marion bei ihrer Ankunft aus dem Mietwagen gestiegen war, hatte sie genau das vorgefunden, was sie erwartet, eher noch erhofft hatte: Ein altes, aus grauem Stein erbautes Haus, mit nur einem Wohn- und einem Schlafraum, einer altmodischen Küche und einem kleinen Garten, dessen hohe, mit Efeu bewachsene Steinmauer zumindest einen Teil des Windes brach, der ungestüm vom Meer über das Land fegte und dichte graue Wolken mit langen Regenbändern vor sich hertrieb.

Bis ins nächste Dorf waren es vier Kilometer, dort hatten sie und Zahra in einem kleinen Gemischtwarenladen alles eingekauft, was Marion an Vorräten nicht aus Paris mitgenommen hatte. Je weiter sie die Stadt hinter sich gelassen hatten, umso mehr war das kleine Mädchen aufgeblüht. Leise singend hatte es in seinem Kindersitz neben Marion gesessen und mit der alten Puppe gespielt, die es aus der Wohnung der Bonniers mitgenommen hatte. Marion hatte sich dabei ertappt, dass sie krampfhaft versuchte, aus den Melodien diejenige herauszuhören, von der Jean gesprochen hatte. Sie hatte schon einmal gehört, wie Zahra die bekannte französische Kindermelodie mit einem für sie völlig unverständlichen arabischen Text gesungen hatte, aber wie sollte sie in dieser fremden Sprache auch nur ein Wort, geschweige denn einen Code, erkennen. Verzweifelt hatte sie sich den Kopf zerbrochen, wie sie das Mädchen dazu bringen konnte, das Geheimnis, von dem es nicht einmal wusste, dass es ein Geheimnis war, mit ihr zu teilen. Das Wissen um Zahras Herkunft und ihre verwandtschaftlichen Beziehungen hatten sie dabei zunächst völlig blockiert. Sie hatte Angst gehabt, etwas falsch zu machen, voreilig zu sein und Zahra damit zu verunsichern. Das Vertrauen, das zwischen ihnen gewachsen war, erschien ihr so zerbrechlich.

Sie hatte Greg nichts erzählt. Nicht von ihrer Begegnung mit Jean, nichts davon, dass sie um ihre verwandtschaftlichen Bande zu Zahra wusste, und auch nichts von Jeans verzweifelter Bitte um Unterstützung. Sie hatte auch mit Louise nicht darüber gesprochen, als sie die mütterliche Freundin vor ihrer Abreise im Krankenhaus besucht hatte. Louise hatte so entsetzlich verloren gewirkt in dem großen Krankenhausbett, ihre Haut fast so blass wie das Laken, unter dem sie lag. Die Ärztin in Marion hatte den unübersehbaren Verfall der alten Dame sofort analysiert. Louise hatte ihre Reserven verbraucht. Es war nicht viel übrig, woraus sie noch Kraft ziehen konnte, einzig und allein ihr eiserner Wille hielt sie am Leben. Auch Greg war sich dessen bewusst. Marion hatte den Schmerz und die Angst in seinen Augen gesehen, als sich ihre Blicke über das Bett hinweg getroffen hatten. Und sie hatte eine Ahnung, eine winzige Vorstellung davon bekommen, wie es sich anfühlen musste, machtlos zusehen zu müssen, wie ein geliebter Mensch langsam Abschied nahm. Trotzdem, und auch das realisierte die Ärztin in ihr, gab es Hoffnung, solange es Leben gab. Sie hatte Louises Hand gedrückt, und sie hatten ein Lächeln getauscht. Und vielleicht hatte dieser Moment, mehr als jeder andere, Marion darin bestärkt, dass es richtig war, mit Zahra in die Bretagne zu fahren, Jean zu unterstützen und mit ihm die Schwester, der sie noch nie begegnet war. Sie hatte nicht gezögert nach ihrem Gespräch mit Jean im Park. Noch am selben Tag hatte sie ihre und Zahras Sachen gepackt.

Und nun war sie hier und blickte aus dem Fenster auf das Postauto, aus dem eine mollige Frau stieg, sich die Kapuze über den Kopf zog und mit ihrer Jacke einen einzelnen weißen Umschlag in ihrer Hand vor dem Regen schützte. Marions Magen krampfte sich bei dem Anblick zusammen.

»Guten Morgen, Madame«, begrüßte die Postbotin sie gleich darauf in breitem bretonischen Dialekt. »Sind Sie Marion Sanders?«

Marion nickte angespannt.

Regentropfen fielen von der Kapuze der Frau auf den Brief in ihrer Hand, als sie ihn Marion hinhielt. »Post aus Paris.«

Marion warf einen Blick auf den Umschlag: Gregs Handschrift. Die eigentliche Adresse war überklebt, unter dem Papier konnte sie jedoch noch die deutschen Briefmarken erkennen. Der Klumpen in ihrem Magen verfestigte sich.

Die Postbotin musterte sie neugierig. »Sind Sie schon lange hier?«

»Wir sind vorgestern angekommen.«

»Na, da haben Sie ja schon zwei schöne Tage gehabt.« Sie sah

zum Himmel. »Morgen, spätestens übermorgen soll es schon wieder besser werden.«
Marion zwang sich zu einem Lächeln. »Kein Problem«, entgegnete sie. »Wir haben Regenjacken und Gummistiefel.«
»Das ist die richtige Einstellung«, bemerkte die Postbotin, hob die Hand zum Gruß und eilte zu ihrem Wagen zurück, wobei sie darauf achtete, nicht in die Pfützen zu treten, die sich in dem feinen Kies gebildet hatten. »Schöne Zeit noch.«
»Danke!«, rief Marion ihr hinterher.
Sie schloss die Tür und ging langsam zurück in die Küche. Der Brief wog schwer in ihrer Hand. Ihr Vater hatte den gleichen Weg der Kommunikation gewählt wie sie.
Zahra stand auf einem Stuhl an der Spüle und wartete darauf, dass sie mit dem Abwaschen beginnen konnten. Marion legte den Brief auf den Küchentisch. Sie würde ihn später in aller Ruhe lesen. Während sie mit dem kleinen Mädchen das Frühstücksgeschirr abspülte, wanderte ihr Blick dennoch immer wieder zu dem weißen Umschlag.
Wie immer, wenn sie mit etwas beschäftigt war, sang Zahra leise vor sich hin. Marion erkannte inzwischen fast alle Melodien der Kinderlieder, die das kleine Mädchen beherrschte. Dennoch war es ihr nicht gelungen, dem Kind die Verse zu entlocken, die Jean so dringend benötigte. Zweimal hatte sie Zahra bereits aufgefordert, das Lied zu singen, dessen Melodie ihr schließlich wieder eingefallen war, um es unauffällig mit ihrem Handy aufzunehmen und Jean zu schicken, der die arabischen Worte verstehen und dann hoffentlich den Code entziffern würde. Das war ihre letzte Hoffnung. Also hatte sie leise begonnen, es zu summen, doch das kleine Mädchen hatte ihre Bemühungen völlig ignoriert. Schon in Paris musste Marion feststellen, dass es nahezu unmöglich

war, Zahra zu etwas zu überreden, das sie nicht wollte. Dabei leistete das Mädchen keinen aktiven Widerstand. Sie verweigerte sich einfach, indem sie sich in ihre eigene kleine Welt zurückzog, in der niemand außer ihr und der alten Puppe existierte, die auch jetzt neben der Spüle saß, einen Fuß halb im Abwaschwasser.
Als sie fertig waren, lief Zahra zur Haustür und holte ihre Gummistiefel. Marion warf einen Blick zum Fenster hinaus. Es regnete noch immer in Strömen. »Kleines, lass uns noch ein wenig warten, bevor wir rausgehen«, schlug sie deshalb vor. »Vielleicht lässt der Regen nachher nach.«
Zahra schüttelte energisch den Kopf. Sie liebte Regen. Pfützen. Matsch. Das Meer bei Ebbe war das Tollste, was sie jemals gesehen hatte. Voller Begeisterung war Zahra an Marions Hand durch den graubraunen Schlick gewatet. Daraufhin hatte Marion im Internet – das Haus war erstaunlicherweise mit einem Anschluss ausgestattet – nach den Tidezeiten für die Region gegoogelt, um Zahra nicht mit einem Strandspaziergang zu enttäuschen, bei dem das Meer hoch gegen die Felsen schlug.
Mit einem letzten Blick auf den Brief, der gleichzeitig unschuldig und drohend auf dem Küchentisch lag, zog Marion seufzend die Tür hinter sich zu und folgte Zahra in den Flur.

Draußen tobte der Wind und peitschte ihnen den Regen in die ungeschützten Gesichter. Marion zog Zahra die Kapuze der violetten Regenjacke fester zu und hielt das Mädchen zurück, als es vor ihr den schmalen Fußweg zum Meer hinunterstürmen wollte. »Heute bleibst du bei mir, sonst weht dich der Wind weg.«
Just in diesem Augenblick riss eine Bö Zahra fast von den

Füßen. Erschrocken griff das Mädchen nach Marions Hand und sah sie aus ihren großen dunklen Augen ernst an. »Du hältst mich fest!«, bestimmte sie.
Marion spürte die kleine Hand in der ihren, den suchenden Griff der schmalen Finger. Ja, dachte sie, ich halte dich fest. Egal, was kommt.

44.

Élaine hatte einen Unfall. Exakt nach Ablauf der Wochenfrist, die René Leclerc ihm genannt hatte. Jean fragte nicht, ob der Unfall inszeniert gewesen war, noch, wer dafür verantwortlich war. Das war nicht wichtig. Nicht jetzt, wo Élaines Leben an einem seidenen Faden hing. Wir können ihr helfen, war die Botschaft gewesen, die er über sein Mobiltelefon erhalten hatte. Wir können ihr Leben retten, wenn du uns innerhalb von achtundvierzig Stunden Datenzugang verschaffst.

Achtundvierzig Stunden Aufschub.

Jean hatte die Warnung verstanden. Seine Gegenspieler verhandelten nicht. Sie handelten. Gnadenlos.

45.

»Mein geliebtes Kind,

du wirst verstehen, warum auch ich den schriftlichen Weg gewählt habe. Du hast in dieser sensiblen Angelegenheit selbst diesen Weg gewählt, und ich bin dir dankbar für die Zeit, die du mir damit eingeräumt hast, die richtigen Worte zu finden. Ob ich sie gefunden habe, wirst du entscheiden müssen.

Es fällt mir schwer, zu beginnen. Ich habe Angst vor deiner Reaktion, vor deiner möglichen Ablehnung. Vermutlich ist es pathetisch, wenn ich schreibe, alles sei nur zu deinem Besten geschehen, aus Liebe für die Tochter, die du mir bist, und aus Sorge um dein Wohlergehen. Dennoch ist es wahr. Genauso war es.

Ich bin nicht dein Vater. Ebenso wenig, wie Christa deine Mutter war. Wir haben dich drei Tage nach deiner Geburt adoptiert. Deine leiblichen Eltern sind Claire und Heinrich Schneider, Claire ist die Frau auf dem Foto vor dem Flughafen Orly, auf dem ich mit dir im Hintergrund zu sehen bin.

Diese Nachricht ist an sich schon ungeheuerlich, ebenso wie die Tatsache, dass du diesen Umstand erst durch einen Zufall erfahren musstest, weil ich nicht die Größe besessen

habe, dir die Wahrheit in den vergangenen Jahrzehnten zu gestehen.
Aber das ist leider noch nicht alles. Es gab einen Grund, warum Claire und Heinrich nach Südamerika ausgewandert sind, warum sie dich nicht mitnehmen konnten und warum gerade Christa und ich dich adoptiert haben …«

Marion ließ den Brief sinken.
Die Worte schlugen dumpf in der plötzlichen Leere in ihrem Inneren auf, und eine einzelne Träne löste sich, rollte über ihre Wange und tropfte auf das Papier.
Langsam sank sie auf den Küchenstuhl. Sie starrte auf die Briefbögen in ihrer Hand und wusste, dass sie nicht in der Lage war, weiterzulesen. Nicht jetzt. Nicht sofort.
Sie legte die Bögen auf den Küchentisch und strich sie glatt. Wieder und wieder glitten ihre Finger darüber. Erst als ihr bewusst wurde, was sie tat, zog sie ihre Hände zurück, verschränkte sie ineinander auf ihrem Schoß und kämpfte gegen die unerträgliche Einsamkeit an, die ihr die Luft abzuschnüren drohte und sich in ihr ausbreitete, während sich ihre eigene Lebensgeschichte auflöste und sie hinauskatapultiert wurde aus einem Familienverband, dem sie sich ihr ganzes Leben über zugehörig gefühlt hatte.
Draußen heulte der Wind, und gegen die Fenster prasselte der Regen. Es war längst dunkel, und das Glas reflektierte ihr Gesicht. Sie starrte darauf und beobachtete reglos, wie es überlagert wurde von der Erinnerung an die Fotografie der Frau aus dem Museum. Ihre Mutter. Claire. Jetzt verstand sie die Trauer, die sie in ihrem Antlitz gesehen hatte, die Angst, die Müdigkeit. Marions Blick wanderte zurück zu den Briefbögen auf dem Küchentisch. Sie hatte noch nicht einmal einen Bruchteil des Briefes gelesen, der vor ihr lag.

Sie stand auf und wanderte unruhig im Haus herum. Ihr Vater war nicht ihr Vater. Hatte sie es nicht schon geahnt? Spätestens, als Jean ihr von Élaine erzählt hatte?
Doch eine Ahnung, ein Verdacht, barg noch immer Hoffnung, so absurd sie bisweilen auch erschien. Eine Bestätigung schwarz auf weiß barg nichts als Endgültigkeit.
Ihr Vater hatte sie belogen. Jahrzehntelang. Der Gedanke schmerzte so sehr, dass sie es auch körperlich spürte, und sie schlug die Arme schützend um sich. Sie war emotional hin- und hergerissen, Wut und Mitleid, Trauer und ein Gefühl der Angst kämpften in ihr, während sie ruhelos in der Küche hantierte.
Erst ein Geräusch aus dem Schlafzimmer brachte sie wieder zu sich. Leise öffnete sie die Tür und trat an das große Doppelbett. Zahra lag auf dem Rücken, das Gesicht zum Fenster gewandt, die alte Puppe im Arm. Ihre Hände waren locker zu Fäusten geballt, ihr Mund leicht geöffnet.
Das Herz wurde ihr schwer bei diesem Anblick: kleine, bezaubernde Zahra. Es durfte nicht noch ein Mädchen in ihrer Familie ohne Mutter aufwachsen. Nicht noch eine Mutter unter dem Verlust ihrer Tochter leiden. Marion hatte das Bild ihrer jüngeren Schwester nicht mehr aus dem Kopf bekommen, seit sie es gesehen hatte. Dieser schönen Frau, deren Züge viel ebenmäßiger waren als die ihren, deren Körper viel zarter und feiner modelliert. Sie verspürte keinen Neid deswegen. Nur Sehnsucht. Und Sorge, denn Jean hatte ihr nicht verschwiegen, wie schwer Élaine sich damit getan hatte, sich von Zahra zu trennen. Himmel, sie wusste nichts über diese Frau, deren Kind nun in ihrer Obhut war. Das wurde ihr plötzlich klar. Was mochte sie für ein Mensch sein? Was ihre Profession? Und warum um alles in der Welt lebte sie ausgerechnet in Syrien? Sie war so überrascht gewe-

sen, als Jean ihr von Élaines Existenz erzählt hatte, dass sie nicht daran gedacht hatte, ihn um diese Details zu bitten. Aber jetzt, beim Anblick des kleinen Mädchens, stellten sich diese Fragen wie von selbst.
Behutsam strich sie ihrer Nichte eine vom Schlaf feuchte Locke aus dem Gesicht und beugte sich zu ihr, um sie auf die Wange zu küssen. Zahra bewegte sich kurz, murmelte etwas und schlief dann weiter.
Leise verließ Marion den Raum und zog die Tür hinter sich zu.

Zurück in der Küche, überfiel sie, beim Anblick der auf dem Küchentisch liegenden Briefbögen mit der vertrauten Schrift ihres Vaters, erneut die Einsamkeit. Sie war so weit entfernt von allem, was ihr lieb und vertraut war. Gerade jetzt. Gerade in dieser Situation.
Sie öffnete den Wandschrank, um sich ein Wasserglas zu nehmen, und stieß dabei eine der beiden Weinflaschen um, die Greg ihr aufgedrängt hatte. In letzter Sekunde konnte sie sie noch auffangen, bevor sie zu Boden fiel. Sie wollte die Flasche zurückstellen, zögerte dann aber. Sie trank nicht gern allein, und schon gar nicht, wenn es ihr nicht gutging, aber vielleicht war der heutige Tag eine Ausnahme.
Als sie die Flasche öffnete und sich einschenkte, stieg ihr das Aroma in die Nase und löste eine Vielzahl von Erinnerungen in ihr aus. Gemeinsame Abende mit ihrem Vater, mit Paul und den Mädchen, ein Essen mit Freundinnen kurz vor ihrem Abschied aus Hamburg und das letzte Treffen mit Claude Baptiste. Die Erinnerung an ihn berührte sie am meisten. Sie hatte sich nicht von ihm verabschiedet, als sie überstürzt aus Paris abgereist war. Natürlich hatte sie gute Gründe dafür gehabt, dennoch versetzte der Gedanke ihr

jetzt einen Stich. In der vergangenen turbulenten Zeit erschienen ihr die Begegnungen mit ihm wie der Aufenthalt in einem ruhigen, sicheren Hafen. Was mochte er jetzt von ihr denken?
Sie hob das Glas. »Auf Sie, Monsieur Baptiste, und auf das, was aus uns hätte werden können«, sagte sie leise in die abendliche Stille und wunderte sich über ihre eigenen Worte. Ihre Stimme klang fremd, so fremd wie die Umgebung, in der sie sich befand. Die Briefbögen raschelten, als sie sie aufnahm.

»… Aber das ist leider noch nicht alles. Es gab einen Grund, warum Claire und Heinrich nach Südamerika ausgewandert sind, warum sie dich nicht mitnehmen konnten und warum gerade Christa und ich dich adoptiert haben …«

Sachlich und in wenigen Worten erzählte ihr Vater ihr die Wahrheit um ihre Herkunft. Er versuchte, nicht zu bewerten, nicht zu entschuldigen. Er machte keine Ausflüchte. Er war schonungslos, aber manche Wahrheiten lassen sich nur so transportieren, nichts kann sie schönen, nichts erleichtern. Dreimal las sie die Zeile, bis sie sie erfassen konnte.

»Heinrich Schneider floh, wie so viele andere, nach Südamerika, aus Angst, für seine Kollaboration mit den Nazis zur Rechenschaft gezogen zu werden.«

Und ihr Vater hatte diesem Mann, den er im Haus der Bonniers kennengelernt hatte, der ihm viele Jahre lang Mentor und väterlicher Freund gewesen war, geholfen, Europa zu verlassen. Mehr als zwanzig Jahre nach Ende des Krieges. In diesen zwei Jahrzehnten hatte Heinrich, der aufgrund seiner

Erziehung perfekt Französisch sprach, unter falschem Namen in Frankreich gelebt. Ein Mann aus altem ostpreußischem Landadel, ein Mediziner wie ihr Vater, der selbst keine Verbrechen begangen, aber dieselben durch seine Passivität ermöglicht hatte.
Ihr Vater versuchte erst gar nicht zu erklären. Es war, wie es war.
Heinrich hatte, auch ohne aktiv an den Greueltaten der Nazis beteiligt zu sein, genug Schuld auf sich geladen, indem er, unter Missachtung seines hippokratischen Eides, jüdischen Patienten konsequent seine medizinische Hilfe verweigert hatte. Überall und zu jeder Zeit gab es Menschen, die bereitwillig wegsahen. Doch es gab auch diejenigen, die selbst Jahre später noch forschten und recherchierten. Heinrich wurde rechtzeitig gewarnt vor ihnen.
Und seine Frau? Claire war so viel jünger als er und erst während des Krieges erwachsen geworden. Sie hatte Eltern und Bruder verloren. Laut ihrem Vater hatten Claire und Heinrich sich erst in den fünfziger Jahren kennengelernt. Letztlich hatte er sie in seine dunkle Vergangenheit eingeweiht, und sie war dennoch – oder gerade deswegen? – mit ihm fortgegangen.
Eine Flucht in ein neues Land. Und ihr erstes gemeinsames Kind war der hohe Preis für ihre Freiheit gewesen. Eingetauscht für neue, unbelastete Identitäten und eine freie Passage nach Südamerika, an ein Paar, das aus eigener Kraft niemals Kinder haben würde. Das war nicht das, was ihr Vater explizit schrieb, aber es war das, was ihr zwischen den Zeilen entgegensprang wie ein freigelassenes Tier, das die Ketten endlich gesprengt hatte.
Sie hatte Glück im Unglück gehabt, denn ebenso wie Zahra und unendlich viele andere Kinder, deren Schicksal bestimmt

wurde durch Krieg und Vertreibung, die falsche Religion oder die falsche ethnische Zugehörigkeit, war sie eine Tochter der Angst, und ihr Leben hätte ganz anders verlaufen können.

Sie ließ den Brief sinken und starrte in die Dunkelheit. Und ausgerechnet jetzt dachte sie an Madame Corve, die Sammlerin der Geschichten aus dem Musée Carnavalet. Was für eine Sensation wäre dieser Brief für sie.

Mit einer Akribie, wie sie auch nur in solchen Momenten möglich ist, sortierte Marion die Seiten, faltete sie, legte sie zurück in den Umschlag, so reinweiß auf dem dunklen Holz des Tisches, so täuschend unschuldig das Äußere. Und dann brach sie in Tränen aus. Diesmal hörte sie nicht, dass ein Wagen vorfuhr, bemerkte nicht das Licht der Scheinwerfer. Erst als jemand an der Haustür laut klopfte, schreckte sie auf.

46.

Entsetzt blickte Jean in Marions verweintes Gesicht.

»Meine Güte, Marion, was ist passiert?«, entfuhr es ihm.

Sie starrte ihn nur an und machte keinerlei Anstalten, ihn hereinzulassen.

Der Regen prasselte gegen seinen Rücken, rann durch sein Haar. Jean griff ihren Arm und schüttelte sie leicht. »Marion!«

Es war, als zöge jemand einen Schleier von ihren Augen.

»Jean«, sagte sie tonlos. »Was machst du hier?«

»Lass mich rein.«

Sie rührte sich nicht.

»Marion, es gießt in Strömen.«

Endlich trat sie einen Schritt zur Seite, so dass er die Tür weit genug öffnen konnte, um ins Haus zu gelangen. Sie lehnte an der Wand, die Arme vor der Brust verschränkt mit einem Gesichtsausdruck, als befürchte sie jeden Augenblick einen Angriff. Schweigend musterte sie ihn von oben bis unten.

»Wie hast du hierhergefunden?«, fragte sie schließlich.

Konnte er ihr die Wahrheit sagen? Durfte er ihr erzählen, dass er sich an Louises Krankenhausbett geschlichen hatte und sie angefleht hatte, ihm zu helfen?

»Greg hat mir gesagt, wo ich dich finde«, log er kurzentschlossen.
Zwischen ihren Augenbrauen bildete sich eine Zornesfalte. »Ich habe dir gesagt, ich melde mich, wenn ich die Information habe, die du brauchst.«
»Ich weiß, Marion.« Er versuchte, seiner Stimme einen beschwichtigenden Ton zu geben. »Aber es gibt Probleme.«
Wieder sah sie ihn nur stoisch an.
Wut stieg in ihm auf. »Élaine hatte einen Unfall«, erklärte er aufgebracht. »Verdammt, sie stirbt, wenn ich die Passwörter nicht innerhalb der nächsten vierzig Stunden übermitteln kann.« Er schleuderte ihr die Worte heftiger entgegen, als er beabsichtigt hatte, aber er brachte nicht mehr die Kraft auf für Höflichkeit und Charme. Irgendwo zwischen Paris und diesem gottverlassenen Nest am westlichsten Zipfel Frankreichs hatte er beides verloren.
Er bemerkte das Entsetzen, das in ihre Augen trat, die rot und geschwollen waren vom Weinen. Erst jetzt nahm er auch das Papiertaschentuch wahr, das sie nervös in ihrer Hand knüllte. Was, zum Teufel, war geschehen?
»Marion …«
Sie schüttelte abwehrend den Kopf. »Ich will nicht darüber sprechen.«
Er konnte ihre ablehnende Haltung förmlich fühlen.
»Sag mir, was ich wissen muss, und ich bin wieder weg.«
»Glaubst du nicht, dass ich mich bei dir gemeldet hätte, wenn ich Erfolg gehabt hätte?«
Panik. Entsetzen. Verzweiflung. Er hätte nicht sagen können, was ihn bei ihren Worten zuerst überfiel.
»Du hast …«, begann er.
»Ich habe alles versucht«, stieß sie hervor, lauter, viel lauter, als er es jemals von dieser sonst so beherrschten Frau erwar-

tet hätte. Aber mit einem Blick auf die geschlossene Schlafzimmertür zügelte sie sich sofort wieder. »Zahra weigert sich, ich kann nichts tun«, fügte sie deutlich leiser hinzu. »Ich weiß mir nicht zu helfen, außer ihr Zeit zu geben.«
»Zeit ist das Einzige, was wir nicht haben«, sagte er resigniert.
»Sssch«, zischte sie und schob ihn Richtung Küche.
Auf dem Tisch lag ein geöffneter Briefumschlag. Daneben stand ein leeres Weinglas. Sie griff hastig nach dem Umschlag und schob ihn in die Tasche ihres dunkelblauen Fleece-Sweaters.
»Ist dieser Brief der Grund für deinen Zustand?«
Er sah, wie sich die Muskeln in ihrem Gesicht anspannten, und drängte sie nicht weiter, als sie nicht antwortete. Stattdessen nahm er die angebrochene Weinflasche von der Anrichte, suchte in den Schränken nach einem zweiten Glas und schenkte ein. Dann zog er seine klitschnasse Jacke aus, hing sie über den freien Küchenstuhl und setzte sich. »Bitte, Marion, setz dich zu mir«, bat er. »Lass uns reden und gemeinsam eine Lösung finden.«
Zögerlich nahm sie ihm gegenüber Platz und umschloss ihr Glas mit beiden Händen so fest, dass er fürchtete, es würde unter ihrem Druck zerbrechen. Was war nur geschehen? Er brauchte ihre Unterstützung, ihren klugen Kopf, um an Zahra heranzukommen, aber wie bekam er Zugang zu ihr?
Sie musterte ihn zurückhaltend und schien sich an ihre letzte Begegnung in Paris zu erinnern und daran, wie abgerissen und ungepflegt er gewesen war. Inzwischen war er zumindest äußerlich wieder der Mann, den sie kannte.
»Möchtest du etwas essen?«, fragte sie unerwartet. »Du hast sicher Hunger nach der langen Fahrt.«
Ungläubig sah er sie an. Wie konnte sie jetzt an Essen den-

ken? Dann erst bemerkte er, dass ihre Hand nervös an dem Umschlag in der Tasche des Sweaters herumfummelte.
Gut, wenn es ihr half, die Hausfrau zu spielen, würde er darauf eingehen. Er würde auf alles eingehen, was ihm ihre Unterstützung sicherte. »Mir reicht ein wenig Brot und Käse, wenn du etwas dahast.«
Sie stand auf und trat an den Kühlschrank.
»Kann ich dir helfen?«, fragte er.
»Danke, nein.«
Sie stellte Butter und Käse auf den Tisch, ein paar Tomaten und Oliven und ein fast frisches Baguette, und nahm einen Teller und Besteck aus dem Schrank.
»Du isst nichts?«, wollte er wissen.
»Ich habe bereits mit Zahra gegessen.«
Als sie sich wieder hingesetzt hatte, hob er sein Glas.
»Auf dein Wohl.«
Sie nippte an ihrem Wein. »Was ist Élaine zugestoßen?«
Er schluckte. »Ich weiß nichts Genaues. Aber ganz ehrlich, Marion, mit den Leuten, die mir die Nachricht geschickt haben, ist nicht zu spaßen. Ich weiß es aus eigener Erfahrung.«
»Marseille?«
Er nickte.
Sie trank erneut von ihrem Wein. Diesmal war es ein größerer Schluck. Er brach sich ein Stück Baguette ab.
»Hat Élaine dir jemals von ihren Eltern erzählt?«
Beinahe wäre ihm das Messer aus der Hand gefallen. Prüfend sah er sie an. »Warum fragst du?«
Sie zuckte mit den Schultern. »Wenn du weißt, dass sie meine Schwester ist …« Sie ließ den Satz unvollendet.
Dann weißt du sicher auch mehr, vervollständigte er ihn schweigend. Was stand in dem Brief, den sie bekommen hatte?

»Was willst du wissen?«
»Alles«, entgegnete sie, und der Blick, den sie ihm dabei zuwarf, gefiel ihm überhaupt nicht.
Er schob seinen Teller beiseite. »Ihre Eltern sind auch deine Eltern.«

47.

Ihr wurde seltsam kalt bei seinen Worten. Woher kannte Jean ihre Familiengeschichte? *Warum kannte er sie und nicht sie?*

Sie fühlte sich nackt und verwundbar.

Mehr noch.

Sie fühlte sich verraten.

Es war nicht zu übersehen, dass ihm die Situation peinlich war. Und ihr wurde klar, dass er sie niemals in dieses Geheimnis eingeweiht hätte, wenn seine Angst um Élaine ihn nicht dazu getrieben hätte.

»Woher weißt du das alles?«, fragte sie und hörte selbst, wie entsetzlich schrill ihre Stimme klang.

Der Brief in der Tasche ihres Pullovers wog schwer. Sie hatte das Gefühl, dass er immer schwerer wurde, je länger sie hier saßen in dieser kleinen Küche, die durch Jeans Gegenwart noch enger, noch kleiner zu werden schien. Die Uhr an der Wand tickte unangenehm laut in der Stille, die ihrer Frage folgte. Jean zerkrümelte das Baguette auf seinem Teller, wich ihrem Blick aus. Die Uhr wurde immer lauter.

»Woher?«, hörte sie sich selbst plötzlich schreien. »Antworte mir!«

Entsetzt lauschte sie dem Nachhall ihrer Stimme. Das bin nicht ich, dachte sie nur. Ich verliere die Kontrolle! Und sie

kämpfte gegen die Tränen, die ihr in die Augen stiegen, die sie überfluten wollten mit Emotionen. Doch gerade jetzt brauchte sie einen klaren Verstand. Nüchternheit. Sie musste begreifen, erkennen …
»Élaines Mutter, also eure Mutter«, hörte sie Jeans Stimme über den Tumult in ihrem Kopf hinweg, »war eine Cousine von Louise.«
Die Worte sackten tief und schwer.
Louise. Natürlich. Sie saß wie eine Spinne im Netz, hielt alle Fäden in der Hand und manipulierte die Leben der Menschen um sich herum. Enden würde es erst mit ihrem Tod.
»Wann hat sie es dir erzählt?«
»An dem Tag, an dem du in Paris angekommen bist.«
Marion schloss für einen Moment die Augen. Atmete und zwang sich zur Ruhe. »Warum?«, gelang es ihr schließlich zu fragen, ohne dass ihre Stimme zitterte.
Er nahm einen Schluck von seinem Wein, und sie spürte sein Bedürfnis zu rauchen. Sie stand auf, nahm einen Aschenbecher aus dem Schrank und stellte ihn auf den Tisch. Er warf ihr einen dankbaren Blick zu und zog ein aufgeweichtes Päckchen Zigaretten und ein Feuerzeug aus der Innentasche seiner Jacke. Bevor er sich selbst eine nahm, bot er ihr eine an. Sie lehnte nicht ab. Als er ihr Feuer gab, berührten sich ihre Hände, und sie zuckte unwillkürlich zurück. Gleich darauf erfüllter blauer Dunst die Küche, und Marion spürte die seltsame Leichtigkeit in ihrem Kopf, die der Genuss von Nikotin bei den ersten Zügen immer bei ihr auslöste. Es war egal. An diesem Abend war alles egal – nur eines nicht. Sie sah zu Jean. »Warum?«, wiederholte sie ihre Frage. »Warum hat Louise dir davon erzählt?«
»Die Ähnlichkeit«, antwortete er zwischen zwei Zügen.

»Sie hat bemerkt, dass mir die erstaunliche Ähnlichkeit zwischen euch aufgefallen ist. Sie hat mich gebeten, es nicht anzusprechen.«

»Und du wolltest wissen, was dahintersteckt.«

Er nickte. »Sie hat sich schwergetan.«

Marion schüttelte fassungslos den Kopf. War das jetzt noch von Relevanz? »Wer weiß noch darüber Bescheid?«

»Ehrlich gesagt, weiß ich das nicht.« Er räusperte sich. »Du kennst Louise.«

Marion tippte die Asche von ihrer Zigarette. »Ja«, gab sie zu. »Ich kenne Louise und ihre Machenschaften.«

Himmel, sie war mit ihr verwandt! Daher ihre Sorge, ihre Bemühungen seit Marions Kindheit. Alles bekam plötzlich einen neuen Sinn.

Sie schaute Jean an. »Du hast mir noch keine Antwort auf meine Frage gegeben, ob Élaine dir von ihren Eltern erzählt hat.«

»Sie hat nicht mehr erzählt, als andere es tun.«

»Etwas über ihren Vater?«

Er dachte nach, versuchte, sich zu erinnern. »Nicht, dass ich wüsste. Ab und an hat sie von ihrer Kindheit erzählt, aber nichts Besonderes.« Jean runzelte die Stirn. »Gibt es etwas, was ich wissen sollte?«

»Nein«, sagte Marion und verzog keine Miene. »Ich bin nur neugierig.«

Jean hakte nicht weiter nach. Sie saßen eine ganze Weile schweigend, während er etwas aß und sie langsam ihren Wein trank. Marion war jetzt seltsamerweise erleichtert, dass er da war und sie in dieser Nacht nicht allein mit ihren Gedanken sein würde. Allmählich löste sich das Adrenalin in ihrem Blut auf, und die Müdigkeit setzte ein. »Ich würde gern ein paar Stunden schlafen«, sagte sie deshalb mit einem

Blick auf die Uhr. Es war bereits kurz vor eins. »Die Couch im Wohnzimmer lässt sich zu einem Bett umbauen …«
»Leg mir einfach eine Decke raus«, fiel er ihr ins Wort. »Ich weiß nicht, ob ich schlafen kann.«

Ein dumpfer Druck in ihrer Magengegend weckte sie. Einen Moment lag sie reglos, wartete, dass der Schmerz nachließ, aber er löste sich nicht auf. Vorsichtig drehte sie sich auf die Seite und kämpfte gegen eine Welle der Übelkeit an. Der Radiowecker neben dem Bett zeigte kurz nach vier Uhr morgens an. Sie hatte keine drei Stunden geschlafen.
Der Schmerz intensivierte sich mit jedem Atemzug, und Marion brach der Schweiß aus. Langsam versuchte sie, sich aufzusetzen. Es war nicht das erste Mal, dass sie unter Magenkrämpfen litt, aber so heftig hatte sie es seit Jahren nicht mehr getroffen. Sie versuchte, ruhig und gleichmäßig zu atmen, sich von dem Schmerz nicht in Panik versetzen zu lassen, sich nicht noch mehr zu verkrampfen.
Tränen sprangen ihr in die Augen, als sie aufstand und schleppend zur Tür ging. Allein der Gedanke, dass sie Zahra nicht wecken durfte, drängte den Schmerz für einen kostbaren Augenblick in den Hintergrund. Dann stand sie im Flur. Keuchend tastete sie nach dem Lichtschalter. Sie hatte keine Medikamente dabei außer ein paar Aspirin-Tabletten, doch damit durfte sie ihren gestressten Magen nicht noch zusätzlich belasten. Sie musste es mit warmem Tee als bewährtem Hausmittel versuchen.
Ein neuer Krampf zwang sie fast in die Knie. Stöhnend atmete sie dagegen an und hörte nicht, wie die Wohnzimmertür aufging. Sie bemerkte Jean erst, als er neben ihr stand und sie an der Schulter berührte. »Marion, um Gottes willen, was hast du?«

»Magenkrämpfe«, stieß sie hervor.
»Was brauchst du?«, fragte er. »Ich hole es dir.« Er legte den Arm um sie und stützte sie. Die Berührung und seine Anteilnahme waren ungewollt tröstend.
»Warmen Tee«, antwortete sie. »Ich brauche warmen Tee. Es ist das Einzige, was vorhanden ist und helfen könnte.«
»Ich kümmere mich darum. Am besten legst du dich wieder hin«, schlug er vor.
»Ich will Zahra nicht wecken.«
»Dann bringe ich dich ins Wohnzimmer.«
Während sie hinübergingen, ereilte sie ein weiterer Krampf. Sie blieb stehen und klammerte sich an Jean, der sie festhielt, bis es vorbei war. »War wohl alles ein bisschen viel in letzter Zeit«, sagte er leise.
Sie hatte nicht die Kraft zu antworten.

Der Tee linderte den Schmerz, wie sie es vorausgesehen hatte, aber er löste ihn nicht auf.
»Leidest du oft unter Magenschmerzen?«, fragte Jean.
Sie stellte fest, dass er noch immer angezogen war und nicht aussah, als hätte er geschlafen. Auf dem Couchtisch stand das Netbook, das Marion auch schon genutzt hatte, um für Zahra nach den Tidezeiten zu googeln. Er hatte sich damit anscheinend die Nacht vertrieben. Sie stellte den leeren Becher auf den Couchtisch und zog die Wolldecke über ihren Schlafanzug bis zum Kinn hoch.
»Ab und an holt es mich ein«, gab sie müde zu. »Ich habe schon immer einen empfindlichen Magen gehabt. Aber so schlimm war es schon lange nicht mehr.«
»Vielleicht solltest du noch ein wenig schlafen.«
»Ich habe Angst, dass Zahra aufwacht.«
»Ich kann mich um sie kümmern.«

Ihr Misstrauen kehrte mit einem Schlag zurück. Was, wenn er heimlich mit ihr fortfuhr?
Ihre Befürchtung musste sich in ihrem Gesicht gespiegelt haben, denn Jean hob beschwichtigend die Hände. »Schon gut. Vergiss es.«
»Wir werden eine Lösung finden«, versicherte sie ihm. »Es gibt noch etwas, das ich bislang nicht probiert habe, weil ich es ihr einfach nicht antun wollte, aber ich fürchte, uns bleibt keine Wahl.«
Jean sah sie fragend an.
»Ich werde ihr sagen, dass ihre Mama uns besuchen möchte, das aber nur kann, wenn wir gemeinsam ein bestimmtes Lied singen.«
Allein der Gedanke, Zahra solche Hoffnungen zu machen, die sich vielleicht nie erfüllen würden, war für Marion unerträglich. Aber was blieb ihr anderes übrig? Es war die Wahl zwischen Pest und Cholera. Wenn es stimmte, was Jean ihr erzählte, würde Zahra ihre Mutter niemals wiedersehen, wenn es ihnen nicht gelang, den Code von ihr zu erfahren. Aber selbst wenn alles gutging, gab es keine Gewähr, dass Élaine lebend heimkehrte.
Sie sah den Zweifel in Jeans Augen, gepaart mit Ungeduld und Sorge.
»Vertrau mir«, bat sie ihn.
Er nahm ihren Teebecher und ging in die Küche. Marion sehnte sich nach Hamburg, wie immer, wenn es ihr nicht gutging. Sie hatte in den vergangenen Tagen einige Male mit Paul telefoniert, aber es waren kurze, nichtssagende Gespräche gewesen. Es schmerzte ihn, dass sie ihn ausschloss, ihm nicht erzählen wollte, was sie bedrückte. Wenn er ein besseres Verhältnis zu ihrem Vater gehabt hätte, hätte er ihn vermutlich gefragt, und vielleicht wäre das

tatsächlich gut gewesen, so aber kamen sie alle drei nicht zusammen.
Sie hatte für sich noch keine Entscheidung gefasst, wie sie mit der neuen Situation umgehen sollte. Sie musste mit ihrem Vater sprechen, mit ihm zuerst, aber was sollte sie sagen? Sie wusste ja noch nicht einmal, was sie empfand. Nach dem ersten Schock, nach dem Entsetzen, der Trauer und der Enttäuschung fühlte sie sich einfach nur ausgebrannt und leer.
Nur eines war ihr in den vergangenen Stunden klargeworden: An ihrer Liebe zu ihm hatte sich nichts geändert. Er war ihr Vater, der Mann, der sie aufgezogen, ihr das Laufen beigebracht hatte und das Sprechen, der sie in jungen Jahren schon für die Medizin begeistert und sie ein Leben lang gefördert hatte. Manchmal schien es ihr, als ob sie mit ihm mehr verband als mit jedem anderen Menschen auf dieser Welt. Das zumindest konnte sie ihm mitteilen. Ihr Blick fiel auf das Netbook auf dem Couchtisch. Nach kurzem Zögern griff sie danach, wählte das Internet an und loggte sich in ihren E-Mail-Account ein. Es waren nur drei Zeilen, die sie ihm schrieb mit dem Versprechen, ihn in den nächsten Tagen anzurufen. Sie loggte sich aus und landete automatisch bei Google. Sie starrte auf den blinkenden Cursor in der Suchleiste. Langsam, Buchstaben für Buchstaben tippte sie den Namen ihres leiblichen Vaters ein, doch bevor sie die Entertaste drücken konnte, hörte sie, wie die Schlafzimmertür aufging. Sie klappte hastig das Netbook zu und stand auf. Ihr Magen protestierte gegen die schnelle Bewegung, aber sie ignorierte ihn. Zahra stand in der Schlafzimmertür, ihre Wangen waren gerötet vom Schlaf, ihre dunklen Locken zerzaust. Sie lächelte, als sie Marion entdeckte, und reckte ihr die Arme entgegen.

48.

Élaine Massoud und Marion Sanders waren also Schwestern. Einzelheiten hatte Greg Bonnier nicht preisgeben wollen, aber das war auch nicht nötig. Baptiste hatte sich gefragt, ob Marion in dieses Geheimnis eingeweiht war. Bei ihren ersten Begegnungen hatte ihr Verhalten nicht darauf hingedeutet, dass sie von ihren verwandtschaftlichen Beziehungen zu Zahra wusste, aber konnte er darauf wirklich vertrauen? Ihre überstürzte Abreise ließ letztlich nur den einen Schluss zu: wo Marion Sanders war, würde auch Zahra sich befinden. Am liebsten hätte er sich sofort auf den Weg gemacht und das Kind in die Obhut des französischen Staates übergeben, bevor andere sich dieses Faustpfandes bedienten, das in Verhandlungen mit Yamir Massoud von unschätzbarem Wert sein würde.

Aber für seine Behörde war das Mädchen zweitrangig. Seine Kooperation mit Moshe Katzman zwang ihn dazu, seine bisherigen Ermittlungsergebnisse zu offenbaren. Mehrere nächtliche Sondersitzungen waren gefolgt, und bis in die politische Führung war man sich einig gewesen, dass die Dokumente und Namenslisten, denen sie nachjagten, in der Tat die Sprengkraft besaßen, eine Regierungskrise auszulösen und wichtige Mitglieder zum Rücktritt zu zwingen.

Der Fall Morel hatte oberste Priorität erhalten. Es war eine

Task Force gebildet worden, die jedes Mittel legitimierte, seiner und Élaine Massouds habhaft zu werden. Jetzt war es auch kein Problem mehr, die nötigen Beamten für eine Observierung von Élaine Massoud in Aleppo zu erhalten.
Baptiste hatte seit zwei Tagen kaum geschlafen und war entsprechend gereizt, als er jetzt mit Leroux, den er davon hatte überzeugen können, die Observierung der Bonniers doch nicht selbst zu übernehmen, und zwei Polizeibeamten vor einer Anwaltskanzlei im Herzen von Paris stand. Er hätte die Angelegenheit lieber im kleinen Rahmen behandelt, unauffällig und leise, aber Befehle von oben besaßen eine eigene Dynamik.
»Also los«, sagte er zu Leroux.
Sein junger Kollege klingelte, und gleich darauf ertönte ein Summer. Augenblicke später standen sie in der Kanzlei eines renommierten Pariser Anwalts, der äußerst aufgebracht auf ihr Ansinnen reagierte.
»Monsieur«, fiel Baptiste ihm schließlich ins Wort. »Wir haben dafür keine Zeit. In einem solchen Fall hat der Staatsschutz Priorität vor der persönlichen Freiheit. Gerade Sie sollten wissen, welche Mechanismen dann greifen.«
Der Anwalt, ein distinguierter, aber zugleich auch sehr versierter Mann mittleren Alters hob abwehrend die Hände. »Bitte, meine Herren, aber ich bestehe darauf, dass meine Einwände zu Protokoll genommen werden.«
»Selbstverständlich«, versprach ihm Baptiste.
Wenig später verließen sie mit zwei Kartons voller Akten die Kanzlei, die Dokumente und einen ausführlichen Schriftwechsel über die Verwaltung des privaten Vermögens und der rechtlichen Vertretung von Élaine Massoud enthielten.
Zwar war es den Mitarbeitern des französischen Auslandsnachrichtendienstes in Aleppo nicht gelungen, Yamir Mas-

souds Ehefrau aufzuspüren, aber sie hatten Élaines letzte Aktivitäten vor ihrem Verschwinden rekonstruieren können, und dazu gehörte ein ausführliches Telefongespräch mit ebendieser Pariser Kanzlei, das Élaine vor knapp einer Woche geführt hatte.

»Wonach suchen wir?«, wollte einer der Mitarbeiter der Task Force wenig später wissen, der Leroux und Baptiste für die Sichtung der Unterlagen mit drei weiteren Kollegen zugeteilt war.

»Nach einer Spur, die uns Aufschluss geben könnte über den Aufenthaltsort von Jean Morel und über den Verbleib der entwendeten Daten«, erwiderte Baptiste.

Es war Leroux, der etwa eine Stunde später den entscheidenden Hinweis fand. »Wissen Sie, wo sich Marion Sanders mit Zahra Massoud aufhält?«, fragte er plötzlich Baptiste.

Etwas in seiner Stimme ließ Baptiste aufblicken.

Sein jüngerer Kollege stand ihm gegenüber an dem großen Tisch, über den die Inhalte der Akten inzwischen ausgebreitet waren, und hielt einen geöffneten Brief in der Hand.

»Warum fragen Sie?«, wollte Baptiste wissen.

»Weil ich denke, dass wir dort auch Jean Morel finden werden«, erläuterte Leroux.

Baptiste runzelte die Stirn. »Wie kommen Sie darauf?«

Leroux reichte ihm den Brief. »Das ist eine Erklärung von Élaine Massoud, mit Anweisungen, wer zu kontaktieren und was zu tun ist im Falle ihres plötzlichen Todes. Datiert vor zwei Wochen.«

Baptiste überflog das Schreiben, und sein Gesicht hellte sich auf. »Natürlich, Élaine hat die Daten verschlüsselt. Eine Frau, die einen Datenraub in dieser Größenordnung inszeniert, gibt dieselben nicht ohne eine Versicherung aus der

Hand. Morel kommt überhaupt nicht an das brisante Material heran, solange Élaine nicht wohlbehalten bei ihrer Tochter in Europa ist.« Sein Blick wanderte erneut über die Zeilen des Briefs. »Da ihr in Syrien jedoch jederzeit etwas zustoßen könnte, musste sie, um die Sicherheit ihrer Tochter zu gewährleisten, weitere Maßnahmen einleiten, und hat Zahra einen Code mitgegeben.« Er sah Leroux an. »Warum sind wir nicht selbst darauf gekommen?«
Leroux streckte sich unauffällig, bevor er sich wieder über die Akten beugte. »Ich weiß es nicht, aber ich meine, dass Morel herausgefunden hat, dass die Kleine im Besitz dieses Codes ist.«
»Sehr gut«, sagte Baptiste nachdenklich. »Lassen Sie uns den Gedanken einfach mal durchspielen.« Er stand von seinem Platz auf und begann, in dem Konferenzraum auf und ab zu wandern, während er sprach. »Morel ist mit dem Kind zusammen in Paris aufgetaucht und hat Zahra bei den Bonniers untergebracht. Warum sollte er das tun?«
Leroux runzelte die Stirn. »Weil er eine Abmachung mit Zahras Mutter hatte.«
»Richtig, aber es muss noch mehr dahinterstecken.«
Lange Zeit herrschte Schweigen in dem Büro, auch die anderen Mitarbeiter hatten aufgehört zu arbeiten. Nur das leise Schaben von Baptistes Schuhen auf dem Teppichboden war zu hören.
»Gibt es irgendetwas Besonderes an dem Mädchen, ein außergewöhnliches Merkmal?«, fragte einer der Beamten plötzlich.
Baptiste blieb stehen. »Zahra spricht nicht«, antwortete er.
»Ist sie stumm oder …«
»Eher traumatisiert, würde ich sagen.«
Konnte das die Lösung sein? Keiner gelangte an den Code,

weil das kleine Mädchen verstummt war? Es war Leroux, der die Gedanken aller in Worte fasste: »Hat ihre Mutter sie den Code auswendig lernen lassen? Ist es das?«
»Wer kann das Mädchen zum Sprechen bringen?«, fragte einer der Mitarbeiter.
»Vielleicht Marion Sanders«, antwortete Leroux und wandte sich an Baptiste. »Trauen Sie ihr das zu?«
»Ich denke schon«, entgegnete Baptiste nachdenklich und fragte sich zugleich, auf wessen Seite Marion stand. »Wir sollten sie anrufen und warnen«, fügte er hinzu. »Dafür brauchen wir ihre Nummer.«
Leroux warf ihm einen erstaunten Blick zu, sagte aber nichts. Stattdessen machte er einige Notizen und reichte sie einem der weiteren Mitarbeiter. »Sie sind doch unser Experte für Telekommunikation. Besorgen Sie uns bitte die Mobilnummer von Marion Sanders.«

»Die Mobilnummer ist ja heutzutage wohl das Erste, was ein Mann sich von einer Frau geben lässt, für die er sich interessiert«, bemerkte er später spöttisch zu Baptiste, als sie wieder allein in ihrem Büro waren.
»Wenn ich Beziehungstipps brauche, werde ich es Sie wissen lassen«, erwiderte Baptiste kühl, zog einen Zettel aus der Innentasche seiner Jacke und reichte ihn seinem Kollegen. »Das ist die Adresse, wo Marion Sanders und Zahra Massoud sich aufhalten.«
Leroux starrte überrascht auf den Zettel, dann zu Baptiste. »Das ist in der Bretagne«, fügte Baptiste erklärend hinzu. »Meinen Sie noch immer, dass wir Jean Morel dort finden werden?«
»Ja, natürlich«, entgegnete Leroux noch immer erstaunt, worauf Baptiste ihm mit väterlicher Geste auf die Schulter

klopfte. »Na, dann los! Ich bin optimistisch, dass Sie innerhalb der nächsten halben Stunde einen Transport für uns und ein Einsatzteam vor Ort organisieren können.« Mit diesen Worten verließ er das Büro.
Leroux rief ihm etwas hinterher, was Baptiste jedoch nicht mehr verstand, denn eine Bemerkung seines jüngeren Kollegen ging ihm nicht aus dem Kopf.
Die Mobilnummer ist ja heutzutage wohl das Erste, was ein Mann sich von einer Frau geben lässt, für die er sich interessiert.
Das erste Mal, seit er mit dem jungen Mann zusammenarbeitete, nagten dessen Worte an ihm. War sein Interesse an Marion Sanders so offensichtlich gewesen? War er so durchschaubar, oder hatte Leroux lediglich gescherzt? Er würde es wohl nie erfahren.

49.

Jean spürte, wie ihm die Zeit davonlief. Schweigend beobachtete er Marion und Zahra, die beim Frühstück saßen und die alte Puppe fütterten, die das kleine Mädchen immer bei sich trug. Sie hatte ihn äußerst misstrauisch beäugt. Ängstlich hatte sie sich hinter Marion versteckt, als er sie begrüßt hatte, daraufhin hatte er sich ins Wohnzimmer zurückgezogen, um die angespannte Situation nicht noch zu verschlimmern. Durch die geöffneten Türen konnte er sie jedoch sowohl sehen als auch hören.

Marion schien seinen Blick zu spüren und schaute in seine Richtung. Sie sah erschöpft und angeschlagen aus. Ihre Magenkrämpfe waren zwar schwächer geworden, aber noch nicht abgeklungen. Verdammt, sie war genauso zäh wie Élaine.

Élaine.

Er durfte nicht an sie denken. Nicht daran, was geschehen würde, wenn er den Code nicht rechtzeitig übermitteln konnte. Er hatte in der Nacht kein Auge zugetan. Seit er die Nachricht von ihrem Unfall erhalten hatte, verfolgten ihn verstörende Bilder, und wenn es ihm wirklich gelang, einzuschlafen, war er Alpträumen ausgeliefert, die ihn schweißgebadet wieder aufwachen ließen.

Er musste sich ablenken, bis Marion Zahra dazu brachte,

das so entscheidende Lied zu singen. Irgendwie. Er sah sich im Wohnzimmer um, dessen Einrichtung sofort einen Preis in der Kategorie ländlich gehobenes Wohnen gewonnen hätte. So wie das ganze Haus. Alles war auf alt getrimmt, alles war teuer, das meiste überflüssig. Er konnte sich sehr genau die Menschen vorstellen, denen dieses Haus gehörte. Reiche Pariser einer Oberschicht, denen keine Wirtschaftskrise mehr etwas anhaben konnte. Er hätte kotzen können. Stattdessen musste er wahrscheinlich dankbar sein, hier Zuflucht gefunden zu haben. Er sah aus dem Fenster. Der Regen hatte aufgehört, und die Wolken waren aufgerissen, aber alles glitzerte noch vor Feuchtigkeit im Sonnenlicht. Der Himmel war weit hier in der Bretagne. Für manchen zu weit.

Aus der Küche hörte er leises Singen.

Ich werde ihr sagen, dass ihre Mama uns besuchen möchte, das aber nur kann, wenn wir gemeinsam ein bestimmtes Lied singen.

Sangen sie *das* Lied? Er schlich auf leisen Sohlen in den Flur. Er durfte sie auf keinen Fall durch seine Anwesenheit erschrecken. Zahra saß mit dem Rücken zu ihm und konnte ihn nicht sehen. Marion versuchte, nicht in seine Richtung zu blicken. Was zum Teufel war das für eine Melodie? Als er sie erkannte, hätte er beinahe laut aufgelacht: *Sur le Pont d'Avignon.*

Es war vielleicht das bekannteste französische Kinderlied, das es gab, und Zahra sang tatsächlich einen arabischen Text dazu. Doch sie sang so leise, dass er die Worte kaum verstand. Vorsichtig trat er einen Schritt näher.

Marion warf ihm einen warnenden Blick zu. Sie hielt etwas in der Hand unter dem Tisch verborgen, aber er konnte nicht sehen, was es war. Er hielt den Atem an und schloss die

Augen, um Zahras zarte Stimme besser zu hören, aber ohne Erfolg, er verstand nur einzelne Silben.
Nervös ballte er die Hände zu Fäusten. Marion sprach kein Arabisch. Wie sollte sie verstehen, was das Kind sang? Wie sollte sie den Code erkennen?
In diesem Moment traf ein helles Flackern, wie wenn Sonnenlicht von Glas reflektiert wurde, sein Auge und lenkte ihn ab. Irritiert sah er von seiner Position im Flur an Marion und Zahra vorbei zum Küchenfenster hinaus. Was war das gewesen? Außer den beiden Mietwagen in der Auffahrt war nichts zu sehen. Dennoch konnte er sich des Gefühls nicht erwehren, dass da draußen etwas vor sich ging. Er kniff die Augen zusammen und beobachtete die dichte Hecke, die das Grundstück umgab, soweit er sie von seiner Position aus einsehen konnte. Da, gleich neben dem knorrigen Obstbaum neben der Auffahrt – kroch da jemand durchs Gestrüpp? Er hielt den Atem an.
Marion merkte von seiner Unruhe nichts. Ihre Aufmerksamkeit galt Zahra. Er wich ins Wohnzimmer zurück und beobachtete von dort unauffällig die Umgebung. Seine Hände zitterten, als er seine Reisetasche neben der Couch öffnete, und er ärgerte sich über seine Nervosität.
In der Küche wurden Stühle gerückt. Er hörte Marion sprechen und Zahra lachen. Geschirr klapperte. Draußen schüttelte ein leichter Wind die Regentropfen von den Büschen, von denen eine kleine Schar Vögel plötzlich aufflog. Jean verharrte in seiner Bewegung. Ohne den Blick von dem Fenster zu nehmen, griff er in die Reisetasche. Dann ging er zurück in die Küche.
Marion räumte mittlerweile den Frühstückstisch ab. Auf dem Tisch neben ihrem Teller lag ihr Mobiltelefon. »Ah, Jean«, sagte sie betont beiläufig. »Kannst du bitte dein Auto

zur Seite fahren? Ich komme so nicht aus der Auffahrt hinaus, und ich brauche ein Medikament wegen meines Magens …«
»Wen hast du angerufen?«, unterbrach er sie. Sein Blick war auf ihr Telefon gerichtet.
Sie sah ihn erstaunt an. »Ich habe niemanden angerufen, sondern das Lied aufgenommen, das Zahra gesungen hat. Du hast es doch gehört?« Sie wollte nach dem Telefon greifen, aber er hob warnend die Hand. »Fass es nicht an!«
»Meine Güte, Jean, was ist denn los mit dir?«
Ihre Überraschung wirkte so echt, auch die Geste, mit der sie sich jetzt plötzlich auf den Leib fasste und dabei das Gesicht schmerzlich verzog. Aber er glaubte ihr nicht. Wer auch immer draußen um das Haus schlich, steckte mit ihr unter einer Decke. Und genau wie ihre Schwester war sie eine geborene Schauspielerin. »Lüg mich nicht an!«, fuhr er sie an. »Ich weiß, dass du telefoniert hast, ich habe gesehen, wie du das Telefon unter dem Tisch versteckt hast, als ich im Flur stand.«
»Jean, nein, bitte, hör mir zu …«
Draußen klappte eine Tür.
»Sei ruhig«, herrschte er sie an, während sein Herz ihm plötzlich bis zum Hals schlug. Hatte sie ihn nicht gerade gebeten, das Haus zu verlassen und sein Auto wegzustellen? Sie wollte ihn in eine Falle locken. »Wer ist da draußen, Marion?«
Auch sie hatte die Tür gehört, er sah es in ihren Augen.
»Du hast mich verraten«, stieß er hervor. »Das alles hier ist nicht mehr als eine schlechte Inszenierung, um mich …«
»Himmel noch mal, Jean, du bist ja verrückt«, fuhr sie ihn an.
In diesem Moment öffnete sich die Badezimmertür, und

Zahra kam heraus. Dann ging alles sehr schnell. Das Mädchen sah die beiden Erwachsenen an, und Jean erkannte, dass es die Gefahr spürte, die in der Luft lag, denn das Mädchen erstarrte geradezu in seiner Bewegung.
»Zahra, zurück ins Bad, sofort!«, rief Marion. »Verschließ die Tür!«
Aber Jean war schneller. Mit einem Satz war er bei Zahra und zog sie an sich. Zahra schrie auf und versuchte, sich zu wehren. Marions Gesicht wurde kalkweiß. »Lass. Sie. Los.« Sie betonte jedes einzelne Wort. Genau wie Élaine.
Der Gedanke an sie klärte den Nebel. Er sah auf das Kind, das er an sich gepresst hielt und dem die Tränen über das entsetzte Gesicht liefen, dann zu Marion, in deren Zügen sich Wut und Angst widerspiegelten.
»Mein Gott«, entfuhr es ihm. »Es tut mir leid.«
Diesmal war sie es, die dem Frieden nicht traute. Argwöhnisch beäugte sie ihn, während ihr Brustkorb sich hastig hob und senkte. »Lass Zahra los.«
Er gab das Mädchen frei, das in Marions Arme stolperte. Er starrte die beiden an. »Wer ist da draußen, Marion?«
Sie schob das Mädchen hinter sich. »Ich weiß es nicht, Jean. Vielleicht sollten wir einfach hinausgehen und nachsehen.«
Er hörte die unterdrückte Wut in ihrer Stimme. War sie tatsächlich wütend? Élaine wäre es gewesen.
Marion bewegte sich mit dem Kind in Richtung Haustür, ohne ihn aus den Augen zu lassen. »Ich gehe jetzt mit Zahra hinaus«, sagte sie.
»Ich glaube, ihr bleibt besser hier«, entgegnete er und zog die Waffe, die er nur Minuten zuvor hinten in seinen Gürtel gesteckt hatte, und entsicherte sie. Aber er zielte nicht auf Marion und Zahra, sondern richtete sie auf das Küchenfenster. Ohne Vorwarnung feuerte er. Die Jahrzehnte in Afrika

und im Nahen Osten hatten ihre Spuren hinterlassen. Zahras entsetztes Schreien ging im Lärm unter, auch Marions Rufen. Blitzschnell war er bei ihr, stieß sie und das Mädchen zu Boden.
Die plötzliche Stille war erdrückend. Nichts war zu hören, nicht einmal das Klirren von Glas.

50.

Marion starrte fassungslos auf die Waffe in Jeans Hand. »Jean, um Gottes willen, was hast du getan?«
»Ganz ruhig«, erwiderte er, und sie hörte, wie er keuchte. »Es wird euch nichts passieren.«
Zahra zitterte am ganzen Körper. Sie ließ sich kaum bewegen, als Marion versuchte, sich selbst und das Kind aus der Schusslinie zu bringen.
Auf der Auffahrt rührte sich etwas. Ein hochgewachsener, dunkelhaariger Mann trat aus dem Schatten der Hecke. Marion hielt unwillkürlich den Atem an.
Jean entging ihre Reaktion nicht. »Du kennst ihn!«, stellte er fest, ohne den Blick von dem Mann zu nehmen. »Wer ist das?«
»Claude Baptiste«, entgegnete sie tonlos.
Jeans Augen wurden schmal, sein Mund eine einzige harte Linie. »Du hast ihn hergeholt, du …«
Seine Anschuldigung machte sie sprachlos. Was war nur in ihn gefahren? In diesem Augenblick spülte eine neue Schmerzwelle über ihren Körper hinweg. Zahra wimmerte.
»Monsieur Morel«, hörte sie jetzt Baptistes Stimme, »lassen Sie Madame Sanders und das Mädchen gehen.«
Jeans Finger zuckte nervös am Abzug.
Marion atmete gegen ihre Schmerzen an. Sie durfte sich nicht

davon überwältigen lassen. Nicht jetzt. Sie musste sich um Zahra kümmern.
Und sie musste hier heraus.

Langsam, Zentimeter für Zentimeter schob sie Zahra vor sich her in Richtung Tür, immer darauf bedacht, ihren Körper zwischen Jean und dem Mädchen zu plazieren.
»Monsieur Morel …«, hörte sie von draußen erneut Baptistes Stimme.
Jean reagierte nicht. »Was hast du im Sinn?«, fragte er stattdessen Marion. Sie versuchte, sich nicht von dem Anblick der Waffe in seiner Hand einschüchtern zu lassen.
»Ich bringe Zahra in ihr Schlafzimmer«, entgegnete sie mit überraschend ruhiger Stimme, obwohl ihr das Herz bis zum Hals schlug.
Doch Jean war nicht so leicht zu überlisten. »Ihr bleibt beide genau hier stehen, wo ich euch sehen kann.«
»Zahra …«, begann Marion, aber Jean brachte sie mit einer knappen Geste zum Schweigen.
»Du hast gehört, was ich gesagt habe.« Er richtete die Waffe auf sie. »Und jetzt gib mir dein Telefon.«
Marion schluckte nervös, ihr Magen krampfte. »Es liegt auf dem Küchentisch.«
Jean stand neben dem Küchenfenster, in dem das Durchschussloch kaum zu sehen war. Sie selbst stand mit Zahra im Flur. Keine drei Meter trennten sie voneinander. Die Schlafzimmertür auf der gegenüberliegenden Seite war nur angelehnt. Würde der Moment reichen, in dem Jean nach dem Telefon griff, um …
Wieder schien er ihre Gedanken vorherzusehen. »Gib mir endlich das Telefon! Los!«
Zögernd ließ sie Zahras Hand los, doch das Mädchen klam-

merte sich sofort an ihrem Bein fest. Jean sah hektisch zum Fenster.
Marion beugte sich zu Zahra herunter, und während sie so tat, als löse sie sich aus der Umklammerung, flüsterte sie: »Lauf schnell ins Schlafzimmer! Jetzt!«
Zahra starrte sie aus ihren großen dunklen Augen ängstlich an. Marion wies mit ihrem Blick wortlos auf die gegenüberliegende Tür. Dann richtete sie sich auf, und verdeckt von Marions Körper huschte das Mädchen über den Flur. Jean bemerkte ihr Verschwinden erst, als es zu spät war.
»Wieso hast du sie gehen lassen?«, herrschte er Marion an. Er machte einen drohenden Schritt auf sie zu und fuchtelte mit der Waffe vor ihrem Gesicht herum. Marion hielt den Atem an.
»Ich gebe dir jetzt das Telefon«, erwiderte sie hastig, um ihn abzulenken.
Irritiert hielt Jean inne, als müsse er erst begreifen, was sie gerade gesagt hatte, dann trat er zurück und machte ihr den Weg frei. Sie nahm das Telefon vom Tisch und reichte es ihm, doch er nahm es nicht an.
»Spiel die Musikdatei ab, die du aufgenommen hast. Ich will das Lied hören.«
Marion brach der Schweiß aus. Bis jetzt hatte sie alle Anweisungen befolgt, die Baptiste ihr seit seiner Ankunft per SMS geschickt hatte: Jean war in der Küche, und es war ihr gelungen, Jean und Zahra räumlich zu trennen. Aber wie sollte es jetzt weitergehen? Sie hatte mit dem Mädchen am Frühstückstisch gesessen, als Baptiste das erste Mal mit ihr Kontakt aufgenommen und ihr versichert hatte, dass sein Team genau nachvollziehen konnte, was im Haus vor sich ging. Bis jetzt hatte Jean sich tatsächlich täuschen lassen. Aber was würde geschehen, wenn er erfuhr, dass es keine

Aufnahme von Zahras Gesang gab? Sie spürte, dass sie Jeans Geduld mehr als strapaziert hatte, und mit schweißnassen Fingern fuhr sie über den Touchscreen ihres Telefons.
In diesem Moment ertönte von draußen erneut Baptistes Stimme, und vor Erleichterung schloss sie erschöpft die Augen. »Monsieur Morel, ich komme jetzt zu Ihnen ins Haus, damit wir miteinander reden können.«
Jean fuhr herum und spähte vorsichtig aus dem Fenster. »Ich wüsste nicht, worüber wir miteinander reden sollten.«
»Vielleicht über Élaine Massoud?«
Jeans Züge verhärteten sich.
Baptiste stand noch immer ungeschützt mitten auf der Auffahrt und bot ein perfektes Ziel. In seiner Hand hielt er einen Brief. »Ich habe hier etwas, das Sie interessieren wird. Einen Code. Sie bekommen ihn, wenn ich im Haus bin.«
Jean legte an. »Ich lass mich von euch nicht manipulieren!« Sein Finger zitterte bedenklich am Abzug. Er zielte genau auf Baptistes Kopf.
Diesmal zögerte Marion nicht. Mit einem Aufschrei warf sie das Telefon in seine Richtung, stürzte auf ihn zu und stieß seine Arme nach oben. Überrascht und aus dem Gleichgewicht gebracht, taumelte Jean gegen die Küchenwand und stieß gegen ein Bord voller Gewürzdosen, die scheppernd zu Boden fielen. Gleichzeitig löste sich der Schuss. Die Kugel, die für Baptiste gedacht war, bohrte sich in einen der Deckenbalken.
Für einen Moment war die Welt stumm, Marions Gehör paralysiert von dem Knall. Sie blickte in Jeans wutverzerrtes Gesicht.
Gleich tötet er uns beide, schoss es ihr durch den Kopf.
Mit aller Gewalt warf sie sich gegen ihn, drängte ihn gegen

die Wand, spürte seinen viel zu schnellen Herzschlag und die Stärke, die das Adrenalin seinem Körper verlieh. Es durfte ihm nicht gelingen, die Arme herunterzunehmen und die Waffe auf sie zu richten. Sie kämpfte verzweifelt, aber ihre Kraft erlahmte schnell nach einer Nacht voller Schmerzen und wenig Schlaf.

Gleich tötet er uns beide.

Jean gewann die Oberhand, seine Arme schlossen sich wie Schraubstöcke um sie, und sie spürte den Lauf der Waffe plötzlich in ihrer Seite. Sie schrie, schlug, biss in ihrer Verzweiflung, und für einen kurzen Augenblick löste sich seine Umklammerung, und ihre Finger konnten die Waffe ertasten, aber es war hoffnungslos. Jean war zu dicht, hielt sie zu fest. Sie konnte sich nicht wehren.

Die Geräusche kamen zurück. Dumpf zuerst und wie aus weiter Ferne hörte sie Jean fluchen, fremde Stimmen mischten sich darunter, jemand rief ihren Namen, und plötzlich hörte sie das ängstliche Weinen von Zahra.

Dann löste sich ein weiterer Schuss. Der Rückstoß schickte eine Welle der Erschütterung durch ihren gesamten Körper. Jean ließ sie los und taumelte einen Schritt zurück. Entsetzt starrte sie auf den Revolver in ihrer Hand. Auf das Blut an ihren Fingern. Sie sah zu Jean. Er stand an der Wand, eine Hand auf den Bauch gepresst. Blut quoll zwischen seinen Fingern hervor. Er erwiderte ihren Blick, öffnete den Mund, als wolle er etwas sagen, doch dann brach das Licht in seinen Augen, und er sank langsam in sich zusammen.

Marion ließ den Revolver fallen und stürzte auf ihn zu. Er lebte, aber sein Atem ging schnell. Viel zu schnell. Jemand versuchte, sie zurückzuziehen, aber sie wehrte sich gegen den Griff. »Er stirbt«, hörte sie sich selbst rufen. »Oh, mein

Gott, und ich habe geschossen.« Sie begann am ganzen Körper unkontrolliert zu zittern.
»Ruhig, Sie trifft keine Schuld«, sagte eine vertraute Stimme dicht an ihrem Ohr. Sie gehörte zu den Händen, die sie hielten. Es war Baptiste.

51.

Sie saß auf der Holzbank, die an der Vorderseite des Hauses stand. Marion war machtlos gegen das Zittern, das ihren Körper in Schüben noch immer durchlief. Die Sonne schien in ihr Gesicht und auf ihre Hände, aber es war, als könne sie die Wärme nicht aufnehmen. Sie war nicht fähig, sie zu spüren. Wie betäubt verfolgte sie das Kommen und Gehen der Einsatzkräfte und die Landung des Rettungshubschraubers auf dem Feld auf der anderen Seite der Straße.

Durch die geöffneten Türen konnte sie Zahra im Bett liegen sehen. Das hysterische Schreien des Mädchens klang ihr noch immer in den Ohren. Erst als der Notarzt ihm ein Sedativum verabreicht hatte, war das Mädchen ruhiger geworden und schließlich eingeschlafen.

Marion wünschte, sie könne es Zahra gleichtun. Alles in ihr vibrierte noch immer vor Aufregung. Der Notarzt hatte ihr ein Schmerzmittel gegen die Magenkrämpfe gegeben, aber gegen ihr aufgewühltes Gewissen hatte er nichts tun können. Wenn sie die Augen schloss, sah sie Jean vor sich. Was hatte er ihr sagen wollen? Was nur? Immer und immer wieder liefen die letzten Sekunden ihres Kampfes vor ihrem inneren Auge ab. Wie war die Waffe in ihre Hände gelangt? Wie hatte sich der Schuss lösen können? Ihre Gedanken

drehten sich in wilden Spiralen. Sie stand an einem Abgrund, und der Boden unter ihren Füßen brach weg. Sie hatte keine Ahnung, wie es weitergehen würde. Sie war wie gelähmt, nicht nur in ihrem Denken, auch in ihren Bewegungen. Sie hatte fortgehen wollen, allein sein, irgendwohin, nur ein paar Minuten, aber ihre Füße hatten sie kaum bis zum Tor getragen.
Baptiste hatte sie zurückgeholt. »Sie können nicht fort. Zahra braucht Sie. Sie müssen hier sein, wenn sie aufwacht.« Das war das Einzige, was er von ihr verlangte. Er hatte gefragt, ob er ihre Familie informieren solle, ihren Mann oder ihre Töchter? Ihren Vater? Ihre Blicke hatten sich dabei getroffen. Er wusste von ihrer Familiengeschichte. Nicht alle Details, aber genug, um zu verstehen, warum sie ablehnte. Das hatte sie in diesem Blick erkannt. Er konnte auch ihr Bedürfnis nachvollziehen, nur für sich zu sein, denn er hielt alle anderen von ihr fern. Niemand störte sie hier draußen, wo sie mitten unter ihnen war und doch wie unter einer Glocke. Es war kein Zustand, der von Dauer sein durfte, das akzeptierte sie, aber für den Moment war es das, was sie brauchte.
Baptiste veranlasste, dass Greg informiert wurde. Er sollte in Absprache mit den Ärzten entscheiden, ob Louise erfuhr, was geschehen war. Marion ließ den Kopf in ihre Hände sinken, als sie daran dachte. Wenn Jean starb … wie konnte sie Louise jemals wieder unter die Augen treten?

Der Hubschrauber brachte Jean in das nächstgelegene Krankenhaus in Brest. Von ihrem Platz vor dem Haus verfolgte Marion, wie er startete. Wenig später verabschiedeten sich die Männer des Einsatzteams, die sie während des Kampfes lediglich als dunkle Schemen wahrgenommen hatte. Die Sa-

nitäter fuhren kurz darauf davon. Baptiste und sein junger Kollege Leroux sprachen noch eine ganze Weile mit dem leitenden Gendarmen der örtlichen Polizei, dann verließ auch dieser den Ort des Geschehens.
Als die letzten Motorengeräusche verklungen waren, breitete sich eine seltsame Stille aus. Nichts war mehr zu hören außer dem Wind, der strahlend weiße, federleichte Wolken über den Himmel trieb, und dem unschuldigen Tirilieren eines Vogels. Eine unwirkliche, friedliche Idylle, die ihr die letzten Stunden plötzlich wie einen schlechten Traum erscheinen ließ.
Sie fuhr sich mit den Fingern über ihren linken Unterarm, über die Stelle, die Jean umklammert hatte und wo sich die Haut bereits blau verfärbte. Und Marion spürte noch immer den leichten Schwindel als eines der Symptome des erlittenen Knalltraumas.
Es war tatsächlich passiert.
Ihr eigener Körper zeugte davon.
Eine Träne rollte ihr über die Wange und tropfte auf ihre Hand. Sie starrte darauf, sah, wie sich das Sonnenlicht darin spiegelte, wie es diese Träne glitzern und funkeln ließ einem Edelstein gleich, und in diesem Augenblick brach alles aus ihr heraus und überspülte sie wie eine Welle.
Schmerz, Kummer, Angst und die abgrundtiefe Verzweiflung, die sie gefangen hielt, vereinten sich in einem einzigen gutturalen Schrei, gefolgt von heftigem Schluchzen, das ihren ganzen Körper schüttelte.

»Ist ja gut«, hörte sie eine mitfühlende Stimme dicht an ihrem Ohr, und in diesem Moment spürte sie auch die Arme, die sie hielten. »Lass es alles raus.« Sie klammerte sich an Baptiste fest wie eine Ertrinkende an ihrem Retter.

»Es tut mir leid«, flüsterte sie später. Viel später. Sie war völlig erschöpft. Ihre Kehle war rauh, ihr Kopf schmerzte.
»Sssch«, sagte Baptiste nur. »Es muss Ihnen nicht leidtun. Ihnen am allerwenigsten.« Er reichte ihr ein Glas Wasser. »Trinken Sie einen Schluck.«
Selbstverständliche Nähe.
Normalität.
Sachlichkeit.
»Ich bin froh, dass Sie da sind«, erwiderte sie spontan. »Sie und nicht irgendein anderer.«
Sie spürte sein Lächeln mehr, als dass sie es sah, und der Griff seines Arms um ihre Schultern wurde für einen Moment fester.
Allmählich spürte sie wie aus weiter Ferne die Sonne, und mit der Wärme, die sich langsam in ihr ausbreitete, löste sich ganz allmählich auch die Blockade in ihrem Kopf. Ihre Synapsen schalteten wieder und jenseits des Kampfes mit Jean, rekonstruierte ihr Hirn zunächst zögernd, dann aber immer flüssiger die Geschehnisse der vergangenen Stunden.
Baptiste bemerkte die Veränderung. »Wird es besser?«
»Ja.«
Mehr nicht. Noch nicht.
Als das Verständnis klarer wurde, tauchten Fragen auf. »Den Code«, begann sie unvermittelt. »Haben Sie ihn wirklich?«
Baptiste reagierte nicht überrascht, sondern nickte lediglich.
»Wie …?«
Er berichtete ihr von einem Anwaltsbüro in Paris und einem Brief, den Élaine dort hinterlegt hatte für den Fall, dass ihr etwas zustoßen würde. »Wir sind durch Recherchen unserer Mitarbeiter in Aleppo darauf gekommen«, offenbarte er ihr zu ihrem großen Erstaunen.
»Wir haben festgestellt, dass Ihre Schwester in vielerlei Hin-

sicht eine vermögende Frau ist«, fuhr er fort. »Und nach allem, was wir an Material gesichtet haben, frage ich mich, ob sie Jean nicht für ihre Zwecke benutzt hat.«
Marion sah ihn überrascht an. »Sie meinen …?«
»Den Unfall, den sie angeblich gehabt haben soll, hat es nicht gegeben. Élaine Massoud ist untergetaucht. Sie ist wie vom Erdboden verschluckt. Wir nehmen an, dass sie sich abgesetzt hat.«
»Wohin?«
»Wenn wir das wüssten, würden wir auch in anderen Punkten klarer sehen.«
»Dann hatte sie also nie vorgehabt, Jean den Code jemals zu geben?«
»Ganz so einfach ist es nicht. Schließlich brauchte sie ihn, um ihre Tochter außer Landes zu bringen. Aber wie es schien, war er nicht gewillt, sich mit ihrem Mann anzulegen. Sie musste ihm schon etwas bieten, um ihn zu locken.«
Marion erinnerte sich an ihr Gespräch mit Jean im Park. An seine Aufregung. *Brisante Dokumente und Informationen* war das Einzige gewesen, was er preisgegeben hatte. Als sie jetzt Baptiste ansah, erkannte sie am Ausdruck seines Gesichts, dass auch er nicht mehr dazu sagen würde, und vielleicht war es auch besser so. Es gab Dinge, die sie tatsächlich nicht wissen wollte.
»Es klingt kompliziert«, bemerkte sie.
»Es *ist* kompliziert«, gab Baptiste zu. »Denn wer auch immer Jean unter Druck gesetzt hatte, wurde von Yamir Massoud bezahlt. Das konnten wir inzwischen herausfinden.«
»Von Élaines Mann?«
»Richtig.«
»Das verstehe ich nicht«, erwiderte sie verblüfft.
»Sie werden es bald verstehen.«

Seine Worte ließen sie aufhorchen. Prüfend betrachtete sie ihn. Auf den ersten Blick wirkte er beherrscht wie immer, aber dann entdeckte sie einen Zug von Härte um seinen Mund, der vorher nicht da gewesen war. Sie versuchte, ihm in die Augen zu sehen, aber er blickte gedankenverloren auf das Meer, das sich am Horizont nur erahnen ließ. Was bewegte Baptiste? Sie wagte nicht zu fragen.

»Yamir Massoud ist bereits vorgestern bei einem Bombenanschlag ums Leben gekommen«, fuhr er schließlich fort, seine Stimme eine Spur zu emotionslos. »Wir haben heute erst davon erfahren. Die Nachricht hat uns vor einer Stunde aus Paris erreicht.«

Marion überwand ihre Zurückhaltung. »Hatten Sie eine besondere Beziehung zu Élaines Mann?«

»Ja, das könnte man so sagen.«

52.

Sie fragte nicht weiter. Sie schien aber sehr wohl zu ahnen, dass diese Information von großer, sehr großer Bedeutung für ihn war, das entging Baptiste nicht. Gleichzeitig war er erstaunt über sich selbst. Er hatte gerade auf diese Frage geantwortet.
Yamir Massoud war tot.
Sein Tod war kein Triumph für Baptiste. Er empfand nur eine unerwartete Leere, jetzt, wo es kein Motiv mehr gab für seinen Hass. Ein Psychologe hatte ihm einmal erklärt, dass Hass das Gegenstück der Liebe sei, weil er ebenso tiefe und echte Emotionen auslöse.
Die Emotionen hatten ihm die Kraft gegeben, zu überleben. Jetzt war die Quelle dieser Kraft ausgelöscht, und seine Rachephantasien, die ihn selbst nach mehr als einem Jahr immer noch verfolgten, waren wertlos. Andere hatten Massoud getötet. Ausgerechnet islamistische Separatisten. Wer auch immer die Fäden des Schicksals in der Hand hielt, besaß zumindest einen besonderen Sinn für Ironie.
»Sie hängen keinen guten Gedanken nach«, bemerkte Marion.
Er riss sich zusammen. »Sieht man das so deutlich?«
»Ich sehe es.«
Leroux trat aus dem Haus, das Mobiltelefon in der Hand. »Sind Sie zu sprechen?«

Baptiste wandte sich an Marion. »Kann ich Sie kurz allein lassen?«
»Sicher.« Sie lächelte flüchtig, um ihre Aussage zu bekräftigen.
Als er aufstand, streiften sich ihre Hände, ihre Finger fanden einander, umspielten sich kurz, so kurz, dass er sich fragte, ob es überhaupt geschehen war, dann ging er auf Leroux zu, um ihm das Telefon abzunehmen.
Es war der Notarzt. Jean war auf dem Weg ins Krankenhaus nach Brest gestorben.
»Wollen Sie es ihr sagen?«, fragte Leroux und deutete diskret auf Marion.
Baptiste rieb sich das Kinn. »Nicht sofort. Sie hat sich gerade etwas beruhigt.« Er sah sich um. »Gibt es hier noch irgendetwas, das unsere Anwesenheit erfordert?«
Leroux schüttelte den Kopf.
»Dann lassen Sie uns einpacken und nach Paris zurückfahren. Der Fall ist noch nicht gelöst, solange wir nicht wissen, wo Élaine Massoud sich versteckt hält.«
»Meinen Sie nicht, dass sie mit uns Kontakt aufnehmen wird, wenn sie erfährt, dass Jean Morel tot ist? Wir haben ihre Tochter.«
Baptiste hob warnend den Zeigefinger. »Falsch, Leroux. Nicht wir haben ihre Tochter.« Er wies mit dem Kopf in Marions Richtung. »Sie wird das Mädchen mitnehmen.«
Leroux zog erstaunt eine Augenbraue hoch. »Hat sie das gesagt?«
»Nein, aber so wird es sein. So sicher wie das Amen in der Kirche. Denken Sie an meine Worte, mein Freund.«
Leroux räusperte sich verärgert. »Sie haben mit ihr über unsere Ermittlungsergebnisse bezüglich Élaine Massoud und ihren Mann gesprochen.«

Baptiste runzelte die Stirn. »Ich hatte gedacht, es wäre ein privates Gespräch gewesen.«
»Ich habe nur zufällig ein paar Bruchstücke mit angehört und ...«
»Élaine Massoud ist ihre Schwester, Leroux. Sie hat ein Recht, es zu erfahren. Schon allein, um sich schützen zu können.« Er warf seinem jüngeren Kollegen einen scharfen Blick zu. »Ich denke, damit haben wir das Thema erschöpfend behandelt.«
Leroux fiel es sichtlich schwer, Baptiste das letzte Wort zu überlassen, aber er hielt sich zurück, und wohlwollend stellte Baptiste fest, dass er einiges gelernt hatte während ihrer Zusammenarbeit.

Marion atmete erleichtert auf, als Baptiste ihr mitteilte, dass sie nach Paris zurückkehren würden. Sogleich suchte sie ihre und Zahras Sachen zusammen. Sie war noch immer fahrig, bekam sich aber mehr und mehr unter Kontrolle.
»Wir haben eine kleine Regierungsmaschine in Brest. Sie wird uns von dort in etwa einer Stunde nach Paris bringen«, teilte er ihr mit.
»Was wird aus dem Wagen, mit dem ich hier bin?«
»Einen Mietwagen, nehme ich an?«
Sie nickte.
»Wir geben ihn in Brest ab. Die Kosten übernimmt die Regierung.« Er warf einen Blick in das Schlafzimmer, in dem Zahra noch immer im Bett lag und schlief. Es gab wenig, das ihn aus der Fassung brachte, aber die Hysterie des kleinen Mädchens, die nur durch eine Spritze des Notarztes unter Kontrolle hatte gebracht werden können, hatte ihn erschreckt. »Was machen wir mit Zahra?«
»Ich werde sie vorsichtig wecken. Es wäre nicht gut, wenn

sie erst zu sich kommt, wenn wir bereits unterwegs sind.«
Als sie sah, dass Baptiste unschlüssig in der Tür stehen blieb, lächelte sie plötzlich. »Sie haben keine Kinder, nicht wahr?«
Ihre Bemerkung zeigte ihm, wie wenig sie voneinander wussten. »Nein«, erwiderte er. »Ich habe keine Familie.«
»Lassen Sie uns einen Moment allein«, bat sie. »Ich komme mit Zahra zum Auto, sobald wir so weit sind.«

Das Mädchen war noch benommen, als Marion mit ihm auf dem Arm aus dem Haus trat. Mit großen, schlaftrunkenen Augen blickte es um sich, seine Puppe fest an sich gedrückt. Marion setzte sich mit ihm auf die Rückbank, und in ihren Arm gekuschelt schlief Zahra auf dem Weg nach Brest wieder ein. Erst kurz vor dem Flughafen wachte sie auf.
»Ist sie schon einmal geflogen?«, fragte Baptiste.
Sie fuhren am Rollfeld entlang, und Marion wies auf die Flugzeuge. »Bist du schon einmal mit einem Flugzeug geflogen, Zahra?«
Das Mädchen antwortete nicht, doch als Baptiste in den Rückspiegel blickte, sah er, wie es nickte.

Die Maschine, ein kleiner Learjet des Innenministeriums, war bereits startklar. Baptiste warf Leroux einen zufriedenen Blick zu. Kurz darauf waren sie in der Luft und eine Dreiviertelstunde später in Paris. Es war inzwischen später Nachmittag. Leroux verabschiedete sich direkt am Flughafen. »Sie werden die beiden sicher noch nach Hause bringen wollen«, bemerkte er. »Wenn Sie nichts dagegen haben, fahre ich direkt in die Dienststelle.«
»Ich komme nach«, versprach Baptiste, »aber ich weiß nicht, wie lange es dauern wird.«
Er rief ein Taxi. Marion trat mit Zahra, der sie noch etwas zu

trinken gekauft hatte, gerade aus dem Flughafengebäude. Selbst über die Distanz hinweg spürte er ihre aufkeimende Nervosität, die sich in ihren fahrigen Bewegungen widerspiegelte.
»Ich bin bei Ihnen. Ich lasse Sie nicht allein«, sagte er leise, als sie neben ihm stand.
Sie nickte stumm.
Die Fahrt in die Stadt verlief schweigend. Jeder von ihnen hing seinen Gedanken nach, und Zahra war bereits wieder am Einnicken.
Schließlich erreichten sie die Rue Guynemer.
Als sie ausstiegen, war Marion so nervös, dass sie stolperte. Baptiste hatte Greg Bonnier bereits über ihre Ankunft informiert, und als er jetzt zu den Fenstern der Wohnung aufblickte, konnte er sich des Gefühls nicht erwehren, dass sie auch schon erwartet wurden.
Marion zog einen Schlüssel aus ihrer Handtasche und sperrte die Haustür auf. Vor dem Fahrstuhl blieb sie stehen, bis Baptiste die Koffer hereingebracht hatte. »Nehmen Sie wieder die Treppe?«, fragte sie.
»Ich habe gesagt, ich lasse Sie nicht allein«, entgegnete er.

Unschlüssig blieb Marion vor der Wohnungstür der Bonniers stehen.
»Vielleicht sollten wir besser klingeln«, schlug Baptiste vor, drückte auf die Klingel und nahm sie an die Hand.
Greg Bonnier öffnete. Er sah müde aus, aber als er Marion sah, lächelte er erleichtert und zog sie in seine Arme. »Gut, dich zu sehen!«, begrüßte er sie herzlich. Zahra wich zurück, als er auch sie begrüßen wollte.
Dann forderte Greg Baptiste ebenfalls auf einzutreten. »Ich würde mich freuen, wenn Sie noch ein wenig Zeit hätten.«

»Selbstverständlich«, stimmte Baptiste zu.
Einmal in der Wohnung, lief Zahra schnurstracks ins Wohnzimmer.
Marion sah Greg fragend an. »Ist sie hier?«
Er nickte. »Geh zu ihr, sie wartet schon auf dich.«
Baptiste spürte, wie Marion zögerte. Er nahm ihren Arm. »Kommen Sie. Wir gehen zusammen.«
Louise Bonnier saß in ihrem großen Sessel am Fenster. Sie war so schmal und zierlich, dass sie fast darin verschwand. Zahra saß schon auf ihrem Schoß, aber stand auf, als Marion und Baptiste den Raum betraten. Langsam erhob sich Louise. Marion machte einen Schritt auf sie zu.
»Louise …«, begann sie, doch ein Blick der alten Dame brachte sie zum Schweigen.
»Du kannst dir nicht vorstellen, wie froh ich bin, dich hier gesund zu sehen«, sagte sie. »Komm zu mir, mein Kind.«

53.

Jean war tot.

Louise wusste es bereits. Und sie kannte den gesamten Hergang. Sie trauerte um ihn, das war nicht zu übersehen, aber es gab weder Vorwürfe noch versteckte Anschuldigungen. Ihre Trauer überschattete nicht den klaren Verstand, den sie schon immer besessen hatte. »Vielleicht habe ich es geahnt«, gab sie zu. »Vielleicht habe ich deshalb so um ihn gekämpft.« Sie fuhr sich müde mit der Hand durch ihre grauen Locken. »Er hätte sich nie mit Élaine einlassen dürfen. Er war ihr nicht gewachsen.« Sie legte ihre Hand auf Marions Arm. »Es tut mir leid, das über deine Schwester sagen zu müssen.«

»Du kennst sie so gut?«

Louise seufzte. »Ich kenne sie seit ihrer Kindheit, genau wie dich.« Sie straffte die Schultern und wandte sich an Baptiste, der noch immer in der Tür stand. »Monsieur Baptiste, bitte setzen Sie sich zu uns. Es gibt etwas, das ich gern mit Ihnen und Marion besprechen möchte.«

Baptiste kam ihrem Wunsch nach und setzte sich auf die Couch.

Sie zögerte, als suche sie nach den richtigen Worten. »Es wäre schön, wenn die wahren Umstände von Jeans Tod nicht publik würden«, sagte sie schließlich.

»Ich habe mit dieser Bitte gerechnet.«
»Und, sehen Sie eine Möglichkeit, ihr nachzukommen?«
»Es ist auch für unsere weiteren Ermittlungen von großer Wichtigkeit, der Öffentlichkeit gegenüber Schweigen zu bewahren, daher haben wir vor Ort schon die nötigen Maßnahmen veranlasst.«
Marion spürte Louises prüfenden Blick auf sich. »Ich möchte im Moment mit niemandem sprechen«, gestand sie. »Und schon gar nicht darüber, was geschehen ist.«
»Auch nicht mit deiner Familie? Deinem Vater?« Louise beugte sich vor und nahm ihre Hand in die ihre. »Er hat angerufen. Wir hatten ein langes Gespräch.«
Marion senkte den Blick, und Baptiste räusperte sich unbehaglich. »Ich denke, ich sollte Sie jetzt allein lassen.«
Sie ertappte sich dabei, dass sie nach einem Grund suchte, ihn davon abzuhalten. Aber es gab keinen. »Ich begleite Sie hinaus«, sagte sie stattdessen.
»Danke«, fügte sie hinzu, als sie an der Tür standen. »Danke für alles.«
Baptiste schüttelte kaum merklich den Kopf. »Bitte nicht.«
»Sagen Sie jetzt nicht, Sie hätten nur Ihren Job gemacht«, entgegnete sie und versuchte, ihrer Stimme einen scherzhaften Tonfall zu geben, aber es gelang ihr nicht wirklich.
Er lächelte flüchtig. »Nein, das habe ich nicht.«
Sie sah ihm nach, wie er auf die Treppen zuging, dann schloss sie die Tür und lehnte sich von innen dagegen. Sie war müde, entsetzlich müde. Zahra kam in den Flur gelaufen und blieb vor ihr stehen.
Marion ging in die Hocke. »Hast du mich gesucht, Kleines?«
Zahra nickte und schmiegte sich vertrauensvoll an sie, so nah, dass ihre Lippen fast Marions Ohr berührten, und flüsterte. »Du lässt mich nicht allein.«

Marion umarmte das kleine Mädchen und schloss für einen Moment die Augen, als ihr erneut die Verantwortung bewusst wurde, die auf ihr lastete.

Am Abend, als Zahra schlief, klopfte sie an Louises Tür. Die alte Dame lag bereits im Bett. Sie war noch zu schwach, um den ganzen Tag auf den Beinen zu sein, und Marion hatte zunächst gezögert, sie zu behelligen, doch Greg hatte ihr gut zugeredet, als sie ihn in ihre Pläne eingeweiht hatte. »Sprich mit Louise. Es wird sie beruhigen.«
»Du willst Zahra mit nach Jordanien nehmen?«, fragte Louise. »Möchtest du denn tatsächlich noch dorthin und den Auftrag für *Ärzte ohne Grenzen* erfüllen? Willst du nicht erst einmal zurück nach Hamburg, um von allem, was geschehen ist, Abstand zu gewinnen?«
Diesmal war es Marion, die Louises Hand nahm. »Ich kann nicht zurück nach Hamburg, verstehst du das nicht? Es war wie ein Befreiungsschlag für mich, von dort wegzugehen, und nun muss ich mein Leben neu ordnen, bevor ich weitere Entscheidungen treffen kann.«
»In Jordanien?«, fragte Louise skeptisch.
»Je weiter weg ich von meiner vertrauten Umgebung bin, desto besser.«
Louise schien nicht überzeugt, aber sie verfolgte das Thema nicht weiter. »Du wirst eine anspruchsvolle Aufgabe übernehmen«, gab sie stattdessen zu bedenken. »Wirst du genug Zeit haben, dich um Zahra zu kümmern?«
»Ich werde mir diese Zeit nehmen. Ebenso wie die Zeit, ihre Mutter zu suchen.«
Louise schnaubte empört. »Du musst Élaine nicht suchen. Sie wird dich finden. Dich und ihre Tochter.« Ihre Finger schlossen sich fester um Marions. »Pass auf dich auf, wenn

du ihr begegnest. Sie besitzt die Egozentrik ihres Vaters.«
Ihre Blicke trafen sich.
»Unseres Vaters«, korrigierte Marion sie.
»Dein Vater, mein Kind, ist der Mann, der dich aufgezogen hat, und damit hast du das weit bessere Los gezogen als deine Schwester«, widersprach Louise ihr. »Ich werde dir gern von deinen leiblichen Eltern erzählen, von meiner Cousine Claire und ihrem Schmerz, als sie dich zurücklassen musste drei Tage nach deiner Geburt.« Sie schüttelte betrübt den Kopf. »Manchmal glaube ich, sie hatte sich bis zu ihrem Tod nie wirklich davon erholt.«
Ihre Worte trafen Marion. Sie waren Fragmente, die ihr einen Einblick in eine unbekannte Welt boten und ein Bild skizzierten, von dem sie plötzlich nicht wusste, ob sie es in seinen Details sehen wollte. »Erzähl mir ein anderes Mal davon. Es läuft uns nicht weg.«
Louise reagierte verständnisvoll. »Du hast recht, es gibt noch so viel anderes zu tun.«
Sie sagte nicht *Wichtigeres*, und Marion war ihr dankbar dafür.

Am nächsten Morgen rief sie ihren Vater an.
Seine Stimme zu hören war wie immer beruhigend und löste ein Gefühl von Geborgenheit aus, das sie in der letzen Zeit nur in der Gegenwart von Claude Baptiste verspürt hatte.
Sie sprachen sich lange aus. Sie weinten beide. Und Marion verstand nun, was Louise ihr sagen wollte.
Dein Vater ist der Mann, der dich aufgezogen hat.
»Wir sollten uns sehen«, schlug er ihr am Ende des Gesprächs vor. »Wenn du nicht nach Hause kommen kannst, komme ich nach Paris. Ich bin es auch Louise schuldig. Die Beerdigung von Jean …«
»Nicht, Papa«, unterbrach sie ihn. »Es ist zu anstrengend.

Ich werde nach der Einarbeitungszeit in etwa acht Wochen ein paar Tage Urlaub nehmen können. Dann komme ich nach Hamburg. Gib mir Zeit bis dahin.«
Er schwieg einen Moment. Vielleicht einen Moment zu lang, aber dann sagte er: »Ich verstehe dich.«
Anschließend sprach sie mit Paul. Und mit ihren Töchtern. Es waren gute Gespräche. Sie erzählte ihnen, was sie in den letzten Wochen über sich erfahren hatte, von Élaine und von Zahra, und auch, dass sie das Mädchen mit nach Jordanien nehmen würde, aber sie schwieg beharrlich über die dramatischen Erlebnisse, die in der Bretagne geschehen waren. Eines Tages würde sie darüber reden müssen. Über ihre Todesangst und die Schuld, die noch immer auf ihr lastete. Über die Träume, die sie verfolgten. Aber sie war noch nicht so weit.
Auch Paul bot ihr an, zu kommen. Und wie bei ihrem Vater lehnte sie ab. »Ich brauche Zeit. Ich muss über vieles nachdenken«, entgegnete sie. »Deswegen bin ich gegangen.«
»Ich weiß. Aber ich kann dir nicht garantieren, dass in der Zwischenzeit alles so bleibt, wie es ist.«
»Das werde ich akzeptieren müssen. So wie du mein Fortgehen.«
Es waren die ehrlichsten Worte, die sie seit langem miteinander gewechselt hatten.

54.

Der Tag von Jeans Beerdigung war wolkenverhangen und regnerisch. Louise hatte eine Todesanzeige in *Le Monde* veröffentlichen lassen, und Marion konnte sich des Gefühls nicht erwehren, dass viele der Anwesenden nicht wegen Jean Morel gekommen waren, sondern wegen Louise Bonnier. Sie hatte aus ihrer Zuneigung zu ihrem Neffen nie einen Hehl gemacht.

Wenn Marion eine Wahl gehabt hätte, wäre sie der Beerdigung ferngeblieben. Jede Träne, die vergossen wurde, traf sie. Jedes Wort, das in seinem Gedenken gesprochen wurde, war wie ein Messer. Sie fühlte sich verantwortlich für seinen Tod. Wenn sie nicht gewesen wäre, würde er jetzt nicht in dem blumengeschmückten Sarg liegen, würde Louise nicht mit starrem Rücken in der ersten Reihe den Worten des Priesters lauschen. Sie war kurz vor Beginn der Trauerfeier gekommen, später als die anderen Trauergäste, weil sie Zahra noch der Obhut von Fleurs Mutter anvertraut hatte. Und seit diesem Zeitpunkt konnte sie an nichts anderes mehr denken.

Nun saß sie in der letzten Reihe, da sie es nicht über sich gebracht hatte, sich zur Familie zu setzen und die Blicke der Trauergemeinde in ihrem Rücken auszuhalten. Sie kämpfte gegen ihre Schuldgefühle an, die ihr mehr und mehr die Kehle zuschnürten. Sie hatte kaum geschlafen in der Nacht, und wenn, hatte sie von Jean geträumt, diesem letzten Blick, den er ihr zugeworfen hatte, und den Worten, die er nicht mehr hatte aussprechen können. Sie spürte, wie ihr der Schweiß ausbrach, und suchte nach einem Papiertaschentuch in ihrer Handtasche, tupfte sich Stirn und Wangen. Die Geruchsmelange aus Weihrauch, brennenden Kerzen und den Blumen auf den Trauergestecken erschien ihr plötzlich unerträglich. Übelkeit stieg in ihr auf. Ihr Magen zog sich schmerzhaft zusammen, und ihr wurde klar, dass sie sich gleich inmitten der Trauergäste auf den Boden der Friedhofskapelle übergeben würde, wenn sie nicht …

Jemand griff nach ihrem Arm und zog sie hoch.

»Kommen Sie«, forderte eine vertraute Stimme sie leise auf.

Marion sank gegen den kalten Stein des alten Gemäuers und atmete gegen den Brechreiz an. Regentropfen fielen in ihr Gesicht. Baptiste öffnete einen Schirm und hielt ihn schützend über sie.

Wo war er so plötzlich hergekommen?

»Ich war vor Ihnen da. Ich habe Sie nicht aus den Augen gelassen«, erzählte er ihr wenig später, als sie sich wieder gefasst hatte und ihm genau diese Frage stellte. Er sah sie ernst an. »Sie hätten nicht herkommen dürfen.«

»Ich musste. Louise …«

»Sie hätte es verstanden.«

Marion ließ ihren Blick über die Grabstellen wandern. Hier würde Jean nun also seine letzte Ruhe finden. Ob ihm das recht war? Was hatte er ihr nur sagen wollen?

Nicht daran denken. Nicht jetzt.

Sie wandte sich Baptiste zu. »Vielleicht haben Sie recht. Es

wäre vermutlich besser gewesen, wenn ich nicht gekommen wäre.«
Er betrachtete sie prüfend. »Geht es jetzt wieder?«
»Es wird allmählich besser.«
»Dann lassen Sie uns gehen.« Er reichte ihr seinen Arm.
Sie zögerte. »Meinen Sie wirklich?«
»Am Grab wird es Ihnen nicht besser ergehen als in der Kapelle«, warnte er sie.
»Ja, wahrscheinlich.« Sie fuhr sich mit der Hand über die Stirn. »Aber ich kann noch nicht zurück in die Wohnung der Bonniers. Nicht sofort.«
»Wir gehen nicht in die Wohnung. Wir gehen etwas trinken. Was halten Sie davon?«
Sie lächelte müde. »Klingt nach einer guten Idee.«

Er führte sie in das Restaurant im Marais, das sie schon einmal gemeinsam besucht hatten, und bestellte zwei Tee.
»In wenigen Tagen werden Sie Paris verlassen«, sagte er nach einer Weile und fuhr mit dem Finger über den Rand seiner Tasse. »Ich fürchte, ich werde Sie vermissen.«
Sie senkte lächelnd den Blick.
»Was hat Madame Bonnier dazu gesagt, dass Sie Zahra mitnehmen werden? Ist sie damit einverstanden?«
Marion nickte. »Ich habe mich noch gar nicht dafür bedankt, dass Sie sich um die nötigen Papiere für Zahra gekümmert haben.«
»Das war mir ein Vergnügen, Madame.« Er lächelte verschmitzt. »Habe ich dafür eine Bitte frei?«
Seine Frage überraschte sie. »Das hängt ganz von der Bitte ab«, erwiderte sie vorsichtig.
Er suchte ihren Blick, und plötzlich spürte sie eine Spannung, die vorher nicht da gewesen war. Sie schluckte nervös.

»Ich würde Sie gern zum Flughafen bringen«, sagte er ruhig.
Ihr Herz schlug schneller. »Ist das ein Versprechen?«
»Wenn Sie so wollen, ja.«

Drei Tage später war es so weit.
Sie hatte sich von allen verabschiedet und stand nun mit Zahra an ihrer Seite an der Ecke der Rue Guynemer und beobachtete, wie Baptiste ihr Gepäck in den Kofferraum seines Dienstwagens einlud.
Nur er würde sie fahren, er ganz allein. Sie sprachen wenig während der Fahrt. Zahra saß hinten mit ihrer alten Puppe auf dem Schoß. Marion hatte schlecht geschlafen in der Nacht. Erneut hatten sie Magenschmerzen gequält, wie so oft, wenn sie etwas Neuem entgegenging. Und diesmal ließ sie so vieles zurück, so vieles, was noch ungeklärt war. Nervös spielten ihre Finger mit dem Griff der Tasche auf ihrem Schoß, bis Baptiste ihre Hand festhielt, und nicht erst jetzt wurde ihr bewusst, wie schwer es ihr fiel, ihn hier in Paris zurückzulassen.

Sie erreichten den Flughafen. Baptiste parkte den Wagen und begleitete sie in die Abfertigungshalle, wo sie das Gepäck aufgaben. Zahra klebte aufgeregt die Gepäckanhänger, die der Automat ausspuckte, an die Koffergriffe und beobachtete, wie die Koffer auf dem Laufband abtransportiert wurden.
»Sie haben ihr noch nichts vom Tod ihres Vaters erzählt, oder?«, fragte Baptiste leise.
Marion schüttelte den Kopf. »Ich werde es ihr bald sagen müssen. Aber jetzt möchte ich sie nicht noch mehr belasten.«
Sie kauften Schokolade und ein paar Kekse. Trödelten her-

um und zögerten den Abschied in stillem Einvernehmen hinaus. Doch schließlich war es so weit, und sie standen vor der Absperrung der Sicherheitskontrolle.
Baptiste verabschiedete sich von Zahra, die ihn stumm aus ihren großen Augen ansah, dann wandte er sich Marion zu. Als ihre Blicke sich trafen, schlug ihr das Herz plötzlich bis zum Hals. Würde sie ihn jemals wiedersehen? Es gab so viel, das sie ihm mit einem Mal noch sagen wollte, aber sie brachte nichts heraus.
Er nahm ihre Hände in die seinen und beugte sich zu ihr.
»Madame«, sagte er leise in ihr Ohr, »passen Sie gut auf sich auf.«
Seine Lippen streiften ihre Wange.

Augenblicke später schon trennte sie die Absperrung. Immer wieder wandte sie sich zu ihm um. Er ging nicht fort. Er beobachtete, wie sie Zahra half, ihre Sachen auf das Laufband zu legen, und mit ihr die Puppe in eine der Kisten setzte. Als sie ihren eigenen Mantel auszog, fiel ein schmaler, gefalteter Zettel aus ihrer Tasche. Nervös faltete sie ihn auseinander.

Jeder Mensch hat ein Thema, das sein Leben bestimmt. Ich freue mich darauf, das Deine zu ergründen. Wir sehen uns. Schon bald. Claude.

Ihr Blick flog zu Baptiste, der noch immer hinter der Absperrung stand, und plötzlich kamen ihr die Tränen.
»Warum weinst du?«, fragte Zahra.
»Weil ich mich freue.«
»Aber dann weint man doch nicht.«
Marion strich Zahra über das Haar.

»Manchmal weint man dann schon, Kleines.«
Sie drehte sich ein letztes Mal zu Baptiste um, sah ihn lächeln und winkte, seine Zeilen fest in ihrer Hand.

* * *

Schweren Herzens ging Baptiste Richtung Parkhaus. Er ließ sie nicht gerne ziehen. Nicht allein. Und besonders nicht in die Region, in die sie gerade reiste.
»Kompliment, Claude, ihr Franzosen habt nach wie vor eine ganz eigene Art, eure Probleme zu lösen.«
Baptiste blieb verblüfft stehen, fasste sich jedoch sofort wieder. »Moshe, was für eine Überraschung«, begrüßte er den Israeli zurückhaltend.
Moshe Katzman lächelte berechnend. Gekleidet in einen dunklen Anzug, hielt er in der einen Hand den Griff eines kleinen exklusiven Hartschalenkoffers fest und war so überzeugend in die Rolle des internationalen Geschäftsmanns geschlüpft. »Ja, Claude, so trifft man sich unerwartet wieder.« Er rückte seine dunkle Brille zurecht. »Und ich würde sagen, gerade rechtzeitig.« Seine Finger tippten in schnellem Stakkato auf den Griff seines Koffers.
Baptiste ließ sich nicht davon irritieren. »Moshe, mein Freund, ich hätte weniger Sarkasmus und mehr Dankbarkeit erwartet«, entgegnete er spöttisch.
Katzman sah ihn mit gespieltem Erstaunen an. »Weil ihr auf unbeholfene Weise diesen Morel aus dem Weg geräumt habt?« Er schüttelte den Kopf. »Das hat einen akuten Brandherd beseitigt, aber nicht das Feuer gelöscht.«
Baptiste ahnte, worauf er hinauswollte, sagte aber nichts.
Katzman beugte sich zu ihm und zog die Brille so weit herunter, dass er Baptiste über ihren Rand hinweg in die Augen

sehen konnte. »Du willst mir nicht weismachen, dass du auf deine alten Tage deinen Charme einsetzt, nur um ein wenig herumzuturteln.« Er wies mit dem Finger in Richtung der Sicherheitskontrollen, und daran merkte Baptiste, wie aufgebracht der Israeli tatsächlich war. »Die Schwester von Élaine Massoud!«, zischte Katzman ungehalten. »Du hast sie die ganze Zeit im Visier gehabt, es aber nicht für nötig befunden, uns auch nur ein Sterbenswörtchen davon zu erzählen.« Seine Kiefermuskeln arbeiteten hart, um nicht die Beherrschung zu verlieren. »Was führt ihr im Schilde?«

»Marion Sanders hat mit der Angelegenheit nichts zu tun.«

Katzman schnaubte verächtlich.

»Sie hat bis vor ein paar Tagen noch nicht einmal gewusst, dass Élaine Massoud ihre Schwester ist.«

»Eine wunderschöne Geschichte«, entgegnete Katzman bissig, »genau wie diese Anstellung bei *Ärzte ohne Grenzen*. Das gibt ihr alle Freiheiten, die sie braucht.«

Mit diesen Worten ließ der Israeli ihn stehen. Baptiste sah ihm nach, bis er in der Menge verschwunden war, während seine schlimmsten Befürchtungen wahr wurden.

Natürlich waren die Israelis nach wie vor hinter den von Élaine entwendeten und digital gespeicherten Dokumenten her, um sie zu vernichten. Ebenso wie seine Behörde. Dank der vereinbarten Kooperation mit dem französischen Auslandsnachrichtendienst besaß auch der Mossad jetzt den Code zu ihrer Entschlüsselung, aber keiner von ihnen hatte bislang eine Ahnung, wo sie überhaupt danach suchen mussten. Élaine Massoud, wo auch immer sie war, hatte nach wie vor die Möglichkeit, mit den brisanten Informationen an die Öffentlichkeit zu gehen. Der Fall war nicht beendet. Das war er erst, wenn Marions Schwester tot oder in Gewahrsam war. Dass diese Konstellation für Marion bedeutete, dass auch sie in den Fokus der Nachrichtendienste geriet, war einer der Gründe, warum bereits ein Flugticket nach Aman auf Baptistes Schreibtisch lag. Er würde sie in diesem Netz aus Intrigen und Politik nicht allein lassen. Und es war mehr als nur ein Job.

Mein Dank geht an

Andreas Lettau, den Mann an meiner Seite, für seine liebevolle und engagierte Unterstützung. Gemeinsam haben wir über Inhalte diskutiert und Ideen entwickelt, er hat mir zugehört, mich motiviert und, wenn nötig, mit strengem Blick an den Schreibtisch zurückgeschickt. Ohne ihn gäbe es dieses Buch nicht. Ebenso wenig wie Claude Baptiste.

Alexandra Löhr, meine freie Lektorin, für eine weitere wunderbare Zusammenarbeit. Sie ist mit einem hervorragenden Textgefühl gesegnet und verliert, selbst wenn es schwierig wird, weder ihre Ruhe noch ihren Humor.

Franka Zastrow, meine Agentin. Sie ist da, wenn ich sie brauche, hat stets ein offenes Ohr und vertritt mich ganz großartig in allen Belangen.

Alle in der Verlagsgruppe Droemer Knaur, die mich immer wieder unterstützen. Besonders erwähnen möchte ich hier meine Lektorin Sabine Ley und vor allem meinen Verlagsleiter Steffen Haselbach.

Last but not least, meine Mutter, Els Steffin, für ihre kritischen Gedanken und ihre Rückendeckung in allen Lebenslagen.

ALEX BERG

DEIN TOTES MÄDCHEN

ROMAN

Caroline kann immer noch nicht glauben, dass ihre Tochter Lianne tot ist. Ein Autounfall hat die 27-Jährige aus dem Leben gerissen. Außer sich vor Trauer und Wut, flieht Caroline aus Hamburg in die Einsamkeit der schwedischen Wälder. Als sie das Haus ihrer Familie am See erreicht, wird sie von Erinnerungen überwältigt. Und schnell wird klar, dass Caroline Schuldgefühle plagen, die über die Trauer weit hinausgehen. In der tiefen Ruhe der schneebedeckten Wälder entzieht sie sich immer mehr der Realität. Bis Kriminalkommissar Ulf Svensson auftaucht, ihre einstige Jugendliebe, mit einem entsetzlichen Verdacht …

ALEX BERG

MACHTLOS

THRILLER

In Hamburg laufen die Vorbereitungen für den internationalen Krisengipfel auf Hochtouren. Erste Terrorwarnungen sind bereits bei den Geheimdiensten eingegangen. Zur selben Zeit wird die Anwältin Valerie Weymann am Flughafen verhaftet. In endlosen Verhören unterstellen ihr Agenten von BKA und CIA Kontakte zu Terrormitgliedern von al-Qaida. Die Anwältin ist fassungslos und verweigert die Aussage. Doch ihr juristisches Wissen nützt ihr nichts, als am Hamburger Hauptbahnhof eine Bombe explodiert. Der mutmaßliche Täter ist ein Bekannter von ihr. Noch in derselben Nacht wird Valerie in ein geheimes Gefängnis nach Osteuropa gebracht, und eine rasante Jagd auf Leben und Tod beginnt …

ALEX BERG

DIE MARIONETTE

THRILLER

Eine erfolgreiche Anwältin, die einen Rüstungskonzern aus den negativen Schlagzeilen holen soll, eine traumatisierte Soldatin, die aus Afghanistan zurückkehrt und die Mörder ihrer toten Kameraden sucht, und ein toter Agent, der einen illegalen Waffenhandel aufdecken soll, treffen in Hamburg aufeinander. Eine explosive Begegnung, die eine Spur der Verwüstung durch Deutschland zieht.

Ein perfekter, brisanter, actionbetonter Thriller aus deutscher Feder.